Le lac des secrets

La brûlure du danger

HARPER ALLEN

Le lac des secrets

BLACK *ROSE*

éditions HARLEQUIN

Collection : BLACK ROSE

Titre original : PROTECTOR WITH A PAST

Traduction française de CHRISTINE MAZAUD

Ce roman a déjà été publié en avril 2007

HARLEQUIN®
est une marque déposée par le Groupe Harlequin

BLACK ROSE®
est une marque déposée par Harlequin S.A.

ÉDITIONS HARLEQUIN

83-85, boulevard Vincent Auriol, 75646 PARIS CEDEX 13.

Service Lectrices — Tél. : 01 45 82 47 47
www.harlequin.fr

ISBN 978-2-2803-0815-1 — ISSN 1950-2753

1

— L'enfant ! Il faut sauver l'enfant !

Julia se redressa dans le noir, les yeux grands ouverts, le cœur battant. Le cri qu'elle venait de pousser lui déchirait encore les tympans.

L'esprit tout embrumé des derniers lambeaux de son cauchemar, elle tendit la main vers la lampe de chevet et alluma. Inquiet, le chien King vint frotter sa truffe fraîche contre sa paume et gémit, les yeux braqués sur elle.

— C'est toujours pareil, mon petit vieux, murmura-t-elle, reprenant pied dans la réalité. On devrait pourtant y être habitués maintenant, toi et moi !

Rassuré par sa voix, le berger allemand frappa de la queue les lattes du plancher et s'assit sur son arrière train.

Elle le regarda et lui sourit.

— Ça va, je connais le rituel. Du lait chaud pour moi, un biscuit pour toi. Attends une minute.

Repoussant le drap d'un coup de pied, elle se leva, mit ses pantoufles et prit son déshabillé posé sur le dossier d'une chaise. Après avoir noué sa ceinture, elle lissa ses cheveux moites de transpiration.

Comme elle aurait bien aimé se défaire de cette anxiété qui lui empoisonnait la vie ! Cela faisait presque deux ans maintenant que le même cauchemar la réveillait la nuit. C'était insupportable.

Inspirant profondément, elle promena son regard sur sa chambre.

Accolé au mur se trouvait le bureau de bois verni sur

lequel, jeune fille, elle avait écrit son journal intime. Sur le bureau était posé un galet rond qu'elle saisit machinalement. Il était poli et doux comme l'eau calme d'un lac.

Elle balaya des yeux le reste de sa chambre tout en le caressant et, peu à peu, retrouva son calme.

La veille, elle avait disposé dans un vase un petit bouquet de pensées jaunes et violettes que la lampe nimbait d'une lumière dorée. Sur le mur au-dessus de la table de chevet était accrochée une vieille lithographie : deux enfants se tenant par la main sur un pont branlant suspendu au-dessus d'une crevasse. Derrière eux, un ange aux cheveux mousseux les surveillait. Elle avait toujours vu cette litho là, tout comme la photo qui la jouxtait : un petit garçon maigrichon en maillot de bain sur un ponton, exhibant fièrement une truite plus grosse que son bras.

Le chien frotta le nez contre sa jambe.

Près du lit se trouvait un fauteuil capitonné recouvert d'un velours marron, fané, avec une bosse dans le siège. Un ressort cassé. C'est blottie dans ce fauteuil qu'elle avait lu *Autant en emporte le vent*. S'en débarrasser, c'eût été se débarrasser aussi du petit coussin en cuir marron qui allait si bien avec, et ça, c'était impossible. Il venait de la chambre de Davey où elle l'avait pris juste après ce qui s'était passé. Elle avait cinq ans à l'époque… Le coussin portait toujours la marque du hameçon qui en avait déchiré le cuir. Davey lui avait fait jurer de ne jamais le dénoncer.

La bibliothèque près de la bergère, le tapis vert foncé devant le lit où King aimait à dormir, les rideaux à fleurs qui encadraient la fenêtre, tout était familier. Rien n'avait changé depuis son enfance. C'était une des raisons qui l'avaient poussée à revenir ici.

Déjà deux ans.

Le temps semblait s'être figé dans ce coin oublié, au nord de l'Etat de New York. Elle pouvait rejoindre l'autoroute et retrouver la civilisation d'un coup de voiture, mais elle n'en avait pas envie. Ici, elle se sentait protégée. Le monde extérieur, avec sa violence, sa démence, avait failli la broyer une seconde fois et c'est ici, dans ce refuge, qu'elle avait réussi à se reconstruire. Inutile de s'exposer de nouveau. Elle ne laisserait rien ni personne mettre à mal le fragile équilibre qu'elle avait réussi à recouvrer.

Certes, au prix de cauchemars récurrents…

Elle mit le galet dans la poche de son déshabillé et frotta la tête de King.

— Pas de téléphone, pas de journaux, pas de télévision. Rien que toi et moi, le lac et les bois, mon petit pote.

Elle gratta la touffe de poils que le chien ne pouvait atteindre, juste derrière l'oreille, et l'entendit soupirer d'aise.

Quand elle quitta la pièce, il lui emboîta le pas tel un garde du corps muet.

L'horloge de la cuisine affichait 3 h 30 du matin.

Dans une heure, elle descendrait jusqu'au ponton assister au lever du soleil. Au lieu de se faire chauffer du lait, elle se prépara un espresso et alla s'asseoir à table, bousculant au passage King, qui lui lança un regard noir.

— Excuse-moi, dit-elle.

Elle lui parlait comme s'il pouvait comprendre. Cela devait sembler un peu fou, mais qu'importe. King était le compagnon qui l'avait aidée à rester debout.

— Je ne t'oublie pas, mon toutou. Tu vas avoir ton snack, lui promit-elle en riant.

Elle ouvrit le placard qui surplombait le comptoir et attrapa le paquet de biscuits pour chiens.

— Allons, allons, de la tenue ! dit-elle au chien qui se précipitait pour lui happer le biscuit des doigts.

Obéissant, King saisit le gâteau avec une délicatesse de prince et se retira dans l'angle de la pièce pour le mâchouiller tranquillement.

Julia referma le paquet et le remit à sa place. Elle allait fermer le placard quand elle s'arrêta, les yeux fixés sur la bouteille carrée dissimulée derrière les paquets de riz et de pâtes. Sous l'effet de la lumière, le contenu de la bouteille était d'un joli jaune ambré. Elle gardait cette bouteille pour se prouver qu'elle était capable de ne pas y toucher. Mais elle n'était pas sûre d'elle-même : cette bouteille avait sur elle un pouvoir monstrueux.

Se hissant sur la pointe des pieds, elle passa la main entre le riz et les pâtes et saisit le merveilleux flacon.

La bouteille était pleine. Elle l'avait achetée deux hivers plus tôt, lors d'une de ses rares descentes en ville. Le marchand d'alcools, avec son mauvais esprit, avait dû parier qu'elle reviendrait souvent. A cette époque, elle n'était d'ailleurs pas loin de penser comme lui…

De retour chez elle, elle avait rangé ses achats, s'était assise, avait sorti la bouteille de son sac et l'avait placée au centre de la table de la cuisine. Curieusement, c'étaient les mêmes gestes qu'elle répétait aujourd'hui.

Plus tard, cet après-midi-là, il s'était mis à neiger et le vent avait soufflé en bourrasques de plus en plus fortes sur le lac gelé. King s'était endormi à ses pieds en laissant échapper de temps à autre un faible gémissement. Elle, toujours assise, avait continué de fixer la bouteille. Elle savait qu'elle n'avait qu'à l'ouvrir et à se servir un premier verre pour gommer les images du passé douloureux qui ne cessait de la hanter.

Dehors, un soleil rougeâtre avait zébré le ciel de ses derniers rayons avant de disparaître à l'horizon. Les ombres s'étaient allongées, de plus en plus noires dans la nuit et, comme toujours, l'obscurité avait réveillé les fantômes. Mais, cette fois, elle était seule pour les affronter. Elle les connaissait, ses démons, et elle savait ce qu'ils lui voulaient : ils voulaient qu'elle se souvienne. Et se souvenir était une vraie douleur.

Le regard toujours fixé sur le flacon posé au centre de la table, elle avait lutté jusqu'à l'aube. Quand le jour s'était levé, une lumière pâle éclairait l'extrémité du lac. Elle était toujours assise, et la bouteille était toujours fermée.

Tous les fantômes avaient disparu. Sauf un, celui-là même qui la tourmentait maintenant.

Parfois, elle avait l'impression de le sentir dans son dos,

avec sa mèche noire en travers de l'œil et son sourire narquois au coin des lèvres. En se retournant très vite, elle pourrait presque l'attraper et lui tordre le cou. D'autres fois, avant de sombrer dans le sommeil, elle croyait entendre sa voix, rauque mais étonnamment douce pour un homme. Sa voix qui l'appelait par son nom…

Ces nuits-là étaient les plus cruelles.

Goutte à goutte, le café commença à couler dans le pot. Fixant le jus noir, elle s'autorisa à penser à lui.

Il était parti. Il est vrai qu'elle ne lui avait donné aucune raison de rester. Elle avait même tout fait pour qu'il s'en aille. Et elle avait réussi. Après leur dernière confrontation, elle avait su qu'il ne reviendrait pas. Peut-être était-il marié aujourd'hui ?

Mélancolique, elle se versa une tasse de café et, les yeux fermés, y trempa les lèvres.

Oui, c'était le genre d'homme qui se marie. Ne voulait-il pas fonder une famille ?

Le café lui brûla les lèvres. Elle reposa sa tasse, les larmes lui montant aux yeux.

S'il était marié, il avait dû choisir une femme facile à vivre et capable d'accepter la vie comme elle vient. A quoi pouvait-elle ressembler ? Aux dernières nouvelles, il avait déménagé pour la Californie. Sa femme devait donc être grande et mince, sportive, bronzée, avec de beaux yeux bleus. Le type même de la fille de la côte Ouest. Il n'avait sûrement pas jeté son dévolu sur une femme comme elle, hypersensible, avec une bouche trop grande et une carrure de nageuse.

King dressa les oreilles et se leva mais, perdue dans ses pensées, elle n'y prêta pas attention.

Il devait avoir des enfants maintenant…

Son cœur se serra. Pourquoi mettait-elle un malin plaisir à l'imaginer dans sa vie d'époux et de père ? Elle, c'est vrai, elle avait juré qu'elle n'en aurait jamais.

Oui, il avait sûrement des enfants. Et ces enfants devaient

ressembler à leur père. L'héritage Seneca avait dû prévaloir, et quelque part, là-bas, à l'autre bout de l'Amérique, ces enfants devaient avoir les pommettes hautes et les yeux noirs de leurs ancêtres indiens. Ils étaient certainement magnifiques.

Dire qu'ils auraient pu être les siens !

Le vent soufflait dans les érables qui entouraient la maison. Au fond des bois, un hibou hulula. Le silence retomba, quand soudain un bref cri résonna dans la nuit.

Brusquement, elle saisit la bouteille de whisky pour la remettre dans le placard.

Cette nuit comptait parmi les plus mauvaises qu'elle avait passées. Elle se sentait à deux doigts de craquer. Or, l'aube n'était même pas encore là, et elle ne voulait pas retomber.

Tout excité soudain, King fila à la porte qu'il se mit à gratter à griffes que-veux-tu.

— Une minute, Coco.

Jetant un regard à l'extérieur, elle crut apercevoir une silhouette de l'autre côté de la moustiquaire. Un homme, exactement comme celui qu'elle n'avait cessé de revoir en pensée.

Elle tressaillit puis haussa les épaules. Encore son imagination qui lui jouait un tour !

Sauf que là, devant sa porte, cet homme portait un enfant dans les bras. Un enfant qui lui serrait le cou comme s'il avait peur d'être abandonné.

Elle plissa les yeux. Non, elle n'était pas victime d'une hallucination. Cord était vraiment là. En chair et en os. Il était de retour et ramenait un enfant avec lui.

Sous le coup de l'émotion, elle lâcha la bouteille qui se brisa sur le carrelage de la cuisine. Les vapeurs de whisky dominèrent l'arôme du café, mais elle n'y prêta pas attention.

— Que fais-tu ici ? dit-elle d'une voix dure.

La truffe écrasée contre la porte, King remuait furieusement la queue.

— Tu vois, il me reconnaît. Laisse-moi entrer, Julia.

Elle croisa son regard à travers la moustiquaire. Il ne

souriait pas et avait une mine de décavé. On aurait dit qu'il n'avait pas dormi depuis huit jours.

Elle se dit d'abord qu'elle n'avait aucune raison d'ouvrir puis se ravisa. La voix de Cord était douce, il n'essayait pas de forcer le passage. Il partirait si elle le lui demandait. Elle le savait parce que cette situation s'était déjà présentée. Ce jour-là, quand il avait réalisé qu'elle souhaitait *vraiment* qu'il s'en aille, il avait pris la porte et était sorti de sa vie.

Mais, cette fois, il avait un enfant avec lui.

Elle serra les dents.

Rien ne pouvait lui faire plus mal. Mais cela, il n'était pas obligé de le savoir.

— Je sais que tu ne voulais plus me revoir, dit-il. Mais nos souhaits passent après…

Il changea l'enfant de bras et, alors qu'elle ne l'y invitait pas, il ouvrit la porte.

A peine entré, il caressa la tête du chien. Il avait toujours les mêmes mains, larges, puissantes. Elle n'avait pas oublié leur douceur… Le chien leva le museau et remua frénétiquement la queue pour lui témoigner son contentement.

— Il est à qui, cet enfant ? s'enquit-elle malgré elle.

Puis, préférant ne pas entendre la réponse, elle prit la pelle et la balayette sous l'évier et balaya les débris de verre. Le whisky inondait la moitié de la cuisine. L'odeur était si écœurante qu'elle crut qu'elle allait vomir.

— Je ne veux pas d'enfant ici, Cord, ajouta-t-elle entre ses dents. Je ne peux rien pour lui.

— C'est une fille.

— C'est pareil, rétorqua-t-elle d'une voix heureusement redevenue calme. Retourne d'où tu viens. Tu n'aurais jamais dû l'amener.

Toujours accroupie, elle continuait de nettoyer par terre quand elle poussa un petit cri. Elle regarda son pouce : le sang perlait sur le bombé de son doigt.

— Je ne peux pas faire ça, dit Cord. Elle est à moi.

C'était l'information qu'elle aurait préféré ignorer.

Oubliant sa blessure, elle releva les yeux et le regarda, debout devant elle, son enfant dans les bras.

C'était donc vrai. Il avait fait un enfant à une femme. Il avait fondé une famille avec une autre ! Dire qu'elle en avait tant rêvé.

Ignorant le sang qui gouttait de son doigt et se mêlait au whisky, elle planta son regard dans le sien.

— Où est sa mère ?

Cord esquissa un sourire triste, ce sourire qu'elle n'avait jamais pu oublier.

— Julia, je t'ai dit que c'était mon enfant…

Il serra le petit corps contre lui et ajouta :

— J'aurais dû dire : *notre* enfant.

Sentant le sol se dérober sous elle, elle vacilla.

2

— Mais tu t'es blessée !

Voyant le sang couler, Cord prit les devants.

— Laisse-moi aller la coucher. La chambre de Davey… Pardon, la chambre d'amis est-elle libre ?

Comme elle ne répondait pas, il interpréta son silence comme un accord et se dirigea vers le couloir qui menait aux chambres. Il connaissait la maison comme sa poche. Ils y jouaient à cache-cache quand ils étaient enfants.

Elle le regarda s'en aller vers la chambre de Davey avec l'enfant.

Celui-ci avait enfoui la tête dans le cou de Cord, et ses boucles rousses se mêlaient à ses cheveux noirs. Le petit visage en forme de cœur était pâle, de fatigue sans doute, mais ses yeux bleus étaient grands ouverts, immobiles, perdus dans le vague. Dans sa carrière, elle avait souvent vu de ces regards-là, vides, hagards, et savait qu'ils cachaient en général un traumatisme.

Inquiète, elle se releva et alla vers l'évier. Pourquoi avait-il dit *notre* enfant ? Ils n'avaient jamais eu d'enfant ensemble et n'en auraient jamais.

Elle ouvrit le robinet d'eau froide et mit son doigt dessous. Quand la blessure saigna moins, elle se pencha pour reprendre la pelle et la balayette.

— Laisse, je vais le faire, dit Cord qui était revenu.

King sur les talons, il traversa la cuisine, prit une éponge sur l'évier et nettoya le sol sous son regard.

Elle se sentait complètement bouleversée.

Qui était cette fillette ? Pourquoi la lui avait-il amenée ? Pourquoi lui avait-il dit qu'elle était *leur* enfant ? Quelles que soient les raisons, il fallait qu'ils s'en aillent tous les deux. Elle devait le lui faire comprendre. Le chapitre de sa vie avec lui était clos. Tout ce qui avait existé entre eux était mort deux ans plus tôt lors de cette scène atroce. Et il s'en était fallu de peu qu'elle ne meure elle aussi. Elle ne le lui avouerait sûrement pas, en revanche elle pouvait l'empêcher de rester.

L'espace d'un éclair, elle revit la frimousse triste et les yeux bleus de l'enfant, mais elle s'empressa de chasser cette image.

— Tu peux me raconter ce que tu veux, ma réponse est non, attaqua-t-elle. Je ne suis pas responsable de cette enfant. Tu pourras avancer tous les arguments que tu voudras, vous partirez dès son réveil, quand elle se sera reposée.

Prête à craquer, elle détourna les yeux. Elle ne voulait ni trembler ni rougir ni pleurer devant cet homme. Les bras croisés, elle fixa le pansement de fortune qu'elle s'était fait au pouce.

— Mais si, tu es responsable d'elle, insista-t-il. Nous sommes responsables d'elle tous les deux. Voyons, Julia, tu ne comprends donc pas qui elle est ?

Quand elle était petite, elle avait un vieux kaléidoscope qui faisait un bruit de ferraille quand elle en tournait le cylindre de métal. Il y avait toujours un léger décalage entre le bruit des morceaux de verre se mettant en place et l'apparition d'une image construite dans le tube. C'était la même chose qui se produisait en ce moment. Cord lui parlait, et elle ne comprenait pas. Il y avait le même décalage entre le son et l'image du kaléidoscope qu'entre la voix et le message qu'elle portait.

Puis, tout à coup, comme une bulle qui vient éclater à la surface d'un lac immobile, les mots prirent un sens.

La main plaquée sur la bouche, elle se tourna vers Cord.

— C'est la petite Lisbeth.

Visage fermé, Cord ne répondit pas, mais la douleur qu'elle lut sur ses traits la glaça.

— Mon Dieu ! Paul et Sheila. Qu'y a-t-il ? Que s'est-il passé, Cord ? Ils ont eu un accident ?

Il avança vers elle et l'attira à lui.

— C'est terrible, Julia. Il ne pouvait rien se passer de pire.

Il portait une chemise bleue qu'elle était pratiquement certaine de reconnaître, nota-t-elle. Le bleu avait toujours flatté le bronzé de sa peau et le brillant de ses cheveux noirs. Son jean était maintenu par une ceinture, bas sur ses hanches minces. Il sentait le whisky, nota-t-elle encore, de façon incongrue. Sans doute essayait-elle inconsciemment de retarder le moment d'entendre ce qu'elle redoutait d'apprendre ?

La tête sur la poitrine de Cord, elle entendait son cœur battre et sentait son souffle tiède contre sa tempe.

— Je ne l'avais pas reconnue, répondit-elle. Elle a tellement grandi. Elle doit avoir quatre ans maintenant… non, cinq.

Nerveuse, elle bafouillait. Les mots se télescopaient dans sa bouche.

La gorge serrée, elle se rappela la fête d'anniversaire pour les trois ans de la petite. Le clown avait voulu lui donner un ballon, et elle s'était mise à pleurer. Les enfants donnaient du gâteau à King sous la table. Sheila et elle leur avaient mis des chapeaux et les avaient photographiés avec leurs cotillons. Elle revoyait leurs frimousses barbouillées de crème…

— Je me rappelle quand elle a été baptisée, murmura-t-elle. Elle portait la robe en dentelle que Sheila, sa mère et sa grand-mère avaient portée avant elle. Tu as dit que tu exigeais d'avoir toujours des nouvelles d'elle, de savoir quand elle se marierait et aurait son premier enfant. Paul t'a répondu qu'il n'était pas question qu'elle fréquente les garçons avant trente ans. Tout le monde a ri. Quand le prêtre nous a appelés pour que nous nous engagions solennellement comme parrain et marraine, je me suis mise à pleurer. Je ne pouvais pas… Non, je ne pouvais pas…

Elle se tut. Elle avait la gorge serrée, elle étouffait. C'était comme si une main de géant l'avait étranglée. Les larmes aux yeux, elle leva la tête et chercha le regard de Cord.

Deux filets brillants coulaient sur ses joues.

— Ils sont morts, c'est ça ?

Elle ne l'avait jamais vu pleurer, mais aujourd'hui sa peine était si grande qu'il n'essayait pas de se cacher.

— J'aime ta façon de réagir, dit-il. Je préfère me souvenir d'eux quand nous étions ensemble. Hélas oui, ils sont morts.

Avant de poursuivre, il la serra très fort contre lui.

— Ils ont été assassinés, Julia. On les a tués.

— Non ! s'écria-t-elle, l'empêchant de continuer.

— En venant ici, je me suis demandé comment t'annoncer ce drame sans trop te choquer, mais je n'ai pas trouvé.

Elle secoua la tête, abasourdie, incrédule.

Non, ce n'était pas possible. Elle refusait d'y croire.

— Cord, tu… tu es fou ! Tu me racontes une histoire à dormir debout et tu voudrais que je te croie ? Que cherches-tu au juste ?

Entendant monter le ton, King s'agita dans son coin.

— Je ne te crois pas, ce n'est pas possible. Tu me mens. Tu as mal entendu ou tu es dingue, ou… ou je ne sais quoi. Paul et Sheila, assassinés ? C'est impossible.

— Si, c'est possible. Hélas, ça arrive. Avant de quitter ton job, tu voyais tous les jours des faits divers comme celui-là, non ?

Elle hocha la tête.

Dès le début, elle avait compris que c'était vrai, mais elle refusait de l'admettre. C'était sa façon de garder Sheila et Paul Durant un peu plus longtemps en vie.

Cela faisait des années qu'elle ne les avait pas vus. Elle n'avait plus voulu voir personne, mais dans son cœur ils étaient là, bien vivants. Sheila avec ses somptueux cheveux roux et son humour décapant. Paul… Il était loin de l'image que l'on se faisait généralement du policier. Avec ses lunettes qui tombaient constamment sur son nez busqué, il avait quelque chose de gauche, de touchant. Il était fier de sa femme, « belle comme une star », disait-il, et il adorait sa fille. Il lui suffisait de savoir qu'elles existaient pour se sentir proche d'elles, même quand son métier l'éloignait.

Maintenant, c'était fini. Ils étaient morts. Sheila avec sa joie de vivre et son enthousiasme communicatif, Paul avec sa chaleureuse amitié. Ils appartenaient dorénavant au monde glauque où flottent les ombres.

Cord s'était arrêté, crispé. Il poursuivit posément de sa voix chaude et grave :

— Je t'affirme que c'est vrai. Je les ai vus quelques minutes après… Je suis arrivé trop tard.

Lorsque, pour la deuxième fois, elle tenta de s'écarter de lui, il ne la retint pas.

Avec précaution, elle défit la poupée de tissu qui entourait son pouce et examina sa blessure comme si c'était quelque chose de vraiment important.

Pendant ce temps, Cord s'était approché de la fenêtre et scrutait la nuit. Elle l'avait vu, il était miné par la fatigue et le chagrin.

Brusquement, comme si elle se rappelait soudain qu'elle s'était coupée, elle alla chercher un rouleau de sparadrap et s'en enveloppa le pouce. De nouveau, l'incongruité de sa préoccupation la choqua.

— Dis-moi ce qui s'est passé, demanda-t-elle avec un soupir.

— Le tueur voulait aussi supprimer Lisbeth.

Les mots s'étranglant dans sa gorge, Cord s'arrêta.

— Paul bricolait dans le sous-sol, reprit-il. Dès qu'il a entendu le premier coup de feu à l'étage, il a caché sa fille dans un placard et lui a dit de ne pas faire de bruit. Ensuite, il est monté au rez-de-chaussée où il a été abattu. Terrorisée, Lisbeth a entendu le tueur fouiller partout, l'appeler, mais elle n'a pas bougé comme son père le lui avait recommandé. Je ne suis pas sûr qu'elle ait encore compris ce qui est arrivé à ses parents. Le meurtrier les connaissait, c'est une certitude, puisqu'il connaissait le prénom de Lisbeth.

Leurs regards se croisèrent.

Julia crut que Cord avait tout dit, mais il poursuivit :

— La veille, Paul m'avait téléphoné, très inquiet, et m'avait demandé de prendre l'avion pour venir chez eux quelques jours. Il m'avait dit qu'il avait l'impression d'être suivi depuis quelque temps. Sheila, de son côté, avait reçu des coups de fil anonymes. L'un des moniteurs de la colonie de vacances où Lisbeth allait chaque matin les avait avertis que les dessins de leur fille avaient été déchirés alors que ceux des autres enfants n'avaient pas été touchés.

— Pourquoi ne pas avoir alerté la police locale ? Quand la famille d'un flic est menacée, les collègues mettent tout en œuvre pour la protéger. C'est une priorité. Je ne comprends pas qu'il ait fait appel à toi, alors que tu vis en Californie ?

Le regard de Cord s'assombrit encore.

— Il savait qu'il pouvait compter sur moi, alors qu'il se méfiait des autres. Enfin, de certains d'entre eux. Paul était un détective intransigeant, sa dureté était légendaire. J'en ai été témoin quand je faisais équipe avec lui. Selon lui, l'inconnu qui téléphonait à Sheila ne pouvait avoir obtenu son numéro de portable qu'au commissariat. Seul le service avait son numéro, et on ne devait l'appeler que dans un cas…

Julia se mordait la lèvre pour tenter de dominer son chagrin. L'idée que l'un des coéquipiers puisse être impliqué dans le meurtre lui donnait la chair de poule. De nouveau, elle hocha la tête. Elle avait encore à l'oreille ce que Sheila lui avait confié un jour :

« Je prie pour qu'il ne sonne jamais, Julia. Mais si par malheur quelque chose arrivait à Paul, je ne me pardonnerais jamais qu'on ne puisse pas me joindre. C'est pour cela que j'ai toujours ce portable sur moi. »

C'était la seule fois où elle lui avait avoué la peur que lui inspirait le métier de son mari. Car si elle ne le montrait pas, elle redoutait comme toutes les femmes de flic qu'un jour l'homme de sa vie ne revienne pas. Cela s'était déroulé autrement. C'était chez lui que Paul avait été assassiné. Et Sheila avait été tuée la première.

— J'ai pris le premier avion, reprit Cord. Dès mon arrivée

chez eux, j'ai vu qu'il y avait quelque chose d'anormal. La porte d'entrée était grande ouverte. Je me suis rué à l'intérieur, et la première chose que j'ai vue, c'est le corps de Sheila dans le hall. Elle a été tuée à bout portant.

— Grâce au ciel, elle n'aura pas souffert, murmura Julia.

— Paul a été abattu au rez-de-chaussée. J'ai découvert son corps en travers de la porte de l'escalier qui menait au sous-sol. On l'a retourné et poignardé dans le dos.

C'était trop. Elle eut un haut-le-cœur et dut se retenir au comptoir de la cuisine.

— Epargne-moi les détails, je t'en prie, supplia-t-elle. A quoi bon ? J'espère que celui qui a fait le coup sera arrêté et condamné à la peine capitale, même si cela ne les fait pas revivre.

Il la regarda, étonné, comme s'il avait eu devant lui une martienne.

— Ces détails, comme tu dis, sont essentiels. Comment veux-tu qu'on coffre le tueur si on les néglige ?

Le ton était tranchant. Il fit le tour de la pièce des yeux avant de chercher son regard.

— Je sais que tu avais l'intention de démissionner quand je suis parti. Ou, plutôt, quand tu m'as fichu à la porte. Tu voulais retrouver ta vie d'autrefois, m'avais-tu dit. Le milieu dans lequel tu avais grandi, des gens cultivés, capables de reconnaître un Manet d'un Monet, des gens dont les maisons de vacances valent dix fois plus cher que les résidences principales des petits fonctionnaires avec lesquels tu travaillais, des gens qui emploient des petites mains comme mon père pour travailler pour eux.

— C'est vrai, coupa-t-elle d'un ton sec. Maintenant, je laisse le boulot de flic aux flics. La police, pour moi, c'est du passé.

— Je m'en rends compte, répliqua-t-il.

L'œil critique, il regarda son déshabillé défraîchi, ses pantoufles usées et les cernes qu'elle avait sous les yeux.

— Ce que je ne comprends pas, c'est ce que tu as fait ces

deux dernières années, reprit-il. A part, bien sûr, te lever au milieu de la nuit pour aller chercher ta bouteille de whisky.

— Figure-toi que je n'ai pas bu depuis dix-neuf mois.

Sa réponse à peine lâchée, elle la regretta. Elle venait de commettre l'erreur qu'il n'allait sûrement pas laisser passer.

— Les seules personnes qui savent précisément à quand remonte leur dernier verre sont celles qui ont le plus de mal à arrêter de boire.

Elle ne s'était pas trompée : il la mouchait.

— Dis-moi plutôt ce que tu as fait depuis que tu m'as flanqué dehors ? Tu habites ici toute l'année ? Tu n'as pas repris ton ancienne vie, avec tes chers amis ? Tu vis vraiment seule depuis deux ans ?

Une seconde elle faillit tout lui dire et se retint de justesse. C'était tentant de se raconter. De parler à Cord de ses démons, de répondre à ses questions et de lui avouer la vérité, cette vérité qu'elle avait réussi à lui cacher pendant tant de temps. Mais ce serait une erreur. Il risquait de lui répondre qu'il comprenait et d'essayer de renouer avec elle.

A cette pensée, une lueur d'espoir fit pourtant vibrer son cœur. Mais c'était déraisonnable. Elle savait qu'elle devait lui dire de partir, même si ce serait encore plus difficile que la première fois. Sans doute insisterait-il pour rester, par pitié, compassion ou sens du devoir. Mais l'amour là-dedans ?

— Ma vie ne te regarde pas, Cord, dit-elle sans grande conviction. Cesse de m'interroger.

Ce n'étaient que des mots. Au fond d'elle-même, elle se sentait affreusement vulnérable.

— Paul et Sheila étaient aussi mes amis, mais cherche quelqu'un d'autre pour ton enquête. Je ne suis pas très douée pour l'investigation.

Il se planta devant elle, le visage fermé.

— Tu refuses de t'engager alors qu'une enfant est en danger ? Que fais-tu de la promesse que nous avons faite toi et moi de lui tenir lieu de parents si jamais… ? Ecoute-moi. Lisbeth est pétrifiée de peur. Elle n'a plus dit un mot depuis qu'elle m'a raconté ce qui s'est passé. Tu travaillais pour la protection de l'enfance et tu étais probablement la meilleure dans ton domaine. Tu es la seule personne qui puisse obtenir quelque chose d'elle avant qu'elle ne se referme pour toujours.

— Ça la tuerait pour de bon !

Les mots avaient jailli, brutaux. Et elle s'en voulut.

— Pardonne-moi, Cord, mais je ne suis plus capable de protéger un enfant. Je ne vaux plus rien, je suis nulle. Le simple fait de l'avoir chez moi la mettrait en danger.

Elle sentit une pression sur son genou. Le museau de King. Mais elle l'ignora.

— Il faut que tu repartes avec elle, Cord. Ça vaut mieux.

Sa voix n'était plus qu'un murmure douloureux. Elle lui saisit le bras.

— Il suffirait que je dise ou que je fasse quelque chose pour qu'elle soit doublement en danger. Emmène-la avant qu'elle ne soit à son tour victime de mon erreur.

Interdit, Cord repoussa le chien et la regarda, cherchant visiblement à comprendre ce que cachait son expression torturée.

— Qu'est-ce que tu racontes ? Tu as sauvé plein d'enfants. Des enfants perdus, pris en otage, violés, abusés. Tu étais l'ange gardien qui intervenait à temps pour les sauver. Combien d'entre eux te doivent la vie, Julia ? Pour tous ces enfants, tu étais l'ultime espoir.

— Décidément, tu ne comprends rien.

Elle croisa les bras, les poings serrés, la silhouette tassée comme si elle s'attendait à recevoir un coup, les yeux pleins de larmes.

— Je ne suis pas celle que tu dis, Cord. Je suis un fantôme. Celle que tu connaissais est morte, et voilà ce qu'il en reste. Je ne peux pas t'aider, je ne peux vraiment pas, marmonna-t-elle.

Il tendit la main vers elle.

— Dis-moi ce qui s'est passé, la pressa-t-il sans la quitter des yeux. Dis-moi ce qui est arrivé le dernier mois où tu as travaillé. Sheila m'a écrit que tu avais démissionné, mais elle ne m'a pas donné de détails. Allons, Julia, qu'est-ce qui n'a pas marché ?

Elle ne lui avait jamais tout dit, même pas quand ils étaient très proches. Elle s'était toujours retenue, et aujourd'hui elle ne dérogerait pas.

— Je ne veux plus de responsabilités, c'est tout.

C'était tellement tentant de se laisser aller contre lui, de se laisser porter. Elle était si fatiguée, si lasse d'être seule pour chasser ses démons. Mais c'était *son* combat. Le sien et celui de personne d'autre.

Elle se redressa et repoussa la main de Cord.

— Tu devrais dormir un peu, Cord. Tu vas en avoir besoin.

A cet instant, une douleur aiguë lui vrilla la cheville. Elle poussa un cri de douleur et vit le chien reculer, la queue entre les pattes, dans une attitude de défiance. Il aboya en la regardant. puis se retourna et fila de l'autre côté de la pièce.

— Il m'a mordue, dit-elle, effarée. Ce n'est pas normal, il n'a jamais fait ça.

— Tu es blessée ?

Cord se pencha et palpa sa cheville, suscitant en elle une émotion violente. Elle n'avait jamais oublié le toucher de ses doigts, ses caresses sur ses jambes, ses cuisses, plus haut encore… Ses doigts qui connaissaient par cœur chaque centimètre carré de son corps, chaque repli, chaque creux. Tous ses secrets.

Rouge de confusion, elle chercha une excuse au chien.

— Il ne m'a jamais mordue, cela ne lui ressemble pas. En général, il est très doux.

De nouveau, King aboya. Une nouvelle fois il traversa la pièce en les fixant de ses yeux vifs. Pressentant un danger, elle sursauta.

— Lisbeth. Il essaie de nous faire comprendre que Lisbeth est en danger !

Sans échanger un mot, ils se levèrent et coururent dans l'entrée, précédés de King qui aboyait de plus belle. Bondissant devant eux, le chien les mena vers la chambre d'amis et se mit à aboyer furieusement. Julia tendit la main pour allumer et s'effondra. Le pire des cauchemars était devenu réalité.

Le lit était vide. Le coussin du fauteuil où Davey aimait à lire pendant des heures avait glissé à terre.

Lisbeth avait disparu.

La fenêtre à guillotine était à peine entrouverte. L'enfant n'avait pu être emmenée par là. Elle ne pouvait être bien loin.

— Je fais le tour de la maison et je te rejoins près du ponton, dit Cord, dévasté. Si on ne la retrouve pas très vite, il faudra sortir le bateau et la rechercher sur le lac. Tant qu'il fait nuit, essayons de la localiser en écoutant les sons qui proviennent du bois. Il faut éviter tout bruit de moteur pour l'instant.

— Elle m'a entendue te dire que je ne voulais pas qu'elle reste ici, dit Julia, bourrelée de remords. Sinon, pourquoi se serait-elle enfuie ? C'est ma faute.

Elle se mit à claquer des dents, puis les frissons gagnèrent son corps.

— C'est ma faute, c'est ma faute, répéta-t-elle en fixant la chambre vide. Je t'avais dit qu'avec moi elle courait un danger.

Cord la prit par les épaules et la secoua.

— Toi seule peux la sauver, Julia. Tu as un sixième sens pour deviner ce qui se trame dans la tête des enfants. C'est un don que tu as. Sers-t'en et trouve-la.

Elle tenta d'éviter son regard, mais c'était plus fort qu'elle, il l'attirait. Il était beau, séduisant et l'action lui allait bien. Or il fallait agir, et vite.

Cessant de trembler, elle décida soudain de l'aider. D'ailleurs, avait-elle le choix ?

Dehors, la nuit était de plus en plus épaisse et le vent dans les arbres de plus en plus inquiétant.

— Il y a une torche électrique dans le placard de la cuisine, dit-elle. Emmène King avec toi. J'aimerais pouvoir me concentrer.

Devant l'hésitation de Cord, elle insista.

— Tu sais comment je travaille.

Il tendit la main et, du bout du pouce, lui caressa les lèvres.

— Je sais, dit-il, ému. Je ne pensais pas revoir un jour ce miracle.

Il soutint son regard quelques secondes. Ce fut bref mais intense. Le film de leur vie commune défila entre eux en accéléré, puis il sortit.

Telle son ombre, le chien se précipita derrière lui.

Seule désormais, elle devait trouver l'étoile qui la conduirait vers l'enfant en danger.

Elle éteignit et sortit. Dehors, elle inspira une grosse bouffée d'air frais et fit le vide dans sa tête.

L'enfant ! Mon Dieu, il fallait sauver cette enfant !

3

A l'époque, pensa-t-elle, le lac était plus bleu et les étés plus longs. Et son grand frère était pour elle le centre du monde. A neuf ans, Davey avait toujours raison. Il était tellement plus raisonnable et plus fort qu'elle, qui n'avait que cinq ans et dont il était le héros !

Parfois, la chance aidant, elle pouvait le suivre. Comme elle suivait Cord aujourd'hui, se rappela-t-elle, nostalgique. La veille du jour fatidique, Davey l'avait chargée de descendre au garage à bateaux après dîner pour glisser les gilets de sauvetage sous le siège avant du *Sunfish*, afin que tout soit prêt pour le lendemain matin. Elle s'était sentie importante pour qu'il lui confie une telle mission. Les gilets étaient orange clair. Davey lui avait expliqué que, grâce à cette couleur voyante, ceux qui recherchaient les marins tombés à l'eau les repéraient plus facilement. Ces gilets sentaient le chien mouillé, avait-elle pensé en les plaçant dans leur compartiment sous la banquette avant du voilier. Elle ne savait pas pourquoi, mais c'était un fait.

C'était l'odeur de King, leur vieux berger allemand mort l'hiver précédent. L'odeur qui émanait de sa fourrure quand, après avoir joué avec eux dans le lac, il s'ébrouait avant de se sécher au soleil.

Le lendemain matin, elle embarquait sur le *Sunfish*. Des lambeaux de brouillard, tels de vieux morceaux de voile, recouvraient encore la surface de l'eau quand Davey avait sauté à bord. En le regardant, elle avait eu peur, mais elle avait veillé à ne pas le lui montrer. Et si un jour il n'arrivait pas à monter à bord à temps ? Et s'il défaisait l'amarre et restait sur le ponton, la laissant seule sur le lac ? Elle avait peur rien que d'y penser. Mais Davey était intelligent. Il trouverait toujours un moyen pour la rejoindre. Jamais il ne l'abandonnerait.

Ils n'étaient pas censés sortir tous les deux seuls ce matin-là, mais ce n'était pas la première fois que Davey décidait de sortir le bateau en cachette. C'était un marin-né, Davey. Papa l'avait dit fièrement aux membres du yacht-club, un jour qu'il les recevait à la maison, en ébouriffant les cheveux de son frère. D'ailleurs, il lui avait acheté une casquette de capitaine au club nautique. Elles étaient toutes trop grandes pour son tour de tête à elle, mais elle n'avait pas été jalouse.

Pour l'heure, elle était heureuse de naviguer sur le lac avec Davey. Il était pourtant fâché contre elle : elle avait un gilet de sauvetage beaucoup trop grand pour elle qui lui remontait sous les bras chaque fois qu'elle faisait un geste. Résultat : il était obligé de le remettre en place, et ça l'agaçait.

Davey, lui, n'avait pas de gilet sur son T-shirt rayé. C'était à cause d'elle. Elle était pourtant certaine d'avoir mis deux gilets de sauvetage dans le bateau, la veille. Mais quand, une fois sur le lac, Davey lui avait demandé de lui passer l'autre, il avait disparu. En tout cas, il n'était pas là.

Une des choses les plus adorables chez son grand frère, c'est que ses colères ne duraient pas. Déjà, il souriait de nouveau en lui montrant un héron blanc qui volait à tire-d'aile au ras du lac. Son meilleur ami, Cord Hunter, connaissait tout sur les oiseaux et les animaux qui vivaient autour du lac. Evidemment, ses ancêtres avaient toujours vécu là. Ce n'était pas comme leur famille à eux qui ne s'y installait que pour l'été. Le reste de l'année ils vivaient dans leur grande maison de Long Island près de New York. So chic !

Cord était aussi bon marin que Davey, mais lorsqu'elle lui avait demandé si son père était aussi membre du yacht-club, il s'était renfrogné. Il avait fait la moue, avait tiré sur ses couettes et lui avait dit que son père travaillait et n'avait pas de temps à perdre dans des clubs. Davey lui avait ensuite dit de cesser de poser des questions stupides et de lui en parler d'abord. Mais elle savait que Cord n'était pas fâché contre elle, parce que le même jour il avait trouvé un joli galet, rond et lisse, et le lui avait donné comme porte-bonheur.

Le *Sunfish* avait changé de cap. Davey lui avait expliqué qu'on appelait cette manœuvre *changer de bord* et qu'il fallait faire attention à cette occasion de ne pas recevoir la bôme sur la tête. Ce qui s'appelait empanner, avait-il précisé.

Quand le héron était revenu voler au-dessus d'eux comme pour mieux faire connaissance, Davey avait suivi des yeux l'ombre de ses grandes ailes dans le ciel. La bôme s'était balancée et était venue heurter sa tête avec un bruit sourd.

Les yeux écarquillés, elle avait vu la tête de Davey retomber sur sa poitrine comme si son cou ne la tenait plus. Le boute qu'il tenait lui avait échappé de la main, mais au lieu de retomber tout de suite sur le pont, il était resté suspendu au niveau de sa taille avant de glisser sur ses genoux et de s'enrouler autour de ses jambes.

Elle avait cru revoir l'un des films que papa avait pris l'année précédente quand Davey apprenait à plonger du tremplin le plus haut.

Assis dans le salon, papa passait et repassait plus ou moins vite les images pour que Davey puisse voir ses erreurs et les corriger. Ensuite, Davey s'était tellement entraîné que le coach du club de natation avait voulu qu'il entre dans l'équipe des plongeurs. Mais Davey, quand sa technique avait été jugée parfaite aux yeux de papa, n'avait plus remis les pieds à la piscine.

C'était comme quand papa passait le film au ralenti, s'était-elle dit.

Les pieds de son frère, suspendu en l'air, avaient remué, et l'impression de ralenti s'était accentuée sous ses yeux médusés.

Alors, il avait commencé à glisser. Ses hanches touchaient encore le bord du bateau, ses jambes gigotaient en l'air en une danse sinistre, mais sa tête frôlait déjà l'eau.

Le film allait se rembobiner et Davey allait remonter sur le bateau. Tout serait comme avant. Elle éclaterait de rire et lui dirait qu'il avait des jeux rigolos. Ils riraient ensemble, ils rentreraient à la maison, et peut-être la maman de Cord les emmènerait-elle en ville l'après-midi pour manger des glaces ? C'était sûrement ce qui allait se passer.

Sauf que, au lieu de se rembobiner, le film s'était emballé.

Elle avait vu le T-shirt de Davey sous l'eau et ses jambes emprisonnées dans le boute attaché au bateau. Elle avait senti un poids sur sa poitrine. Elle ne pouvait plus respirer. Elle avait quitté son siège et s'était agenouillée. Elle avait trop peur pour se lever parce que le bateau montait et descendait comme s'il allait se retourner. Elle avait rampé jusqu'à l'endroit où l'écoute était attachée. Elle avait essayé de tirer, encore et encore, de toutes ses forces, mais le poids qui lui écrasait la poitrine était de plus en plus lourd et elle respirait de plus en plus mal.

Le vent avait forci et le *Sunfish* avait pris de la vitesse. Le boute avait filé entre ses doigts et elle s'était mise à hurler, à hurler.

Au loin, sur la berge, elle avait aperçu Cord. Celui-ci avait sauté dans le vieux bateau à moteur de son père et s'était dirigé vers eux.

Rien n'avait plus été pareil ensuite.

Sa mère avait tout le temps un verre à la main et s'endormait en bas devant le téléviseur qui restait toujours allumé. Quant à son père, quand il la regardait, elle avait l'impression qu'il ne la voyait pas. Parfois, elle se demandait si elle n'était pas transparente, et cela lui faisait peur.

Assise dans la chambre sombre, Julia sentit la brise du matin souffler par la fenêtre ouverte et sombra plus profondément encore dans le passé.

Elle s'efforça de se rappeler la petite fille qu'elle avait été, de revivre la peur et le chagrin qu'elle avait connus autrefois et qu'elle avait lus sur le petit visage fatigué auréolé de cheveux roux dans lequel deux yeux bleus la fixaient. Il fallait qu'elle trouve l'enfant. Qu'elle sauve cette enfant. Qu'elle soit cette enfant.

Elle n'avait que cinq ans et elle était terrorisée.

Il fallait qu'elle trouve un endroit obscur et sûr pour se cacher, un endroit où personne ne puisse la trouver. Elle serrerait les bras autour de ses genoux repliés et attendrait là dans le noir. Et comme elle serait transparente, elle serait invisible.

Telle une somnambule, elle se leva et se dirigea vers la porte qui donnait sur le jardin où sa mère s'asseyait autrefois pour faire semblant de lire. Quand elle passa près du fauteuil en teck qu'elle n'avait pas changé de place depuis son retour, elle crut sentir *Shalimar*, le parfum préféré de sa mère.

Elle frissonna mais continua de marcher.

Il lui fallait un lieu sombre, plus noir que la nuit, plus noir que le bois derrière la maison, un endroit où elle pourrait se cacher aussi longtemps qu'elle voudrait. Une cachette que personne ne pourrait trouver, sauf une autre petite fille en quête, elle aussi, d'un endroit où se cacher.

Ses pieds dans les babouches semblaient suivre un chemin qu'ils auraient eux-mêmes tracé dans l'herbe humide.

Dans le silence, elle crut entendre un murmure, un son à peine audible. Elle se concentra et le murmure se précisa. Il venait du garage à bateaux.

Immobile dans l'herbe mouillée, Julia rassembla ses esprits.

En redevenant la petite fille qu'elle avait été, elle pouvait réagir comme la fillette qu'elle cherchait. Et la trouver. Mais Lisbeth n'avait pas besoin de l'aide d'une autre enfant. Elle avait besoin de Julia, adulte, qui la protège.

— Elle n'est pas dans le coin, j'ai fouillé le bois jusqu'à la clairière, dit Cord, King sur les talons.

Elle posa la main sur le bras de Cord.

— Ne cherche pas, dit-elle, elle est dans le vieux garage à bateaux.

Elle soupira.

— Elle ne pouvait pas trouver un endroit plus dangereux. Depuis que je suis revenue, je me dis que je vais le faire abattre. Laisse-moi y aller seule, Cord. Je suis plus légère que toi. Le plancher est complètement pourri, mais même avec l'enfant dans les bras, j'ai une chance.

— Non, c'est moi qui y vais, dit-il d'un ton autoritaire.

Elle lui serra le bras plus fort.

— Lisbeth a fugué à cause de moi. C'est moi qu'elle a fuie. Si c'est toi qui y vas, elle recommencera. Tu ne comprends pas… Il faut qu'elle sache que c'est moi qui suis venue la chercher, que je veux la retrouver et que je n'arrêterai de la chercher que lorsque je l'aurai trouvée. Si on n'agit pas ainsi, ça se passera mal. Elle pensera que tu me la livres comme un vulgaire paquet. Elle a confiance en toi, je dois lui prouver qu'elle peut avoir confiance en moi.

Elle hésita et ajouta d'une voix douce :

— De plus, je suis sa marraine, j'en ai la responsabilité.

— Je devrais savoir qu'il est inutile de discuter avec toi quand tu as pris une décision, dit Cord, résigné.

Il jeta un coup d'œil au vieux garage.

— C'était déjà comme ça quand tu avais l'âge de Lisbeth. La même chose quand tu avais seize ans et que tu voulais prendre ma moto. C'est pareil aujourd'hui. Je me trompe ? Je vais donc rester dehors, mais si tu sens que la cabane menace de s'effondrer, je t'en supplie, appelle-moi.

Comme elle se détournait, il l'arrêta.

Là, il l'attira à lui et l'embrassa sur la bouche, puis la relâcha aussi brusquement qu'il l'avait attirée. Sur son visage était plaquée une expression étrange.

— Vingt-trois mois, quatre jours, deux heures, déclara-t-il gravement. Je n'ai jamais pu t'oublier.

Soutenant son regard étonné, Cord esquissa un sourire.

— J'aurais dû refuser de sortir de ta vie. Je ne l'accepterai pas une deuxième fois.

Il passa le doigt sur sa bouche toute douce encore de son baiser, puis il se retourna et partit en direction du garage.

Interloquée, confuse, elle le suivit jusqu'au bâtiment branlant au bout du ponton.

Il n'avait pas changé. Il avait toujours eu plus confiance en elle qu'elle-même. Il l'avait toujours jugée forte et capable d'affronter toutes les situations. Et pourtant…

Après l'avoir chassé de sa vie, il lui avait fallu du temps pour retrouver un semblant d'équilibre dans une existence devenue vide et stérile.

S'il remettait un pied dans sa vie, comment allait-elle gérer leur relation ?

La porte du garage était entrouverte. Cord l'ouvrit en grand et fit la grimace en l'entendant grincer sur ses gonds rouillés.

Chassant de son esprit ce qui venait de se passer entre eux, elle entra.

Il faisait si noir qu'il était impossible de voir. Elle se souvenait d'une sorte de passerelle tout autour du local et d'un grand vide au centre pour y loger le bateau. Il n'y avait plus de *Sunfish* depuis des années, mais elle entendait le clapotis de l'eau.

Lisbeth était là, quelque part, tapie derrière les cartons vides, les vieux moteurs et les bâches goudronnées, elle en était certaine. Elle était là, et en danger.

Comme pour confirmer ses craintes, le vent du large se mit à souffler, rafraîchissant l'air, et le plancher de bois craqua. La structure était dans un état alarmant.

Soudain, dans le fond, de l'autre côté du rectangle où brillait par moments une eau glauque, elle entendit un bruit, puis il y eut un *splash* étouffé comme si quelque chose était tombé à l'eau.

Julia essaya de contrôler sa répulsion. C'étaient des rats. Des rats d'eau. Répugnant. « Quelle horreur ! », se dit-elle, dégoûtée à l'idée qu'ils couraient autour d'elle.

Arrivée près d'une pile de cartons, elle s'arrêta et appela d'une voix douce :

— Lisbeth, c'est moi, Julia. Ta taty. Je suis venue te chercher. Ton oncle Cord est dehors, il nous attend.

Glissant prudemment un pied devant elle, elle sentit un trou dans les planches. De la sueur perla à son front.

Lisbeth, toute seule, avait dû marcher là. Cernée par tant de dangers, ce serait un miracle qu'elle soit toujours en vie. Mais elle n'allait pas céder au découragement.

— Je ne te dirai rien. Personne ne te grondera et personne ne te forcera à revenir si tu ne le veux pas. Mais j'ai quelque chose d'important à te dire. Je veux que tu saches que je suis vraiment, vraiment triste de t'avoir rendue malheureuse à la maison.

L'oreille aux aguets, elle crut capter un léger souffle près du tas de cartons.

A l'endroit où elle se trouvait, le plancher semblait solide, aussi s'agenouilla-t-elle pour se mettre à hauteur de l'enfant. Lisbeth se sentirait moins menacée que si la voix venait d'en haut.

— Dis-moi, Lisbeth, sais-tu ce qu'est un porte-bonheur ? Ça peut être une patte de lapin ou une pièce de monnaie que tu gardes dans ta poche.

Soudain, elle aperçut le petit bout d'une chaussure blanche qui dépassait d'un carton. L'air de rien, elle continua à parler.

— Il y a des choses qui ne portent pas bonheur. Moi, par exemple, je ne te porte peut-être pas bonheur. Je me suis donc dit que tu serais plus heureuse dans une autre maison que la mienne.

Peu à peu, le petit visage en forme de cœur apparut dans l'ombre. Lisbeth, les yeux grands ouverts, semblait sur ses gardes.

— Sauf que je me suis souvenue que j'ai un porte-bonheur qu'on m'a donné quand j'avais ton âge. Il est si magique qu'il chasse les mauvais esprits.

Très doucement, elle sortit de son déshabillé le galet que Cord lui avait offert autrefois. Il lui avait tenu lieu de talisman.

Il était temps que son pouvoir miraculeux agisse de nouveau. Elle tendit la pierre toute lisse à la fillette.

— Prends-la. Elle est à toi, maintenant.

Une petite main toucha la pierre du bout des doigts puis la prit et l'enfouit dans la poche de son pantalon.

— Je crois que j'ai faim, pas toi ? Si tu veux, on peut rentrer. Je suis sûre que ton oncle Cord nous préparera ses fameuses crêpes au sucre si on le lui demande. Il cuisine mieux que moi.

Elle tendit la main à la petite fille. Jamais, de toute sa vie, geste n'avait été plus important.

— Il fait noir ici, tu ne trouves pas ? Je préférerais que tu me tiennes la main, sans quoi je risque de tomber dans le lac.

Un pâle rayon de lumière s'insinua dans les fissures du bâtiment et l'éclaira assez pour qu'elle distingue le visage de la fillette, dont les deux couettes rousses se balancèrent de haut en bas comme des ressorts.

Victoire ! L'enfant acceptait.

La menotte toute fraîche se glissa dans la main de Julia et l'agrippa fermement.

Brusquement, au fond d'elle-même, elle ressentit quelque chose de très doux et de douloureux à la fois, une tendresse qu'elle avait toujours voulu ignorer, mêlée de regret.

Malgré les larmes qui lui montaient aux yeux, elle chercha Lisbeth du regard.

— Ta maman était ma meilleure amie, ma chérie. Je pense qu'elle aurait aimé que nous apprenions à nous connaître.

Une larme lui échappa qui se noya dans l'eau du lac.

4

Suivie de Cord, Julia s'arrêta au pied du cerisier du Japon qui avait constitué autrefois la pièce maîtresse d'un jardin oriental depuis longtemps disparu et se frotta les yeux.

Cord avait dû dormir autant qu'elle, c'est-à-dire deux heures tout au plus. Mais si elle-même avait pu se tourner et se retourner dans un lit, lui avait dû se contenter d'un matelas par terre dans le couloir, devant la porte de la chambre de Davey.

Malgré le soleil qui brillait fort, ce n'était que le début de l'été. La terre dégageait assez de chaleur pour disperser les restes d'humidité du printemps, mais la brise du nord soufflait sur le lac, rafraîchissant l'air qui sentait bon les pins. Les arbres de la propriété, les acajous, les érables et le chêne pluricentenaire, n'avaient pas encore sorti toutes leurs feuilles. D'ici quelques semaines elles formeraient une somptueuse masse verte, mais pour l'instant le ciel d'une totale pureté était encore visible à travers l'enchevêtrement des branches.

Elle jeta un coup d'œil vers la maison.

L'enfant dormait toujours, et King menait la garde devant sa porte. Un peu plus tôt, Cord avait informé la mère de Sheila que sa petite-fille était avec lui. Betty Wilson, hébétée par la nouvelle qu'elle venait d'apprendre, avait répondu qu'elle était rassurée de la savoir avec eux. Betty s'était battue récemment contre un cancer, et Julia savait qu'elle n'était plus capable, à son grand regret, de s'occuper de sa petite Lisbeth chérie.

— Qu'allons-nous faire de Lisbeth ?

— J'y ai pensé, dit Cord. Depuis que mon père a déménagé,

ce sont des amis à moi qui occupent la maison. Il m'a dit qu'il y avait trop de souvenirs de maman dans cette maison pour la vendre. Mary et Frank Whitefield accueilleront Lisbeth aussi longtemps qu'il le faudra. Je ne veux pas qu'elle soit avec nous pendant que nous donnons la chasse aux assassins de ses parents.

Il se pencha et arracha une mauvaise herbe dans le massif de pivoines.

— Mon père avait planté ces fleurs pour ta mère autrefois, dit-il avec nostalgie.

Il se releva et soupira :

— Je n'ai pas aimé vivre en Californie. Je ne me sentais pas chez moi.

Julia comprenait cet attachement. Les racines de Cord étaient ici. Il avait beau être à l'aise partout, se fondre dans tous les paysages, les origines de sa famille le ramèneraient inexorablement à un certain mode de vie, à certains lieux. C'était viscéral chez lui, il avait besoin de voir le lever de soleil sur le lac, le vol des cardinals rouges sur un rameau couvert de neige, de sentir sous ses pieds le tapis de mousse sur le sol de granit.

— La Californie ne t'a pas toujours brûlé la plante des pieds, quand même ? plaisanta-t-elle. Tu n'as jamais eu envie de connaître les bimbos de Los Angeles ?

Sa remarque imbécile à peine lancée, elle la regretta. Ç'avait été plus fort qu'elle, elle n'avait pas pu s'en empêcher !

— Excuse-moi, dit-elle précipitamment. Ça ne me regarde pas.

Trop tard. Sa jalousie avait pointé le nez. Elle voulait savoir. Comment il avait vécu ces deux années passées, s'il avait rencontré une fille, s'il était tombé amoureux… Tout !

Cord essuya sa main terreuse sur son jean.

— Tu es folle, dit-il. Je n'ai jamais aimé qu'une femme, et c'est toi. Comment peux-tu imaginer que la distance ait suffi à changer mes sentiments ? Crois-tu vraiment que j'aurais pu oublier ta voix, ton visage, le parfum de ta peau ? Tu veux que je te dise ? Tu me hantais dès que j'ouvrais les yeux.

Il s'exprimait avec calme, comme toujours. Immobile, solide et fort, il se tenait droit comme un I et lui fit penser au chêne qui protégeait la maison.

— Une nuit, j'ai rencontré un homme dans un bar, reprit-il. Il m'a raconté qu'on pouvait se métamorphoser, que lui-même s'était transformé en aigle pour survoler les montagnes. Peut-être avait-il trop bu, et moi aussi ? N'empêche que je l'ai cru. Je n'ai plus pensé alors qu'à me muer en aigle, un aigle très fort qui puisse traverser tout le continent américain pour te retrouver. J'imaginais que je me posais sur le rebord de ta fenêtre, je regardais dans ta chambre pour m'assurer que tu dormais et que tout allait bien, et puis je repartais au clair de lune avant que tu ne t'éveilles.

Incapable de trouver un mot à lui répondre, elle baissa les yeux, à la fois émue et gênée.

Il esquissa un sourire en coin et tendit la main pour repousser une mèche de ses cheveux.

— Comme je te l'ai dit, je devais être un peu ivre. Je me rappelle m'être réveillé des heures plus tard, gelé et ankylosé, au sommet d'une colline, persuadé que je m'étais effectivement transformé en aigle et que je t'avais vue. Cela ne s'est jamais reproduit. Alors j'ai choisi de rêver de toi et de te prendre toutes les nuits dans mes bras.

Elle ne voulait pas en entendre davantage.

— Je ne crois pas à la magie, Cord. Si tu tenais quelqu'un dans tes bras la nuit, c'était un fantôme.

Leurs regards se croisèrent. Se fuirent.

— Ce que nous avons connu autrefois toi et moi est mort, reprit-elle avec effort. J'ai essayé de te le faire comprendre, il y a deux ans. Si tu ne veux pas l'accepter, je ne vois pas comment nous allons pouvoir collaborer pour retrouver le meurtrier de Paul et de Sheila.

— Je n'accepte pas ce que tu dis parce que ce n'est pas la vérité. Tu te mens. Tu me mens. Je suis toujours pareil, incapable de te regarder sans te désirer. Je te désire tellement que je pourrais ramper sur les coudes et les genoux pendant des kilomètres rien que pour te rejoindre. Et que tu le veuilles ou non, Julia, toi aussi tu me désires.

Il enfouit la main dans ses cheveux, s'attarda sur sa nuque.

— Prouve-moi le contraire, si tu peux. Embrasse-moi.

Elle haussa les épaules en ricanant.

— T'embrasser ? Et puis quoi encore ?

— Je te dis de m'embrasser. Juste un baiser comme ça, un baiser sans conséquence.

Il l'attira à lui en continuant de lui caresser la nuque. Les menus débris de terre qu'il avait encore sur les doigts la grattèrent. Voulait-il la marquer de son empreinte ?

— C'est du roman, tout ça, ironisa-t-elle. De l'histoire ancienne. On n'en parle plus.

Mais Cord avait approché le visage du sien et ses lèvres frôlaient sa bouche. S'il ne reculait pas…

Et, brusquement, une bouffée de désir la submergea. L'air autour d'elle parut se raréfier. Un brusque coup de chaleur la fit rougir. Elle sentit son corps réagir sous ses doigts.

— Non, Cord…

Mais son corps criait *oui* !

Il hocha la tête et lui sourit, narquois.

— Tu es têtue comme une mule, Julia. Pourquoi mets-tu tant d'obstination à refuser ce que nous désirons tous les deux si fort ?

Il laissa sa main glisser sur sa nuque et haussa les épaules. Partagée entre soulagement et déception, elle le regarda s'éloigner. Ses jambes étaient en plomb et elle resta sur place.

Il s'arrêta et se retourna.

— Et puis non, ça ne va pas recommencer ! dit-il.

Se ravisant, il revint vers elle d'un pas décidé, la saisit par le poignet et la serra contre lui à lui couper le souffle, si brusquement qu'elle ne put le repousser.

— Si tu savais comme j'ai envie de ça, dit-il en frottant sa bouche sur ses lèvres.

Il sentait bon le sel. Des gouttelettes de transpiration perlaient dans le V de son pull.

La première fois qu'ils s'étaient embrassés, elle avait dix-sept ans, lui vingt-deux. Aujourd'hui, dix ans et beaucoup d'intimité plus tard, elle aurait juré qu'elle le connaissait par cœur. Elle se trompait. En fait, elle ne savait rien de lui, ou si peu.

Jamais, pas même pendant les derniers mois de leur relation, il n'avait abusé de sa force physique pour la prendre contre son gré. Aujourd'hui, tel un adolescent dominé par ses pulsions, il ne se contrôlait pas. Jamais il ne l'avait embrassée avec cette passion. Jamais elle ne l'avait connu si ardent.

Il la voulait à lui, là, tout de suite. Sans attendre.

Malgré la sonnette d'alarme qui tintait dans ce qui lui restait de cerveau, elle se persuada volontiers qu'elle n'avait d'autre choix que d'accéder à sa demande.

Succombant sans arrière-pensée, elle lui rendit son baiser.

Mon Dieu, que c'était bon ! Sa bouche avait un goût qu'elle ne se rappelait pas. Une saveur nouvelle, brûlante et délectable comme un alcool fort que l'on flambe pour n'en garder que l'essence.

Ne sachant plus où donner de la tête, elle plaqua les mains sur sa chemise et en tripota nerveusement les boutons qu'elle défit avec une impatience fébrile. Le duvet de sa poitrine lui chatouilla les doigts, et elle sourit de plaisir. Elle laissait ses mains errer sur son corps quand, soudain, une cicatrice sous ses doigts arrêta sa caresse.

Une autre femme lui aurait demandé ce que c'était. Elle, elle savait. Elle le connaissait par cœur, son Cord. Un jour où ils étaient au lit, elle l'avait caressé et s'était amusée à s'arrêter sur chacune de ses cicatrices, évoquant chaque fois les circonstances de la blessure. Il l'avait regardée faire, amusé. Une chute du chêne à neuf ans. Un peu plus tard, une leçon de pêche au lancer qui avait mal tourné, Cord s'étant planté lui-même l'hameçon dans l'épaule ! Plus tard encore, il avait été mitraillé par des éclats de ferraille lors de l'incendie de l'usine locale. Pompier volontaire, il avait été envoyé sur le sinistre et avait été grièvement blessé quand une bouteille de propane avait explosé. Elle connaissait chaque centimètre carré de son corps. Il lui appartenait. A elle et à personne d'autre. Et être privée de lui pendant deux ans avait été pire que l'enfer.

Elle se cambra contre lui.

Encouragé, il l'enlaça encore plus violemment. Il happa ses lèvres, et elle sentit ses longs cils lui caresser les joues.

— D'habitude, je me réveille à cette heure-ci, murmura-t-il, la voix rauque.

Son souffle était chaud sur les lèvres de Julia, ses mots étouffés contre sa peau.

— Chaque fois c'est la même chose, j'ai l'impression de mourir. C'est la même chose pour toi ?

La cicatrice qu'il avait sous les côtes était le résultat d'une bagarre. L'année qui avait précédé leur séparation, il avait été chargé de mettre fin aux agissements des Donner, des mafiosi patentés, tueurs de surcroît, qui avaient préféré se colleter avec la police plutôt que se rendre.

Elle caressa la cicatrice doucement, comme une aveugle experte de ses doigts.

— C'est la même chose pour…

Les mots moururent sur ses lèvres.

Prolongeant l'autre cicatrice, un grand Z zigzaguait de son torse à sa hanche. Ça n'avait pas l'air beau. Et c'était nouveau. Quand et comment Cord s'était-il fait ça ? Il n'avait pas cette cicatrice deux ans plus tôt quand elle avait rompu avec lui, certaine que c'était ce qu'elle avait de mieux à faire. Il l'aimait, la désirait, mais elle n'avait pas de place dans sa vie. Une vie dangereuse, qui passait avant l'amour qu'il prétendait lui porter.

La preuve, il avait encore risqué sa vie. Elle en avait le stigmate sous les doigts.

Elle aussi l'aimait toujours. Elle n'aimerait jamais aucun

homme autant que lui. La dernière et plus belle preuve d'amour qu'elle lui avait donnée avait été de lui rendre sa liberté.

— Oui, pour moi aussi, Cord.

Elle recula un peu la tête et posa un doigt sur sa bouche dont elle redessina le contour.

Les yeux noirs de Cord brillaient de désir.

— Nous faisions l'amour divinement, toi et moi, tu te rappelles ? Et tu as raison, je ne t'embrasserais pas comme ça si je ne ressentais rien pour toi. Mais…

Elle hésita, fixant ses lèvres comme pour en mémoriser précisément le bombé.

— Ce que j'essaie de te dire, c'est que ce ne serait pas honnête de ma part de te laisser croire qu'on peut renouer une relation. Cela ne reposerait que sur des souvenirs d'enfance oubliés depuis longtemps et sur le fait que toi et moi on aime bai…

Il recula d'un pas pour mieux la voir.

— Nous n'avons jamais fait ce que tu viens de dire, s'insurgea-t-il. Nous faisions l'amour.

L'air triste, il se frotta la joue et continua de la considérer.

— Pas besoin d'être très observateur pour se rendre compte que nos vies, la tienne comme la mienne, partent en vrille. Et pour les mêmes motifs. Nous sommes faits l'un pour l'autre, Julia. Voilà pourquoi ! Aussi, cette fois-ci, je ne partirai pas avant d'avoir compris pourquoi cette évidence te fait si peur.

Julia resta coite, tremblante. D'ici une ou deux minutes il serait parti, il ne fallait pas qu'elle faiblisse.

Il cherchait son regard. Elle le soutint.

— Je ne suis pas têtue, Cord. C'est toi qui l'es. Je travaillerai avec toi sur cette affaire, mais c'est tout. Nous sommes partenaires ponctuellement. N'attends rien d'autre de moi.

Dans le ciel, un nuage poussé par le vent passa au-dessus de leurs têtes. Son ombre balaya le faîte des pins, la terrasse, le visage de Cord.

Quelque chose brilla dans ses yeux. Une expression fugace.

— Tu réussis parfois à me faire changer d'avis, dit-il d'une voix douce. Ce qui tend à prouver que je ne suis pas aussi obstiné que tu le prétends.

Désemparée, elle le regarda un moment remonter l'allée de gravier vers la maison puis se tourna vers le lac pour ne pas le voir partir.

Les bras croisés sur la poitrine, les poings tellement serrés que ses ongles lui entamaient les paumes, elle se noya dans la contemplation des vaguelettes qui froissaient la surface de l'eau. Le petit pull de coton qu'elle portait la protégeait mal du vent du lac, mais cette fraîcheur était la bienvenue pour apaiser la sensation de brûlure qui lui piquait les yeux.

Elle aurait tort d'être jalouse de la belle californienne, liane blonde aux yeux verts, qui prendrait sa place dans le cœur de Cord, pensa-t-elle avec chagrin. Quelle que soit la femme avec laquelle il ferait sa vie, qu'elle soit belle ou laide, elle finirait un jour par faire comprendre à Cord qu'elle n'était pas son ennemie.

— Je ne te connaîtrai jamais, mais un jour tu entendras parler de moi, murmura-t-elle.

Les yeux pleins de larmes, la voix brisée, elle fixa l'eau du lac qui commençait à crépiter sous le souffle du vent qui avait forci.

— Tu te demanderas comment une femme a pu le laisser partir. Tu te diras que cette femme-là ne l'aimait pas. Mais tu auras tort. Si tu savais…

Pleurant à chaudes larmes, elle continua de se souvenir.

Ses règles étaient en retard, mais elle ne lui en avait rien dit. Elle avait décidé de garder son secret pour elle toute seule, voulant être certaine avant de lui annoncer la nouvelle.

Quand le test de grossesse s'était révélé positif, elle avait commencé à trembler, assise au bord de la baignoire.

Pourtant, c'était ce que Cord voulait, s'était-elle dit en fixant le bâtonnet rose comme si c'était un serpent prêt à piquer. Fonder une famille. Deux garçons et deux filles. Il avait toujours plaisanté sur ce qu'il enseignerait à ses garçons : la cuisine, pour faire d'eux des cordons-bleus comme leur père. Et à ses filles, le lancer, pour en faire des championnes de pêche à la truite !

Il ferait un futur père parfait, s'inquiéterait de sa santé, devancerait ses envies de femme enceinte pour les satisferaire. Il suivrait avec elle les cours d'accouchement sans douleur et puis, le jour venu, il la conduirait à toute allure en voiture à l'hôpital où elle donnerait naissance à leur bébé. Un petit être humain fragile et dépendant, dont ils seraient responsables.

Elle remplirait ses devoirs de mère quoi qu'il arrive, avait-elle pensé avec une froide certitude.

S'il y avait une chose qu'elle savait, c'est que le drame pouvait frapper brusquement malgré les précautions prises pour assurer la sécurité d'un enfant. Le monde était dangereux, l'environnement truffé de pièges, et, le plus souvent c'étaient des innocents, des sans-défense qui en étaient les victimes. Des enfants qu'elle n'avait pas toujours été capable de sauver.

Elle s'estimait responsable de beaucoup d'échecs dans des affaires d'enfants maltraités dont on la prévenait, hélas, trop souvent trop tard. Les affiches d'enfants disparus qui jaunissaient sur les poteaux télégraphiques de la ville, sur les portes des postes et dans les commissariats, l'angoisse des parents bourrelés de remords qui se lamentaient sans fin, leurs douloureuses litanies, tout cela l'avait minée.

« Si seulement je ne lui avais pas lâché la main », « si seulement on l'avait assis à l'arrière de la voiture », « si seulement nous l'avions emmené avec nous », « si seulement nous avions pu le garder en vie »... Immanquablement, les reproches que s'adressaient les parents s'achevaient par la même formule : « Si seulement on avait su, on aurait fait autrement. »

Julia, elle, savait.

Puisqu'elle savait, à quoi avait-elle pensé en faisant un

enfant avec Cord, un enfant qui naîtrait dans ce monde de violence et de danger ?

Quand, finalement, elle avait su qu'elle avait mal interprété son test de grossesse, elle s'était dit que le hasard avait bien fait les choses et s'était félicitée de ne pas en avoir dit un mot à Cord. En quittant le cabinet du médecin, elle était allée s'asseoir au parc. A la nuit tombée, elle avait délaissé son banc, tout ankylosée d'être restée ainsi assise pendant des heures à réfléchir. Elle avait pris une décision.

Son métier était de sauver des enfants. Hélas, des dizaines d'entre eux échappaient à sa vigilance. Leurs enfants à eux, Cord et elle, ne souffriraient pas de son incompétence. Car elle n'en aurait pas.

Elle allait l'obliger à partir. Elle lui raconterait n'importe quoi pour qu'il s'en aille, mais elle ne lui avouerait pas la vérité.

Car s'il apprenait la vraie raison de son angoisse, il essaierait de l'aider. Et comme la perspective de le perdre allait la dévaster, elle risquait de faiblir et d'écouter les mensonges qu'il inventerait pour la convaincre. Il lui dirait par exemple : « Pas d'enfants ? Ce n'est pas un problème pour moi. » Ou « Je n'en serai pas malade si je ne tiens pas une menotte dans ma main. » Ou « Mes copains qui ont des enfants, je ne les envie pas particulièrement. » Il finirait même par s'en convaincre. Mais avec le temps, le sentiment d'un manque commencerait à l'habiter, parce que s'il y avait quelqu'un sur cette terre qui rêvait d'avoir des enfants, c'était lui. Il aurait beau l'aimer, il regretterait toujours d'être passé à côté de ce grand bonheur à cause d'elle. Et il lui en voudrait.

— Non, tu ne peux pas savoir, murmura-t-elle en tournant le dos au lac. Je le laisse partir justement parce que je l'aime. Je l'ai toujours aimé…

Les enfants de Cord lui ressembleraient. Ils grandiraient au bord du Pacifique et ils joueraient au tennis comme leur mère.

Quand elle fut de retour sur la terrasse, King lui fit la fête et une brigade de tourterelles s'envola.

Les larmes aux yeux, elle entra dans la maison et, avant de refermer la porte, se retourna et jeta un dernier regard au lac.

— Et je l'aimerai toujours, murmura-t-elle tout bas.

5

— Tu es cendres et tu retourneras en cendres, poussière et tu redeviendras poussière…

Raide comme un I au côté de Cord, Julia songeait au métier qui avait été le leur à tous.

Etre policier n'était pas une sinécure. Nombre d'heures de travail vertigineux, respect inexistant et danger omniprésent. En compensation, quand un officier de police se faisait tuer, il y avait toujours foule aux obsèques.

Piètre consolation, se dit-elle, cynique.

Elle se rappelait le mal qu'avaient Paul et Sheila à joindre les deux bouts avec un seul salaire quand il avait débuté. De quelle façon ils célébraient Noël le jour d'avant ou le jour d'après, Paul se retrouvant toujours de service le jour même. Et combien de nuits blanches Sheila avait passées lorsqu'il partait en mission périlleuse et qu'elle se demandait si elle le reverrait vivant.

Aujourd'hui il était mort, entraînant sa femme dans sa mort. Ses collègues, nombre d'entre eux en grand uniforme, s'étaient rassemblés pour montrer au monde que malgré la modicité de leur salaire, leur profession et ceux qui la choisissaient étaient dignes de tous les honneurs.

C'était cela aussi, être solidaires.

Ces hommes et ces femmes au visage accablé, tout autour d'elle, étaient venus dire adieu à l'un des leurs, sachant parfaitement que le prochain enterrement pourrait être le leur. La cérémonie avait été bouleversante. Mais là, devant la tombe, sous le ciel d'un bleu insolent, rien ne pouvait cacher la vision terrible des pelletées de terre qui tombaient sur les deux cercueils. A quelques mètres d'elle, effondrée, la mère de Sheila pleurait. Tous ceux qui assistaient à la cérémonie avaient le visage marqué par la douleur. Pourtant, dans cette assemblée, quelqu'un avait trahi Paul et Sheila.

Sous quel masque grimaçant de chagrin se dissimulait en fait un menteur immonde ?

Comme la foule commençait à se disperser, Cord lui prit le bras.

— Si cela ne te dérange pas, j'aimerais rester encore un peu. J'ai quelques personnes à voir. Mais si tu préfères partir…

— Cesse de me traiter comme une idiote, l'interrompit-elle, les yeux pleins de larmes. Il y a ici une personne au moins qui ne devrait pas être là. Quelqu'un qui n'était pas leur ami. Je le sais aussi bien que toi. Nous allons rester pour tenter de le confondre.

— Tu me rappelles une adorable petite fille que j'ai bien connue autrefois et qui m'affirmait qu'elle n'avait besoin de personne pour reconnaître un champignon vénéneux, rétorqua Cord. Ce n'était pas toi, par hasard ?

Il lui sourit.

— Je vois que tu n'as pas changé, tu montes toujours sur tes grands chevaux. Ce que je voulais dire, c'est que j'aurais compris que tu te sentes déplacée ici, maintenant que tu ne fais plus partie de la police.

Déconcertée, elle le fixa.

— Je pensais que tu t'inquiétais de savoir si je pourrais…

Elle haussa les épaules.

— Enfin, si je pouvais affronter une épreuve comme celle-ci sans…

Elle regarda ses mains et, inconsciemment, tordit la bandoulière de son sac.

— Sans boire un verre, acheva-t-elle avec calme.

— Et alors ?

Comme elle ne répondait pas, il lui prit le menton et releva son visage, l'obligeant à le regarder.

— Alors ? As-tu besoin de boire aujourd'hui pour évacuer le stress ?

— Autrefois, j'en aurais eu besoin. Je sais que le piège me guette encore et qu'il suffirait de peu de chose pour que je replonge.

Le regard de Cord s'assombrit. Sous la lumière du soleil qui filtrait à travers les branches des ormes, ses cils longs et fournis découpaient leur ombre sur ses pommettes.

— Dis-moi, tu buvais déjà quand nous étions ensemble ?

Voyant la conversation s'égarer sur un terrain trop personnel, interdit à ses yeux, elle se dégagea nerveusement.

— J'ai eu un problème dans mon travail, depuis. C'est ce qui a tout déclenché.

Les yeux mi-clos, elle vit défiler un flot d'images dont le souvenir lui était intolérable.

Le bord étroit du toit d'un immeuble, des voitures arrêtées des dizaines de mètres plus bas, l'expression haineuse et désespérée d'un homme qui tenait la main d'un enfant…

Elle soupira et rouvrit les yeux.

— J'étais vidée et je n'ai pas choisi la bonne formule pour régler le problème. Un problème qui ne te concerne pas.

Son ton se voulait ferme, pour bien faire comprendre à Cord qu'elle n'entendait pas transgresser la barrière qu'elle avait dressée entre eux.

La veille, elle s'était sentie soulagée quand il avait décidé de prendre une chambre en ville au lieu de s'installer chez elle dans la maison du lac. Il avait jugé préférable de descendre dans un motel, sachant qu'en vivant sous le même toit, le climat émotionnel de leur relation les empêcherait d'enquêter efficacement.

Pourtant, comme elle se sentait faible ! Il avait toujours su venir à bout de ses défenses… Allons, il était temps de revenir au présent.

La journée était superbe. L'environnement, paisible, avait des airs d'aquarelle où dominaient le vert tendre des arbres et le gris des pierres tombales érodées par les ans.

Son attention fut attirée par un remous dans la foule. Un homme qu'elle voyait de dos faisait de grands gestes. Autour de lui, les visages de ses anciens collègues étaient figés.

— Ce ne serait pas… ? commença-t-elle.

Suivant son regard, Cord finit sa phrase pour elle.

— Dean Tascoe, acquiesça-t-il. On dirait qu'il cherche la bagarre.

Tendu, il fit le tour du cimetière des yeux.

— Heureusement, Betty est déjà partie. Ça vaut mieux. Ce n'est pas une raison pour rester les bras ballants et accepter la présence de n'importe quel salaud à l'enterrement de Paul et Sheila. On n'a pas besoin de ça !

Il traversa la pelouse. Après quelques secondes d'hésitation, elle lui emboîta le pas, inquiète à la pensée de ce qui se préparait.

Devant elle, Cord avançait à grandes enjambées, raide comme la justice. Il semblait démesurément grand et inquiétant dans son costume sombre. Ses cheveux, bleus à force d'être noirs, brillaient dans le soleil de l'après-midi.

Tascoe n'avait pas choisi le moment idéal pour venir exprimer sa rancœur, même s'il l'estimait justifiée. Cord avait eu affaire à lui dans le passé et n'avait jamais caché qu'il estimait qu'il faisait honte à l'uniforme. Aujourd'hui, il supportait mal de le voir là, prêt à gâcher un moment aussi solennel.

— Salut, chef… Ça fait un bail !

Interrompant la discussion animée qu'il avait avec une belle femme apparemment très irritée — Cindy Lopez, l'équipière de Paul, elle la reconnaissait à présent —, l'ex-flic plaqua une expression de circonstance sur son visage.

— Sale temps pour la police ! Je sais bien que ça peut nous arriver à tous, mais quand même, assassiner la femme de Durant…

Il haussa les épaules.

— Je pense qu'on est tous d'accord. Quand le voyou se sera fait coffrer, il aura un accident mortel. On ne va pas lui laisser la chance de passer devant un tribunal qui ne manquera pas de s'attendrir quand il dira pour sa défense qu'il est un incompris. On sait tous ce qu'il faut faire des assassins de flics. Tous, sauf la raisonneuse qui est là.

Il jeta un regard noir à Cindy Lopez qui le lui rendit.

— Merci pour la raisonneuse, rétorqua-t-elle. Sache, Tascoe, que je viens de perdre mon équipier. Je ne pouvais pas avoir meilleur partenaire que lui. Alors, tes conseils sur ce que j'ai à faire si j'arrête son assassin, garde-les pour toi.

Elle lui jeta un regard plein de mépris.

— Je lui lirai ses droits, lui passerai les menottes et espère que la justice sera rendue comme il se doit. C'est ce qu'aurait fait Paul. Je jure que la loi sera respectée et que je ne ferai pas justice moi-même.

— Tu me parais bien posée, pour quelqu'un dont l'équipier vient de se faire descendre, *chiquita*, la nargua Tascoe. Je croyais que les gens de tes origines avaient le sang chaud. Mais tu réserves peut-être tes élans de passion pour ton amie ? Si ce n'est pas du gâchis !

— Tascoe, tu t'es fait vider de la police parce que tu étais un mauvais flic, intervint Cord en se plantant devant lui. Dommage que tu n'aies pas encore compris que nous devons être irréprochables. Si tu es venu ici pour rendre tes respects à un vrai bon policier et à sa femme, tu t'y prends plutôt mal.

— Il a raison, Dean. Laisse tomber, dit une femme blonde que Julia n'avait pas encore remarquée.

La femme, la quarantaine environ, se tenait près de l'ex-policier. Son visage, comme ceux de toutes les personnes qui avaient assisté aux obsèques, était empreint de tristesse. On discernait même des traces de larmes sur ses joues.

Etait-ce sincère ? se demanda Julia, peu convaincue par cette mine éplorée mais frappée par la nervosité du personnage.

La blonde attrapa Tascoe par le bras.

— S'il te plaît, Dean, rentrons.

A la grande surprise de Julia, Tascoe ne la repoussa pas. Au contraire, il lui jeta un regard radouci et lui tapota la main.

— Ne t'inquiète pas, Jackie. Je sais leur parler, à ces gens-là. Je leur ai dit ce que j'avais sur le cœur et que je voulais qu'ils sachent.

Il fixa Cord, toujours planté devant lui.

— Je dois dire, chef, que quand j'ai su que c'était toi qui m'avais fait virer, j'ai longtemps rêvé de te croiser une nuit dans une ruelle mal éclairée. Mais l'eau a coulé sous les ponts. Tu as fait ce que tu croyais devoir faire, et finalement je ne m'en sors pas si mal. J'ai monté une agence de détectives privés. A ce propos, si tu cherches un job un jour, passe-moi un coup de fil.

Il sortit une carte professionnelle de sa poche et la tendit à Cord. A ce moment, son regard se porta sur Julia qu'il reconnut. Etonné, il se tourna vers Cord.

— Alors les deux amoureux, on s'est retrouvés ? dit-il d'un ton sournois. Je te le dis, chef, cette mignonne s'est complètement déglinguée quand tu l'as laissée tomber.

— La ferme, Tascoe ! lança Cord d'une voix glaciale.

La menace était presque palpable.

S'ils devaient s'affronter, se dit Julia, vengeresse, Cord ne ferait qu'une bouchée de Dean Tascoe. Se battre avec lui serait pur exercice de style pour l'athlète qu'était Cord.

Mais elle chassa très vite cette pensée déplacée. Tascoe avait été musclé, mais, les années aidant, il s'était épaissi et était maintenant gras et lourd autant que vulgaire. Il avait poussé Cord à bout, et un Cord en colère pouvait être dangereux.

Le déplaisant personnage haussa les épaules.

— Pas d'insulte, chef. Je pensais simplement que…

— Cesse de m'appeler chef. Ce mot est une insulte à lui seul, Tascoe. Mais ça suffit. Je suis là pour dire adieu à mes amis et je veux la paix. File !

— On s'en va.

La blonde qui accompagnait Tascoe tenta d'intervenir. Sa voix était aussi fluette qu'elle était blonde décolorée.

— Je suis désolée pour vos amis. Ce qui leur est arrivé est affreux. Oui, affreux. Surtout qu'ils laissent un enfant.

Elle tenait Tascoe par la manche et sa main tremblait.

Tascoe pencha la tête vers sa compagne avec un gentil sourire qui, de nouveau, surprit Julia. Ce n'était plus le même homme. C'était un autre, comme s'il avait une double personnalité.

Prenant la femme par la taille, il salua Cord, ignorant ostensiblement Lopez et les autres.

La blonde se laissa entraîner.

— Je ne peux pas croire qu'il ait pu être flic, pesta Lopez en les regardant s'éloigner.

Elle se passa la main dans les cheveux puis tapota ses poches.

— S'il vous plaît, pas de remarque parce que je fume ! dit-elle, agressive, en sortant un paquet de cigarettes de sa poche de poitrine.

Elle empoigna son briquet, alluma une cigarette et en inspira une énorme bouffée qui sembla lui faire un bien fou.

— J'essaie d'arrêter, mais les sorties de ce mec, surtout après cet enterrement, c'est au-dessus de mes forces.

— Il ne vaut pas ça, Cindy. Des types comme ça, c'est juste bon à…

Une jolie femme, mince et d'apparence fragile, venait de s'immiscer dans la conversation. Des cheveux châtains encadraient son visage aux traits délicats. Alors que Lopez tirait nerveusement sur sa cigarette, elle reprit :

— Si on allait à la maison ? Je vous ferai du maté.

Elle avait une voix rauque, très sensuelle.

— On pourra s'asseoir sur le balcon.

Elle posa son beau regard vert, transparent comme l'eau de source, sur Cindy.

Il y avait de la tendresse et de l'inquiétude dans ces yeux-là, se dit Julia, saisie par une impression de déjà-vu. Sheila regardait Paul avec la même tendresse mêlée d'inquiétude quand, le stress du travail minant Paul, elle se faisait du souci pour lui.

Un instant déstabilisée, elle se ressaisit. La vie privée de

Cindy Lopez ne la regardait pas. Quand elle l'avait rencontrée après le départ de Cord, elle ne s'était pas doutée de son homosexualité, mais Paul avait dû le savoir en faisant équipe avec elle. Il la comptait parmi ses amis, c'est ce qui importait.

Lopez soupira.

— Je sais, Erika.

Les sourcils froncés, elle regarda Cord.

— Il m'a cuisinée pire que ne l'aurait fait un journaliste du *National Enquirer*. Il voulait savoir si Paul avait été frappé avant de recevoir la balle, ou l'inverse. Où exactement avait été retrouvé le corps de Sheila, ce qu'elle portait...

Sa voix se brisa.

— Après tout ce que j'ai vu depuis que je fais ce boulot, je devrais être blindée. Eh bien non. Je n'ai pas su gérer la situation.

— Ce n'est pas parce qu'on est flic qu'on est insensible, dit Cord. Paul a aussi été mon partenaire autrefois. Je ne pense pas que j'aurais mieux géré la situation que toi.

Les mains dans les poches, il regarda le ciel d'un bleu pur. Sa veste ouverte laissait deviner sous sa chemise blanche le holster qu'il portait à l'épaule.

Imaginant le revolver, Julia ne put réprimer un mouvement de recul. Il était venu armé. Redoutait-il qu'il se passe quelque chose ici ?

— Ce n'est pas normal, lança Erika en regardant à son tour le ciel d'une beauté infinie. Comment la nature peut-elle être aussi harmonieuse quand les événements sont si sombres ?

D'un geste de la main, elle balaya le paysage qui s'étendait devant eux : pelouses joliment entretenues, arbres aux feuilles vert tendre baignées par la lumière dorée du soleil.

— Si nous assistions à un opéra, les cieux se déchireraient dans un grondement de tonnerre et d'éclairs. Le ciel serait noir, nous arracherions nos vêtements et maudirions les dieux.

— Pitié ! C'est le seul ensemble décent que j'ai à me mettre, dit Lopez, trouvant malgré tout la force de plaisanter. Pour tout vous dire, Erika conçoit des costumes de théâtre et il lui arrive d'avoir des élans wagnériens…

Julia perçut la note de fierté dans sa voix.

Comme ils parlaient, la foule s'était dispersée. Les officiers en uniforme encore présents se regroupaient et, après s'être serré la main, se dirigeaient vers les grilles en fer forgé qui ceinturaient le cimetière. Au-delà des grilles, des deux côtés d'une allée gravillonnée, les voitures attendaient.

— Je crois qu'on devrait s'en aller, Cord, dit Lopez. Non que je compte sur un verre de maté pour me remettre d'aplomb, mais…

Elle lança à Erika un regard en coin qui, en d'autres circonstances, aurait fait sourire Julia.

— J'ai rendez-vous avec une bouteille de scotch presque pleine, ajouta-t-elle. J'ai réussi à la mettre de côté pour une journée pluvieuse, et, pour tout vous dire, aujourd'hui je me sens comme Noé.

Il y eut un moment de silence consterné.

Rougissante, Cindy accrocha le regard de Julia.

— Désolée, Julia. Je ne voulais pas… Je sais que tu préférerais que…

Elle ramena machinalement ses cheveux en arrière.

— Décidément, j'ai un art consommé pour dire ce qu'il ne faut pas, s'excusa-t-elle.

— Super ! marmonna Julia.

Sa seule consolation, les deux années passées, avait été de se dire qu'au moins les gens avec lesquels elle avait travaillé n'avaient jamais deviné l'état de déconfiture de sa vie. Elle s'était trompée. Apparemment, tout le monde était au courant de ses problèmes personnels et de ses faiblesses.

C'était humiliant et… étrangement, libérateur, se dit-elle, presque soulagée.

Plus besoin de se surveiller ni de se forger des excuses, plus besoin de mentir quand elle se trouverait en société. C'était comme si on lui avait ôté un poids. Un poids dont elle n'aurait pu se débarrasser sans le faux pas de Cindy.

— Ne va pas imaginer que c'est Paul qui a trahi un secret, dit celle-ci.

— Je sais que non, l'interrompit-elle. C'était un secret tellement honteux que je n'en avais parlé à personne.

Elle jeta un regard à Cord.

— Absolument personne.

Sensible à la gêne de Lopez, elle posa la main sur son bras. Cela faisait longtemps qu'elle n'avait rassuré personne.

— Pas de problème, Cindy. Je vais bien, je t'assure. Je n'ai pas l'intention de me précipiter dans le bar le plus proche pour descendre une dizaine de *shots* de tequila à cause de ce que tu viens de dire.

Elle se tut. Il était temps de changer de sujet. Que n'aurait-elle donné pour être au bord du lac dans la grande maison, avec King comme seule compagnie ! Mais le berger allemand était avec Lisbeth chez Mary Whitefield qui l'hébergeait jusqu'à ce que tout danger soit écarté.

— Tu as peut-être une idée sur qui a tué Sheila et Paul ? glissa-t-elle à Lopez. Le fait qu'aucun de nous ne participe officiellement à l'enquête nous permet peut-être d'analyser plus objectivement la situation.

— J'ai ma petite idée, répondit Lopez.

Mais, notant les employés des pompes funèbres qui les regardaient, l'air de s'impatienter, elle se tut.

— Je crois qu'on les empêche d'achever leur besogne, dit Cord d'une voix triste.

Il tendit la main vers Julia mais retint son geste à mi-course.

— Allons-y, dit-il. Ça ne sert à rien de rester ici. Ils vont reboucher la tombe.

Cindy esquissa une grimace pitoyable. Elle n'était plus le policier dur dont elle se plaisait à donner l'image mais une femme. Fragile, vulnérable et à vif.

Erika la prit par les épaules et se dirigea avec elle vers la sortie.

— Tu disais que tu avais une idée, reprit Cord pour faire

diversion, remercié d'un regard par Erika. Cela concerne la façon dont Paul a été tué ?

— Oui. Il me semble que c'est signé. Celui qui a fait le coup a fait exprès de laisser sa marque. Je pense qu'il veut nous faire passer un message.

Lopez se mordit la lèvre. A la regarder, il n'était pas difficile de comprendre qu'elle revivait l'affaire.

Après avoir reçu le coup de téléphone, elle avait dû se précipiter chez Paul et présenter son badge aux policiers déjà sur place. A ce moment-là, elle aurait dû oublier ses sentiments personnels, mais elle n'avait pas pu. Ce n'était pas facile, Julia pouvait en témoigner. Lopez, avec ses cigarettes, ses manières un peu braques et son stress trop évident, avait dû être tenue à l'écart. Heureusement qu'Erika était là pour l'empêcher de craquer.

— L'assassin savait qu'en le visant à la tête, il le tuerait à coup sûr, commença Lopez. Il suffit de voir où il a été touché pour savoir qu'il n'avait aucune chance…

Ils approchaient des grilles de fer forgé. Les voitures n'étaient plus loin.

— Il était donc inutile de le frapper, en plus, de plusieurs coups de couteau. Si l'assassin l'a fait, c'est pour signer son geste. Ces coups de couteau sont symboliques, poursuivit-elle. Voilà mon interprétation.

— Paul et toi aviez entrepris de démanteler l'organisation de DiMarco, intervint Cord. Les autorités étaient prévenues : si elles ne refermaient pas l'enquête sur la mafia, il y aurait des représailles. Paul a pu servir d'exemple.

— Vous êtes très bon, détective Hunter, ironisa Lopez. C'est comme cela que je vois les choses, moi aussi. Paul et moi avions la chaîne de laveries automatiques de Vince DiMarco dans le collimateur parce que nous savions qu'on ne fait pas qu'y laver du linge sale.

Elle haussa les épaules.

— Maintenant que fumer de l'héroïne est de nouveau tendance à cause de deux ou trois réalisateurs de cinéma irresponsables qui ont impressionné la jeune génération, DiMarco, un finaud, s'est engouffré dans la brèche. Et à grande échelle. Cela représente des pyramides d'argent. De l'argent sale qu'il blanchit par le biais d'activités légales : les laveries automatiques, entre autres. L'argent y perd son odeur de mort, de vies détruites et de pourriture.

Tête baissée, Lopez serrait les poings.

Voyant son désarroi, Cord la prit par les épaules.

— Tu as bien une cousine qui est morte d'overdose ? lui demanda-t-il.

La question la fit bondir.

— Comment le sais-tu ? On ne l'a dit à personne.

— Avant de partir pour la Californie, j'ai voulu m'assurer que celui ou celle qui allait me remplacer auprès de Paul était digne de confiance. J'ai donc enquêté sur toi, Lopez, je ne te le cache pas. A ma place, tu en aurais fait autant. On aimait trop Paul pour ne pas prendre le risque de l'affubler d'un équipier douteux, tu es d'accord ?

La femme qu'il tenait par les épaules opina. Erika laissa échapper un soupir.

Julia sentit la tension retomber.

— Tina et moi étions comme deux sœurs. Elle était un peu plus jeune que moi, mais ça ne se sentait pas. On faisait tout ensemble. Quand j'ai décidé d'entrer dans la police, elle sortait avec un garçon qu'on n'aimait pas beaucoup dans la famille. Il ne me disait rien de bon. En plus, je me demandais ce qu'elle lui trouvait. Bref…

Les yeux perdus dans le vague, elle haussa les épaules.

— Vous connaissez aussi bien que moi le métier, vous deux. Vous savez qu'il nous bouffe la vie. Dès ma première affectation j'ai découvert que je n'avais plus de vie du tout : je travaillais comme une malade, je faisais des heures sup'à la pelle, je suivais de nouvelles formations…

Sa voix se brisa.

— J'ai eu tort. J'aurais dû lui accorder un peu plus de mon temps. La première fois que j'ai arrêté un malfrat, je me suis précipitée pour le raconter à ma famille. Ma mère raccrochait juste le téléphone quand je suis entrée. Elle m'a annoncé que Tina était morte. Elle n'avait que dix-sept ans, mais quand je l'ai vue à la maison funéraire on aurait dit une vieille femme.

— Donc, depuis le début, tu as fait une affaire personnelle de l'enquête sur DiMarco, déclara Julia. Et ça recommence aujourd'hui avec le meurtre de ton équipier. Envisages-tu de demander une autre affectation ?

Lopez la regarda comme si elle avait baragouiné du chinois.

— Une autre affectation ? Je suis comme toi, un de ces jours moi aussi je serai descendue en flammes. Mais d'ici là, je me donnerai corps et âme à mon métier, quelles qu'en soient les conséquences.

— Je n'ai pas été descendue en flammes, rectifia Julia sans oser regarder Cord. C'est moi qui ai pris la décision de démissionner pour m'accorder le temps de vivre.

— Ce n'est pas ce que j'avais entendu dire. Je croyais…

— Tu as mal entendu, la coupa Julia d'un ton sec.

Déstabilisée, Lopez la regarda et se tut. Elle jeta un coup d'œil à Cord qui n'avait pas bronché.

— Pardon, s'excusa-t-elle. Il y a toujours des bruits de couloir qui circulent quand quelqu'un démissionne.

— Où êtes-vous garées ? les interrompit Cord.

La question, c'était clair, s'adressait à Lopez et Erika. Pas à Julia.

— A l'angle, là-bas. Quand on est arrivées, il y avait tellement de voitures qu'on n'a pas pu approcher.

— Est-ce que ce serait abuser de vous demander de me reconduire jusqu'à ma voiture ? Je suis au diable.

Sa mimique fit rire Erika.

— Tout ce que tu veux, pourvu que je n'aie pas à faire dix kilomètres sur ces talons.

Elle était chaussée d'une paire d'escarpins élégants dont le cuir avait déjà été entamé par le gravier de l'allée.

— Bon, j'y vais avec Cord, dit Lopez.

Elle plongea la main dans sa poche pour prendre une autre cigarette, mais, voyant le regard réprobateur de Julia, elle s'arrêta.

— Ne t'inquiète pas, je ne vais pas en fumer une en douce dès que tu auras le dos tourné, dit-elle d'un ton penaud. J'ai juste besoin de l'opinion de Cord sur des détails que j'ai relevés sur la scène du crime.

— Julia ?

Cord lui lança un regard poli mais froid. C'était comme si, brusquement, tout le plaisir qu'il avait manifesté à la revoir avait été balayé. Comme si ça n'avait été qu'un effet de son imagination.

— Tu attends ici ou tu viens à pied avec nous ?

C'était très net, il prenait ses distances.

Elle connaissait bien ce genre d'attitude pour l'avoir adopté elle aussi en pareilles circonstances. Cela avait consisté à se montrer détachée tout en restant courtoise et à s'impliquer ostensiblement dans une activité dont elle n'avait, au demeurant, que faire. Elle avait employé cette technique les semaines qui avaient précédé la discussion qu'elle avait eue avec Cord, où elle lui avait annoncé qu'elle ne voulait pas de l'avenir qu'il lui proposait, mettant ainsi un terme à leur projet de vie en commun. Elle n'avait pas voulu le blesser, mais elle réalisait aujourd'hui combien son inexplicable froideur d'alors avait dû lui être cruelle.

— Je reste avec Erika, annonça-t-elle. Mes talons sont moins hauts que les siens, mais comme j'habite pratiquement à Weejuns, je veux épargner mes pauvres pieds, ajouta-t-elle d'un ton qu'elle voulait convaincant.

Elle pensait avoir réussi.

Cord et Lopez disparurent à l'angle du cimetière, Lopez trottinant de temps à autre pour s'adapter au galop de Cord.

Erika s'assit sur le banc de pierre qui se trouvait à l'extérieur des grilles et ôta ses souliers. On entendait les employés des pompes funèbres qui s'affairaient autour des tombes.

— Cindy a mis les pieds dans le plat encore une fois, j'ai l'impression, remarqua-t-elle.

— Tu es très sympathique, Erika, et Lopez a beaucoup de chance de t'avoir pour amie, répondit Julia. Mais je déteste parler de moi.

Le message, pourtant clair, ne désarçonna pas Erika.

— J'ai connu quelqu'un comme toi, autrefois.

Elle tira sur son chemisier de lin bleu.

— Elle était complètement coincée mais ça ne se voyait pas. Pour tout le monde, elle incarnait le talent, le succès, l'assurance. En fait, elle ne laissait personne l'approcher, de sorte qu'il était impossible de voir que c'était en réalité une emmurée vivante. Tu l'as compris, il s'agit de moi, ajouta-t-elle doucement.

— Toi ? s'exclama Julia, incrédule. Tu as l'air tellement… Comment dirais-je ? A l'aise, sûre de toi.

— Et toi, tu as l'air tellement détachée. Mais tu ne l'es pas, c'est ça ? En fait, tu n'as pas mis fin à ta carrière de flic à la suite d'une réflexion froide et raisonnée, mais sur un coup de tête. Parce que, au-dedans, tu saignais à mort et tu ne savais pas comment arrêter l'hémorragie.

Ces beaux yeux voyaient trop bien, pensa Julia, contrariée d'être démasquée.

Heureusement, des pneus crissèrent sur le gravier, ce qui la dispensa de répondre.

Une voiture arrivait en trombe. Ce n'était pas la berline que Cord avait louée la veille, mais une grosse limousine noire des pompes funèbres.

— Ils apportent le reste des fleurs, dit Erika. L'église en était pleine.

Mais Julia n'écoutait pas.

Son intuition, pourtant restée en friche pendant deux ans, ne s'était pas rouillée. Autrefois elle se fiait beaucoup à elle, non seulement pour sa propre sécurité mais pour celle des enfants dont on lui confiait la protection. Elle avait été formée à voir au-delà des apparences, à se demander par exemple pourquoi un petit garçon portait une chemise à manches longues en plein été sinon pour cacher des ecchymoses, pourquoi une fillette mutilait sa poupée préférée, pourquoi des os en caoutchouc traînaient dans une maison où il n'y avait pas de chien... Cela pouvait être le signe d'une violence meurtrière à l'encontre d'un animal, ce qui suggérait une possible violence envers un être humain.

Pour l'heure, son intuition lui disait qu'une limousine aux vitres teintées, si sombres qu'il était impossible d'en distinguer les occupants, ne devait pas servir seulement au transport de fleurs et de gerbes.

— Erika, lève-toi et file derrière les grilles, ordonna Julia d'un ton sans appel alors que s'ouvrait l'une des portières de l'impressionnante auto noire. Dépêche-toi. Retourne près des employés des pompes funèbres.

— Qu'est-ce qui se passe ?

Surprise par le ton de la voix, Erika s'était levée, abandonnant ses chaussures là où elle les avait quittées.

— Vite ! s'écria Julia. C'est toi qu'ils veulent. Tu es l'amie de Lopez. Comme Sheila était la femme de Paul. Cours, Erika. Dépêche-toi.

Quand la portière s'ouvrit complètement, la belle Erika n'était plus là.

Les deux portières arrière s'ouvrirent à leur tour, et deux hommes impressionnants, lunettes fumées et costume sombre, en descendirent précipitamment et s'approchèrent de Julia. Un renflement sous leur veste, au niveau de la poitrine, trahissait la présence d'une arme.

Bien campée sur ses jambes, elle attendit l'agression mais, réflexion faite, se détendit.

En toute logique, elle ne devait pas intéresser les hommes de DiMarco. Tuer sans discrimination, à l'aveuglette, annihilerait le message qu'ils voulaient faire passer : qu'ils ne visaient que les individus liés d'une manière ou d'une autre à l'enquête sur leur patron.

— Je me doute bien que vous ne venez pas ici pour honorer la mémoire des défunts, dit-elle. Que voulez-vous ?

— Vous êtes Julia Stewart ?

L'homme qui avait pris la parole avait la voix fluette de quelqu'un qui aurait eu un problème au larynx.

Surprise, elle répondit par un signe de tête négatif qui le fit ricaner. Elle le vit passer la main à l'intérieur de sa veste.

— Vous faites erreur, dit Julia.

C'était trop tard pour partir en courant, se dit-elle. Le mieux, c'était de faire durer la conversation dans l'espoir que Cord et Lopez reviennent à temps.

L'homme sortit la main de l'intérieur de sa veste, mais au lieu du revolver auquel elle s'attendait, elle le vit brandir une espèce de petite cravache en cuir.

— Non, ce n'est pas une erreur, miss Stewart. C'est vous que nous voulons, dit-il de sa voix d'eunuque.

Avant qu'elle ait pu réagir, il se déplaça d'un pas et, du manche de sa cravache, lui assena un coup sur la nuque.

6

Ils étaient sur le *Sunfish* et la grand-voile avait brusquement empanné, mais c'était différent cette fois. Cette fois-ci, c'était elle que la bôme avait cognée, au lieu de Davey. Elle était passée par-dessus bord, mais il avait plongé pour lui porter secours. C'était comme cela que ça aurait dû se passer, pensa Julia. Elle pleurait mais sa tête ne lui faisait pas mal. Davey n'était pas mort. Sa mère ne serait plus malade, son père n'aurait plus besoin de la cacher. Quant à elle, elle ne serait pas responsable du drame qui avait fait éclater sa famille.

C'était comme ça que ça aurait dû se passer, se répéta-t-elle, groggy mais essayant de se raccrocher à son rêve.

Tentative vaine.

Elle entendit une musique étouffée puis une voix qui lui rappelait un vague souvenir. Celle d'un homme d'un certain âge dotée d'un léger accent et blanche de colère.

— Je t'avais dit de ne pas la toucher… Tu comprends, oui ou non ? Ce n'est pas comme ça qu'il fallait faire.

Il n'y avait pas de menace ouverte dans la voix, mais la colère sous-jacente ne pouvait échapper à une oreille avertie.

Elle savait maintenant à qui cette voix appartenait et, Dieu merci, la rage n'était pas dirigée contre elle. Mieux valait éviter de mécontenter Vittorio Falcone, même si, l'âge aidant, il était devenu moins violent qu'il ne l'avait été. Ses ennemis avaient l'art de se volatiliser comme par enchantement…

Il y eut un bruit de porte qu'on ouvre. La musique enfla pendant quelques secondes, puis la porte se referma et ce fut le silence.

Elle ouvrit les yeux.

Planté devant elle, un homme l'observait.

— Bonjour, Vittorio, prononça-t-elle d'une voix pâteuse qu'elle reconnut à peine. A ce que je vois, je suis au club de strip-tease.

— Exact. J'ai entendu dire que tu n'avais plus de boulot.

Sourire mielleux aux lèvres — sa bouche s'étirait en un mince filet —, il s'assit à son bureau encombré de papiers et de tickets de caisse.

— Mais les clients ne viennent pas ici pour voir un sac d'os, *cara*. Il va falloir que tu te remplumes avant de commencer à travailler pour le *Bootie Palace*.

L'arthrose avait continué de déformer ses mains — elles étaient plus abîmées encore que dans son souvenir — mais Vittorio avait toujours le même regard d'oiseau de proie avec ses paupières lourdes. Il n'était pas particulièrement fort physiquement mais dégageait pourtant une impression de puissance. Malgré ses efforts pour ressembler à un vieil homme d'affaires, il n'avait rien du personnage qu'il se plaisait à composer, pourtant quelque chose en lui imposait le respect. Il avait toujours la même chevelure gris argenté, s'habillait toujours de la même façon que lorsqu'elle l'avait rencontré la première fois : chemise blanche à manches longues retroussées jusqu'aux coudes découvrant des avant-bras qui avaient perdu de leur musculature. Pantalon de flanelle grise et veston. Sa chemise était boutonnée jusqu'au cou. Un jour où elle était entrouverte, Julia avait aperçu une médaille en or. « Saint Jude », lui avait-il dit avec un sourire rusé.

Saint Jude, l'avocat des causes désespérées… Ce qu'il pensait de lui, sans doute !

La remarque avait fait tilt. Elle avait tout de suite compris que, quelque faveur que Vittorio demande à saint Jude, elle concernerait son petit-fils. Pas lui.

Il avait perdu sa femme quelques années plus tôt et son fils unique avait été tué dans une lutte pour le pouvoir, brève mais sanglante, entre familles mafieuses rivales. Falcone, faucon en italien, c'était son surnom, qui avait payé le prix fort pour le pouvoir et l'argent, espérait que son petit-fils adoré suivrait une autre voie.

— Il faut que je téléphone, dit-elle d'une voix plus ferme. Les gens que j'ai laissés pour venir ici doivent se faire du souci.

Cord ne serait pas seulement inquiet, il s'en voudrait à mort de l'avoir entraînée dans cette aventure.

— Ils savent où tu es. J'ai envoyé un de mes hommes le leur dire quand j'ai su de quelle façon ces abrutis t'avaient enlevée, dit Vittorio, l'air navré. Encore toutes mes excuses, mon amie.

Un peu rassurée, elle se redressa sur sa chaise. Elle reprendrait elle-même contact avec Cord quand Falcone lui aurait expliqué le motif de ce curieux rendez-vous.

En attendant, il avait dit « mon amie ». Ce n'était pas un mot qu'il employait à tort et à travers, elle le savait. Il avait des relations, des associés et des sous-fifres à la pelle, mais ses amis, il les comptait sur les doigts d'une main, et elle en faisait partie.

— Comment va Anthony, don Falcone ?

Elle le gratifiait rarement de ce titre mais, puisqu'il venait de lui faire l'honneur de l'appeler son amie, elle voulait qu'il sache qu'elle l'avait noté.

— Il a été admis à l'école de médecine de Harvard. Tu te rends compte ? Un Falcone à Harvard !

— Bravo. Vous pouvez être fier de lui. Bientôt vous devrez l'appeler *dottore*.

Le vieil homme laissa échapper un petit rire proche du ricanement. Ses yeux brillaient.

— Il demande toujours de tes nouvelles, tu sais. Il sait ce qu'il te doit. Moi aussi, d'ailleurs, *cara*.

Anthony Falcone était un adolescent en crise quand elle l'avait croisé pour la première fois, des années auparavant. Révolté, il s'enfonçait dans une délinquance suicidaire. C'était un des premiers dossiers qu'elle avait eu à traiter. Au départ, personne n'avait compris que le jeune marginal soigné aux urgences de l'hôpital pour une overdose n'était autre que le petit-fils de Vittorio Falcone. Anthony avait refusé de décliner son identité quand elle l'avait interrogé à l'hôpital. Le lendemain, quand elle était revenue, on lui avait dit qu'il s'était sauvé.

Compte tenu de sa charge de travail qu'elle assumait à peine, elle aurait pu laisser tomber. Ça n'aurait fait qu'un fugueur de plus déterminé à ne pas retourner chez lui, et elle serait passée à l'affaire suivante. Mais, lors du bref interrogatoire qu'elle lui avait fait subir, elle avait noté le mal-être du jeune garçon, ou plus exactement le chaos dans lequel il semblait se débattre.

Les deux semaines qui avaient suivi, elle avait passé tout son temps libre à arpenter la ville dans l'espoir de le retrouver. A cette époque, les journaux tartinaient sur la disparition du petit-fils de don Vittorio, titrant même : « Anthony Falcone enlevé ». Personne n'avait alors songé à faire le lien entre cette information et le garçon qui s'était enfui de l'hôpital.

Elle avait fini par remettre la main sur lui — il était temps —, inconscient, prostré dans un carton, au fond d'une impasse sordide encombrée de poubelles et de détritus.

Cette fois, lorsqu'il avait été amené à l'hôpital, on l'avait reconnu et don Falcone avait été prévenu. Il était resté au chevet de son petit-fils trois jours et trois nuits, sans le quitter une seconde, jusqu'à ce que l'adolescent soit hors de danger et en voie de guérison. Don Falcone avait alors rendu visite à Julia et lui avait dit que son prix serait le sien. Rien ne serait trop demander en contrepartie d'avoir sauvé la vie de son petit-fils.

Elle avait refusé son argent. S'il voulait vraiment la remercier, avait-elle dit au boss, il n'avait qu'à faire suivre son petit-fils par un psychiatre ou un éducateur pour l'aider à résoudre le problème qu'il cherchait à fuir en fuguant. Vittorio lui-même avait sûrement sa part de responsabilité dans cette histoire, avait-elle ajouté sous le regard médusé de ses hommes de main armés jusqu'aux dents, pour lesquels elle était en train de signer son arrêt de mort.

Contre toute attente, don Vittorio avait signifié à ses gardes du corps de sortir et lui avait baisé la main. Il avait suivi ses conseils et resserré ses liens avec son petit-fils. Les années suivantes, il l'avait tenue informée des résultats d'Anthony. De ses succès.

Et il l'avait ajoutée à la liste, très courte, de ceux qu'il considérait comme ses amis.

— Vous devez être fier, don Vittorio. Vous avez fait d'Anthony un jeune homme bien, dit-elle avec une certaine tendresse.

— Sans toi, il ne serait plus de ce monde, *cara*, répondit-il.

Ses yeux d'aigle, à moitié dissimulés sous d'épais sourcils gris, se plantèrent dans les siens.

— Combien n'ont pas eu sa chance !

Elle détourna le regard.

— C'était mon job. Il y en a tellement que je n'ai pas pu aider.

— Il y en a un que tu dois protéger aujourd'hui.

Alertée, elle le fixa.

— Don Vittorio, qu'est-ce qui vous fait dire ça ?

Il leva la main pour l'obliger à se calmer.

— Ne t'inquiète pas, je suis le seul à le savoir. Tu sais, ici, je suis comme une araignée au centre de sa toile. Tout ce qui se passe en bordure de ma toile, je le sais. Il ne me reste qu'à assembler les informations entre elles, les recouper et réfléchir. Les conclusions s'imposent d'elles-mêmes.

Il fronça ses sourcils broussailleux.

— Je me suis dit : « Vittorio, ton amie Julia qui a rejeté tout ce qu'elle aimait il y a deux ans et t'a dit qu'elle ne voulait rien de toi, peut-être a-t-elle besoin de ton aide aujourd'hui ? » Ils pensent que le meurtre du policier et de sa femme a été commandité par DiMarco. C'est ça, n'est-ce pas ?

Julia hésita.

— Jusqu'à preuve du contraire, c'est ce qu'il y a de plus

plausible, dit-elle, très calme. Les deux meurtres avaient, semble-t-il, valeur de message.

Elle avait du mal à en parler. C'était trop douloureux. Si elle apprenait que Vittorio Falcone était impliqué, de près ou de loin, dans l'exécution ignoble de Paul et de Sheila, elle lui rendrait séance tenante son amitié et il paierait pour son crime. Elle le descendrait froidement de ses propres mains s'il le fallait.

— Ne me regarde pas comme ça, *cara.*

Elle l'avait irrité, cela s'entendait à sa voix.

— Je n'ai pas participé à…

C'est alors que la porte du bureau s'ouvrit comme sous l'effet d'une bourrasque, laissant monter du club, qui se trouvait en dessous, des cris et des bruits de dispute que la musique n'arrivait pas à couvrir. Mais, plus encore que les éclats de voix, c'est l'entrée de deux hommes dans le bureau qui la stupéfia.

L'un d'eux n'était autre que… Cord. L'autre, un inconnu, avait le bras droit replié sur la poitrine et le visage blême. Il marchait devant Cord, titubant à moitié comme si…

C'était bien ça ! Le canon de son pistolet automatique pointé dans son dos, Cord le poussait devant lui.

— Tu vas bien, Julia ? dit celui-ci, visiblement anxieux.

D'un geste de la main, Vittorio lui fit signe de se calmer.

— Elle va bien, mon jeune ami. Reprends-toi. Je l'ai fait venir pour lui donner quelques informations. C'est tout.

Il se leva et alla à la porte, jetant au passage un regard de mépris à son garde du corps désarmé.

— Suivez-moi. Il faut qu'on parle, Julia. Mais je conseille à ton impétueux collègue de cacher son arme avant que mes autres hommes ne la voient.

Il poussa la porte qui donnait sur la partie du club ouverte au public, ne leur laissant d'autre choix que de lui emboîter le pas.

— Tu savais que je connaissais Falcone, gronda Julia, fusillant Cord du regard. Tu es fou ou quoi ?

Elle avait parlé tout bas, mais sa voix tremblait de colère.

— J'étais dans le parking du commissariat et m'apprêtais à partir à ta recherche quand un malabar m'a mis la main au collet et dit de ne pas m'inquiéter, que tu étais avec ton vieux copain, le patron du crime, lui murmura-t-il dans le dos. Tu penses comme ça m'a rassuré ! On croirait que tu ne me connais pas.

Il lui parlait dans le cou maintenant, ses lèvres lui effleurant la nuque.

— Je suis l'homme qui t'aime depuis que tu es en âge d'être aimée. Il ne t'est pas venu à l'idée que je ne te croirais en sécurité que quand je l'aurais entendu de ta bouche ? Tu as mon numéro de portable, c'était trop te demander que de me téléphoner ? Bon Dieu, Julia, j'ai cru qu'ils t'avaient tuée.

Elle savait qu'il arrivait à Cord de monter sur ses grands chevaux, de se fâcher aussi parfois. Mais elle n'avait jamais imaginé qu'il pourrait diriger sa colère contre elle. Il avait toujours fait preuve d'une telle patience et d'une si grande tolérance envers elle.

— Tu as raison, j'aurais dû.

— Non, Julia, assez, gronda-t-il. Quand on aime quelqu'un, ça se fait, c'est tout.

Droit comme un I, fou de rage, il la précéda dans la salle où Falcone avait choisi une table à l'écart dans un coin discret.

— J'ai un petit-fils, dit Vittorio. Il ne traiterait jamais une affaire dans un endroit pareil.

Il accompagna sa remarque d'un signe de tête en direction de la blond platine aux seins impossibles qui se contorsionnait sur une estrade avec cette indifférence blasée que la routine donne aux choses les plus scabreuses.

Vittorio se tourna vers Cord qui l'observait sans rien dire.

— Vous me méprisez pour ce que je suis et ce que je fais. C'est normal. Nous sommes ennemis en quelque sorte. Mais personne ne pourra jamais mépriser mon petit-fils. Un jour, il sera un homme, et cet homme-là sera respecté et honoré.

Et le nom de Falcone aura un tout autre sens qu'aujourd'hui. Cela, je le dois à mon amie Julia ici présente.

D'un mouvement de tête, il la désigna. Ses traits s'étaient radoucis.

— Mais elle ne m'a jamais laissé lui rembourser ma dette. Or, comme chacun sait, Vittorio Falcone n'aime pas les dettes impayées. Aussi, quand j'ai su ce qui était arrivé à ses amis et appris qu'on m'en rendait responsable, j'ai pensé que c'était le moment de payer mon dû. Hélas, je ne pourrai jamais lui rembourser tout ce que je lui dois.

Il avait les yeux brillants, c'était sincère, cela se voyait.

— A moins de nous livrer Vincent DiMarco dans un paquet cadeau pour qu'on l'interroge, je ne vois pas ce que vous pouvez faire pour nous, déclara Cord d'un ton désabusé. Et ça ne risque pas d'arriver. Même la police est incapable de le localiser. Il se terre quelque part, mais où ? L'*underground* est difficile à pénétrer.

— Aah…

Vittorio posa sa grande main calleuse de travailleur à plat sur la table.

— L'*underground*, c'est ici. Et c'est moi qui y fais la loi.

Il embrassa du regard les consommateurs assis au bar qu'éclairait à peine la lumière tamisée.

Comme il achevait sa phrase, un bruit sourd retentit, comme un choc provenant de la porte. Un groupe d'hommes d'affaires installés à une table voisine et qui se délectaient du spectacle tournèrent la tête vers l'entrée et, comme pris de panique, se levèrent en chœur, prirent leurs vestes, posèrent quelques billets sur la table pour payer leur dernière tournée et filèrent sans demander leur reste. Un peu plus loin, d'autres clients montrèrent les mêmes signes de nervosité. Certains se levèrent et partirent. D'autres se tournèrent ostensiblement vers la scène, n'osant plus remuer, pas même les yeux, pour ne pas accrocher de regards.

— Pour le papier cadeau, vous jugerez, reprit Vittorio. Mais en tout cas je vous le livre pour interrogatoire.

Un véritable vent de panique avait soufflé sur le club qui s'était vidé du tiers de ses clients. Se frayant un chemin à travers les tables qui continuaient de se vider sur leur passage, quatre hommes de Vittorio, des colosses au faciès patibulaire, avançaient poussant devant eux un homme jeune, trente ans environ, genre play-boy, mais le visage tordu de honte et de peur.

Ce devait être DiMarco.

Il portait une veste d'intérieur de soie qui lui tombait aux genoux et menaçait de lui glisser des épaules. La ceinture, lâche, ne demandait qu'à se dénouer, et si…

Julia soupira, soulagée. Il portait un caleçon de soie lui aussi. Assorti.

Cord fixa Vittorio et explosa.

— Bon Dieu ! Ça fait des jours qu'on le cherche, et vous…

— Il fallait le chercher au bon endroit, ricana Vittorio. Il voit assidûment deux beautés suédoises. Des jumelles très… douées. Qu'est-ce que tu penses ? Qu'on a interrompu un cours de langue ?

— Lâchez-moi ! gronda l'homme à l'adresse des molosses qui le maintenaient par les bras.

Sa veste s'ouvrit complètement, révélant un duvet noir et dru dans lequel étaient emprisonnées une ribambelle de médailles et d'amulettes en or.

— C'est une trahison, Vittorio ! grinça-t-il.

Brutalement, les hommes de Falcone le poussèrent contre la table qu'il heurta de la cuisse. Sa pomme d'Adam montait et descendait le long de son cou, trahissant son trac.

— *Quelle* trahison ? le reprit Falcone d'une voix qui glaça Julia.

Elle ne le connaissait pas sous cet angle. Sans doute avait-elle toujours préféré fermer les yeux pour ne pas voir.

— Tu deales de l'héroïne, non ?

DiMarco ouvrait la bouche pour répondre, mais d'un geste autoritaire de la main Falcone lui ordonna de se taire.

— Pas de mensonge, hein. Ça fait un moment qu'on te

surveille, Vincenzo. Et je suis bien informé. Cet entretien aurait eu lieu de toute façon, mais si je peux rendre service à une amie... Tu as cru que tu allais pouvoir développer ton business en empiétant sur mon territoire, que le vieux faucon serait trop aveugle et trop fatigué pour se rendre compte de ce que tu faisais. C'est une erreur, et ce n'est ni la première fois que tu la commets, ni la plus grave.

Il fronça les sourcils.

— Maintenant, tu vas nous dire quel rôle tu as joué dans la mort de ce policier et de sa femme. Fais gaffe, Vincenzo, t'as pas intérêt à me mentir. J'aime pas qu'on me mène en bateau.

Tranchant comme une lame d'acier, le ton de Falcone fit trembler Julia.

Pour la première fois de sa vie, elle était confrontée à la haine. Pas la colère. Pas la rage. Mais la haine. La vraie. Pure et dure. Totalement dépourvue de sentiment humain.

Mais l'envers de la haine était l'amour...

Brusquement, elle comprit pourquoi Vittorio Falcone haïssait Vincent DiMarco de tout son être. Ce n'était pas par hasard que son petit-fils avait failli perdre la vie. Ce type devait être en cause. C'était un mort en sursis qu'ils avaient devant eux, se dit-elle, l'estomac retourné.

A cet instant, Cord lui prit la main sous la table sans détacher les yeux de DiMarco et il la serra comme s'il comprenait le supplice que cette confrontation lui infligeait.

Elle s'était juré qu'elle ne dépendrait plus jamais de lui, de sa force. Que ce ne serait pas honnête. Au diable l'honnêteté !

Elle serra la main de Cord plus fort qu'elle ne l'avait jamais serrée, priant le ciel de la laisser dans la sienne à jamais.

Elle verrait plus tard à être raisonnable. Demain, elle reprendrait ses distances. Demain, elle serait juste et sage. Pour l'heure, elle avait besoin de Cord, de sa main sur la sienne, de ses doigts dans ses doigts. Leur chaleur lui était un réconfort nécessaire.

— Non, don Falcone, je n'ai rien à voir là-dedans. Je le jure.

DiMarco était vert. Dépenaillé, il avait essayé de refermer sa veste. En vain. D'ailleurs il n'essayait même plus.

— J'ai peut-être songé à régler le problème… Oui, je l'avoue, j'avais mis au point un petit stratagème dont je ne vous avais pas encore mis au courant, mais j'allais le faire…

— Tu mens encore. Je n'aime pas perdre mon temps.

Falcone fit une moue dégoûtée et se tourna vers Cord.

— Je t'appelle dans quelques heures. D'ici là, je saurai la vérité.

— Je peux le prouver, don Falcone !

L'homme à moitié dévêtu semblait sur le point de s'évanouir. Il s'agita sur sa chaise et voulut saisir le bras de Falcone.

Vittorio réprima un léger tremblement.

— Ne me touche *jamais*.

Julia comprit que ses craintes étaient justifiées.

— Un alibi n'a aucune valeur. Tu as payé quelqu'un pour faire la besogne à ta place, Vincenzo.

— Oui… C'est vrai.

Des gouttes de sueur suintaient sur le front de DiMarco.

— J'ai payé quelqu'un pour qu'il attache un explosif à sa voiture, don Falcone ! Si Durant avait vécu un jour de plus, il aurait sauté avec son auto quand il aurait démarré. C'était ça, mon plan.

— Il dit la vérité, intervint Cord. Lopez m'a dit cet après-midi qu'ils avaient remarqué que la voiture de Paul avait été bidouillée. Heureusement, quelqu'un a eu l'idée d'appeler le service de déminage avant qu'un autre flic ne se fasse tuer. Cette information n'a pas pu filtrer, elle n'a pas été divulguée. Les médias n'en ont rien su. Même vous, Falcone, ne connaissiez pas ce détail, pas vrai ?

Le vieil homme hocha la tête.

— J'ai mes sources, mais elles ne m'ont rien dit à ce sujet. Tu as de la chance, DiMarco.

Cord se leva. Même devant les hommes de Falcone, il dégageait une formidable impression de force physique. Mais, contrairement à eux, on le sentait maître de sa puissance.

— Vous espériez autre chose, dit Vittorio en repoussant sa chaise pour se lever. Je suis désolé.

— Je peux vous donner un nom, don Falcone !

DiMarco, qui s'épongeait le front à l'aide d'une serviette en papier, se pencha vers le parrain.

— Partons, dit Cord à Julia assez bas pour ne pas être entendu. S'il crache des noms et des infos sur la pègre, je serai obligé d'en informer ma hiérarchie, et Vittorio pourrait avoir des ennuis. Allez, viens.

Il se tournait pour partir quand DiMarco le retint par la manche.

— Non, attendez !

Il s'était à moitié levé de sa chaise mais retomba en arrière. L'un des hommes de Falcone s'approcha.

— A propos de la tuerie, c'est pas à moi qu'il faut parler. Vous feriez mieux de nettoyer devant votre porte.

— Qu'est-ce que tu racontes ?

Cord se tourna vers l'homme suant et soufflant, se pencha sur la table et y posa les mains bien à plat.

— Qu'est-ce que tu veux dire par « nettoyer devant votre porte » ?

Cord se pencha encore jusqu'à ne plus être qu'à quelques millimètres de la tête de DiMarco.

— Tu veux dire que c'est quelqu'un de chez nous qui a fait le coup ? reprit-il.

Brusquement, il se redressa, empoigna DiMarco par les revers de sa veste d'intérieur de soie et le souleva.

— Dis-moi ce que tu sais.

Il le secouait frénétiquement.

— Parle, bon Dieu !

— Je ne sais pas.

Le play-boy essayait désespérément de se dégager de la poigne de Cord mais n'y arrivait pas. Il ne respirait pas, il haletait, inspirant de petites bouffées saccadées.

— Tout ce que je peux dire…

Il reprit son souffle.

— C’est que… un homme est venu nous trouver… il y a plusieurs semaines de ça. Il voulait nous vendre des renseignements internes sur l’enquête que votre copain menait. Il nous a dit qu’il pourrait nous donner tout ce qu’on voulait savoir sur Durant.

— Son nom, bon Dieu !

Cette fois, Cord touchait la tête de DiMarco. L’ourlet d’un des revers de sa veste de soie craqua.

— Il a dit qu’il était flic, mais quand j’ai creusé, j’ai découvert qu’il avait été viré il y a quelques années.

Haletant de plus belle, DiMarco finit par se libérer de l’emprise de Cord.

— Il s’appelait, attendez… Tascoe, Dean Tascoe.

7

— Je ne veux pas que tu retournes chez toi ce soir. On va téléphoner à Mary et Frank qu'on ne viendra pas voir Lisbeth pendant un jour ou deux.

Cord écrasa les freins de la Bronco pour éviter la queue-de-poisson qu'un automobiliste venait de lui faire et serra son volant.

— On ne sait jamais, Tascoe peut très bien nous suivre. Je n'ai pas l'intention de le conduire tout droit chez la petite.

Julia poussa un soupir.

— Qui te dit que DiMarco n'a pas menti ? Tu as vu le bonhomme, Cord… Il aurait dit n'importe quoi.

Dès qu'ils avaient quitté Vittorio, elle avait insisté pour qu'ils appellent Lopez et lui rapportent les affirmations de DiMarco. La voyant vraiment désemparée, Cord avait accepté et appelé le commissariat.

— Tu crois que la police arrivera à temps au club ?

— Je pense qu'ils sont arrivés dans les minutes qui ont suivi notre appel, mais on va avoir du mal à les convaincre que ce n'est pas notre suspect numéro un.

Ils roulaient plein ouest et le soleil couchant les aveuglait. Cord abaissa son pare-soleil, sortit une paire de Ray-Ban de sa poche et les chaussa. Avec ses lunettes noires, il avait l'air d'un parfait inconnu.

Amusée de rouler en compagnie de quelqu'un qu'elle avait l'impression de ne pas connaître, Julia se mit à l'étudier comme si elle le voyait pour la première fois.

Ce n'était plus Cord Hunter, le voisin qui l'aimait depuis

toujours, le meilleur ami de son grand frère qui s'était substitué à Davey quand celui-ci était mort. Ce n'était plus le jeune homme qui avait grandi et qu'elle avait vu ensuite avec d'autres yeux…

Si elle ne l'avait pas connu auparavant, elle n'aurait jamais imaginé que derrière ces lunettes noires se cachait l'homme le plus sensible, le plus tendre de la Terre. Si elle l'avait croisé dans la rue ou dans un ascenseur, elle aurait retenu de lui sa bouche pulpeuse, ses pommettes saillantes avec la petite cicatrice, ses cheveux noirs qu'il s'ôtait des yeux de temps à autre avec impatience. Il lui aurait paru menaçant et brutal, à éviter absolument.

Dans le même temps, si elle l'avait inopinément frôlé sur le trottoir ou en sortant de l'ascenseur, elle n'aurait pu s'empêcher de ressentir les symptômes bien connus — jambes qui flageolent ou manque d'air — et de se demander si plus d'intimité lui aurait plu. La réponse, bien sûr, aurait été oui.

Il rétrograda et la regarda à travers ses verres fumés.

— Pourquoi te fais-tu tant de bile pour lui, au demeurant ? Falcone est un des rares à ne pas traficoter dans les drogues dures, je sais, mais ça ne veut pas dire qu'il va punir DiMarco pour ça.

— DiMarco a fourni du crack au petit-fils de Falcone il y a six ans, dit-elle. Il devait chercher à atteindre Vittorio à travers quelqu'un de sa famille ou à éliminer purement et simplement la future génération de Falcone, pour avoir le pouvoir à lui tout seul quand le vieux boss serait fini. Pas besoin d'être devin pour savoir que la vie de DiMarco ne vaut plus bien cher, maintenant que Falcone a compris que c'est lui qui a tenté d'éliminer Anthony.

— Je comprends mieux maintenant. Je me disais bien, pendant la réunion de tout à l'heure, qu'il me manquait certains éléments. Tu es sûre de ce que tu avances ?

— Oui. J'ai vu la haine dans les yeux de Vittorio.

— Tu as raison, convint Cord. Pour lui, les affaires sont les affaires et il ne peut pas accepter qu'on lui mette des bâtons dans les roues, mais ce qu'il manifestait à l'encontre de DiMarco était effectivement personnel… Très personnel.

— Je ne peux pas lui reprocher de vouloir lui donner une correction, dit-elle. Mais juste une correction.

Elle avait honte de dire une chose pareille, mais elle comprenait le vieux boss.

Le code de Vittorio Falcone était simple, et si quelqu'un le transgressait, la répression était brutale. Elle approuvait une partie du raisonnement. Les enfants étaient sacrés et devaient être protégés. Si une guerre interne entre clans rivaux faisait rage, il fallait les tenir en dehors de tout. DiMarco avait violé ce code.

— C'est facile de ne plus savoir où sont les limites quand on trafique avec un truand comme DiMarco, observa Cord.

Il y avait comme un avertissement dans sa voix.

— Regarde Dean Tascoe, poursuivit-il. C'était un flic comme il faut dans le temps, et vois ce qu'il est devenu. Un beau jour, il a décidé de se faire justice lui-même. Je ne serais pas étonné d'apprendre aujourd'hui que c'est un assassin.

— Qu'est-ce qui te permet de dire ça ? Même si DiMarco a dit vrai, ce qu'on sait c'est que Tascoe voulait négocier des renseignements. Il est amer depuis qu'on lui a repris son badge et il en veut à la Terre entière. Mais je ne vois pas pourquoi il aurait visé Paul particulièrement. Et au point de descendre aussi Sheila et de vouloir également éliminer leur fille.

— Paul m'a soutenu quand j'ai écrit mon rapport sur Tascoe, la coupa Cord. Sans son aide, ç'aurait été ma parole contre celle d'un enquêteur en apparence irréprochable, dans la police depuis vingt ans. Tascoe avait plus de poids que moi, et je l'ai évincé sous prétexte qu'avec Paul on est tombé sur lui et un de ses potes en train de tirer sur un petit maquereau qui ne méritait que ça, tout le monde en est convenu. Il n'empêche…

Julia vit son visage se crisper.

— Même moi, je n'aurais pas versé une larme si on m'avait

dit que le corps de Billy Wolfe avait été retrouvé criblé de balles dans le fin fond d'une impasse.

— Avec cet état d'esprit, pourquoi as-tu dénoncé Tascoe ?

— Parce qu'il faut quelquefois passer au-dessus de ce que l'on ressent, dit-il calmement. Il faut avoir une ligne de conduite et s'y tenir.

Ils approchaient d'un carrefour. Le feu passant au rouge, Cord ralentit. Il fixait la route droit devant lui et parlait comme s'il récitait une leçon. C'était étrange.

— Il y a des décisions dures à prendre. Parfois, elles te réveillent en nage la nuit des années après, et tu te demandes ce qu'aurait été ta vie si tu avais agi différemment. Mais au moins, je peux passer la tête haute devant mes amis, oui…

Il hésita.

— Je peux me regarder dans la glace tous les matins sans avoir honte de moi. C'est important, Julia. Enfin, pour moi, c'est important. Si j'avais agi différemment, je n'aurais jamais eu l'âme en paix après ce que j'ai vu Tascoe faire à Wolfe. Paul non plus, d'ailleurs.

Le feu passa au vert. Accélérant, il traversa le carrefour tout en continuant de parler.

— De toute manière, Tascoe estime qu'avoir perdu son job lui donne le droit de tuer.

Il mit son clignotant et tourna dans le parking du motel.

La voiture de Julia était stationnée devant la chambre de Cord, là où elle l'avait laissée quand elle était venue le chercher pour aller aux obsèques. Dire que cela ne faisait que quelques heures… Elle aurait juré que l'enterrement remontait à plusieurs jours. Un panneau derrière la fenêtre de la réception affichait « Complet ». Ce n'était donc pas là qu'elle trouverait une chambre.

— Tu devrais peut-être quitter la ville pendant quelque temps, lui dit Cord en se garant près de sa voiture.

Il éteignit le moteur et resta assis dans la Bronco. Il ne semblait pas décidé à descendre.

Elle le regarda et lui lança, mi-étonnée, mi-agressive :

— Et pourquoi ?

— Parce que Tascoe t'a vue avec moi aujourd'hui et qu'il sait que tu comptes beaucoup dans ma vie. S'il a tué Sheila, il est capable de s'attaquer aussi à toi.

Il ôta ses Ray-Ban et se frotta l'arête du nez.

— Si Tascoe est notre homme, je suis la deuxième moitié dans son équation revanche. Il savait qu'il n'aurait pas besoin de venir en Californie pour me trouver, car il se doutait bien que j'assisterais aux obsèques de Paul.

— Tu oublies quelque chose : tu es venu aussi pour moi, Cord.

Elle se mordit la lèvre.

— Entrons, marmonna Cord. On sera mieux à l'intérieur pour discuter. Ce n'est pas terrible pour des policiers de se montrer en spectacle.

Elle mit pied à terre et claqua la portière plus fort que nécessaire. Cord ferma à clé et la précéda.

A peine entrée dans la chambre, elle pivota pour lui faire face.

— Tu es venu parce que nous sommes tous les deux responsables de Lisbeth. Je te rappelle qu'il y a cinq ans, tu n'étais pas tout seul à la tenir sur les fonds baptismaux. On a promis tous les deux de veiller sur elle s'il arrivait quelque chose à ses parents. J'étais là, moi aussi. J'ai fait le même vœu que toi ! Et maintenant, tu voudrais que je m'en aille alors que sa vie est en danger ?

Cord haussa ses sourcils bien dessinés.

— Je suis venu te voir parce que j'espérais qu'elle te dirait ce qu'elle avait vu, qu'elle te donnerait des détails sur le tueur, sur sa voix… Enfin, quelque chose.

Il enleva sa veste, desserra sa cravate et soupira.

— Mais, si j'ai bien compris, elle n'a pas dit un mot depuis que je l'ai sortie de la maison. Mary m'a dit qu'elle n'accepte pas de jouer avec les autres enfants, ni même de leur parler.

— Elle commence à me répondre, protesta Julia. Ça

s'améliore. Elle me laisse lui prendre la main. Hier, quand elle a vu King poursuivre un écureuil, elle a ri un petit peu.

Elle s'arrêta et réfléchit.

— A part ça, admit-elle sans enthousiasme, je ne pense pas qu'elle nous dise grand-chose sur ce qu'elle a vu cette nuit-là. Dans un avenir proche non plus.

— De toute façon, tu ne seras plus là. Quand je suis arrivé chez toi la fameuse nuit, tu as tout de suite mis les choses au point : tu ne voulais pas t'impliquer. Je ne sais même pas pourquoi on discute de ça en ce moment.

Elle le foudroya du regard.

— Parce que je me suis impliquée, évidemment. C'est trop facile, Cord ! Tu viens me demander mon aide et puis tu me rejettes. Moi aussi j'ai le droit de me regarder dans la glace sans avoir honte. Ces deux dernières années, je ne peux pas dire que j'ai été très fière de la personne qui me fixait !

Elle s'arrêta. Elle en avait trop dit.

— Lopez a dit que tu avais été descendue en flammes. Dis-moi ce qui s'est passé après mon départ, Julia. Les semaines qui ont suivi, qu'est-il arrivé ?

Il lui prit le poignet, le serra.

— Tu m'avais dit que tu voulais démissionner, mais je crois comprendre que c'était bien plus compliqué que cela.

— J'ai fait une bêtise. Dans ce métier, rater une mission peut entraîner la mort d'un enfant, aussi ai-je rendu mon badge plus tôt que je ne l'avais envisagé. Tu n'as pas besoin d'en savoir davantage, sauf que je veux bien travailler sur cette affaire.

Elle tordit son poignet pour qu'il le lâche et fila dans la salle de bains, laissant la porte entrebâillée. Elle enleva sa veste, la posa sur le robinet de la douche puis déboutonna son chemisier et le retira en agitant les épaules.

— Quand j'étais dans la police, continua-t-elle en lui tournant le dos, je travaillais avec des gens qui étaient tout le temps stressés, des gens qui mentaient ou avaient quelque chose à cacher. J'ai appris à les deviner. Tascoe est peut-être un pourri, mais je ne le vois pas descendant une femme de sang-froid. Ça ne colle pas avec lui.

— Il est violent et sans pitié, répondit Cord. Je ne vois pas en quoi ça ne colle pas avec le meurtre de Sheila ?

Puis il changea de ton.

— Dis donc, tu as pensé à moi ? Ce serait plus facile pour moi si tu gardais tes vêtements pendant que nous discutons !

Penchée sur le lavabo, Julia fit couler de l'eau et y plongea son chemisier.

— Tu m'as vue en plus simple appareil de nombreuses fois, objecta-t-elle sans se retourner. J'avais une tache. Ce sont les hommes de main de Falcone qui m'ont un peu brutalisée tout à l'heure avec leurs pattes sales. Mais peu importe ! Je ne suis pas une bimbo du *Bootie Palace*, de toute façon. Tu dois bien être capable de te tenir une minute ou deux. Puis-je t'emprunter une chemise ?

Elle portait des dessous très décents, qui ne révélaient rien de plus ni de moins qu'un maillot de bain. Rien de très excitant. Sauf sa petite culotte, peut-être. Oui, elle était mignonne et coquine. Elle se l'était offerte récemment, un jour où elle avait envie de se faire plaisir. Elle était bleu pâle, avec des carottes en train de danser imprimées dessus. Freud y aurait certainement vu un message sexuel.

— Choisis celle que tu veux.

Sans descendre du lit, il lui montra de la main la penderie près du téléviseur accroché au mur.

— Mais ça m'étonnerait que tu en trouves une à ta taille, dit-il. A propos, si ça peut t'intéresser, je pense toujours que tu es la plus belle femme que j'aie jamais vue. J'aime tes coudes, tes genoux. Eh oui ! Et j'adore tes seins, surtout quand je les tiens dans le creux de mes mains.

Julia traversa la chambre, ouvrit le placard, fit mine de passer toutes les chemises en revue et finit par en décrocher une, blanche à fines rayures blanc cassé, qu'elle enfila. Sans être le champion des grandes déclarations romantiques, Cord avait toujours eu un don pour lui dire des choses gentilles qui la faisaient fondre, comme maintenant. Il en ponctuait ses conversations, l'air de rien, comme s'il faisait une simple constatation, et chaque fois elle sentait son cœur faire un petit bond dans sa poitrine.

« Imbécile de cœur ! » se dit-elle les larmes aux yeux.

Deux grosses gouttes, rondes et chaudes, roulèrent sur ses joues.

Et imbécile elle-même de baisser la garde ne serait-ce qu'une minute !

— Tascoe donne peut-être l'impression d'être violent, dit-elle en nouant les pans de la chemise de Cord sur ses hanches, n'empêche qu'il traite la femme avec laquelle il vit comme si c'était un saxe.

Elle roula les manches et se regarda. Deux fois trop grande pour elle, cette chemise. Elle avait l'air d'un clown.

— Il est peut-être véreux et tordu, mais il considère les femmes comme des êtres fragiles qu'il faut protéger et non malmener. Ce qui tendrait à prouver qu'il est incapable d'avoir descendu Sheila.

Cord se leva.

— C'est une théorie, Julia. Ce n'est pas une preuve. Il ne faut pas négliger ce que pensait Paul. Il était convaincu que celui qui épiait sa famille avait un lien avec la police. Dean Tascoe a peut-être été rayé des cadres, mais certains pensent qu'il continue à avoir des contacts. Jackie est la secrétaire personnelle du chef, il ne faut pas l'oublier.

— Jackie ? La femme qui l'accompagnait ?

Une inflexion dans sa voix dut attirer son attention, car il la regarda avec étonnement.

— Oui. Jackie Redmont. Une fille sympa qui n'a pas eu la vie facile. Pourquoi ?

Elle hocha la tête, troublée.

— Tu n'as pas trouvé qu'elle en faisait un peu trop à l'enterrement ? Comment dire… Elle avait l'air tellement secouée.

— Tout le monde était secoué, même ceux qui ne connaissaient pas Paul et Sheila personnellement, répondit Cord. Que veux-tu dire au juste ?

— Elle avait les mains qui tremblaient, Cord. Et quand elle a évoqué Lisbeth, elle avait l'air complètement sens dessus dessous.

— Je viens de te le dire, elle n'a pas eu une vie facile.

Il la regarda par-dessus son épaule, l'air interrogateur.

— Je vois que tu n'as pas perdu ton flair, Julia. J'étais tellement occupé à guetter les faits et gestes de Tascoe que les réactions de Jackie m'ont échappé. J'ai entendu dire que sa fille a quitté la maison il y a deux ans sans prévenir et qu'elle n'a plus eu de nouvelles d'elle depuis. Ceci explique peut-être cela ?

Julia revit l'expression hantée de la femme qui accompagnait Tascoe et ressentit de la pitié.

— Elle a perdu un enfant ? Comme c'est triste !

Cord se concentrait sur un bouton de manchette qu'il n'arrivait pas à enlever.

— Sa fille n'était plus une gosse quand elle s'est volatilisée, elle devait avoir dix-neuf ou vingt ans. Ça doit quand même être dur. Cette femme est veuve, sa fille représentait tout pour elle. Quel que soit l'âge d'un enfant, il reste toute sa vie un enfant pour ses parents.

— Peut-être, laissa tomber Julia.

Epuisée, vidée, elle s'était assise sur le bord du lit. La remarque de Cord s'appliquait aussi à elle, à ses relations avec son père, et cela lui faisait mal.

Sauf que Willard Stewart ne s'était jamais effondré sous prétexte qu'il la voyait trop rarement. Son père aussi avait perdu un enfant, et cet enfant qu'il pleurait encore, ce n'était pas elle mais son frère. Cord et elle avaient été en désaccord sur ce point. Cord prétendait que derrière la façade sévère battait un cœur en or. Willard et elle se ressemblaient trop pour avoir des relations faciles. Cela ne voulait pas dire que son père ne l'aimait pas, mais qu'il était trop pudique pour le lui dire.

Cord aimait trop les happy ends, se dit Julia. Elle-même était un peu plus pragmatique.

— On devrait peut-être s'en tenir aux sujets sur lesquels on est d'accord, dit-elle sans rancune. Par exemple, mon intention de mener cette enquête avec toi.

Elle s'adossa à la tête de lit et fit une moue comique.

— Et puis, dans le fond, je n'ai pas besoin de ton accord pour faire ce que je veux.

— Non, tu as raison.

Il lui lança un regard amusé dans la glace et finit d'enlever sa chemise.

— On n'est plus à l'époque où Davey et moi allions escalader la montagne et t'empêchions de venir.

— N'empêche que je vous suivais. Je m'arrêtais seulement quand je ne vous voyais plus.

A ce souvenir, elle sourit.

— Et comme vous étiez à bicyclette et moi sur mes petites pattes de cinq ans, je vous perdais vite de vue.

— Si je m'amusais à faire ça aujourd'hui, j'imagine que tu prendrais ta bicyclette.

Elle fit oui de la tête et le regarda. Il lui souriait, mais derrière ce sourire de façade, son visage était sérieux.

— C'est d'accord, on travaille ensemble, mais je veux que tu restes ici avec moi. On va aller acheter quelque chose à te mettre avant que les boutiques ne ferment. Ensuite, je t'invite à dîner. Si tu es sage !

Tout en parlant, il approcha son visage de la glace et se passa la main sur les joues pour juger de l'état de sa barbe. Il ouvrit alors un tiroir et en sortit un jean et un T-shirt bleu marine qu'il lança sur le lit.

— Rester ici avec…

Elle laissa sa phrase en suspens.

— Tu n'y penses pas !

— Tu m'as vu moins vêtu que ça des centaines de fois. Que dis-je ? Beaucoup moins vêtu que ça !

Il lui adressa un sourire canaille, défit sa ceinture et son pantalon.

— Tu n'as pas le choix, Julia. Tant qu'on travaille ensemble, on est liés toi et moi. On mange ensemble, on interviewe les suspects ensemble, on dort ensemble. Tu prends le côté gauche du lit, ajouta-t-il en enlevant son pantalon. J'étais ici avant toi et je préfère être du côté de la porte.

Il était tout près d'elle maintenant et elle aurait pu le toucher, mais elle s'en garda.

Il portait un boxer blanc, évidemment. Un jour, pour Noël, elle lui avait acheté un minislip rouge, davantage pour voir sa réaction quand il ouvrirait son cadeau que dans l'espoir qu'il change de goût et troque ses indéfectibles slips blancs contre des dessous plus sexy. C'était l'année où King faisait encore ses dents. Le lendemain, ils avaient trouvé le slip en lambeaux entre les pattes du chiot. Cord avait juré ses grands dieux qu'il l'avait pourtant mis hors d'atteinte de l'animal.

Elle se plaisait à s'attarder sur ce souvenir lointain pour éviter de penser aux cuisses au galbe parfait, à l'estomac plat et à la carrure athlétique de l'homme qui se tenait devant elle. Contrastant avec la teinte cuivrée de sa peau, son boxer était aussi blanc qu'un drapeau de reddition.

— Non, Cord. Je ne peux pas rester avec toi.

Elle essaya de détourner les yeux, mais elle avait du mal à simuler l'indifférence, d'autant que ses joues la brûlaient.

— Tu rougis, observa-t-il.

Il se pencha — elle battit plusieurs fois des cils —, prit le jean sur le lit et poussa un soupir d'exaspération.

— Pour dire les choses franchement, je ne supporterai pas de te voir soupirer sous prétexte que je sursaute chaque fois que tu me frôles. Avoue que nous avons d'autres sujets d'agacement !

En réponse, Cord laissa tomber son jean et se pencha sur elle, si vite qu'elle n'eut pas le temps d'esquiver. Un genou entre ses jambes, un bras derrière son dos, il la serra contre lui, lui prit sauvagement la bouche, et ils tombèrent l'un sur l'autre sur le lit.

Quand il l'avait embrassée deux jours plus tôt au lac, il y avait du désarroi dans leur baiser. Aujourd'hui, ils étaient submergés par un désir trop longtemps contenu.

Encouragée par la fougue de ses baisers, elle se mit à défaire fébrilement les boutons de la chemise qu'elle portait. Elle ne supportait pas que quelque chose les sépare. Elle le voulait contre sa peau, contre ses seins.

— Laisse-moi te l'enlever, grogna-t-il. Et tant pis si je la déchire, elle est à moi.

Il empoigna les pans et tira jusqu'à ce que le tissu craque. Il l'avait bel et bien déchirée. Les boutons volèrent avant de retomber en s'éparpillant autour d'eux.

— Attends, il faut que j'enlève mon soutien-gorge, dit-elle d'une voix rauque qu'elle ne reconnut pas.

— Trop tard, chérie. J'ai toujours été plus habile que toi à te déshabiller.

Les mains dans son dos, il dégrafa le soutien-gorge dont il fit glisser les fines bretelles sur ses bras.

— Parfois, je me disais que mes souvenirs étaient faux, qu'aucune femme ne pouvait être aussi parfaite, aussi désirable, murmura-t-il. Mais non, mes souvenirs ne me trompaient pas.

Il se pencha encore plus près de son visage.

— Non, ce n'était pas un effet de mon imagination. Je ne rêvais pas. Tu es réelle.

Julia retint sa respiration.

C'était bien la réalité, mais elle ressemblait à un rêve. Cord avait posé les mains sur ses hanches, et elle les sentait s'enhardir au risque de se perdre dans les endroits défendus où elle rêvait secrètement de les sentir.

Non, ce n'était pas un rêve. C'était vrai, et ça se terminerait encore une fois dans le chagrin et dans les pleurs.

— *Non*, Cord. Il ne faut pas.

Les mots s'étranglèrent dans sa gorge.

— Il ne faut pas, répéta-t-elle.

Il releva la tête et la fixa droit dans les yeux.

— Ce n'est pas mal, Julia. Pourquoi serait-ce mal ? Je ne suis pas un inconnu rencontré par hasard qui voudrait faire joujou une heure ou deux avec toi. C'est comme ça que les choses doivent être entre nous. Ce sont ces deux dernières années loin l'un de l'autre qui ont été une anomalie. Aujourd'hui, je te jure que nous sommes dans le droit chemin.

— Nous n'avons rien à espérer de l'avenir, insista-t-elle. Nous n'avons pas de futur ensemble.

Elle le regardait droit dans les yeux elle aussi, mais, les secondes passant, elle se sentait faiblir. Si ce face-à-face s'éternisait, elle allait baisser les armes.

Ce serait égoïste, protesta avec véhémence une petite voix intérieure. Elle essayait de se convaincre que tout était de nouveau possible, pas vrai ? Même se marier comme ils en avaient fait le projet autrefois ? Ainsi elle aurait ce qu'elle avait toujours désiré, c'est-à-dire Cord. Mais lui n'aurait qu'à faire une croix sur ses rêves de famille.

Cette petite voix cruelle qui lui susurrait des reproches, c'était celle de sa conscience. Et ces reproches étaient mérités.

— Pourquoi ne pourrait-on pas envisager de vivre ensemble ? Qu'est-ce qui nous en empêche ? Dis plutôt que ça ne te tente pas.

Elle s'assit brusquement.

— Je t'ai déjà dit que ça ne me dit rien. C'est ça que tu veux entendre ?

Elle avait élevé le ton et tordait nerveusement les pans déchirés de sa chemise.

— Je n'ai pas à m'expliquer. On l'a déjà fait il y a deux ans. Tout était limpide.

— Mais la situation dans laquelle nous sommes aujourd'hui n'a rien à voir.

Elle repoussa ses cheveux de son visage, égarée.

— Il faut que je parte. Il faut que je trouve un endroit où dormir ce soir. Je te retrouve ici demain matin, on décidera alors de notre emploi du temps.

— Non !

Il se leva, furieux.

— Je t'ai laissée décider une fois, ça ne recommencera pas.

Lui tournant le dos, il enfila son jean puis se retourna vers elle, les mains sur les hanches.

— Ecoute-moi, Julia. Ce n'est pas par vice que je te veux dans ma vie. J'ai toujours été franc avec toi. Je n'ai jamais cessé de te désirer, je n'ai jamais cessé de t'aimer ni, je l'admets, d'espérer te prouver que nous deux, ça peut fonctionner. C'est peut-être débile de ma part, mais j'ai toujours cru que lorsqu'on se reverrait il y aurait un miracle, que tu te jetterais dans mes bras. Hélas, dès la première seconde, j'ai réalisé que le miracle ne se produirait pas. Tu m'as regardé avec des yeux… Comme si j'étais la dernière personne que tu avais envie de voir.

Il y avait tant de peine dans sa voix qu'elle sentit son cœur se briser. Il ne méritait pas ça. Le considérant, elle vit les changements qui s'étaient opérés en lui au cours de ces deux années : des mâchoires plus anguleuses, des joues plus creuses, des petites rides plus marquées autour de la bouche, plus de tension, aussi.

— En fait, tu m'avais fait peur, Cord, soupira-t-elle. Pendant quelques secondes, j'ai bien cru que tu étais un fantôme.

Il hésita un moment et s'assit près d'elle sur le bord du lit.

— Je ne te mène pas en bateau, ma chérie. Je veux que tu restes près de moi parce que, dès l'instant où tu disparais de ma vue, je me figure que tu es en danger. Je respecte ce que tu as dit sur Tascoe, mais nous ne savons rien de façon certaine. Si je me trompe et que ce n'est pas lui qui a tué Paul et Sheila, alors nous ne savons pas qui est l'assassin et encore moins ce qu'il mijote. Je veux te savoir en lieu sûr.

« Quel type adorable ! » se dit-elle avec désespoir. Il était bon et tendre, et respectable. Comme elle regrettait de le contrecarrer ! Elle lui souhaitait bonheur, amour et… une ribambelle d'enfants. Ce qu'il lui demandait pour l'instant, le rassurer en restant avec lui, elle pouvait bien le lui offrir. Ce n'était pas un sacrifice insurmontable.

— Bon, je reste avec toi.

Elle vit qu'il était soulagé et, bêtement, eut envie de pleurer.

— Je te laisse même prendre le côté droit du lit, ajouta-t-elle.

Les deux coins des lèvres de Cord se relevèrent. Il tendit la main vers son visage et remit en place une mèche de ses cheveux.

— Tu te rappelles ce qu'on était l'un pour l'autre, autrefois ?

Il parlait tout bas, d'une voix rauque, cette voix qu'elle n'avait jamais oubliée, qu'elle entendait dans ses rêves même quand ils étaient à des milliers de kilomètres l'un de l'autre.

— Je sais que cette époque est derrière nous, mais tu te rappelles ?... Quel couple nous formions !

Il referma les bras sur elle, la serra contre lui.

Blottie contre sa poitrine, elle laissa couler les larmes qu'elle retenait depuis un moment. Elle entendait battre le cœur de Cord. Elle leva les yeux pour le regarder, mais sa vue était brouillée par les larmes.

— C'est fini ce temps-là, Cord, murmura-t-elle.

Les mots lui faisaient mal.

— Mais tu as raison, c'est vrai que nous formions un couple formidable. Nous...

Sa voix se brisa. Elle crut que son cœur explosait.

— ... Nous avions tout, compléta-t-elle.

8

La serveuse déposa les tasses de thé fumant sur leur table.

Le petit restaurant vietnamien n'arrivait pas à la cheville du luxueux restaurant français que son père affectionnait, mais le repas que Julia venait de partager avec Cord avait été agréable.

Elle avait profité de sa promenade dans le centre commercial pour faire quelques courses. Deux T-shirts, des jeans et un pantalon kaki qu'elle avait d'ailleurs gardé sur elle. Ses achats terminés, elle avait insisté pour rentrer, mais Cord, inquiet de sa mauvaise mine, lui avait imposé de déjeuner.

Cord faisait partie de ces hommes qui se sentent investis d'une mission d'ange gardien. Il aimait protéger. Les fois où elle l'avait vu avec des enfants, elle s'était dit qu'il était dans son élément. Le jour où ils avaient amené Lisbeth à Mary et Frank Whitefield, elle avait remarqué comment il avait poussé les petites filles sur la balançoire, chacune à son tour, pour ne pas faire de jalouse. Terry et Tessa, les jumelles de Mary et Franck, avaient hurlé pour que Cord les pousse le plus haut possible, mais quand était arrivé le tour de Lisbeth, il s'était placé devant elle et l'avait poussée très doucement pour ne pas l'effrayer.

C'était un père-né, pensa-t-elle en le regardant traverser la salle du restaurant pour rejoindre leur table. Il aurait des enfants à lui, il en avait vraiment envie, besoin presque. Aussi difficile que ce soit à admettre, elle ne devait pas l'oublier.

— Tascoe a disparu, dit-il en s'asseyant, visiblement soucieux.

Il parlait très bas mais cachait mal sa colère.

— DiMarco s'est mis à table quand ils l'ont conduit au poste. Il a exigé d'appeler son avocat, a demandé un pantalon et a craché tout ce qu'il savait sur tout !

Il serra les dents.

— Il leur a raconté la même histoire qu'à nous sur Tascoe, mais j'ai l'impression que Lopez penche plus pour DiMarco comme suspect. Elle a quand même envoyé une patrouille pour chercher Tascoe en vue de l'interroger, mais ils n'ont pas réussi à le trouver.

— Peut-être qu'un de ses anciens potes l'a informé que la police était à ses trousses ? Mais je ne crois pas, dit-elle après réflexion. Je ne vois pas Tascoe filant au moindre problème. Il doit se sentir assez fort pour bluffer et manipuler une fille comme Lopez. Tu ne penses pas qu'il aimerait croiser le fer avec elle, juste pour démontrer à la police l'erreur grossière commise en le licenciant ?

— Je ne sais pas.

L'air absent, il avala une gorgée de thé et se tut. Soudain, elle vit son regard pétiller.

— Tu n'es pas trop moulue ?

Elle écarquilla les yeux.

— Moulue ? Tu veux dire fatiguée ?

S'il lui avait posé cette question une heure plus tôt, elle lui aurait dit qu'elle était vidée. Mais le déjeuner et le thé l'avaient requinquée, elle se sentait revivre.

— Tu aimerais rendre visite à Jackie Redmond, dis-le.

Il ne répondit pas.

— Si c'est ça, dit-elle, certaine d'avoir deviné, je suis partante, Cord. Si Tascoe est en fuite, il a déjà une longueur d'avance sur nous. Ce serait stupide de le laisser prendre plus l'avantage.

Il lui adressa un petit sourire qui l'emplit de bonheur.

— C'est bien mon avis.

Il paya la note et ils sortirent.

Etre avec lui, même en ces circonstances, lui faisait un

bien fou, alors qu'elle pensait ne plus jamais le revoir. A dire vrai, ces deux dernières années, elle n'avait pas pu oublier les longues et douces nuits passées dans ses bras, ni l'éclat de ses yeux quand il lui disait « je t'aime », ni le goût de ses lèvres sur les siennes. En revanche, elle avait oublié le bonheur tout simple d'être seulement près de lui.

Jackie Redmond habitait de l'autre côté de la ville. Ils en avaient pour une vingtaine de minutes en voiture. Comme ils s'y rendaient, une pluie fine se mit à tomber. Cord mit les essuie-glaces en marche. Leur va-et-vient régulier sur le pare-brise avait un effet apaisant que Julia apprécia.

Le calme qu'elle ressentait un instant plus tôt cédait la place à l'anxiété. Elle se surprit à se tordre les doigts nerveusement. Il fallait qu'elle se rappelle que la violence commençait dès qu'elle franchissait sa porte et que des menaces rôdaient partout. Comme autrefois, elle était chargée de veiller à ce qu'aucun danger ne mette en péril la vie d'une enfant. Lisbeth. Elle avait échoué une fois. Cela ne devait pas se reproduire. Mais rien n'était moins sûr.

— Le petit-fils de Vittorio… Comment s'appelle-t-il, déjà ?

— Anthony, répondit-elle.

Les rues étaient luisantes de pluie, les feux des voitures s'y réfléchissaient comme dans un miroir.

Elle ferma les yeux et revit le visage rond de Lisbeth, ses cheveux roux, soyeux comme ceux de sa mère. Cette fois-ci, elle n'avait pas le droit d'échouer. S'ils ne retrouvaient pas l'assassin à temps, il risquait d'y avoir du grabuge. Lisbeth était peut-être déjà menacée ? Quoi qu'en pensent ses ex-collègues, elle ne pouvait se résoudre à voir en Tascoe le meurtrier de Paul et Sheila. Il aurait tué Paul, à la rigueur. Mais une femme, jamais. Quant à Paul, Tascoe n'avait aucune raison d'infliger des blessures supplémentaires à une victime déjà morte, sauf à vouloir semer le doute dans les esprits en signant ce crime de la marque de la mafia. C'était la théorie de Cord, mais elle n'y adhérait pas. Cela continua de l'obséder pendant tout le trajet.

— Tué par balle, je veux bien, mais frappé ensuite à l'arme blanche, pourquoi ? dit-elle soudain. Le meurtre de Sheila était propre. Pourquoi Paul a-t-il subi un sort différent ?

Cord ne répondit pas.

— Tu veux savoir ce que je pense ? ajouta-t-elle. Sheila a été tuée parce qu'elle devait l'être. Paul a été tué parce qu'il est remonté du sous-sol plus vite que l'assassin ne l'avait prévu.

Elle l'aurait parié, c'était ça qui s'était passé. Elle se tourna vers Cord pour lui demander son opinion mais s'arrêta brusquement.

Et si elle se trompait ? Elle s'était bien trompée une fois. Cette fameuse fois, elle était également persuadée d'avoir raison. Cette fois-là aussi, la vie d'un enfant était en jeu. Elle ne devait pas se faire confiance. Elle devait se méfier de ses intuitions, de son instinct. Elle allait dire à Cord qu'elle ne voulait plus se mêler de cette enquête, qu'elle avait changé d'avis. Qu'elle n'était pas capable, pas douée pour ce métier…

— Falcone a dit qu'Anthony faisait des études de médecine ?

La question de Cord la sortit de ses pensées.

— Oui, à Harvard.

— En voilà un à qui tu as sauvé la vie, dit-il, les yeux braqués sur la route dangereuse. Il te devra toujours une fière chandelle.

Elle se cala dans son siège, impatientée, déterminée à déclarer forfait.

— Tu lui as redonné goût à la vie, insista Cord. C'est vrai que tu dois y être habituée.

— Pas du tout. Je ne vois pas les choses comme ça. Il y a toujours les autres. Et ces autres sont très nombreux…

— Tu ne repenses jamais aux enfants que tu as sauvés ? Je suis certain que tous ces gosses sans exception se souviennent de toi.

— Enfin, Cord…

— Un jour, Anthony Falcone aura des enfants. Ils deviendront grands à leur tour et formeront la nouvelle génération. Ils ne sauront peut-être jamais l'histoire de leur père, mais ils devront d'être sur Terre à une femme qui a refusé de baisser les bras quand tous les autres avaient démissionné, une femme qui a cherché sans relâche un adolescent à la dérive jusqu'à ce qu'elle le retrouve et le ramène chez lui.

Il serrait son volant très fort.

— Tu es formidable, Julia. N'oublie jamais ça.

Elle ne répondit rien.

Ils se turent le reste de la route. Absorbée par l'idée qu'il avait soulevée, de tous ces enfants rescapés de la mort, Julia se sentit bientôt plus sereine.

— Nous sommes arrivés, dit soudain Cord. C'est maintenant que ça commence. Tenons-nous prêts à battre en retraite.

Elle leva les yeux vers lui.

L'homme avec lequel elle avait passé la soirée, l'homme qui l'avait serrée dans ses bras un peu plus tôt avait disparu. A sa place se tenait un policier. Méfiant, prudent, professionnel.

Ce qui les attendait n'était pourtant probablement pas méchant, se dit-elle.

Une décharge d'adrénaline vint contredire son assurance de façade. Mieux valait ne pas miser sur la facilité. On ne savait jamais.

Elle baissa les yeux et vit que, réflexe de flic, elle avait la main à la hanche, prête à dégainer.

Avant de quitter le motel, quand elle avait vu Cord prendre son arme, elle lui avait fait remarquer qu'elle n'en avait pas.

— Tu n'as plus droit au port d'arme ?

Il avait semblé rassuré quand elle lui avait répondu que si.

— Bon, on ira t'acheter un revolver demain. Quand tu faisais partie de la police, tu sortais toujours armée.

Les vieilles habitudes ne se perdaient pas, se dit-elle, heureuse de constater qu'elle avait gardé les automatismes du métier.

Les idées bien en place, prête à intervenir, elle fit un signe de tête.

— Allons-y.

Le crachin qui noyait le paysage depuis leur départ avait

viré à l'orage tropical, et c'est sous un rideau de pluie qu'ils traversèrent la rue. L'auvent d'une boutique, éclairée par deux globes fixés de chaque côté de la porte vitrée, leur servit de refuge.

— Nous aurions dû attendre un peu. Tu as l'air d'un chat mouillé, se moqua-t-il.

Elle le regarda. Les gouttelettes de pluie accrochées dans ses cheveux noirs brillaient comme autant de petits diamants.

— Et toi, d'un chien de milliardaire mouillé ! répliqua-t-elle en riant.

Machinalement, elle posa la main sur son visage et, du bout du doigt, écrasa une perle d'eau retenue dans sa barbe naissante. Avant qu'elle n'achève son geste, il plaqua sa main sur la sienne.

— Je ne pense pas qu'il se passe grand-chose, mais il faut toujours se méfier. Le pire scénario serait que Tascoe se cache là. Je te supplie de ne pas me quitter d'une semelle et de ne prendre aucun risque.

Il tenait toujours sa main. Elle était si près de sa bouche qu'elle sentait son souffle tiède lui effleurer les doigts. C'était rassurant et troublant à la fois. Troublant, surtout.

— Je serais plus rassuré si tu étais armée, souffla-t-il.

— Je fais confiance à mon équipier pour voir ce qui se passe dans mon dos, répondit-elle doucement. Mais sois prudent, toi aussi… Je t'en supplie.

Le bâtiment n'avait pas de système de surveillance. Il suffit à Cord de pousser la porte pour y pénétrer. L'entrée était petite. Un des murs était tapissé de boîtes à lettres. Du fond partait un escalier, recouvert d'un revêtement en plastique censé le protéger.

— Personne n'est entré depuis qu'il pleut, dit Cord en se retournant sur ses empreintes de pas humides. Mais ça ne veut rien dire. Tascoe, s'il est là, a pu arriver plus tôt.

Il la précéda jusqu'au troisième étage et s'arrêta sur le palier. En face d'eux se trouvait l'appartement 3B. La porte était équipée d'un heurtoir en étain représentant un âne. Devant, sur le tapis brosse, était rangée une paire de chaussures de femme, pas vraiment branchées.

— Il y a des gens qui vivent dans ces appartements depuis des dizaines d'années, murmura Cord. Ils se figurent qu'avec un judas ils sont en sécurité ! Allons-y. L'appartement de Jackie doit être tout au bout du couloir.

La blonde qu'ils avaient vue avec Dean Tascoe aux obsèques n'était peut-être pas aussi âgée que la plupart des occupants de l'immeuble, mais elle était aussi confiante qu'eux, car elle ouvrit sa porte en entendant du bruit dans le couloir.

Cord sauta sur l'occasion.

— Madame Redmond ? Jackie ?

Vêtue d'un déshabillé de satin, la femme se raidit.

— Bonjour. Nous sommes Cord Hunter et Julia Stewart. On a bavardé ensemble aujourd'hui à l'enterrement. Pouvons-nous entrer ? Nous avons quelques questions à vous poser.

— C'est à quel sujet ?

L'imprudente naïveté qui avait poussé Jackie Redmond à ouvrir sa porte sans se méfier s'était envolée. Attendait-elle quelqu'un d'autre ?

— S'il vous plaît, madame Redmond. Il serait préférable que nous parlions à l'intérieur.

— J'allais me coucher, répliqua la femme avec une pointe d'hostilité. Je ne vois pas de quoi vous voulez me parler.

Mais, se ravisant, elle fit un pas de côté pour les laisser entrer.

Dans le salon, leur hôtesse s'approcha d'une table et arrangea d'une main nerveuse les multiples cadres qui y étaient posés tandis qu'ils s'asseyaient. Toutes les photos, remarqua Julia, représentaient la même petite fille, bébé, puis enfant, puis adolescente. Sans doute la fille qu'elle avait perdue ? pensa-t-elle avec émotion.

— Si c'est à propos des meurtres, je connaissais à peine le détective Durant et sa femme, déclara Jackie.

Son déshabillé cachait mal sa maigreur. Nerveuse, elle

continuait de tripoter les objets les uns après les autres, cadres, coussins, dossiers de chaises. Ses doigts étaient noueux.

— Oui, c'est au sujet des meurtres.

Julia remarqua la voix particulièrement douce de Cord et sourit à Jackie.

— Nous espérons que vous allez pouvoir nous dire où se trouve M. Tascoe, commença-t-elle. Il n'est pas chez lui et…

— Le capitaine Tascoe n'est pas ici, l'interrompit sèchement la femme.

Cord se pencha, les bras en appui sur les cuisses.

— Madame Redmond, je ne suis pas ici en mission officielle…

La femme lui coupa la parole.

— Je le sais, détective Hunter. N'oubliez pas que je suis la secrétaire particulière du chef.

Elle s'assit sur le bras du canapé et lissa la dentelle de ses poignets.

— Vous étiez très proches du détective Durant, n'est-ce pas ? Le capitaine Tascoe m'a dit, après le cimetière, que vous étiez le parrain et la marraine de sa fille.

C'était la deuxième fois aujourd'hui que Jackie Redmond faisait dévier la conversation vers Lisbeth, nota Julia. Malgré son agitation et sa mauvaise mine, elle n'était pas du genre à s'en laisser conter. Sous son apparente fragilité se cachait une femme qui avait eu assez d'énergie et de volonté pour prendre son avenir à bras-le-corps après le décès de son mari. Elle avait élevé seule son enfant et s'était fait une place au soleil dans son travail. Elle avait même réussi à entortiller Dean Tascoe. Peut-être étaient-ils trop gentils avec elle ?

— Je suis la marraine et Cord le parrain de Lisbeth, acquiesça Julia. Aucune petite fille ne devrait connaître ce qu'elle vient de subir.

Elle s'entendait parler : sa voix était dure, mais tant pis, elle n'avait pas envie de jouer la comédie.

— Vous êtes une mère vous-même, madame Redmond. Je ne pense pas qu'il faille vous faire un dessin.

Julia nota un changement dans le comportement de Jackie. Elle avait porté la main à sa gorge, ses yeux bleus étaient écarquillés, ses lèvres frémissaient.

— Elle était… Elle était là quand c'est arrivé ? Elle n'a pas été blessée, au moins ? Ils n'ont rien dit sur la petite fille aux nouvelles. Je pensais qu'elle n'était pas là quand… quand…

— Quand ses parents ont été massacrés ?

Julia capta le coup d'œil que lui lançait Cord.

— Si, elle était là. Paul et Sheila ont été tués sauvagement, et comme si ça ne suffisait pas…

Julia laissa traîner sa phrase.

— Oh, mon Dieu ! s'exclama Jackie, blême.

Croyant qu'elle allait se trouver mal, Cord se précipita vers elle, mais elle le repoussa.

— Vous dites que l'enfant aussi a été tuée ? Oh non… Il avait promis que rien ne lui…

— Qu'est-ce que vous foutez là ? tonna une voix d'homme derrière eux.

Debout sur le seuil de la porte, ses clés encore à la main, Tascoe balaya des yeux la scène. Furieux, il traversa le salon en direction de la femme.

— Pourquoi ne m'avais-tu pas dit ? commença-t-elle.

Tascoe tendit la main vers elle, mais elle l'esquiva.

— Tu m'avais juré que l'enfant n'avait pas été touchée, Dean. Pourquoi ne m'avais-tu pas dit ?

— L'enfant est… hors de danger pour l'instant, madame Redmond. Je ne vous ai pas dit qu'elle avait été tuée, coupa Julia d'un ton glacial. Mais vous nous cachez quelque chose. Qui protégez-vous ?

Elle regarda Tascoe qui tenait Jackie, tremblante, par les épaules.

— Je… Non, je…

— Tais-toi, Jackie. C'est moi qui parle.

L'ex-flic à la face taurine était cramoisi, mais ses gestes envers la femme blonde étaient affectueux. Il l'avait blottie contre son épaule comme pour la protéger et lui caressait les cheveux.

— Lopez te cherche, Tascoe, dit Cord d'une voix grave. DiMarco est en garde à vue et il n'arrête pas de jacasser dans l'espoir d'obtenir un deal en échange de ses infos. Il a cité ton nom.

Le rouge cramoisi vira au violet.

— Je t'ai dit que j'ai ma propre agence de détectives, chef. J'ai donc donné ma carte à DiMarco. Quel mal y a-t-il à ça ? L'homme mène plein d'affaires et il lui arrive d'avoir besoin d'un coup de main extérieur. Tous les hommes d'affaires le font.

— T'es malin, Tascoe, mais tu ne tromperas personne. Tu peux penser ce que tu veux d'elle, Lopez est un bon flic. Elle va creuser. T'as intérêt à ce que ton histoire tienne la route. A propos de coup de main extérieur, tu devrais peut-être appeler ton avocat avant d'en dire plus. Je ne voudrais pas que le tribunal me déboute pour ne pas t'avoir énuméré tes droits.

— Tu n'as pas de mandat d'arrêt, Hunter.

C'était la première fois que Tascoe appelait Cord par son nom de famille, et il y avait maintenant de la peur dans les yeux de l'homme, remarqua Julia.

Il ne l'avait pas regardée une seule fois depuis son irruption. Au cimetière déjà, elle avait noté qu'il fuyait son regard, et elle s'était demandé ce qui le gênait pour qu'il ne la regarde pas en face.

— C'est vrai, mais je vais m'en occuper très vite. Tu vois, j'appelle Lopez sur-le-champ pour lui dire de venir t'arrêter.

Sans quitter Tascoe des yeux, Cord attrapa le téléphone rose bonbon posé dans un froufrou de dentelle près du canapé.

— Et n'essaie pas de t'enfuir. Paul et Sheila étaient mes meilleurs amis. Quand je te vois, j'ai la détente qui me démange.

— Ah, c'est ça ! Tu te figures que je les ai tués ?

Si l'homme jouait la comédie, il avait raté sa vocation,

pensa Julia. Il avait les yeux injectés de sang et ses grosses mains serraient Jackie trop fort. Soudain, d'une impulsion, il la repoussa si fort qu'elle s'effondra sur le sofa. Il se tourna alors vers Cord.

— Je vous ai donné vingt ans de ma vie, les gars ! Je me suis cassé le train pour des enquêtes sur des ordures qui faisaient plus d'argent en un mois que moi en un an, tout en sachant que ça ne servirait à rien, puisque, avant même que je finisse de remplir les formulaires d'interpellation, ils étaient déjà relâchés par des baveux de haut vol contre lesquels on ne pouvait rien. Ouais… j'ai pas toujours été réglo à la fin. Mais bon ! Je ne vois pas pourquoi moi j'aurais dû respecter cette foutue Convention de Genève quand, de l'autre côté, les truands ne la respectaient pas. Pas vrai, chef ? Mais de là à me soupçonner d'avoir tué un flic…

Le dernier mot sortit comme un cri. Avec rage. Les mains ouvertes devant lui, Tascoe se jeta sur Cord pour le prendre à la gorge.

Mais celui-ci esquiva. Pivotant sur lui-même, il donna un violent coup d'épaule dans la poitrine de Tascoe qui tomba à la renverse, entraînant dans sa chute le petit guéridon sur lequel se trouvait le téléphone. Récupérant son équilibre, Cord se planta au-dessus de Tascoe, une jambe de chaque côté de ses hanches, arme à la main.

Tout cela avait duré à peine plus d'une seconde.

Serrée dans son peignoir rose noué sur son corps efflanqué, Jackie s'agenouilla près de Tascoe, hébété.

— Dean ? Ça va ? Tu saignes.

Un filet de sang coulait sur sa joue, mais Tascoe l'essuya d'un revers. Aidé de la femme blonde, il se releva péniblement. Et, pour la première fois il regarda Julia en face.

— J'avais entendu parler de toi. Ils te surnomment l'ange gardien, tu le savais ?

— On m'a affublée de toutes sortes de noms, répondit-elle, déconcertée par la question. Mais je ne suis plus dans la police.

— Non, tu ne l'es plus. A cause de Christie Hall.

Ce n'était pas une question, c'était une constatation.

Sous le choc, elle le fixa.

Non seulement ses problèmes de boisson étaient connus de tout le monde, mais les événements qui l'avaient conduite à boire aussi. Même Tascoe savait ! Il avait pourtant déjà quitté le service au moment de l'accident. D'ailleurs, ce n'était pas dans son dossier puisqu'elle n'avait jamais révélé à personne le vrai motif de sa démission.

— Comment sais-tu, pour Christie ?

Au lieu de répondre, Tascoe se tourna vers Cord.

— Je ne suis pas un ripou. Je ne tue pas les flics. Je sais pourquoi tu penses que j'aurais bien aimé voir Durant mort… Parce que lui et toi vous m'avez fait virer. Et comme je te l'ai dit aujourd'hui, à une certaine époque j'ai rêvé de me venger de vous deux. C'est vrai, j'aurais pu vous descendre. Mais c'est fini, je me suis calmé. Et depuis longtemps.

Cord, sceptique, tenait toujours son arme pointée sur Tascoe.

— Qu'est-ce qui s'est passé ?

— Je l'ai eue, dit Tascoe. J'ai eu ma revanche. Mais, depuis, je ne me supporte plus. Non, je ne suis plus en paix avec moi-même.

Il se passa la main sur les yeux.

— Harry Hall était un de mes informateurs, poursuivit-il.

Julia se figea.

— Je sais pourquoi il a sauté avec sa fille. Tu n'étais pas responsable, l'ange gardien. C'était ma faute.

9

— Si je comprends bien, on est revenus à la case départ ?

Julia posa ses sacs de courses sur le lit du motel tandis que Cord se débarrassait de ses clés et de son arme sur la table de chevet.

— Ça en a tout l'air, répondit-il en ôtant sa veste. Mais Tascoe n'est pas tiré d'affaire pour autant. Lopez va le garder quelques heures et le cuisiner, tu peux lui faire confiance.

Après ses fracassantes révélations, l'ex-flic leur avait demandé d'informer les autorités de ses errements et avait donné son accord pour rencontrer Cindy Lopez. Mais avait-il seulement le choix ? pensa Julia.

Ce qu'avait expliqué Tascoe vibrait encore à ses oreilles. Elle n'était pas disposée à s'apitoyer sur lui. L'homme avait massacré sa vie et accéléré sa descente aux enfers. Deux ans de douleur, voilà ce qu'elle venait de vivre. Deux années perdues. Ce soir, il avait essayé de faire amende honorable, mais…

Malgré elle, elle se mit à revivre la scène telle qu'elle s'était déroulée.

— Harry Hall était un de mes informateurs…

Quand Tascoe avait lancé cette bombe, elle avait eu l'impression qu'il n'était pas conscient de la présence d'autres personnes dans la pièce. Il ne s'adressait qu'à elle, et dans son regard elle avait lu les reproches qu'elle s'adressait à elle-même. Elle avait vu aussi ses lèvres remuer sans émettre aucun son. Et puis il avait réussi à surmonter sa peur, une peur qui devait être mêlée de remords et de regrets.

— C'était un gagne-petit, avait-il enchaîné. Un voleur minable qui veut jouer au grand truand. Il aurait fait plus d'argent à vendre des sandwichs. Il n'avait pas réussi, je pense que c'est une des raisons de ses problèmes.

Tascoe avait soupiré. C'était comme s'il avait été dans un confessionnal, si ce n'est qu'il n'y avait personne pour l'absoudre. Jackie n'avait cessé de le regarder, effrayée, et Cord de le viser sans tirer.

— Bref, je pense que quand Harry a su ce qui m'était arrivé, il a cru qu'on allait devenir amis ou je ne sais quoi. On se rencontrait de temps à autre dans un bar, il m'offrait des bières, c'était pour lui une occasion de parler. Et puis, un jour, il a traversé une mauvaise passe et s'est fait du souci pour sa fille.

— Christie, dit Julia. Elle s'appelait Christie. Elle avait sept ans.

— Ouais. Christie. La seule personne pour qui ce fils de malheur éprouvait des sentiments. Quand il a appris qu'il avait un cancer, il s'est fait un sang d'encre. Qu'allait-il advenir d'elle ? Il avait entendu parler de toi et m'a demandé si je pensais que tu l'aiderais à trouver une famille qui l'adopte avant sa mort.

Les genoux de Julia s'entrechoquaient.

— Pourquoi moi ? Pourquoi ne pas avoir contacté une association ?

— Je te l'ai dit, il avait entendu parler de l'ange gardien, le flic qui remuait ciel et terre pour des gosses que tout le monde pensait irrécupérables, la femme qui réussissait à entrer dans leurs têtes et savait comment leur parler.

Il avait haussé les épaules.

— Ça lui aurait pris des mois pour comprendre que je ne faisais plus partie de la police, que personne ne lèverait le petit doigt pour moi. Alors, cette nuit-là, j'ai pensé que c'était l'occasion d'atteindre le salaud qui avait ruiné ma vie.

— Moi, coupa Cord. C'était moi que tu cherchais à

atteindre, hein ? Alors, pourquoi ne pas t'en être pris directement à moi ? Pourquoi as-tu impliqué Julia ?

— Parce que je savais que lui faire du mal à elle, c'était la pire misère que je pouvais te faire. C'était juste avant que tu partes pour la côte ouest, et je ne savais pas que vous étiez en train de rompre.

Tascoe avait eu une grimace.

— Je ne pensais qu'une chose : je te haïssais pour ce que tu avais fait de ma vie. De ma carrière. Pour moi, tu avais trahi le code — dénoncer un collègue —, aussi ai-je décidé d'en faire autant à ta femme ici présente. J'ai conseillé à Harry de l'éviter à tout prix, sans quoi elle lui enlèverait Christie et s'empresserait de la placer dans une famille d'accueil, après quoi il ne la reverrait plus. Je lui ai dit que « l'ange gardien » c'était de la frime, juste un coup de pub pour le service, que tout ça c'était crapule et compagnie.

Elle s'était sentie pâlir.

— Tu voulais qu'il ait *peur* de moi ?

Elle avait saisi Tascoe par un pan de sa veste.

— Tu te rends compte de ce que tu as fait ?

— Bien sûr que je sais.

Il ne cherchait même pas à se dérober. Son visage n'était qu'un masque de douleur.

— Je l'ai su dès que j'ai appris ce qui était arrivé : ce que je lui avais dit sur toi quelques semaines plus tôt avait atteint son but, j'avais réussi à le monter contre toi. Je voulais te le dire. Je savais que tu croirais que c'était ta faute, que quelque chose que tu avais fait ou dit l'avait poussé à sauter avec Christie…

— Je suis partie aussitôt après. Pendant deux ans, j'ai vu le visage de cette enfant dans mes rêves. Un cauchemar, Tascoe. Combien de fois ai-je revu le moment où ses petits doigts sur le point d'accrocher ma main m'échappaient ? Combien de fois l'ai-je vue tomber ? Combien de fois ai-je entendu son cri de terreur quand son père, décidé à en finir, s'est jeté avec elle dans le vide ? Combien de fois ?

Peu à peu, elle avait lâché la veste de Tascoe, mais elle n'avait pas lâché son regard.

— Tu as failli la tuer ! C'est un miracle que les pompiers l'aient sauvée. Autrement, si Christie Hall était morte, je te jure que…

Tremblante, elle avait pivoté sur ses talons et était allée jusqu'à la porte de l'appartement où elle avait attendu que Cord appelle Lopez.

Tascoe s'était assis sur le sofa, tête penchée, épaules affaissées.

Jackie Redmond s'était alors approchée d'elle.

— Il a fait des choses impardonnables, mademoiselle Stewart. Mais nous en avons tous fait, chacun de nous…

Ses mains tremblaient, mais elle avait poursuivi, avec plus de courage que Julia n'aurait cru.

— Etes-vous si irréprochable pour vous octroyer le droit de le juger ? Ne pouvez-vous pas faire l'effort de comprendre que les gens peuvent parfois se tromper ou… ou imaginent qu'ils n'ont pas d'autre choix ?

Julia n'avait pas été capable de répondre. Muette, elle avait fixé la femme blonde jusqu'à ce que celle-ci retourne auprès de Tascoe.

— J'ai demandé à la réception qu'on nous réveille tôt demain matin, lança Cord, mettant un terme aux songes de Julia.

Elle leva les yeux. Il était debout près de la commode, les bras croisés.

— Je pense qu'il faudrait qu'on collecte plus d'infos demain sur le lien entre DiMarco et Tascoe.

Elle fronça les sourcils. Ses tempes lui faisaient mal. Début de migraine.

— Tu penses que Tascoe n'a pas commis les meurtres ?

— En fait, ce qui me trouble, c'est la réaction de Jackie

quand elle a cru que Lisbeth avait été tuée. Elle nous cache quelque chose qui concerne aussi Tascoe.

— Mais tu viens de dire que tu ne le crois pas coupable.

Cord hocha la tête.

— Non. Là, maintenant, je ne le pense pas. Tout ce qu'on avait contre lui, c'est la parole d'un petit mafioso qui aurait dit n'importe quoi pour nous faire plaisir et a ressorti des faits datant d'il y a des années.

Julia mit la main sur son front douloureux.

Tué par balle puis poignardé. Parce qu'il est remonté du sous-sol plus vite que le meurtrier ne s'y attendait. Paul n'aurait pas dû être tué par balle… L'assassin voulait qu'il meure d'une certaine façon. Cette façon a été brouillée…

Elle ressassait ces phrases quand elle sentit des mains se poser sur ses épaules.

— A quoi penses-tu ?

— A rien. J'ai des flashes, mais ils disparaissent aussitôt.

— Un peu comme quand tu essayais de te connecter avec un enfant ? Ne me dis pas que tu essaies d'entrer dans la tête du tueur ?

Elle haussa les épaules en signe de dénégation.

— A son insu, Lisbeth t'aurait-elle mise sur une piste ou passé une impression ? Je sais qu'elle ne t'a pas parlé, mais je t'ai vue avec elle. On aurait dit que tu la surveillais.

Oui, elle la surveillait parce qu'elle avait peur pour elle. Parce qu'elle redoutait que quelque chose ne lui arrive, quelque chose qu'elle n'aurait pas vu venir.

Elle resta très calme.

— Non, je n'ai rien perçu chez Lisbeth. Et je doute que quiconque puisse obtenir la moindre chose d'elle. Elle est complètement fermée, murée dans son silence, et ça m'inquiète. Si l'on ne met pas la main sur le tueur dans les jours qui viennent, Cord, il va falloir songer à la faire soigner.

Une ombre passa sur le visage de Cord.

— Je sais. Le temps presse, mais je ne veux pas qu'elle sorte déjà de sa cachette, c'est trop tôt. En revanche, je suis d'accord avec toi. Si nous n'avons pas trouvé le tueur d'ici deux jours, nous devrons la faire examiner par un psy.

Son regard s'assombrit.

— J'ai vu le corps de Paul, Julia. Celui qui l'a tué s'est acharné sur lui. Je ne veux pas qu'il puisse ne serait-ce que flairer la présence de Lisbeth quelque part.

— Je reste persuadée que Tascoe nous cache quelque chose. C'est un milicien. Même s'il n'en est pas chargé officiellement, il aime faire régner l'ordre. Déjà, quand il était dans la police, il aimait régler les affaires tout seul. Je le soupçonne de mener une enquête parallèle et d'avoir découvert quelque chose qu'il ne veut pas divulguer.

— Peut-être pense-t-il que s'il résout l'affaire, il sera réintégré avec les honneurs et la gloire ?

Cord se passa la main dans les cheveux.

— Ça lui ressemblerait assez. Avant l'histoire Billy Wolfe, Tascoe était déjà limite. Il avait été chargé du cas Donner avant que Paul et moi ne le relevions.

— Oh ! Je l'ignorais.

Julia réprima un frisson. On ne comptait plus les meurtres commis par Gary Donner et sa *famille*.

— Pourquoi lui a-t-on enlevé ce dossier ?

— Il la jouait comme d'habitude façon cow-boy. Il a mis des suspects en garde à vue sans mandat d'arrêt, les a cuisinés tout seul, a fait de la rétention d'informations. Le reste de l'équipe n'était mise au courant de rien. Dommage, car c'est un fichu bon détective ! Mais c'est aussi un électron libre, un type incontrôlable. Or, cette affaire demandait une rigueur top niveau. Comme le service ne pouvait se permettre de le garder sur ce dossier hypersensible, on l'a gentiment poussé dehors, et c'est Paul et moi qui avons pris la relève.

— Et vous avez joué aux cow-boys, exactement comme lui.

— Moi, cow-boy ? Ça, c'est un coup bas, jeune fille. Rappelle-toi que dans ma famille, on a toujours été de l'autre bord. Tu vois ce que je veux dire.

Mais elle n'avait pas envie de rire.

— Tu as failli te faire descendre à ce jeu-là. Tu n'avais qu'une obsession : mettre à genoux la famille Donner. Je t'ai vu fonctionner à cette occasion. Je ne te reconnaissais plus. En plus, tu ne voulais pas que je t'aide. Je ne pouvais plus t'approcher.

C'était un souvenir encore douloureux. Elle regretta de le lui avoir avoué.

Il lui sourit.

— Maintenant, c'est toi qui as franchi la ligne.

Il alla à la fenêtre et regarda dehors. Il faisait nuit. Elle voyait les muscles de son dos se contracter sous son T-shirt.

— Puisque la conversation prend un tour personnel, dit-il sans se retourner, peux-tu me dire pourquoi tu ne m'as pas dit que ta vie partait à vau-l'eau ? Il a fallu pour que je l'apprenne qu'on interroge Tascoe ! C'est un comble, non ?

— Tu n'étais pas là quand ça s'est produit, se défendit-elle. Tu étais déjà parti.

— Je ne me suis pas absenté longtemps avant. Deux semaines, pas plus. Et parce que tu avais voulu que je m'en aille. Avant, nous étions tout l'un pour l'autre. Tu savais que tu n'avais qu'à soulever le téléphone pour que je revienne.

Consciencieusement, il essaya d'assembler les morceaux du puzzle.

— Ça avait commencé bien avant l'affaire de Christie, non ? Les derniers mois, alors que nous étions encore ensemble, tu n'allais pas bien mais tu ne voulais pas que je le sache. Tu t'employais à me faire croire que tout allait bien… En fait, j'étais sorti de ta vie depuis longtemps quand tu m'as annoncé que c'était fini entre nous. Je me trompe, Julia ?

— C'est faux !

Prise au dépourvu, elle voulut se défendre.

— J'étais stressée. Toi aussi, d'ailleurs. Quand est arrivée l'affaire Donner, comme je te l'ai dit, je ne t'ai plus reconnu.

Le silence se fit. Pesant. On n'entendait plus que le roulement régulier des pneus sur l'asphalte de la route. Debout devant la fenêtre, à quelques mètres d'elle, Cord continuait de regarder dehors. La lumière des lampes de chevet ne portait pas jusqu'à lui et il était dans l'ombre.

Il se retourna et la fixa.

— A cette époque, je ne savais plus qui j'étais, effectivement. Je ne me reconnaissais pas. Je crois, en fait, que je n'avais même pas envie de le savoir. Cette enquête me tournait la tête. Quand elle a été terminée, je me suis juré de ne plus jamais me laisser impliquer de la sorte.

Elle le regarda avec tendresse et allait répondre quand il poursuivit.

— J'aurais peut-être dû te parler de ce que nous avons découvert pendant cette enquête, des horreurs dont nous avons été témoins. Partager ce cauchemar avec toi. Mais je ne pouvais pas, c'était trop dur. Ce que nous avons trouvé dans cette ferme…

Il se passa la main sur les yeux.

— Je ne voulais pas que ça envahisse notre vie. Je voulais pouvoir rentrer à la maison, te prendre dans mes bras et me dire qu'il y avait une part de ma vie, la plus importante, que ce monstre de Gary Donner n'avait pas entamée.

Julia ressentait une immense émotion.

Elle n'avait pas réalisé que l'homme qui avait mené l'enquête sur Donner — l'homme qu'on voyait en photo, l'air sinistre, fermé, quittant des scènes de crimes aussi huppées que glaciales comme la ferme des Bradley, l'homme qui n'hésitait pas à mettre sa vie en jeu pour tenter de mettre fin aux abominations perpétrées par les psychopathes de la *famille* Donner — avait puisé sa force en elle.

Elle ne le savait pas, ne l'avait jamais su. Elle n'aurait même pas cru que ce fût possible.

— Je suis heureuse, dit-elle tout bas.

Elle releva la tête et croisa son regard.

— Je suis heureuse si j'ai pu t'aider dans cette épreuve, si vraiment j'ai pu être un havre pour toi.

— Oui.

Adossé au mur maintenant, Cord soupira.

— J'aurais voulu être à toi, mais tu ne voulais pas de moi. Dans le fond, je crois que je n'ai jamais su qui tu étais vraiment.

Tout ce qu'elle avait fait, elle l'avait fait parce qu'elle l'aimait. Mais comment le lui dire ?

— Comment peux-tu dire une chose pareille ? Comment peux-tu seulement le penser ? Si, tu me connaissais. Tu me connaissais mieux que personne, Cord !

— Je croyais que je te connaissais. Mais je ne voyais que ce que tu voulais bien que je voie. La vraie Julia Stewart, tu me l'as cachée. Pourquoi ? De quoi avais-tu si peur ?

— Je ne me suis pas cachée. J'ai passé mon temps à te raconter mes petits soucis, mes problèmes, je t'ai dévoilé tous mes secrets. Peut-être me suis-je dit qu'il était temps que je gère ma vie toute seule, comme une grande ?

— On ne parle pas du jour où tu as cassé la vitre du hangar à bateaux avec une boule de neige, bon sang ! s'énerva-t-il.

Agacé, il s'approcha du lit et la regarda durement.

— On parle de deux personnes qui étaient sur le point de se marier. Et j'apprends que tu ne me faisais pas assez confiance pour me dire que tu commençais une déprime. Tu pensais quoi ? Que j'allais m'enfuir en courant ? C'est pour cela que tu m'as mis à la porte une première fois ? Parce que tu pensais que mon amour n'était pas assez fort pour surmonter une crise ?

Emporté par sa colère, il parlait fort. Dans la pièce voisine, la télévision était allumée et l'on entendait les éclats de rire d'une série comique.

Elle se leva, raide comme la justice, et traversa la chambre pour mettre de la distance entre eux. Pourquoi la pièce était-elle aussi petite ? pesta-t-elle en son for intérieur. Et pourquoi faisait-il si froid subitement ?

— Je t'ai donné mes raisons, il y a deux ans. Pourquoi ne peux-tu admettre que j'ai changé ? C'est pourtant simple, Cord. Je voulais une autre vie que celle qui s'annonçait. J'en avais assez de me taper la tête contre les murs dans un métier frustrant. Et ce qui est arrivé à Harry et Christie…

— Je ne sais pas ce qui s'est passé. Tu ne me l'as toujours pas dit.

Elle se raidit, attendant l'inévitable frisson qui allait la secouer.

Mais il ne vint pas. L'aveu de Tascoe l'avait libérée. Pour la première fois depuis ces heures tragiques sur le rebord du toit, elle se sentait assez solide pour raconter les événements qui s'étaient déroulés ce jour-là.

— Hall avait raté un hold-up dans une banque. A la lumière de ce qu'a raconté Tascoe ce soir, je pense que c'était son ultime espoir d'amasser un pécule qui aurait profité à Christie après sa mort. Bref, il a réussi à revenir chez la femme qui gardait sa fille ce jour-là, mais, à peine arrivé, la police lui a sauté dessus. Il a paniqué et s'est précipité sur la corniche juste en dessous du balcon… avec Christie.

— Et quand la police a su qu'une petite fille était en danger, ils t'ont appelée, poursuivit Cord.

Que de fois elle avait revécu la scène dans ses rêves ! Que de fois elle l'avait imaginée autrement ! Hélas, ça ne pouvait pas bien finir, elle aurait dû le savoir dès le début.

— Oui, ils ont fait appel à moi. Attachée par un harnais à la rambarde du balcon, je me suis avancée sur la corniche et j'ai tenté d'approcher le plus possible. Je n'avais pas le vertige, mais il s'en fallait de peu. Je suis restée comme ça une heure ou deux, j'ai parlé à Harry, je lui ai dit que non, il ne fallait pas qu'il fasse ça, que les choses n'étaient jamais aussi graves qu'on pensait et que nous l'aiderions. Je lui ai promis de l'aider, moi en personne, et que je veillerais personnellement à ce qu'on s'occupe bien de Christie.

— Vu la façon dont Tascoe lui avait parlé de toi, il a dû se dire que c'était plutôt une menace.

Le regard de Cord s'assombrit.

— Tu n'as pas réussi à le convaincre ?

— Non, je n'ai pas pu, répliqua-t-elle, hantée par le

souvenir du désespoir de l'homme et de l'effroi de l'enfant qu'il tenait dans ses bras. En fait, je n'avais aucune chance de réussir, mais je ne le savais pas. Il a fini par venir vers moi, et je me suis dit que j'étais parvenue à l'amadouer un peu, qu'avec encore quelques efforts, il allait se rendre. Je lui ai dit de me donner Christie. Il m'a regardée. On devait être à un mètre cinquante l'un de l'autre. J'ai vu ses yeux, Cord, et j'ai su que je m'étais complètement trompée. Et il… il a sauté. C'était le dixième étage.

— Pourtant, Christie s'en est sortie ?

— Une équipe de pompiers s'était mise en place pendant que j'essayais de le convaincre. Je crois que Hall ne s'est pas rendu compte de ce qui se tramait. Un membre de l'équipe est descendu du toit en rappel et s'est posté tout près de l'endroit où nous nous trouvions.

L'angoisse la tenaillait de nouveau, mais cette fois c'était surmontable.

— Le véritable héros, ça a été lui. Quand Harry a sauté, il a sauté lui aussi. Il a réussi à agripper Christie au vol et à l'arracher aux bras de son père avant qu'il ne plonge vers la mort.

Elle se mit à trembler.

Bouleversé, Cord visualisait le déroulement de la scène.

— C'est horrible. A un certain moment, tu as dû penser que…

— Un certain moment ? ricana-t-elle. Tu plaisantes, Cord. Pas un moment, des années ! Il n'y a pas une nuit, ces deux années passées, où je n'ai pas rêvé à cette fraction de seconde où tout s'est joué. Harry qui s'élance de la corniche, les yeux épouvantés de Christie, ma main que je tends et qui la rate. Sauf que, dans mes rêves, je la vois qui tombe et qui s'écrase dans la rue. Dans mes rêves, je suis complètement responsable de sa mort.

— Tu as tort, assena Cord. Même en admettant que la décision de Hall de sauter ait été influencée par le mensonge de Tascoe, tu n'as aucune raison de te sentir responsable d'une tragédie qui devait arriver. Si tu ne m'avais pas rejeté de ta vie quelques mois plus tôt, ajouta-t-il avec dureté, j'aurais été là pour t'aider. Nous aurions affronté l'événement ensemble.

Les petits marteaux qui tapaient dans ses tempes cognèrent deux fois plus vite, deux fois plus fort. On aurait dit une sarabande diabolique, pensa Julia.

Elle avait débuté la journée par l'enterrement de ses deux meilleurs amis. Ensuite, il y avait eu Tascoe et ses révélations qui l'avaient secouée. Et maintenant, l'homme qu'elle aimait depuis toujours était en train de deviner la seule chose qu'elle ne voulait pas qu'il apprenne !

Quelque chose en elle se révolta.

— Mais tu pensais que j'étais parfaite, Cord ! Tu disais que la femme que tu aimais était parfaite ! C'est pour cela que tu m'aimais et que tu n'as pas pu m'oublier pendant ces deux années. Je ne pouvais pas revenir vers toi et ternir l'image de perfection que tu avais de moi, te montrer que l'idée que tu te faisais de moi était à des années de lumière de ce que je suis vraiment. Non, ce n'était pas possible de m'exposer sous ce jour-là.

Sous son bronzage, Cord était vert de colère.

— C'est vrai, ç'aurait été une erreur ! J'aurais cessé de t'aimer sur-le-champ. Je serais sorti de ta vie tellement vite que tu n'aurais pas eu le temps de te demander ce qui t'arrivait. Merci de m'avoir mis à la porte, je n'ai pas eu besoin de te laisser tomber !

— Ce n'est pas ce que je veux dire, je…

Ses yeux fulminaient de rage.

— Arrête. Tu aurais dû me raconter tout cela il y a deux ans, et je te jure que je m'en serais mieux porté. J'aurais pu recommencer à vivre.

En quelques enjambées, il fut près d'elle.

— Tu as raison, je pensais que tu étais parfaite. Pourtant, j'ai vu tes défauts, j'ai vu ton entêtement, j'ai même vu ta peur quand tu oubliais de la dissimuler… Malgré cela, tu es restée parfaite à mes yeux. Tu étais tout ce qui comptait pour moi chez une femme, Julia. Tu m'avais à toi, tout à toi, et tu as pensé que c'était du vent !

— Laisse-moi partir, Cord.

Elle pencha la tête en arrière.

— Laisse-moi partir ou je…

— Tu quoi ? Tout ce qu'on peut faire endurer à quelqu'un, tu me l'as fait subir. Je ne vois pas ce que tu pourrais faire de plus.

De dépit, il baissa les bras.

— Pars, je ne te retiens pas. Depuis le temps que tu me le demandes, va-t'en. Je ne veux plus te voir.

Il se détourna, alla à la commode, vida ses poches et la regarda dans la glace.

— Tu prends ta douche la première ?

Interloquée, elle le regarda, les yeux ronds.

— Non, non, vas-y. Tu peux utiliser la salle de bains. Je prendrai ma douche après.

— Je vais essayer de te laisser une serviette sèche.

Il entra dans la salle d'eau et referma derrière lui.

« Pars, je ne te retiens pas. »

L'eau coulait déjà dans la douche que les mots tintaient encore à ses oreilles avec leur charge de cruauté.

La première fois qu'il était parti, elle s'était dit que le lien qui les unissait n'avait pas été détruit complètement. Il s'était simplement distendu, étiré d'un côté à l'autre des Etats-Unis comme un fil invisible. Tout au fond de son cœur, elle avait pensé que le temps et la distance ne comptaient pas et que leur amour vivrait par-delà la mort. Cela l'avait rassérénée.

Une certaine nuit, dans la maison au bord du lac, elle était couchée et King, allongé près d'elle sur le plancher, dormait. Elle avait les yeux grands ouverts dans le noir et, dehors, sous les rayons de lune, les branches dénudées des arbres semblaient enveloppées dans du papier d'argent. Cela ne faisait que quelques semaines qu'elle avait gagné la bataille contre la béquille destructrice dont elle avait pris l'habitude, et elle se demandait si elle allait tenir. Pire, si elle avait *vraiment envie* de tenir.

Elle avait entendu un grand battement d'ailes derrière la vitre et s'était dit que c'était une chouette qui poursuivait sa proie jusque sur la terrasse. Une forme immense avait occulté la lune, le battement soyeux des ailes s'était encore rapproché, et à cet instant elle avait vu un oiseau imposant se poser sur le rebord de sa fenêtre.

C'était une chouette comme elle n'en avait jamais vu, s'était-elle dit. L'oiseau n'était éclairé que par la lune, mais elle avait bien vu qu'il ressemblait plus à un aigle qu'à une chouette. Il avait un bec crochu et des yeux perçants, presque phosphorescents dans la nuit. Impressionnants.

Probablement alerté par le changement du rythme de sa respiration, King avait levé le nez.

Elle s'était attendue à ce qu'il se précipite vers la forme silencieuse posée sur l'appui.

Erreur. Il avait frappé le sol d'un vigoureux coup de queue et poussé un petit cri plaintif de chiot, le même cri qu'il poussait quand il la voyait rentrer avec ses sacs de courses.

Le regard fixé sur l'apparition, elle avait senti sa peur se dissiper peu à peu. Un calme profond s'était emparé d'elle et quand, enfin, elle s'était endormie, l'oiseau toujours perché sur le rebord de la fenêtre, les cauchemars l'avaient pour une fois épargnée.

L'autre jour, elle avait dit à Cord qu'elle ne croyait pas à la magie. Elle avait menti. En ce qui concernait Cord, elle y avait toujours cru. Depuis le jour où il lui avait donné le gros galet rond ramassé au bord du lac, jusqu'à quelques minutes plus tôt.

Mais là, maintenant, toute magie s'était évanouie de sa vie.

Apparemment, l'eau de la douche ne coulait plus. Il y eut un bruit de plomberie dans les tuyaux vétustes, comme quand l'on ferme trop brutalement les robinets.

Cord n'aimait pas finir ses douches à l'eau froide. C'était un vieux sujet de plaisanterie entre eux. Elle pensait même qu'elle devait à son aversion pour les douches froides de l'avoir vu, certains matins, revenir se blottir contre elle au lit, grelottant mais bouillant de désir. Cela leur avait valu d'arriver souvent en retard au travail.

Dans un instant, il allait entrer dans la chambre et, au lieu de passer des heures à s'aimer, ils échangeraient des propos froids sur un ton distant. Elle irait prendre sa douche, et quand elle reviendrait dans la chambre il ferait semblant de dormir. Elle se glisserait dans le lit en prenant garde à ne pas le frôler. Son souffle serait calme et régulier et il éviterait soigneusement de bouger.

Elle serait incapable d'en faire autant, se dit-elle.

Mais cette fois, même si son badge n'était pas en jeu, ni son arme, elle n'avait pas le droit de repousser le dossier et de partir. Elle avait fait un vœu qu'elle respecterait, bien que Paul et Sheila ne soient plus là. Elle avait fait une promesse cinq ans plus tôt, ainsi que Cord. Ils étaient dans une chapelle et tenaient un bébé aux cheveux roux sur les fonds baptismaux. Respecter la parole donnée était sacré.

Ils étaient liés. Ils avaient une obligation que ni l'un ni l'autre ne pouvaient ignorer. Tant que l'assassin de Paul et de Sheila courrait, Lisbeth serait en danger. On pouvait l'enlever, et jamais plus on n'entendrait parler d'elle. Comme la fille de Jackie Redmond.

Julia frissonna.

Sa fille était la clé de la peur qu'elle avait entendue dans la voix de Jackie Redmond, de la peur qu'elle avait lue dans ses yeux quand elle lui avait posé des questions sur Lisbeth. C'était elle qui avait trahi. Qui mieux qu'elle avait pu donner des informations concernant le service, puisque tous les documents confidentiels lui passaient entre les mains avant d'être remis au directeur ? Paul avait eu raison. Si ce n'est que le traître n'était pas un de ses pairs, un officier comme lui, mais la secrétaire du chef de la police.

Et comme d'autres traîtres avant elle, elle avait été épouvantée quand elle avait mesuré les conséquences de son acte.

Avant de l'engager, on aurait dû examiner sérieusement la personnalité de Redmond pour s'assurer qu'elle était capable d'occuper un poste aussi sensible. Pour qu'elle agisse aussi inconsidérément, il fallait que celui qui la manipulait ait découvert la terrible menace ou la fabuleuse promesse qu'elle était incapable de garder pour elle.

On retenait sa fille, c'était cela.

Redmond avait des dizaines de photos d'elle sur sa table, des photos dont elle avait du mal à détacher les yeux, même ce soir. C'est celui qui la menaçait qui retenait sa fille. Et l'attitude protectrice de Tascoe laissait à penser qu'il était au courant de la situation.

Mais la situation avait changé. Tascoe était en garde à vue, Jackie Redmond était seule, et le tueur qu'elle avait involontairement aidé devait se demander si cette aide n'allait pas prendre fin.

Julia entendit Cord bouger dans la salle de bains et cessa de réfléchir.

Attrapant son pull et ses clés, elle sortit dans la nuit.

10

A deux reprises, alors qu'elle roulait en direction de chez Redmond, Julia faillit faire demi-tour et revenir vers le motel. Elle savait que Cord serait furieux quand il découvrirait qu'elle lui avait faussé compagnie, furieux et inquiet. Peu importait ce qui s'était passé entre eux ce soir, il la considérait comme son équipière dans l'affaire. Il devait la protéger. Elle devait le protéger. Il ne comprendrait pas qu'elle ait passé outre à cette règle de base.

A dire vrai, elle comprenait mal elle-même sa réaction. Tout ce qu'elle savait, c'est que la froideur de Cord était insupportable. Mais était-ce une raison pour agir comme elle venait de le faire ?

Comme elle se garait devant l'appartement qu'ils avaient quitté à peine deux heures plus tôt, elle hésita à descendre de voiture. Elle n'avait qu'une envie : croiser les bras sur le volant, y poser le front et pleurer. Mais la pensée que la vie de Lisbeth était en jeu la fit se reprendre.

La porte d'entrée était toujours ouverte. C'était étrange que Tascoe n'ait pris aucune mesure pour renforcer la sécurité, si Jackie lui tenait à cœur. Décidément, l'homme était une énigme.

Elle grimpa l'escalier jusqu'au premier étage, tourna sur le palier et poursuivit jusqu'au deuxième. Là, elle fronça les sourcils.

Que savait l'ex-flic de la mort de Paul et de Sheila ? Quel était son programme ? La conviction qu'elle avait de son innocence reposait uniquement sur le fait qu'elle le pensait incapable de faire du mal à une femme ou à un enfant. Mais elle se trompait. Il en avait fourni la preuve ce soir. Deux ans plus tôt, il avait failli causer la mort de Christie Hall, et par voie de conséquence il avait quasiment détruit sa vie à elle. Les chances qu'il revienne pendant qu'elle interrogeait Redmond étaient infimes.

Elle atteignit le deuxième palier et s'arrêta brusquement.

Au-dessus, le troisième étage était plongé dans le noir.

C'était un vieux building. S'il y avait un gardien dans l'immeuble, ce dont elle doutait, il y aurait peu de chances qu'il accepte de remplacer une lampe à une heure aussi avancée.

Prenant son courage à deux mains, elle monta quelques marches. Ses semelles lui paraissaient peser comme du plomb. Si près du but, battre en retraite sous prétexte d'une lampe grillée serait stupide. Puisqu'elle était là maintenant et que Tascoe était très probablement au poste, c'était le moment rêvé pour surprendre la femme. Restait à espérer qu'elle accepte de parler.

Comme elle atteignait le troisième étage, elle se calma. Devant elle, il y avait toujours le même marteau de porte en étain, très faiblement éclairé par la lumière du deuxième étage. La paire de chaussures de femme que Cord et elle avaient vue tout à l'heure attendait toujours sur le paillasson, et cela avait quelque chose de rassurant. Il ne s'était rien passé de grave ici. Il n'allait rien se passer de grave.

Quelque chose crissa sous son pied.

Sans même avoir à regarder, elle sut ce que c'était et, comme une lame de fond, la peur l'envahit. Elle pensait ne rien avoir oublié de son métier. Rien sauf un élément qu'elle avait repoussé au fin fond de sa tête : la peur physique. Celle qui vous balaie et vous glace.

Elle avait marché sur du verre cassé. L'ampoule n'avait pas grillé. Elle avait été dévissée intentionnellement et écrasée par quelqu'un qui avait des raisons de préférer l'obscurité à la lumière.

Sheila avait été tuée par balle. Paul, frappé de multiples coups de couteau. Restait l'enfant, seule et sans protection…

Elle ressassait ces idées sombres quand quelque chose happa son attention. Un bruit.

Les sens en alerte, elle écouta. Aussitôt, un souvenir lui revint à la mémoire. Le père de Cord, elle perchée sur ses épaules, Davey et Cord marchant à ses côtés. Ils avançaient dans le bois et il leur montrait les empreintes de deux animaux dans la neige fraîchement tombée, le deuxième poursuivant sa proie. Il leur avait montré l'endroit où le renard avait dû attendre en embuscade et les profondes marques de griffes dans la terre là où, un quart de seconde avant de comprendre qu'il était réellement en danger, le lapin avait réagi en s'enfuyant à toutes pattes.

Ici, c'était elle le lapin, et le danger n'était pas loin.

Contrairement à ce qu'elle avait cru, le marteau de la porte n'était pas éclairé par la lampe du deuxième étage mais par la lumière qui filtrait de la porte entrebâillée.

Paralysée par la peur, raide, elle s'adossa au mur du couloir et retint son souffle.

Puisqu'elle était le lapin, elle aurait dû s'enfuir en courant. Mais elle était aussi le renard…

A pas menus, elle longea le couloir, les mains à plat sur le mur. Comme le lapin et le renard, elle devait laisser des traces. Tant pis, il ne le verrait que demain.

A cet instant, son sixième sens l'alerta. On la surveillait. Il était là, avec elle dans le noir, et il l'épiait.

Tout se passa très vite.

Elle sentit plus qu'elle n'entendit quelqu'un derrière elle et pivota. Au même instant, un bras s'enroula autour de son buste et une main s'abattit sur sa bouche avec une telle violence qu'elle rejeta la tête en arrière. Instinctivement, elle tapa de toute sa force sur le pied de son agresseur qui appuya de plus belle sur sa bouche pour la faire taire. Hargneuse, enragée presque, elle mordit la main et sentit sur sa langue un goût de sang. En même temps, il lui sembla qu'on lui murmurait quelque chose dans le creux de l'oreille.

— Chut, Julia. C'est moi !

Les yeux ronds, elle tourna la tête pour le voir. C'était lui. Cord. Il avait beau faire sombre, elle distinguait plus ou moins ses traits. Il semblait fou de rage.

Lentement, il ôta la main de sa bouche et, comme elle reprenait son souffle pour parler, lui fit signe de se taire. De nouveau, il se pencha à son oreille.

— Je vais entrer. Tu restes m'attendre ici.

Elle ne le laissa pas finir et fit non de la tête.

— Ne discute pas, gronda-t-il tout bas. Je suis le seul à être armé, et s'il le faut je n'hésiterai pas à te tirer dans le pied pour te faire tenir tranquille.

Il la lâcha si brusquement qu'elle heurta le mur derrière elle. Il s'avança vers la porte par laquelle filtrait une lumière glauque.

Elle retint son souffle.

Cord poussa la porte et entra sans faire de bruit. Il marqua un temps d'arrêt — il devait essayer de se remémorer les lieux — puis elle le vit repartir et disparaître dans l'ombre.

Les nerfs à fleur de peau, seule dans le noir, elle tendit l'oreille à l'affût du moindre bruit.

Rien. L'espoir qu'elle nourrissait d'une Jackie attendant le retour de Tascoe tombait à l'eau.

Où pouvait-elle être, si tard dans la nuit ? Etait-elle allée l'attendre à la gare ? Etait-elle chez des amis ? En avait-elle seulement en dehors de Tascoe ? Peut-être, troublée comme elle l'était, était-elle allée chercher du réconfort chez sa relation la plus proche, en l'occurrence sa voisine ?

Julia hésita. Il n'y avait toujours aucun bruit dans l'appartement. Par besoin de faire quelque chose pour relâcher la tension de l'attente, elle avança vers la porte voisine.

Il faisait complètement noir. Si la voisine avait essayé de consoler une Jackie totalement démontée, il y aurait eu au moins un filet de lumière sous la porte.

Comme elle s'apprêtait à retourner vers l'appartement de Jackie, elle sentit des picotements dans sa nuque. Au même instant, quelqu'un lui attrapa le bras sans ménagement.

— Redmond est blessée, chuchota la voix, très très bas.

C'était Cord, mais il était à peine audible.

— Elle est dans le coma, poursuivit-il aussi bas. Je descends appeler la police et les secours sur mon téléphone de service. Reste avec elle jusqu'à ce que je remonte.

— Quoi ? Elle a été agressée ? Qu'est-ce que… ?

Mais il dévalait déjà l'escalier.

Elle ne s'était pas trompée, pensa-t-elle en entrant dans l'appartement. Jackie n'avait pas cessé d'être en danger. Elle représentait une menace pour quelqu'un, et ce quelqu'un avait saisi la première occasion pour la réduire au silence.

Elle aurait dû se fier à son intuition. Comme elle l'avait d'abord pensé, il n'était pas normal que la minuterie ne fonctionne pas. Alors, pourquoi s'était-elle accrochée à une autre hypothèse pour expliquer l'impression dérangeante qui l'avait envahie ?

« Tu n'as pas cru en toi, se dit-elle. Cela fait deux ans que tu doutes de toi à cause de ce qui s'est passé pour Christie Hall. Mais tu as tort. C'est Tascoe qui était responsable du geste de cet homme, pas toi. »

C'était vrai. Elle s'était efforcée de ne pas écouter son signal d'alarme interne. Dorénavant, il faudrait qu'elle réapprenne à en tenir compte. Pour réagir correctement.

A cet instant, la sonnette se remit à tinter. Le danger était derrière elle. Derrière elle !

Elle se retourna brusquement dans le noir. Elle savait qu'il était là.

En pivotant, elle heurta quelque chose par terre, s'empêtra dedans, perdit l'équilibre, essaya de se retenir et finalement s'affala dans le noir. Ouvrant les mains pour amortir sa chute, elle sentit sous ses doigts quelque chose comme du tissu. C'était épais et doux, constata-t-elle. Oui, doux et très épais.

Elle entendit un gémissement. Mais la plainte venait

d'elle. Elle tenta de se relever, ses jambes ne répondaient plus. Elle essaya de nouveau. Réussit à se mettre à genoux. Tâta la chose qu'elle avait devant elle et, là, là… Elle crut qu'elle allait vomir.

C'était Jackie. Dans le noir, elle était tombée sur le corps de la femme.

Pourquoi Cord ne l'avait-il pas prévenue ?

Une ombre vague se découpa alors dans la porte qu'éclairait chichement la lumière du palier inférieur.

Dans un ultime effort, elle se leva, distingua une main qui se tendait vers elle et attendit la balle qui allait la transpercer — c'était sûr — comme elle avait troué la poitrine de Sheila.

Un flash passa devant ses yeux : le visage de Cord. Pas le Cord d'une heure plus tôt, mais le Cord dont elle aimait à se souvenir, dont elle voulait emporter l'image dans l'au-delà.

Tout à coup, une lumière aveuglante éclaira l'appartement. Elle cligna des yeux.

— Bon sang ! Que… ?

C'était Cord… C'était complètement fou.

— Ça va ? Il ne t'a pas blessée au moins ?

Il l'avait prise par les épaules et l'éloignait du corps de Jackie.

— Ça va, dit-elle en hochant la tête. Mais Jackie… Qu'est-ce qui… ?

Le visage de la femme était tourné de l'autre côté, mais ce que l'on voyait de son cou formait un angle bizarre avec le revers bordé de dentelle de son déshabillé.

— Elle est morte. Elle a la nuque brisée.

Il serra les dents.

— J'aurais dû te garder près de moi. Ça aurait pu être toi.

Il resserra son étreinte et l'attira contre lui.

Incapable de résister, Julia se blottit contre sa poitrine avant de se raidir.

— Mais… Tu n'as pas de téléphone dans ton 4x4 ?

Surpris de la remarque, Cord plissa le front.

— Il n'y a qu'à utiliser celui du salon. J'ai laissé mon portable au motel.

— C'est bien ce que je dis, tu n'en as pas dans ton 4x4 !

Elle regarda par-dessus l'épaule de Cord le fond de l'entrée et se figea. C'était un cauchemar.

— Pourquoi m'as-tu dit alors que tu descendais téléphoner dans la voiture ? Pourquoi m'as-tu laissée toute seule découvrir le cadavre de Jackie ? Et comment as-tu pu revenir ici sans passer à côté de moi dans l'entrée ?

Mon Dieu, comme elle avait froid ! Elle était glacée.

Et Cord, malgré la chaleur de sa poitrine et ses bras autour d'elle, ne pouvait rien contre les frissons qui la secouaient de l'intérieur.

Au prix d'un gros effort, elle détacha son regard de l'entrée vide et le fixa.

— Ce n'était pas toi, c'est ça ?

— Ce n'était pas ton heure, Stewart.

La mine défaite de fatigue, Cindy Lopez se passa la main dans les cheveux. Elle jeta un coup d'œil vers le corps de Jackie et haussa les épaules.

— Pauvre Redmond. Je pense qu'elle n'aura pas souffert. Ça a dû être instantané.

— On a fini, lieutenant.

Un homme entre deux âges que Julia reconnut plus ou moins enlevait ses gants de latex.

— On a relevé tout ce qu'on a pu relever, poursuivit-il. Mais faut pas vous attendre à un miracle. Celui qui a fait le coup n'est pas un amateur.

Il salua Julia et fit un signe de tête en direction de Cord.

— Rien de nouveau sous le soleil, Hunter. La technologie est de plus en plus pointue, et les criminels de plus en plus malins.

— T'as raison, répliqua Cord. Mais dis-moi, Greg, elle n'a pas été tuée dans l'entrée ?

— Non, sur le canapé du salon, et par quelqu'un qu'elle devait connaître. Il n'y a pas de trace de lutte, répondit le technicien. Mais pour une raison inconnue, il l'a sortie du salon et l'a coincée là, dans le placard à balais.

— Il a dû me voir arriver, intervint Julia. La fenêtre du salon donne sur la rue. Comme c'était calme dehors, il aura entendu la voiture et m'aura vue me garer. Ce qui signifie que c'est quelqu'un qui me connaît suffisamment pour savoir que je venais voir Jackie.

— Ça tient debout, déclara Lopez. Il te voit arriver et...

Elle plongea la main dans sa poche en sortit un chewing-gum qu'elle dépapillota et commença à mâcher.

— Il se dit que si Redmond ne répond pas quand tu sonneras à sa porte, tu trouveras ça suspect. Comme il ne peut pas se sauver sans que vous tombiez nez à nez — il sait que tu vas le reconnaître —, il tire le corps de Redmond vers le placard.

— Pourquoi n'ai-je pas regardé plus tôt dans ce placard ? regretta Cord. Comment ai-je pu passer à côté ?

— Quand on est venus voir Jackie la première fois, sa porte était déjà ouverte, dit Julia. On n'a pas réalisé qu'il y avait un placard là.

— Donc, il pousse le corps de Jackie dans le placard et il se cache quelque part en ayant soin d'enlever la lampe du couloir et de l'écraser. Et il laisse la porte de l'appartement ouverte. Pourquoi ? Il savait que cela t'alerterait.

— J'étais le lapin et lui le renard, laissa tomber Julia.

Lopez et Greg la regardèrent, surpris.

— C'était un piège, expliqua Cord. Il voulait qu'elle entre.

— En fait, il devait être à l'intérieur tout le temps que j'ai été là. Je sentais bien que quelqu'un m'épiait, mais comme Cord est arrivé sur ces entrefaites, je me suis dit que c'était sa présence que j'avais perçue. J'aurais dû être plus perspicace.

— Tu as eu une mauvaise impression ? s'enquit Greg. Moi aussi, ça m'arrive. Mon arrière-grand-mère avait un don de seconde vue, et je crois que j'en ai hérité. Chaque fois, ce que je sens se vérifie. Ce soir, tu as eu de la chance. Ton ange gardien t'a protégée. Le tueur aurait pu te briser le cou à toi aussi.

— Il n'a pas cherché à me faire de mal, rectifia Julia.

— Non, mais il a voulu se faire passer pour moi, fit remarquer Cord. Il a profité des quelques secondes où tu t'es éloignée dans le couloir alors que j'étais à l'intérieur pour déposer le corps de Jackie sur le seuil, et il t'a dit d'entrer, sachant que tu allais le découvrir de la façon la plus terrible.

Le muscle de sa joue se contracta.

— Dire qu'il s'est fait passer pour moi ! Il a bien joué, parce que tu y as cru. En tout cas, assez de temps pour qu'il puisse s'enfuir.

— Il vous connaît tous les deux, dit Lopez. Si Tascoe n'était pas toujours au poste, je…

— Dean Tascoe ? releva Greg.

— Oui. Chuck Hendrix et Tommy Dow sont en train de le cuisiner sur ses liens avec Vince DiMarco. On pensait qu'il savait peut-être quelque chose sur la mort de Paul et de Sheila, mais avec le meurtre de Redmond, ça ne tient pas.

Julia vit Greg et Cord échanger un coup d'œil.

— Hendrix et Dow ont proposé de l'interroger ?

— Hendrix a pensé que, comme Paul était mon équipier, j'aurais sans doute du mal à rester objective face à Tascoe, répondit Lopez. Il avait sûrement raison.

— Oui, mais Dow faisait équipe avec Tascoe. Ils allaient souvent boire ensemble, intervint Greg. Je ne crois pas me tromper beaucoup en disant que l'interrogatoire de Tascoe n'a pas dû durer plus de dix secondes. Ce qui lui a laissé le temps de revenir chez sa petite amie et de la tuer avant que Julia n'arrive.

Lopez le dévisagea et sortit son portable de sa poche en marmonnant un juron. Elle le coinça sur son épaule et, tout en parlant à voix basse, fouilla dans sa poche. Elle en tira un paquet de cigarettes, regarda Julia et le remit dans sa poche.

Ces pommettes hautes, cette bouche fermée, ce regard impénétrable…

Et soudain, il y eut le déclic qu'elle espérait.

— Tu ne le sais donc pas ? dit-il tout bas. Tu ne sais donc pas que je te garde au chaud dans mon cœur depuis deux ans ?

11

Sceptique, Davey regarda la hauteur de la falaise.

— Pourquoi la jeune fille a-t-elle sauté de si haut ? Elle devait bien savoir qu'elle allait mourir.

— Elle voulait mourir.

La mère de Cord rejeta sa natte sur son dos et mit sa main en visière pour s'abriter les yeux des derniers rayons du soleil. Elle bascula la tête en arrière et contempla le lac.

— Elle avait perdu le seul homme qu'elle ait jamais aimé et ne pouvait vivre sans lui. Mais ce n'est qu'une légende. Je crois que mon arrière-grand-père l'a inventée pour attirer les touristes.

Elle sourit aux trois enfants qui l'écoutaient bouche bée.

Davey ne semblait pas convaincu, Julia, yeux ronds et silencieuse, réfléchissait, et Cord considérait avec respect l'à-pic que les locaux appelaient *Le Saut de la Vierge*.

— Je l'aurais fait aussi, dit-il. Mais pas pour me tuer, pour sauver la jeune fille.

— Tu le ferais pour moi ? demanda Julia.

Elle avait cinq ans et des taches de rousseur sur le nez. Dans ses petites mains, elle tenait un bouquet de fleurs des champs qu'elle aurait bien offertes au meilleur ami de son frère.

Cord lui sourit et lui ébouriffa les cheveux.

— Bien sûr que je le ferais pour toi.

*
* *

Julia émergea tout doucement de son rêve et s'étira.

Après un rêve si doux, elle se sentait bien. C'était l'été et la journée promettait d'être belle. Et Cord lui avait dit qu'il sauterait de la falaise pour elle…

Elle l'avait perdu, mais il était revenu.

Depuis la veille, quand ils étaient rentrés après une journée riche en rebondissements, ils ne s'étaient pas quittés. Elle avait beaucoup parlé. Et tandis qu'elle se racontait, Cord n'avait cessé de lui caresser les cheveux. Elle lui avait tout dit du chagrin qu'elle éprouvait chaque fois qu'elle manquait une occasion de sauver un enfant. Elle avait des montagnes de dossiers sur son bureau à l'époque. C'était trop pour elle toute seule. Peu à peu, elle s'était sentie submergée. Cela avait commencé bien avant qu'elle n'ait à traiter le cas Hall. Oui, elle avait tout raconté.

Enfin, presque tout, rectifia-t-elle avec un soupçon de honte.

Elle ne lui avait pas dit qu'elle avait cru qu'elle était enceinte, ni le chagrin qu'elle avait éprouvé en apprenant qu'elle ne l'était pas. Ça, elle ne voulait pas le lui dire. Elle n'avait pas de raison de le faire. Les choses avaient changé. *Elle* avait changé…

Aujourd'hui, elle devait protéger Lisbeth et prenait sa mission au sérieux. Un an plus tôt, une telle responsabilité l'aurait effrayée. Le danger était bel et bien présent, mais elle se sentait assez mûre pour prendre en charge l'enfant qu'elle avait juré de protéger. Rien de mal n'arriverait à Lisbeth aussi longtemps qu'elle ferait les choses correctement.

Elle ferma les yeux et inspira profondément.

Et voilà ! Elle était de nouveau dans les bras de Cord, et plus rien ne les séparerait. Il était sa moitié, son complément, et un jour ils feraient un enfant ensemble.

— Tu n'as pas fait de mauvais rêve ?

Cord avait la voix tout enrouée de sommeil. Il se tourna dans le lit pour se serrer contre elle.

— Non. J'ai rêvé au jour où ta mère nous avait emmenés

au Saut de la vierge. Tu te rappelles ? Tu avais dit que tu sauterais pour moi, pour me sauver.

— J'ai dit ça, moi ?

Il y avait de la malice dans ses yeux.

— Je ne sais pas ce que tu m'aurais fait si j'avais répondu autre chose ! plaisanta-t-il.

— Moi ? Je ne t'aurais rien fait. Tu me connais. J'étais une enfant parfaite.

— Tu as beaucoup changé, alors ! Moi, j'ai toujours pensé que tu étais une polissonne.

Elle sentit sa main glisser sous son sein.

— Une polissonne qui porte des dessous coquins, insista-t-il.

Il se moquait gentiment, mais sa voix s'était faite plus rauque, plus sensuelle.

— J'aimerais voir ta petite culotte, dit-il. Est-elle aussi mignonne que ta nuisette ? Avec plein de froufrous ?

— Tu l'as vue hier soir.

— Oui, mais hier soir ce n'était pas le moment. Tu avais besoin de moi pour que je te tienne la main, et c'est tout. Je suis sûr qu'aujourd'hui tu veux autre chose.

— Peut-être. Peut-être qu'aujourd'hui je peux te donner autre chose. Que veux-tu, Cord ?

— Je veux te prendre, te faire l'amour, t'aimer partout…

Il passa la jambe sur elle, la serra encore plus fort contre lui et, sans la quitter du regard, la caressa. Le ventre, le dos, les cuisses. Ses mains allaient, venaient, se glissaient sous l'élastique de sa culotte, la palpaient partout.

Elle se sentait fondre sous ses caresses. Elle devait être humide sous ses doigts, mais cela ne la gênait pas. Comment un homme pouvait-il la mettre dans un tel état juste en la touchant ?

— J'ai fait des efforts pour devenir plus tendre, plus sensible, mais on ne change pas un vieux loup bougon. Je veux te prendre, ma chérie. Entrer en toi, te pénétrer comme autrefois. A quoi crois-tu que je rêvais quand j'étais là-bas en Californie ?

— Aux oiseaux.

Elle crut le voir rougir et se mordit la lèvre pour ne pas rire.

— Une fois, peut-être, mais c'était surtout mon imagination qui s'envolait.

Il haussa les épaules.

— Si tu savais ! Je croyais que, passé vingt ans, je laisserais tout ça derrière moi. Penses-tu !

Il pencha la tête et passa la langue entre ses seins. De ses mains, il lui saisit les épaules.

— Voilà, maintenant tu sais ce que je veux. Mais je ne ferai rien sans que tu m'y invites. Il y a trop de choses entre nous.

— C'est du passé.

Elle pressa les lèvres sur la cicatrice qui lui barrait la joue et l'embrassa avec une infinie tendresse.

— J'ai mal géré notre histoire, il y a deux ans. J'ai monté un mur autour de moi et réussi à éloigner la personne à laquelle je tenais le plus. Mais aujourd'hui, c'est différent. Je veux que tu fasses partie de ma vie. Je ne veux plus de mur entre nous.

Elle se tut et capta son regard.

— Prends-moi, Cord. J'ai tant envie de te sentir en moi.

Il la regarda, l'air dubitatif.

— Tu es sûre de ce que tu dis ? Je ne te crois pas.

Sa voix était de plus en plus rauque.

— Si, prends-moi, autant que tu voudras.

— Tu es sûre ? Tu n'as pas idée à quel point j'en ai envie.

— Cesse de rêver, Cord. Agis, fais quelque chose.

Elle rit nerveusement.

— Je sais comment les rêves se terminent toujours, mais peut-être y a-t-il des variations pour y parvenir ? Montre-moi.

Elle avait fait l'amour avec lui un nombre incalculable de fois — c'était le seul homme qu'elle avait eu dans sa vie —, et leurs retrouvailles allaient marquer une nouvelle étape dans leur désir l'un de l'autre. Sauf qu'elle avait oublié ce qu'elle éprouvait quand elle faisait l'amour avec lui.

Non, ce n'était pas vrai. Elle n'avait pas oublié, elle s'était interdit d'y repenser. Les nuits sans lui étaient déjà assez longues et tristes pour ne pas se torturer en plus avec des images de leurs deux corps unis dans le désir.

Mais aujourd'hui, il était là. Et il était demandeur.

Il repoussa la mèche de cheveux qui lui barrait l'œil et lui prit la poitrine à deux mains en écartant la nuisette.

— C'est joli les nuisettes, mais je te préfère nue. Dans mes rêves, tu étais toujours nue.

Elle abaissa les yeux sur ses seins et rougit. Elle se sentait plus nue que s'il lui avait ôté son vêtement et n'osait regarder ses mains qui la palpaient.

— Oh, Cord ! Que fais-tu ?

Elle inspira très fort. Ses mains étaient rugueuses sur sa peau tendre, elle aimait ça.

— Ce que je fais ? Je regarde tes seins et je les trouve beaux.

Il en caressa les mamelons.

— Dans une minute je vais les embrasser, mais pour l'instant j'ai envie de les regarder. Ils sont... Ils sont parfaits. Et ils tiennent juste dans le creux de mes mains. Exactement comme avant.

Il baissa la tête, et elle sentit la pointe de sa langue sur son sein droit puis sur le gauche. Elle allait et venait, sans se presser. Il s'arrêta comme pour mieux la goûter puis recommença.

Elle s'entendit gémir de plaisir

— Combien de fois ai-je rêvé de ce moment ? murmura-t-il.

Comme il relevait la tête, elle lut dans son regard le désir fou qu'il avait d'elle.

— J'aime ton goût. Tu sens la chaleur, la fièvre. Je vais la faire retomber.

Le drap glissa comme il se relevait pour la chevaucher. Il portait un de ses boxer-shorts blancs qui contrastaient telle-ment avec sa peau cuivrée. Il était plus athlétique et musclé encore qu'elle se le rappelait. Il s'arrêta pour la contempler.

— Que tu es belle ! Le sais-tu ? Te l'ai-je assez dit ? J'aime te voir comme ça, les cheveux dans les yeux, entrouverte. Mais… Tu rougis !

— Non, je ne rougis pas.

A peine dit, elle sentit qu'elle piquait un fard.

— J'ai chaud, un peu de fièvre, sans doute. Je croyais que tu allais la faire tomber ? le titilla-t-elle.

Dans le fond, elle n'était pas si sage qu'elle se l'imaginait.

— Lève les bras et accroche-toi à la tête de lit, dit-il.

Il se pencha sur elle et souleva un de ses pieds.

— Joli pied ! Un samedi où il pleuvra, je te vernirai les ongles des orteils en rouge vermillon. Ensuite, on sortira dîner. Tu mettras ton petit tailleur noir strict avec des talons hauts, et je serai le seul à savoir quelle coquine se cache sous ta tenue très comme il faut.

Il lui embrassa le petit orteil.

— Vermillon ou rose, je verrai.

Il la mordilla, lui arrachant un petit cri.

— Ou fuchsia.

Sa langue glissa entre le petit orteil et le voisin.

— Je vais t'offrir une chaîne que tu te mettras autour de la cheville, et le dimanche tu te promèneras dans la maison avec juste cette chaîne. Rien d'autre.

Il la regarda en riant. Ses cheveux qui lui retombaient sur le front lui donnaient cet air sauvage qui lui allait si bien. Il tenait toujours son pied dans sa main.

— C'est très sensible, là, le prévint-elle.

Il lui caressa de la langue la voûte plantaire.

— Je sais. Je connais tes points sensibles.

Il posa les lèvres sur l'arrière de sa cheville et remonta le long de sa jambe.

— Je sais, tu n'aimes pas que je t'embrasse le creux du genou. Ou plutôt tu aimes trop ça. Mais aujourd'hui, tu vas le supporter.

Il trouva le creux de son genou et s'y attarda, la mettant au supplice.

Elle agrippa le dossier du lit et retint sa respiration. Mais c'était plus, beaucoup plus qu'elle ne pouvait endurer. Elle lâcha le lit et se tendit, le dos cambré comme un arc.

Elle haletait.

— Non, Cord… Je ne peux pas. Je ne peux plus.

Il ne répondit pas, mais à travers ses paupières mi-closes elle le vit fermer les yeux.

Elle sentit sa langue sur sa cuisse, puis plus haut, entre ses jambes. Elle se mit à onduler, lentement d'abord puis de plus en plus vite, se tendant vers lui, s'offrant sans pudeur, impatiente d'être prise.

Mais elle voulait aussi le voir jouir. Il était parfaitement maître de lui. Etait-il devenu de pierre ou avait-il appris une méthode ésotérique de maîtrise de soi pour rester aussi zen ?

Elle voulait le toucher comme il l'avait touchée, le rendre fou comme il la rendait folle. Elle allait le faire. Oui, elle le voulait.

— S'il te plaît, supplia-t-elle.

— S'il te plaît quoi ? Arrête ou continue ?

— S'il te plaît, continue.

Elle ne savait plus ce qu'elle disait ni où elle était.

Cord la prit par les hanches, l'approcha plus près encore de sa bouche et enfouit la tête entre ses jambes.

— Je vais te prendre maintenant, lui dit-il.

Sa voix était grave. Un râle, presque. Cette fois, il semblait avoir atteint ses limites de résistance. Mais avant qu'il ne s'étende sur elle, elle l'arrêta.

— Je veux te sentir, Cord.

Elle faufila la main entre ses cuisses et le caressa.

— Tu joues avec le feu, dit-il.

Il avait les mâchoires crispées et les muscles du cou tendus.

— Terminons ce que nous avons commencé, dit-elle, le fixant droit dans les yeux avec une audace qu'elle ne se connaissait pas. Essayons d'aller le plus loin possible.

— Je t'aime, lui dit-il entre deux râles de plaisir. Je n'ai jamais cessé de t'aimer.

Elle ouvrit les yeux et le regarda. Là, si proche d'elle, avec ses prunelles plus noires que jamais.

Elle lui caressa le visage du bout des doigts.

— Je t'aimerai toujours, souffla-t-elle.

Pendant un court instant, ils se regardèrent comme si le courant qui les unissait autrefois passait de nouveau entre eux.

— Maintenant, dit-elle. Maintenant, Cord.

— Oui, tout de suite.

Il s'enfonça en elle en gémissant.

— Comme tu es douce ! Un gant de velours. Et comme tu me serres bien !

— Viens, lui dit-elle. Viens. Maintenant, je ne veux plus attendre. S'il te plaît, Cord.

— Je viens, Julia. Je suis en toi.

Elle crut couler au fond d'une eau profonde agitée de myriades de bulles tourbillonnantes. Il lui semblait qu'elle ne respirait plus et allait se noyer. Non, elle ne se noyait pas, elle respirait, elle avait simplement troqué l'eau contre l'air. Un élément contre un autre. Le monde extérieur avait cessé d'exister.

Cord allait et venait en elle, cheval fou au galop. Yeux fermés, crinière au vent.

Il poussa un râle brusque, yeux toujours fermés, lèvres entrouvertes en quête d'air.

Des gouttes de sueur commencèrent à suinter sur sa poitrine et sur ses bras. Lentement, comme à regret, il ouvrit les yeux et croisa son regard. Il soupira puis s'abaissa doucement et s'écrasa de tout son poids sur elle.

— Je t'ai toujours aimée, Julia.

Sa voix n'était qu'un râle.

— Et je t'aimerai toujours.

12

— Au moins, ce n'est pas un enterrement. Deux en trois jours, ça aurait fait beaucoup !

Cord gara son 4x4 dans le parking et regarda la construction de bois qui se trouvait à côté.

— Ça m'a tout l'air d'une cérémonie de commémoration improvisée. Tu as vu l'église ? Je n'en ai jamais vu de pareilles !

Julia leva le nez.

— Tu as raison, c'est une drôle d'église !

Elle jeta un regard circulaire sur les immeubles alentour.

— D'ailleurs, tout est bizarre dans cette histoire. Qu'est-ce que c'est que cette fille qui débarque d'on ne sait où et organise une cérémonie pour une mère qu'elle n'a pas cherché à voir depuis plus d'un an ? Pauvre Jackie !

— C'est ce qu'on va essayer de savoir, rétorqua Cord. C'est pour ça que nous sommes là.

Il serra le frein à main.

— J'aimerais en savoir plus sur cette mystérieuse Susan Redmond. Mais je veux me faire moi-même mon opinion. Je n'aime pas perdre mon temps.

— Moi non plus, dit Julia. Je ne sais pas pourquoi, je jurerais qu'on se servait d'elle pour menacer sa mère.

Ils descendirent de voiture et s'approchèrent de l'église. Le soleil brillait mais un vent léger soulevait la poussière accumulée dans les caniveaux.

— Au fait, y a-t-il du nouveau sur Tascoe ? On sait où il est ?

Cord la prit par l'épaule et secoua la tête.

— Disparu. Hendrix et Dow ont été renvoyés. Ils ont de

la chance de toucher encore leur retraite… Bref, je doute qu'un seul de ses anciens potes de la police fasse un geste pour lui. Mais c'est un malin. Qu'il se méfie quand même, Lopez n'aura de cesse qu'elle ne l'ait trouvé.

— Elle ne lui fera sûrement pas de cadeau, acquiesça-t-elle. C'est le suspect numéro un dans trois affaires de meurtre.

Elle regarda Cord et, malgré les circonstances et le lieu, ressentit un profond bonheur.

La veille, après une réunion avec une Lopez harassée, ils avaient oublié l'affaire pendant quelques heures pour aller voir Lisbeth. Mary leur avait dit qu'elle l'avait entendue parler à King et qu'elle commençait à jouer avec les jumelles. En revanche, elle ne disait toujours pas un mot quand on la questionnait. Cord l'avait hissée sur ses épaules, et ils étaient partis tous les trois se promener au bord du lac où elle avait manifesté un peu de joie devant les voiliers qui dérivaient sur l'eau.

Julia, qui n'avait cessé de l'observer, en avait éprouvé un certain soulagement, mais son inquiétude avait repris le dessus. Si Lisbeth était en sécurité chez les Whitefield, le tueur courait toujours. La police mettait tout en œuvre pour le retrouver, mais, à son avis, elle faisait fausse route.

— Je crains qu'ils ne courent après un faux coupable, Cord. Lopez ne tient pas compte de la manière dont Paul a été tué. Or, à mon avis, la clé est là.

Elle s'arrêta et réfléchit. « Sheila a été tuée par balle, Paul frappé de multiples coups de couteau… »

— C'est une vengeance, murmura-t-elle. J'en suis sûre.

Il la regarda, les yeux plissés.

— Une vengeance pour quoi ? Et pour le compte de qui ?

— Je ne connais pas suffisamment vos dernières affaires pour te répondre, mais la mort de Paul et de Sheila est la réplique de quelque chose. Même Lopez pense que les coups de couteau sont symboliques. Si ce n'est qu'elle croyait que c'était DiMarco qui se vengeait de Paul pour avoir frappé au cœur de son organisation. En fait, ça me rappelle quelque chose, une affaire sur laquelle tu as travaillé dans le passé. Oui, ça me dit quelque chose.

Devant eux, un groupe d'hommes et de femmes tout de sombre vêtus entra dans l'église.

— Tu penses qu'on aurait affaire à un tueur qui reproduit des crimes commis dans le passé et sur lesquels on aurait travaillé ? Une sorte d'imitateur ?

Il hocha la tête.

— J'espère que tu te trompes. Ça voudrait dire que c'est l'acte d'un cinglé qui cherche la notoriété.

— Ce que je pense, c'est qu'il a ses raisons pour tuer ou qu'il estime en avoir, dit Julia. Rappelle-toi le meurtre des call-girls. Tu te souviens du père de l'une d'elles ? Il vous accusait Paul et toi de ne pas en faire assez pour élucider l'affaire.

— Le père de Crystal Aiken ? La deuxième victime retrouvée morte dans une chambre d'hôtel ? Il m'arrive de repenser à cette affaire. Chaque fois, je me dis qu'on est passés à côté d'un détail qui aurait dû nous mettre sur la piste. Rappelle-toi, l'assassin a commis quatre crimes et il a arrêté. C'est étrange, non ? Aiken avait alerté les médias et prétendu qu'on avait négligé ce dossier parce qu'il s'agissait de filles de petite vertu. Il est vrai qu'il avait entendu Tascoe qualifier les victimes de putains et que ça ne lui avait pas fait plaisir. Tu connais le tact de Tascoe…

— Crystal Aiken a été étranglée, reprit Julia. Et les autres ? Comment sont-elles mortes ?

— De façon différente chaque fois. L'une d'elles par balles, Tanya Baker avec un pic à glace. N'empêche, on devrait peut-être s'intéresser de plus près aux agissements de Aiken. Qui sait ?

— S'il s'avère qu'il a les mains propres, soupira Julia, il ne nous restera qu'à reporter nos soupçons sur Tascoe…

Préoccupée, elle se mordilla l'ongle du pouce.

— Oui, mais ça ne colle pas avec lui. Il aimait vraiment Jackie et…

— Je suis d'accord avec toi. Lopez, elle, est convaincue de sa culpabilité. Personnellement, j'ai des doutes. Reste tout de même une question : pourquoi s'est-il enfui ?

Cord lui prit la main et la tint fermement dans la sienne.

— Entrons, la cérémonie de commémoration ne devrait pas tarder à commencer.

— J'espère qu'on ne s'est pas trompés d'église ! dit-elle.

La remarque fit sourire Cord.

— Je reviens à ce que tu disais il y a un instant. Si ton hypothèse est la bonne, ce n'est pas forcément les meurtres des call-girls que notre plagiaire duplique. Il y a eu d'autres affaires non résolues et d'autres, résolues celles-là, qu'un esprit faible peut avoir envie de reproduire. Le plus simple serait de passer en revue sur un ordinateur les crimes commis à la fois par balles et…

Julia heurta la première marche et faillit tomber.

— Cord, comment les Bradley sont-ils morts dans leur ferme ?

— Ça n'a rien à voir, répondit-il sèchement.

Il se passa la main devant les yeux comme pour chasser une vilaine image.

— Si seulement je pouvais effacer ça de ma mémoire.

Il monta deux marches à la fois.

— Tu peux me croire, il n'y a aucun lien entre le meurtre de Paul et de Sheila et ce qui s'est passé à…

Son regard s'assombrit.

— D'ailleurs, mis à part l'équipe qui travaillait sur le cas, personne n'a eu connaissance des détails. Personne ne peut donc rééditer ces crimes. Même la presse avait fait l'impasse sur ce fait divers.

— Personne, sauf les tueurs, dit Julia. Qui nous dit qu'un membre de la famille Donner ne court pas toujours ?

— Il n'y a que Donner lui-même qui soit toujours en vie. La joyeuse bande a été décimée. A moins qu'un détenu ne se soit débrouillé pour entrer en contact avec le caïd en prison au cours de ces deux dernières années. Et comme Donner savait comment les Bradley étaient morts… J'ai toujours été convaincu qu'il avait organisé son arrestation de manière à être sous les verrous lors de l'explosion du grand magasin. Evidemment, il a juré ses grands dieux que les Donner n'avaient rien à voir dans cet attentat, puisqu'il n'était pas là pour donner ses ordres.

Il haussa légèrement les épaules.

— De toute façon, ce n'est pas du tout le même mode opératoire, poursuivit-il. Et Donner est sous les verrous à vie.

Julia hocha la tête.

Gary Donner et ses sbires étaient un sujet sensible dont Cord avait du mal à parler. Il n'avait jamais encaissé les crimes commis à la ferme Bradley et se reprocherait toujours de n'avoir pas su les empêcher. Il oubliait seulement que c'était lui qui avait découvert — et très vite — le repaire des Donner.

Que de nuits blanches Paul et lui avaient passées en planque ! Que de pistes suivies ! En vain, souvent. Une traque sans relâche pour débusquer les tueurs et éviter de nouvelles victimes.

Elle frissonna. Cord avait raison de haïr Donner. Ses hommes lui étaient si dévoués qu'ils avaient préféré mourir plutôt que se rendre aux autorités quand ils avaient été cernés.

— Je reconnais des gens du service dans la foule, mais je n'aurais jamais imaginé qu'un type comme celui-là fasse partie des relations proches de Jackie, dit Cord à voix basse.

Elle suivit son regard pour voir de qui il parlait. C'était un homme jeune, qui se tenait avec d'autres dans les premiers rangs. Une grande cicatrice lui barrait le cou. Ses mains étaient tatouées.

— C'est peut-être un ami de Susan ? dit Julia. En tout cas, c'est un marginal. Ce qui donnerait un aperçu de ses fréquentations depuis qu'elle a quitté sa mère.

— Peut-être pas, répliqua Cord. Il a l'air d'un voyou comme ça, mais il ne faut pas se fier à sa mine. Regarde ses vêtements, ce ne sont pas ceux d'un traîne-savate. En revanche, la blonde décolorée que tu vois à côté, je parierais qu'elle faisait le trottoir il n'y a pas une semaine.

— Tu as peut-être raison.

Comme ils chuchotaient à l'oreille l'un de l'autre, une jeune femme s'approcha d'eux, main tendue.

— Bonjour, je suis Susan Redmond.

Elle était très pâle, comme sa mère, et ses yeux bleu clair semblaient brûler d'un feu intérieur.

— Vous connaissiez ma mère ? dit-elle d'une voix blanche que Julia soupçonna d'être frelatée.

— On collaborait à une certaine époque, répondit Cord. On va la regretter à la police. Vous êtes donc sa fille ? ajouta-t-il.

Susan Redmond rougit.

— Oui. Malheureusement, nous nous sommes peu vues dernièrement. En tout cas, pas autant que je l'aurais souhaité.

Elle agrémenta sa déclaration d'un sourire douloureux qui ne trompa pas Julia. Cette fille n'éprouvait pas l'ombre d'un regret.

— C'est mon travail au centre de l'Amitié qui m'a retenue. Enfin, les sacrifices personnels sont peu de chose en comparaison des vies que l'on sauve.

— Susan, John dit que la sono marche maintenant.

Le garçon aux tatouages les avait rejoints.

— Tu veux que j'aille devant avec toi ?

— Ça va, Donny. Il est arrivé ?

— Il a téléphoné pour dire que Marshall et lui seraient un peu en retard et qu'on commence sans eux. Au fait, Marshall est d'accord pour acheter le domaine pour le centre.

Le feu qui couvait derrière les prunelles bleues les fit briller encore plus fort.

— Bonne nouvelle.

Se tournant alors vers Julia et Cord :

— J'ai prévu de dire quelques mots. Des membres du centre prendront ensuite la parole pour exprimer leur reconnaissance et dire tout le bienfait qu'ils pensent de l'institution. Puis nous collecterons des fonds pour créer un autre centre qui portera le nom de ma mère. Je serais honorée que vous soyez présents. Maintenant, veuillez m'excuser, on m'attend.

— Nous ne voudrions pas manquer ça ! déclara Cord d'un ton mielleux.

Après un coup d'œil à Julia, il se tourna vers Donny.

— Le centre s'agrandit ?

— Susan mène bien sa barque. Elle va créer un deuxième centre de l'Amitié, et il y en aura deux autres pour les membres les plus anciens, répondit le jeune homme avec enthousiasme.

— Elle dit que grâce au centre, des vies sont sauvées, laissa tomber Cord d'un ton sceptique. C'est curieux que nous n'en ayons jamais entendu parler. Ça a l'air tellement important.

Donny rougit.

— Bientôt, tout le monde connaîtra le centre, et Susan a raison de dire qu'on y sauve des vies. C'est vrai.

— Comment ? interrogea Julia. Est-ce un centre de réhabilitation pour drogués ?

Déstabilisé, le garçon haussa les épaules.

— Entre autres, mais c'est plus que ça. Le père dit que la raison d'être de ce centre, c'est d'aider à donner un sens à sa vie. En général, les gens qui sont là trouvent leur existence nulle, vide. Le centre comble ce vide.

« Le père »…

Le centre était donc confessionnel, se dit Julia mal à l'aise. Sans doute un prêtre y déployait-il des efforts pour remettre toute cette humanité déboussolée dans la bonne direction.

N'empêche, l'influence du père en question sur Susan Redmond n'avait pas été franchement positive, puisqu'il l'avait coupée de sa mère.

— Regarde ça, dit Cord à Julia.

Il lui tendit un morceau de papier sur lequel était écrite une banalité à faire pleurer :

« Une famille pour ceux qui sont seuls ».

Julia ouvrit la feuille et lut :

« Pour ceux qui cherchent un sens à leur vie… un nouvel

objectif, une nouvelle force… votre voix sera entendue… seuls ceux qui persévéreront gagneront… »

C'était un charabia sans signification, un salmigondis de mots et de promesses. Sur la dernière page, la proposition était nettement plus claire. Elle appelait à participer à la création de trois nouveaux centres d'accueil pour jeunes et moins jeunes à la dérive.

Julia jeta un regard autour d'elle. Tous leurs voisins semblaient aussi surpris qu'elle. Une femme d'un certain âge qu'elle connaissait de vue, visiblement une collègue de Jackie, jeta le papier en boule dans son sac, l'air offusqué.

— Tout ça n'a rien à voir avec Jackie Redmond, dit Cord en froissant le papier. La fille profite de la messe de commémoration de sa mère pour soutirer de l'argent à ceux qui sont venus assister à la cérémonie. C'est une honte. Je suppose qu'ils ne vont pas tarder à faire passer la sébille.

La voix de Susan, contrôlée et amplifiée par le micro qui préoccupait tant Donny, commença à enfler dans les haut-parleurs disséminés dans l'église.

« Ma mère, comme la plupart d'entre vous ici le savent, travaillait pour les autorités censées faire respecter l'ordre et la loi. »

Attentive, Julia continua d'écouter.

« Je dis bien *censées* parce que, à la fin, ma mère ne croyait plus beaucoup dans cette administration. »

La voix claire poursuivit, de plus en plus vibrante :

« Nos villes regorgent toutes de personnes qui estiment avoir été trahies par les solutions traditionnelles. Nombre d'entre elles sont des jeunes qui supplient qu'on les aide et que personne n'entend. »

Cord se rapprocha de Julia. Sa présence était rassurante.

« C'est pour ceux-là que le centre de l'Amitié a vu le jour, pour aider ceux que le système abandonne sur le chemin. Certains d'entre eux sont parmi nous aujourd'hui et vont en témoigner. »

Susan fit un signe de tête en direction d'un couple dont la femme était la blonde décolorée.

« La vie de Jason et Darla a changé grâce au centre. Ils vont nous dire ce que le centre leur a apporté, et je suis certaine qu'après avoir entendu leur témoignage vous vous sentirez honorés de verser votre obole à notre association pour poursuivre l'œuvre inestimable entreprise par ma mère et que nous entendons encore faire grandir. »

— Ça y est, ils vont faire passer la sébille, se moqua Cord comme Susan tendait le micro à la protégée.

Donny se précipita pour aider.

— Je n'en reviens pas, murmura Julia. Ça n'a rien à voir avec un office religieux.

La collègue de Jackie que Julia avait remarquée se tourna vers eux.

— Je ne comprends pas, dit-elle. Je suis venue ici pour rendre un dernier hommage à une vieille amie, pas pour acheter un flacon d'huile de serpent à sa fille. Jackie était très discrète, elle serait horrifiée si elle voyait ce qui se passe.

Elle tendit la main.

— Je suis Ann Johnson… J'ai pris ma retraite il y a quelques mois. Grâce à Dieu, détective Hunter, l'ange gardien est avec vous.

Sa voix était bourrue mais amicale. Le chapeau informe vissé sur sa tête emprisonnait ses cheveux blancs mais ne cachait pas ses yeux vifs et intelligents.

— Une seconde, dit Cord.

Il ferma les yeux et plissa le front.

— Bien sûr ! Vous êtes Ann. Je me souviens de votre voix. Une voix rauque, très sexy ! Vous dispatchiez les appels sur nos fréquences, mais nous ne nous sommes jamais rencontrés.

Flattée que Cord se souvienne d'elle, la femme rougit et le regarda en battant des paupières.

Ce Cord était un séducteur impénitent, pensa Julia. Jeune ou âgée, aucune femme ne lui résistait. Sa gentillesse, son charme ne pouvaient, il est vrai, laisser indifférente…

— Oh ! j'aurais dû vous abandonner à vos illusions, dit Ann Johnson.

Elle se tourna vers Julia, et ses traits un peu rugueux s'adoucirent.

— J'ai une voisine qui dit une prière tous les jours pour vous. Sa petite-fille était une des personnes prises en otages quand il y a eu le hold-up dans le grand magasin. Vous avez demandé à la petite amie d'un des preneurs d'otages de relâcher Chandra, et ensuite ça a vraiment mal tourné.

Alors qu'elle écoutait la vieille dame, Julia sentit une main s'abattre sur son épaule et se retourna.

— Ce ne serait pas la petite Julia Stewart par hasard ? La dernière fois que je t'ai vue, je crois bien que tu portais encore un appareil dentaire !

L'homme qui lui faisait face maintenant semblait déplacé au milieu de tous ces gens venus assister aux pseudo-funérailles de Jackie. Il était élégant dans un costume sombre dont la coupe dissimulait quelque peu son estomac proéminent. Il semblait très sûr de lui et portait au poignet une montre en or voyante.

— Comment va ton père ? J'ai appris qu'il avait subi un double pontage mais, tel que je le connais, je suis sûr qu'il ne s'est pas arrêté de travailler bien longtemps. J'avais l'intention de lui rendre visite pour voir de quelle façon il pouvait nous aider à financer le centre.

Julia remarqua des traces de talc sur ses tempes.

— Vous êtes monsieur Marshall, si je ne me trompe ? Tom Marshall ?

Machinalement, elle serra la main qu'il lui tendait en évitant de montrer qu'elle ignorait que son père avait été hospitalisé.

— Ça fait un bail !

Elle s'apprêtait à lui présenter Cord et Ann Johnson, mais il ne lui en laissa pas le temps et reprit la parole, affichant son mépris pour les personnes qui l'accompagnaient.

— Je pense que son double pontage va l'avoir fait réfléchir et qu'il va aboutir à la même conclusion que moi il y a quelques mois. Qu'il est temps de faire un geste de solidarité en faveur de cette communauté. Le centre me semble une très bonne cause, et j'espère qu'il sera large… Au fait, as-tu rencontré l'homme qui est derrière tout ça ?

— Non, nous…, commença Cord.

Sans même lui accorder un regard, Marshall enchaîna.

— Il y a une histoire que tout le monde ici devrait connaître, dit-il avec beaucoup de conviction. Il a été accusé à tort d'un crime qu'il n'avait pas commis, il s'est battu pendant des années pour voir son nom blanchi, et à la fin, que fait-il ? Il se venge ? Non, il change du tout au tout et dédie sa vie aux autres. Il décide d'aider à remettre les égarés sur le droit chemin. Cet homme est un saint. Je veux que tu le rencontres, Julia. Ainsi quand je demanderai à Willard de financer une partie du projet, j'aurai déjà l'aval de sa grande fille.

Ce type commençait à porter sur les nerfs de Julia. Ses allusions constantes à une prétendue intimité avec son père l'horripilaient. Ce n'est pas parce qu'il avait été son associé qu'il pouvait se prévaloir d'une si grande amitié. Elle savait qu'il fabulait. Quant à l'intervention chirurgicale qu'avait subie son père, c'était frustrant de l'apprendre de la bouche d'un quasi-étranger. C'était la preuve, s'il en fallait une, que ses liens avec son père s'étaient dramatiquement distendus.

— Je n'ai aucune influence sur la façon dont mon père gère ses affaires, répliqua-t-elle. Ce que je sais, c'est qu'il a déjà ses œuvres et qu'il donne généreusement à des associations qu'il juge utiles. Je crains que…

Tout près d'elle, Cord se raidit brusquement.

Elle leva les yeux vers lui et se tut. Il était pétrifié. Haineux, plutôt.

« Et puisque notre généreux bienfaiteur accepte de nous soutenir financièrement, ce sont bientôt quatre nouveaux centres de l'Amitié que nous pourrons ouvrir, poursuivait Susan. Grâce à vos dons, notre objectif sera bientôt atteint. Je… »

La voix agréable et persuasive dominait les conversations.

Julia suivit la direction du regard de Cord.

Non loin d'eux, un homme vêtu sans recherche s'adressait à un groupe de personnes qui l'entouraient.

— Cord ? Qu'y a-t-il ?

— Mon Dieu ! Hunter, ce n'est pas… ?

Ann Johnson ne termina pas sa phrase.

« Mais nous avons encore besoin de lever des fonds pour les troisième et quatrième centres. Toutes les contributions, petites ou grandes, ajoutent une pierre à l'édifice et seront appréciées. Aussi, je vous le demande, soyez généreux, les amis. Rappelez-vous… »

Julia accrocha le regard de l'homme en tenue sport qui parlait non loin d'eux.

Il lui sourit. Il avait un regard magnétique, infiniment dérangeant.

— Donner ! lança Cord, manquant de s'étrangler. C'est Donner qui est là !

13

— Au cas où tu ne le saurais pas, mon cher Hunter, j'ai eu mieux à faire qu'à t'appeler pour te communiquer les dernières infos, aboya Lopez.

Les bousculant presque, elle poussa la porte surmontée d'un panneau « Sortie interdite » et, à peine dehors, alluma une cigarette.

Ils étaient venus tout droit de la messe de commémoration, mais la mine de Lopez ne laissait aucun doute sur son humeur. Elle n'avait pas envie de plaisanter, comprit tout de suite Julia.

— On n'a toujours pas localisé Tascoe, poursuivit-elle, et quand on a voulu contacter DiMarco hier soir pour l'interroger, il s'était volatilisé. Et puis, j'en ai assez ! Chaque fois que je mets le nez dehors, j'ai cette fichue presse sur le dos. En marge de ça, Erika est partie voir sa sœur en emmenant le chat, ce qui fait que quand je rentre le soir la maison est vide de chez vide, et je me retrouve devant la télévision qui passe pour la énième fois Starsky et Hutch. Et, bien entendu, je m'endors.

Elle se passa la main dans les cheveux et tira sur sa cigarette.

— Pour couronner le tout, j'ai recommencé à fumer. Alors, ne m'en veuillez pas si votre histoire de Gary Donner présidant une œuvre caritative ne me fait pas hurler de joie.

— Désolé pour toi, Lopez, répondit Cord.

La porte qui donnait sur le parking s'ouvrit à ce moment. Un homme en jean et veste de tweed, les traits tirés, s'approcha d'eux.

— Je pensais bien te trouver ici, dit-il s'adressant à Lopez. Les résultats de laboratoire sont tombés. Ils n'ont pas donné grand-chose, mis à part des traces microscopiques de coquillages dans un tapis. Jenny essaie de les identifier.

Se tournant alors vers Cord :

— Tu es bien Hunter, je ne me trompe pas ? Je me disais que ta tête me disait quelque chose, mais je n'étais pas sûr. Je suis tellement surmené que je ne reconnaîtrais pas ma mère ! Dis-lui, Julia, que normalement je suis un gars poli quand je ne suis pas en manque de sommeil.

Il tendit la main à Cord.

— Phil Stamp. Je fais équipe avec Lopez. Je crois savoir que vous tenez une piste ?

Julia le connaissait pour avoir collaboré avec lui pendant six mois au service de la protection de l'enfance. Il avait fait du bon boulot, mais au bout de six mois il avait demandé à changer de service.

— C'est trop de stress, Julia, lui avait-il confié. Je vais demander à retourner à la Crim'. Je ne supporte plus de travailler sur des affaires d'enfants. Trop dur. La nuit, j'en rêve. Je vois toutes ces petites victimes et ça me réveille en sursaut. Ma femme dit que je deviens parano et que je vais rendre fous nos deux gamins. Elle n'a peut-être pas tort. Je me demande comment tu fais pour tenir le coup.

C'était un policier doué, se rappela-t-elle. Mais, après Paul, la relève devait être difficile à assurer.

— Ce n'est *pas* une piste !

Lopez aspira une bouffée de cigarette et jeta son long mégot sur le macadam d'un air dégoûté. Visiblement, elle était à cran.

— Qu'est-ce qui ne va pas, Cindy ? Tu devrais te reposer. Tu vas craquer, ça se voit.

— Me reposer, moi ? Alors que l'assassin de mon équipier court toujours ?

— Ce n'est pas ta faute, Cindy.

— Si ! S'il avait continué à faire équipe avec Cord, ça ne

serait pas arrivé. Il serait toujours en vie. Je n'ai pas su être là quand il a eu besoin de moi. J'ai été nulle.

— Personne ne pouvait prévoir ce qui est arrivé à Paul et Sheila, intervint Phil.

— Arrête, Cindy, dit Julia avec calme. Tu as assez payé maintenant.

Lopez, l'air craintif, leva les yeux vers elle.

— Que veux-tu dire ?

— Ta cousine Tina. Elle est bien morte d'une overdose ? C'est ça qui te ronge, je me trompe ? Toujours ce sentiment de culpabilité. Tu estimes que tu aurais dû la sauver et tu ne te pardonnes pas d'être passée à côté. Depuis, tu fonces tête baissée dans tous les dossiers qui se présentent. Tu les prends à cœur comme s'ils te concernaient personnellement. On dirait que tu cherches à payer la mort de Tina dont tu te sens responsable. Et comme tu veux être parfaite, tu refuses de demander de l'aide.

Lopez avait pâli.

— Ce qui est arrivé à Tina ne te regarde pas, Stewart. Mais tu as raison. Je me sens coupable de n'avoir pensé qu'à ma vie, dit-elle se radoucissant soudainement. Si j'avais été plus attentive, sans doute que…

— Oublie ça, Cindy. Cesse de ressasser le passé. Tu es un bon policier mais si tu te laisses miner — par une faute que tu n'as pas commise, au demeurant —, tu vas réussir à te détruire, et c'est tout ! Tu pourras alors dire adieu à ton métier.

Gêné, Phil se gratta la gorge.

Cord, qui avait écouté en silence, prit la parole.

— Julia a raison, Lopez. Dans notre métier, il faut avancer et laisser les remords au vestiaire. Paul et Sheila sont morts, et nous pensons que c'est Donner qui les a tués. Tu dois nous aider. J'apprécierais que tu nous fasses passer toutes les informations que tu as pu glaner qui nous permettraient de confondre ce fils de salaud. Et vite. Il est venu nous saluer à la messe de commémoration pour Jackie. Une messe, tu parles…

Il haussa les épaules.

— Du cirque ! Il s'est mis la fille de Redmond dans la poche. Julia et moi pensons qu'il se servait d'elle pour obtenir des renseignements sur le service et sur Paul auprès de sa mère. Julia a une thèse qui, à mon sens, tient debout. Elle pense qu'il va reproduire les mêmes crimes que par le passé pour démontrer que la police ne lui arrive pas à la cheville.

— Il a déjà traîné notre service dans la boue, enchaîna Stamp. Comme tu le croyais en prison, tu n'as peut-être pas fait attention à ce qui se passait. Tout du long, lors de son deuxième jugement, Donner a présenté un alibi en béton : il était en prison quand le grand magasin a sauté.

— Sans compter que le témoin qui l'avait désigné s'est rétracté, dit Lopez, dégoûtée.

— Parce qu'il a été menacé, ajouta Cord. Ce n'est pas nouveau.

— Non. Ce qui l'est plus, c'est qu'on a fini par le croire, déclara Stamp. C'était difficile de faire autrement : le poseur de bombe s'est dénoncé.

— Quoi ?

Julia regarda les deux policiers.

— Vous y avez cru ? Décidément, ce Donner réussit à rouler tout le monde dans la farine !

— Tu te trompes, Julia, la contra Cord. Il nous a possédés la première fois, mais quand le grand magasin a explosé, il avait eu soin de se faire coffrer avant.

— Je ne comprends pas, intervint Lopez. Pourquoi aurait-il fait ça ? Je ne connais personne qui se ferait embastiller pour le plaisir, sauf si…

Elle écarquilla les yeux.

— Sauf si la prison lui sert d'alibi pour des crimes qu'il a organisés avant.

Stamp la fixa, admiratif.

— Bien sûr, c'est ça. C'est lui qui est derrière tous ces crimes, mais il envoie les membres de sa *famille* au front. Les exécutants, ce sont eux. Lui est le donneur d'ordre. Le parrain. Le cerveau. Il a l'intelligence de se faire incarcérer avant. Du même coup, il se met hors de cause.

— C'est comme ça que je vois les choses moi aussi, approuva Cord. Et je ne pense pas me tromper. Je connais son mode de fonctionnement mieux que personne. Il n'a pas cru une seconde qu'il resterait en prison à vie. Il avait un joker dans la manche. Il attendait simplement le jour J pour le sortir.

Julia avala sa salive. Elle avait toujours pensé que ce Donner incarnait le mal. Elle l'avait su dès le départ, quand Cord travaillait sur le dossier de cette lugubre « famille ». Depuis qu'elle l'avait croisé dans le couloir de chez Redmond, elle en était doublement convaincue. Quant au sourire qu'il lui avait lancé à la fin de la cérémonie de Jackie, elle en était encore toute retournée.

— Il y a quelqu'un d'autre qui connaît parfaitement le bonhomme, lança Lopez. Je déteste devoir dire ça, mais on devrait demander son aide à Tascoe.

— Bonne idée, sauf qu'il s'est volatilisé, rétorqua Phil. Mais tu as raison. Quand on a fouillé chez lui, on a trouvé des coupures de presse, des photos, des interviews de gens qui connaissaient Donner. Dean l'a étudié pendant des mois. Il avait peut-être l'intention d'écrire la biographie interdite de ce fils de salaud ?

— A moins qu'il n'ait décidé de l'épingler lui-même ? Rappelez-vous, il avait été écarté du dossier Donner, dit Cord. Il n'ignorait pas que Donner était libre et avait dû deviner que Jackie servait de relais et faisait passer les renseignements qu'elle lui soutirait.

— Alors, que fait-on ? s'impatienta Lopez. On passe une annonce à son intention dans le journal, du genre « Reviens, Dean. On te pardonne. » ?

L'air furieux, elle poursuivit :

— Si je comprends bien ce que vous dites, il faut à tout prix trouver Tascoe, mais cette fois-ci, quand on le chopera, il faudra mettre des gants pour l'interroger ?

— Tout ce que je demande, rétorqua Cord, c'est qu'on me livre Donner pour que je le cuisine. Je veux savoir où il était la nuit où Paul et Sheila ont été assassinés.

— On est sur la même longueur d'onde, Cord, répondit Lopez. Le problème, c'est que nous n'avons pas d'éléments nouveaux et qu'il y a une procédure à respecter.

— Je sais, dit-il. C'est d'ailleurs là-dessus qu'il compte. Je devrais peut-être prendre exemple sur Tascoe et oublier la procédure, pour une fois. C'est une tête brûlée, je te l'accorde, mais c'est exactement ce qu'il nous faut pour l'instant.

— Je fais comme si je n'avais pas entendu, dit Lopez en se bouchant les oreilles. Autrement, je serais en devoir de t'arrêter en cas de plainte pour harcèlement de la part de Donner.

Julia, qui n'avait rien dit depuis un moment, leur adressa un sourire en coin.

— Si tu as besoin d'une tête brûlée, je me propose. Je suis la cinglée qui a tout plaqué un beau jour, s'est jetée sur la bouteille et a disparu corps et biens pendant deux ans. En conséquence, je me sens la mieux placée pour revendiquer le rôle de Tascoe… J'ai déjà un contact avec un complice de Donner, Marshall. Il veut que j'arrange un rendez-vous avec mon père.

— Pas question, répondit Cord sans réfléchir. Je t'interdis de rester une seule seconde dans la même pièce que ce monstre. Il faudra trouver un autre…

— Tu as raison, l'interrompit Julia. C'est un monstre. Un croquemitaine qui veut dévorer Lisbeth. Mais il ne la chopera pas, tu peux me faire confiance.

Leurs regards se cherchèrent, se soudèrent. C'était soudain comme s'ils avaient été seuls tous les deux. Sans Lopez, sans Phil.

Ce fut Cord qui rompit le charme.

— Moi aussi, Julia, je dois veiller sur Lisbeth. Cette responsabilité nous incombe à tous les deux. Pas seulement à toi.

— Hunter a raison, Stewart, intervint Lopez. Pour un peu

tu me lisais la loi contre les attroupements séditieux parce que je refusais de l'aide, et maintenant tu affirmes que tu veux, seule, arrêter Donner et veiller sur Lisbeth. Tu essaies d'expier la mort de qui ?

Julia sentit qu'elle pâlissait. Elle serrait les poings de colère.

— Qu'est-ce que tu racontes ? Ce que je veux dire, c'est que je ne suis plus policier et que cela me laisse plus de latitude pour négocier avec Donner.

— Très juste. Elle a raison.

L'approbation de Cord les surprit toutes les deux.

— Tu es fou, Hunter, le contra Lopez. Si Donner est le dangereux individu que tu dépeins, pourquoi donnes-tu ton accord à Stewart ? Dieu sait où elle va mettre les pieds !

— J'ai programmé une réunion avec le directeur du centre de l'Amitié et son bras droit chez mon père, annonça Julia. Je n'ai pas besoin de l'approbation de Cord pour y aller, mais je suis heureuse qu'il n'y voie pas d'inconvénient.

Elle s'interrompit. Près d'elle, Cord parlait dans son téléphone portable.

— Désolé. Tu disais ?

— Je disais que je suis heureuse que tu sois d'accord pour…

Elle s'arrêta de nouveau, car il lui faisait signe de se taire.

— C'est ça, tout de suite.

Il consulta sa montre.

— Il faut me rayer tout de suite de la liste du personnel. OK ? Merci, Mike. D'accord, je te raconterai plus tard. Promis.

Il referma son téléphone et le glissa dans sa poche.

— J'allais oublier un détail, dit-il en tendant quelque chose à Phil. Tiens, vieux. Range ça pour moi. Peut-être qu'un jour je te le redemanderai.

Julia eut un sursaut. C'était son badge de policier.

— Tu peux organiser ton rendez-vous avec Donner et Marshall, dit-il se tournant vers elle. Tu leur diras que ce sont deux têtes brûlées qui veulent les rencontrer.

*
* *

— Au moins, dit Cord en traversant le hall de l'immeuble où le père de Julia avait son bureau, Lopez a promis de faire planquer deux hommes pour surveiller Donner durant les jours qui viennent. C'est peu, mais c'est mieux que rien.

Elle ne répondit pas.

Comme ils attendaient l'ascenseur, il la prit par le bras.

— Je sais que tu en as ras le bol de moi, mais fais comme tu as dit avec Lopez : ignore, dit-il à voix basse. Il faut qu'on montre un front uni à Donner, sinon il va en profiter.

— C'est vrai que je t'en veux. Tu m'as forcé la main devant Stamp et Lopez.

— Oui, excuse-moi, j'aurais dû te prendre à part d'abord pour te dire que je rendais mon badge. Tu as raison d'être en colère. Que veux-tu, l'autre soir, quand tu t'es endormie dans mes bras, j'étais tellement assommé de fatigue que je n'arrivais pas à dormir. En fait, je ne voulais pas m'endormir. J'étais bien. Tu étais sereine dans mes bras… Alors j'ai fait un vœu.

Attendrie, elle ne repoussa pas sa main quand il lui caressa les cheveux.

— Je me suis juré que je ne te perdrais plus. Plus jamais. Tu comprends pourquoi je t'interdis aujourd'hui de rencontrer seule ce salaud de Donner ? Je sais qu'on n'est pas sûrs qu'il soit impliqué dans les meurtres de Paul, Sheila et Redmond. On se trompe peut-être sur son compte…

Il la regarda avec une attention extrême.

— Cela n'empêche qu'il est dangereux. Quand je le vois, j'ai l'impression de voir surgir le diable.

— Il pue la mort, répondit Julia en tremblant.

Elle prit la main de Cord et la serra dans la sienne.

— Je ne mets pas mon point d'honneur à le rencontrer seule, dit-elle. Je peux même te dire que je suis soulagée que tu m'accompagnes. Mon père, c'est bizarre. Je ne sais pas pourquoi il a tellement insisté pour être présent, alors que je lui ai dit que c'était juste un stratagème pour passer un moment avec Donner.

— Il se fait peut-être du souci pour toi ? Je m'en fais bien… Ce serait normal, c'est ton père, après tout.

— C'est vrai. Mais ce qui aurait été encore plus normal, c'est qu'il me dise qu'il se faisait opérer.

Les portes de l'ascenseur coulissèrent en silence, et ils montèrent dans la cabine.

— Nous n'avons jamais été proches. Je le crois incapable d'aimer quelqu'un d'autre que lui.

— Sauf ton frère.

Les portes se refermèrent sur eux.

— Il adorait Davey. Petite, je me suis très vite rendu compte qu'il préférait mon frère. Après sa mort…

Elle se tut, hésita et reprit :

— Quand Davey s'est noyé, je me suis dit dans ma petite tête d'enfant que si je réussissais à faire ce que faisait Davey, et à le faire aussi bien, mon père prendrait peut-être enfin conscience qu'il avait une fille. Mauvais calcul. Il a continué à m'ignorer. Enfin, je suis devenue championne de tir à l'arc et plongeuse hors pair, c'est toujours ça !

Elle rit. Jaune.

— Ce n'est peut-être que de la maladresse, dit doucement Cord. Il ne sait pas comment t'aborder, te parler. Ou bien il a peur de te perdre toi aussi.

Elle nia farouchement de la tête.

— J'aimerais bien te croire. Hélas, je n'en crois pas un mot. Il n'a pas peur de me perdre. Pourquoi m'aurait-il laissée sans nouvelles depuis des mois ? Quant à avoir peur de m'aborder, c'est tout bonnement ridicule.

— Tu plaisantes ?

— Non.

Cord la prit par les épaules et la serra contre lui.

— Quand je suis près de toi, je ne me sens plus le même. J'ai envie de toi, Julia. Tu es belle, sensuelle. C'est plus fort que moi, je te désire. Je t'ai toujours désirée.

Elle sentit une vague de chaleur courir dans ses veines. Décidément, il était impossible !

A cet instant, alors qu'il lui embrassait les cheveux, les portes de l'ascenseur s'ouvrirent devant l'hôtesse d'accueil qui sourit en les voyant.

Sans s'en rendre compte, Julia avait passé le bras autour de la taille de Cord et sa main avait glissé plus bas… Prenant son air le plus dégagé, elle s'avança vers l'hôtesse.

— Je suis Julia Stewart. Je pense que mon père…

Elle n'avait pas fini sa phrase qu'elle entendit un toussotement bien connu.

Elle se retourna. C'était Willard. Son père.

— Julia ! s'exclama-t-il. Comme je suis heureux de te voir, ma petite fille !

Prenant ses mains dans les siennes, il l'embrassa.

Malgré l'intervention qu'il avait subie et dont elle craignait qu'il ne garde des séquelles, il portait toujours beau. Costume anglais à la coupe impeccable, tempes grisonnantes, bronzé, il aurait pu poser pour *Vogue Hommes.*

— Et voilà Cord ! J'ai appris que tu vivais maintenant en Californie. Comment va ton père ?

Ils se serrèrent la main cordialement.

— Très bien, merci. Je n'ai pas encore eu le temps de lui rendre visite cette fois-ci, mais je suppose que Julia vous a expliqué pourquoi.

— Oui. J'ai appris ce qui est arrivé à vos amis. Je les avais rencontrés une fois au restaurant au moment de Noël, cela fait plusieurs années.

Il lissa une mèche de cheveux argentée.

— J'ai été très choqué par ce drame. Mademoiselle Yerby ?

Il se tourna vers l'hôtesse d'accueil.

— Veuillez nous apporter des cafés en salle de conférences. Quand mes rendez-vous seront arrivés, faites-le-moi savoir.

Il s'engagea dans un large couloir dont la moquette assourdissait les pas et poussa une lourde porte de teck.

— Entrez, dit-il. On sera plus tranquilles ici pour parler. D'abord, dites-moi ce que vous attendez de cette réunion.

Le mobilier de la pièce était dépouillé, presque austère,

impeccable. A l'image de l'homme qui allait conduire la réunion, se dit Julia.

Un *toc toc* discret à la porte les fit se retourner. Poussant une table roulante avec les cafés, l'hôtesse entra.

— Nous pensons que l'homme que vous allez recevoir a tué Paul et Sheila, dit Cord sans préambule. Si nos suppositions se vérifient, il y a fort à parier qu'il va s'attaquer aussi à leur enfant.

Si son père avait des défauts, on ne pouvait lui reprocher de manquer de concentration. Il écoutait avec attention comme s'il s'était agi d'une affaire de première importance pour lui, comme signer un contrat de fusion entre deux entreprises.

Après lui avoir détaillé les événements des jours passés, Cord se tut.

— Continue, Julia, dit Willard Stewart, courtois mais froid. Tu dis que celui qui a tué cette Jackie Redmond t'a frôlée quand tu entrais chez elle ?

— Oui. Il m'a murmuré quelque chose tout bas dans l'oreille comme s'il était Cord, expliqua-t-elle. Ça a été très bref, mais j'ai tout de suite senti qu'il se passait quelque chose d'anormal.

— Autrement dit, il aurait pu te tuer comme il venait de tuer cette femme ? J'osais espérer qu'en démissionnant de la police…

Il s'arrêta, l'air soucieux.

— Nous n'avons plus beaucoup de temps devant nous avant la réunion. Désolé, Cord.

En quelques minutes, Cord termina son histoire et exposa leurs doutes et leurs hypothèses.

— Nous faisons peut-être fausse route, expliqua-t-il. Tascoe reste le suspect numéro un, mais depuis que je sais que Donner a été relâché et qu'il a un lien si ténu soit-il avec ce dossier, je suis perplexe. Nous n'avons pas de preuve, mais…

— Une preuve, ça peut toujours se fabriquer, l'interrompit Willard d'une voix sèche. Personnellement, j'ai appris à faire confiance à mon intuition, ça m'a valu d'éviter pas mal de faux pas comme d'investir dans des sociétés qui valaient des milliards sur le papier et, en réalité, pas un kopeck !

— Il ne s'agit pas de business ici, papa, mais d'un homme qui est un danger public. Je serais plus à l'aise si l'on suit le plan que j'ai établi au départ. On dit à Marshall et Donner que tu as été appelé à la dernière minute et que tu souhaites qu'ils traitent avec moi. Il n'y a aucune raison pour que tu t'impliques dans cette affaire.

Willard posa sur elle ses yeux gris et épousseta une poussière imaginaire sur sa manchette immaculée.

— Si, Julia. Parce que tu es ma fille.

Elle le regarda, estomaquée.

Le téléphone se mit à sonner. Ils étaient arrivés.

Willard Stewart se leva mais leur fit signe de rester assis.

— Je vais les accueillir moi-même. Autant que je m'en souvienne, Tom Marshall aime qu'on flatte son ego.

— J'ai une question à te poser, papa : comment as-tu su que nous étions là avant même qu'on arrive à l'accueil ?

Son père alla à la porte.

— Il y a sur mon bureau un miniécran relié à une caméra vidéo dans l'ascenseur, c'est cela mon secret. Cela me permet de voir qui monte avant même que Mlle Yerby ne m'annonce que mes rendez-vous sont arrivés.

Il jeta un coup d'œil à sa pochette, la rectifia légèrement et sourit.

— Cela me permet de savoir ce qui s'y passe.

Sur ces mots, il sortit à la rencontre de ses visiteurs.

— Tu crois qu'il a voulu insinuer qu'il t'a vue me caresser les fesses ? s'inquiéta Cord. Rappelle-moi de ne jamais jouer au poker avec ton père !

— Tu as noté comme il est distant ? murmura Julia. Et têtu. As-tu remarqué de quelle façon il a éludé ma question quand je lui ai demandé pourquoi il insistait tellement pour assister à la réunion ?

— Tu ne l'as pas mal pris ?

Cord la regarda, étonné.

— Je pense qu'il t'a répondu franchement. Tu es sa fille et c'est une raison suffisante. J'aurais préféré qu'on soit moins nombreux, mais sa présence ne sera peut-être pas inutile. Donner tient à ses quatre centres de l'Amitié. C'est devenu obsessionnel chez lui. S'il pense que c'est acquis, il sera moins prudent.

— Il a déjà deux centres. Il en veut deux autres. S'il se figure que des loubards vont se laisser enfermer là-dedans, sans une ville à moins de trente kilomètres à la ronde…

Un rapide coup de fil à un administratif leur avait appris que la propriété que Marshall avait en vue pour y créer son nouveau centre était située sur une parcelle de cinquante hectares, à l'écart de toute voie de circulation. Un petit hameau de cent âmes, éloigné de plus de trente kilomètres, était tout ce que la région comptait comme civilisation.

Brusquement, alors que Willard faisait entrer son ancien associé devenu directeur du centre de l'Amitié et Donner, l'atmosphère s'épaissit.

— C'est exact, c'est isolé, poursuivait le parrain.

La voix était avenante et s'accordait mal avec le physique de l'homme auquel elle appartenait.

— Mais l'isolement est nécessaire pour couper complètement le jeune de son environnement destructeur, ajouta Marshall.

— Tout ceci me paraît clair, répliqua Willard. Si j'ai bien compris ce que vous dites, vous voulez créer un nouveau système d'encadrement pour de jeunes marginaux ?

Donner sourit et sembla prendre conscience de la présence de Cord et de Julia pour la première fois depuis qu'il était entré. Il ouvrit les bras d'un geste quasiment papal, embrassant Julia et Cord dans son étreinte virtuelle.

— C'est plus que ça. Ce que j'aime dans mon projet, c'est l'idée que je crée une nouvelle famille.

14

— Je dois dire, Tom, que la cause est noble, commenta Willard Stewart en feuilletant les documents empilés sur sa table. Des témoignages d'élus, des lettres de remerciements de parents… Je suis impressionné.

Debout près de son père, Julia fit mine de s'intéresser elle aussi aux papiers qu'il survolait.

La réunion durait depuis une heure, et Cord n'avait pas encore eu l'occasion d'orienter la conversation sur Donner lui-même. Soudain, n'y tenant plus, il se lança.

— C'est très louable. Néanmoins, nous sommes tous réunis ici pour poser quelques questions à M. Donner afin que M. Stewart puisse apporter sa contribution financière à l'œuvre en toute connaissance de cause.

Tom Marshall ravala son sourire.

— Quand va-t-on cesser de lâcher les chiens sur cet homme pour des accusations mensongères, forgées de toutes pièces, et qui lui ont déjà coûté des années d'incarcération ?

Son double menton tremblota sur sa chemise comme de la gelée anglaise.

— Willard, je suis venu ici pour traiter avec toi, pas avec cet arrogant de la police, reprit Marshall. Il a, abusivement, privé M. Donner de sa liberté et…

— Le souci du détective Hunter est compréhensible, l'interrompit Donner avec calme. Nous avons eu affaire ensemble par le passé dans des circonstances horribles, c'est normal qu'il souhaite éclaircir certains points. J'imagine que chaque fois qu'il me croise, il se revoit dans la ferme des Bradley… Je me trompe, détective ?

Debout en face de Cord, Julia l'observait en silence. Elle nota une hésitation, vit son regard se voiler. Mais il se reprit.

— La ferme des Bradley, l'appartement des Wilkins, les cuisines du restaurant de la Rose Blanche… Avec vous, Donner, je n'arrête pas de faire des bonds dans le passé !

— Vous oubliez le parking où tout a pris fin, détective. Le parking où ceux qui avaient perpétré tous ces crimes se font fait descendre. Je n'en étais pas.

— Non, vous étiez prudemment derrière les barreaux pour un crime que vous n'aviez pas commis. Quelle chance, quand même ! Ou quel plan astucieux !

Cord avait gardé son calme, mais Julia qui le connaissait savait ce que ce contrôle apparent cachait de rage. L'allusion de Donner à la ferme des Bradley n'était pas innocente… Puisqu'il jouait ce jeu, elle allait utiliser la même tactique.

— Finalement, la preuve n'a jamais été faite d'un quelconque lien entre M. Donner et les crimes qui ont été commis par ses anciennes « relations ».

Donner la regarda, interloqué. Il allait intervenir quand Marshall le devança.

— Enfin ! La voix de la raison ! Bien sûr qu'il n'y a jamais eu de preuve. Le seul crime de Gary c'est de s'être entouré d'amis qui n'étaient peut-être pas tous recommandables. Mais comment pouvait-il le deviner ?

— C'étaient de vrais amis, monsieur Donner, n'est-ce pas ? le nargua Julia. Malgré tout le mal que vous aviez appris sur eux, leur mort a dû vous faire un coup ?

— J'ai été très choqué, c'est vrai.

Machinalement, il tira à lui une des feuilles de papier posées sur le bureau puis, se rendant compte de l'inutilité de son geste, la repoussa.

— Je sais que les autorités n'ont pas eu le choix.

— Votre propre fils était présent, il me semble. Il était

tout petit, il devait encore porter des couches ! C'est Diane Travis qui s'occupait de lui.

Mal à l'aise, Julia avait l'impression d'avancer à tâtons dans le noir. Ses propos semblaient déranger Donner — c'était le but recherché —, mais elle n'aurait su dire laquelle de ses attaques le titillait le plus.

— Encore une fois, méprise totale de la part des autorités, commenta Marshall. Le jeune Steven a failli se faire tuer quand Travis a tenté de s'enfuir.

— Nous ignorions qu'il y avait un enfant dans la voiture. Steven avait été confié à la garde de sa mère après votre divorce, Donner. Si Travis ne l'avait pas enlevé quelques jours plus tôt, il n'aurait pas été dans l'accident de la circulation où elle a perdu la vie. C'était vous aussi, n'est-ce pas, qui aviez commandité cet enlèvement ?

— On m'avait volé mon fils ! bondit le parrain. J'avais tout juste le droit de le voir quelques minutes le samedi. Mon fils ! Et on m'empêchait de l'élever !

— Mais il n'est pas mort, monsieur Donner. Vous devriez être heureux.

— Non, il n'est pas mort.

Donner fit la moue et tourna ses yeux verts anormalement brillants vers le père de Julia.

— Grâce au ciel, il n'est pas mort. Mais je me bats toujours pour obtenir le droit de visite, soupira-t-il. Evidemment, ce qui vous est arrivé à vous est autrement dramatique. La disparition d'un enfant, il n'y a rien de pire. Il arrive que cela détruise une famille. Ça remue beaucoup de choses, des sentiments de culpabilité, des remords…

Julia se sentit pâlir. Comment savait-il ça ?

Tom Marshall n'avait pas pu lui dire que l'homme avec lequel ils avaient rendez-vous avait perdu son fils, noyé dans un lac, car il ignorait l'existence de Davey. En effet, son père était d'une totale réserve en ce qui concernait sa vie privée.

Non. Cela voulait dire que Gary Donner avait fouillé dans la vie de sa famille pour pouvoir l'étaler au grand jour.

— Vous voulez parler de mon fils, j'imagine ?

Déjà froid auparavant, le ton de Willard Stewart avait encore baissé de quelques degrés. Il était maintenant de glace. Il fixa Gary Donner sans ciller.

— Je vais réfléchir. Je n'aime pas prendre de décision sous la pression, M. Marshall pourra vous le dire. Tom, tu auras de mes nouvelles d'ici à la fin de la semaine.

Il se leva, aussitôt imité par ses deux visiteurs, tandis que Cord restait assis à étudier la réaction de Donner.

Julia ne tenta même pas de se lever. Elle avait les jambes en coton et une effroyable envie de vomir.

La première fois qu'elle avait rencontré Donner, elle avait eu la désagréable impression qu'il savait tout d'elle. Elle ne s'était pas trompée, il savait tout : comment Davey était mort, comment sa famille s'était ensuite déchirée. Jusqu'à l'affreux sentiment de culpabilité qui la rongeait depuis… Oui, il savait tout.

— Ce ne sera pas la peine de me téléphoner, Willard, lança Marshall, caustique. J'ai compris. Tu n'as pas l'intention d'aider le centre.

Il donna une tape sur l'épaule de Donner et dit :

— Tu te laisses influencer par des rumeurs qui n'avaient d'autre but que de détruire la réputation d'un innocent. C'est de la désinformation, du harcèlement et…

Au lieu de continuer, il émit un sifflement étrange, douloureux presque.

Julia leva les yeux vers lui et vit ce que les autres ne pouvaient voir parce qu'elle seule avait le bon angle de vision : Marshall, rouge d'ordinaire, était blanc comme un linge, et le pouce de la main qui tapotait l'épaule de Donner un instant plus tôt était retourné sur son poignet.

Donner, tout sourires, écarta la main de Marshall de son épaule et la tapota presque affectueusement.

— Je n'ai pas besoin d'un champion, plaisanta-t-il à l'adresse de Tom. Quant à vous, monsieur Stewart, votre décision est souveraine et je la respecterai quelle qu'elle soit.

Tout ce que je demande, c'est qu'on me juge sur mes actes, pas sur des rumeurs.

— C'est ce que nous souhaitons tous, répondit Willard Stewart. Tout au long de notre vie et même au-delà. Maintenant, sortons, messieurs.

Comme la lourde porte se refermait derrière le trio, Cord, ahuri, se tourna vers Julia.

— Tu as entendu ? dit-il. Tu as vu comment Marshall portait son protégé aux nues et comment…

— Oui, Donner lui a cassé le pouce devant trois témoins, exprès.

— On a assisté à un retournement de situation. Donner a voulu montrer que c'était lui maintenant qui prenait le pouvoir dans leur minable association.

— Virage à cent quatre-vingts degrés, peut-être, n'empêche c'est lui qui a mené la danse pendant toute la réunion. Même mon père s'est laissé prendre. Aucun de nous ne lui a posé la question de fond : où étiez-vous la nuit du meurtre de Paul et de Sheila ?

— Ce n'était pas nécessaire.

Cord parcourut des yeux un des documents que Donner avait laissés sur le bureau.

— Regarde. Ça émane de la chambre de commerce. Le papier fait l'éloge d'un citoyen remarquable. Il a été remis en mains propres à Donner à l'occasion du dîner annuel de la chambre. Vérifie la date.

Devinant ce qui était écrit sur le papier, elle ne prit pas la peine de lire.

— Ce sera à confirmer. Mais il n'était peut-être pas là en personne pour le recevoir.

— Si, il y était. Il ment peut-être à propos de tout, mais ses alibis tiennent toujours la route.

Julia posa son sac à dos sur la commode et se massa les tempes.

Cord, derrière elle mais qu'elle voyait dans le miroir, semblait épuisé lui aussi.

— J'ai bien fait de rendre mon badge ! dit-il, tendant le bras pour lui masser la nuque. Après ce qui s'est passé avec Donner, je l'aurais sûrement perdu !

— Pourquoi ? Tu penses qu'il n'a pas tué Sheila et Paul ?

Elle ferma les yeux et se laissa caresser.

Les mains de Cord sur son cou lui procuraient une sensation délicieuse ; pour un peu, elle aurait ronronné. Machinalement, elle pencha la tête en avant.

— Je suis heureuse que l'entretien avec Donner soit passé.

— Je pense qu'il est derrière tous les crimes qui n'ont jamais été élucidés dans un rayon de deux cents kilomètres. C'est terrible, dès qu'il est question de lui, je perds ma capacité à raisonner. Et je m'en veux, car je me fourvoie peut-être. Qui dit qu'il est au courant de tous les meurtres que commet sa *famille* ?

— Je ne sais pas. Pourtant, je reste persuadée qu'il cache quelque chose.

— C'est un violent, je te l'accorde, soupira Cord. Quant à ses allusions à la ferme des Bradley et à la noyade de Davey, il les a faites pour nous déstabiliser. Mais cela ne le désigne pas comme l'auteur des crimes qu'on veut lui mettre sur le dos.

— Comment pouvait-il être au courant pour Davey ? Plus horripilant encore, comment sait-il tellement de choses sur ma vie privée ?

— Cela me tracasse, moi aussi. Il n'a pas pu les deviner…

Il prit ses mains dans les siennes.

— Il joue avec le mental des gens. C'est comme cela qu'il fonctionne.

— Et ça marche.

Elle se retourna et planta son regard dans celui de Cord.

— Je ne sais plus sur qui porter mes soupçons.

— Il reste Tascoe. J'en ai parlé avec Stamp. Ils ont retrouvé la pension de famille où il logeait jusqu'à hier.

— Si c'est Tascoe qui a tué Paul et Sheila, c'est qu'il est

complètement détraqué. Mais on n'a pas de preuve qu'il ait trempé dans le trafic de drogue de DiMarco.

— DiMarco a avoué que Dean cherchait à vendre des renseignements, lui rappela-t-il. Ce n'est pas une source fiable, je sais. Mais pourquoi montrerait-il Tascoe du doigt ? Il n'y a pas de fumée sans feu.

— Tascoe représentait peut-être une menace pour lui ? suggéra-t-elle. Personnellement, je trouve curieux que le nom de Tascoe apparaisse dans tous les dossiers sur lesquels le service a enquêté. C'est comme s'il voulait faire planer son ombre sur toutes les affaires et les résoudre tout seul.

— Pour prouver qu'il est le meilleur et qu'il faut le réintégrer dans la police ?

— Peut-être ? Je ne sais pas. Je cherche.

Elle lui sourit et s'assit sur le bord du lit.

— Je te l'ai déjà dit, je ne suis pas un flic d'investigation. Je me fiais à mon intuition, à mon flair. Mais maintenant, je ne peux même plus lui faire confiance.

— Tu es à bout de nerfs, Julia. Moi aussi.

Il s'assit près d'elle, lui prit le visage à deux mains et l'approcha du sien jusqu'à ce que leurs nez se touchent.

— Tu te souviens des baisers de porcs-épics ? Un jour, tu m'as demandé s'ils s'embrassaient, et je t'ai dit que oui, mais…

Julia frotta le bout de son nez contre le sien et rit.

— En faisant très attention, pour ne pas se piquer. Je me rappelle. Je me souviens de tout ce qu'on a fait ensemble.

— Rafraîchis-moi la mémoire. Qu'avons-nous fait hier soir, mon cœur ? Tu sais, je suis plus âgé que toi et j'ai tendance à oublier. C'est pour cela que je te veux près de moi. Pour ça, et parce que j'adore tes adorables petites fesses.

— Dis-moi, c'est vrai que tu perds la mémoire ? Tu m'inquiètes.

Tout en parlant, elle s'était approchée de lui et du bout des dents lui mordillait les lèvres.

— Tu avais oublié… ça ?

Cord soupira.

— C'est encore plus grave que je ne pensais. Qu'avons-nous fait d'autre ?

— Je t'ai mordu le cou. Comme ça.

Elle déboutonna le col de sa chemise et l'écarta, puis elle se leva et lui titilla la nuque.

— Ça ne te rappelle rien ?

Les yeux à moitié clos, il fit non de la tête.

— Rien du tout. On pourrait peut-être recommencer depuis le début, juste pour voir ?

Elle lui lança un regard dubitatif.

— Oui, mais qui me dit que ta mémoire ne va pas encore te trahir ?

— Ça dépendra de nous. Je pense que je m'en souviendrai, si c'est mémorable.

La nuit précédente, ils avaient fait l'amour comme des chiens fous, affamés de sexe. Ils s'étaient donnés, s'étaient pris et repris, insatiables. Mais aujourd'hui leur désir était plus apaisé.

D'un accord tacite, avec une tendresse infinie, ils se fondirent l'un dans l'autre. C'était comme s'ils avaient été les deux moitiés d'un tout. Quand Cord enroula ses jambes autour de celles de Julia, elle se dit que ce n'était pas réel, que ce qu'elle vivait était encore plus beau qu'un rêve. Mains, bouches, jambes enlacées, ondulant l'un sur l'autre, ils se laissèrent porter par la vague qui brusquement les submergeait.

Plus rien ne les séparait maintenant, pensa Julia quand, recouvrant ses esprits, elle émergea des flots qui l'avaient engloutie. Plus rien ne pourrait plus les séparer. Ils vivraient et vieilliraient ensemble, lui et elle, et leur monde ne serait que calme et volupté aussi longtemps que Dieu leur prêterait vie.

Mais il voudrait des enfants. Elle savait qu'il voudrait des enfants… Avait-elle envie de fonder une famille avec lui ?

— Tu ne t'imagines pas ce que je ressens quand je t'entends m'appeler par mon nom, lui murmura Cord un peu plus tard, alors qu'ils étaient toujours allongés dans les bras l'un de l'autre.

La nuit avait commencé à obscurcir la pièce et elle se sentait en harmonie avec le soir qui tombait.

— Quelquefois, quand je me promène ou que je parle à quelqu'un ou quand je conduis, des images de toi pendant l'amour me traversent l'esprit, et je crois mourir.

Du bout du doigt, elle dessina le contour de ses lèvres.

— Moi aussi, cela m'arrive, Cord.

Il la contempla un long moment et, dans l'ombre qui descendait sur eux, elle le vit sourire.

— Si nous régularisions…

Il avait encore sa voix éraillée de l'amour, rauque, sensuelle. Mais son regard était grave, et il attendait.

Elle crut qu'elle allait pleurer d'émotion.

— Ce serait… formidable, Cord.

Les lèvres frémissantes, incapable de dominer son émotion, elle finit par rire nerveusement.

Il lui releva le menton et embrassa le coin de sa bouche.

— Comment dois-je interpréter ces larmes et ces rires ? dit-il. Si j'avais su que j'allais te mettre dans cet état, je t'aurais demandé d'être ma maîtresse pour les cinquante ans à venir.

— Je refuse d'être ta maîtresse, Cord. Je veux qu'on se marie, fonder une famille avec toi, murmura-t-elle, la voix tremblotante. Mais, cette fois, ce sera différent. C'est ça, en partie, qui m'a fait peur quand j'ai découvert que j'étais enc…

Elle se mordit la lèvre. Elle avait trop parlé.

Cord la regardait, incrédule.

— Tu étais enceinte, et je n'en ai rien su ?

Il s'écarta d'elle. C'était comme si un gouffre s'était ouvert entre eux.

— Qu'est devenu le bébé ? Tu ne t'es pas fait… Tu ne t'es pas fait avorter au moins ?

Son regard s'était durci. Il était presque accusateur.

— Non ! Bien sûr que non. C'était une fausse alerte. Le test de grossesse était faux, mais je ne l'ai su qu'au bout de quelques semaines et je…

— Quelques semaines ! Tu as cru pendant quelques

semaines que tu allais avoir un bébé, et tu ne m'en as rien dit ? Pourquoi ? Tu jugeais que ça avait trop peu d'importance ?

Il se redressa dans le lit, alluma, et elle le vit blême de colère.

— Tu avais l'intention de décider toute seule. Sans même me demander mon avis. Dis-le.

— Je ne sais pas !

Elle s'assit, serra le drap sur sa poitrine.

— Tu ne peux pas comprendre, Cord. Quand j'ai découvert ça, j'étais sens dessus dessous. Ça me faisait peur et j'ai prié le ciel que ce soit une erreur.

Elle parlait d'une voix fêlée qui trahissait son désarroi.

— Je n'aurais pas su protéger notre enfant. Jamais, tu m'entends ? Jamais.

Elle ne parlait plus, elle criait en agitant la tête frénétiquement.

— Un jour ou l'autre, c'est sûr, il lui serait arrivé malheur. A cause de moi. Parce que je n'aurais pas su… pas su…

« Tu es bien sûre d'avoir déposé les gilets de sauvetage dans le *Sunfish*, Julia ? Tu es sûre ? »

Cette question lui sifflait encore aux oreilles.

Elle était hantée par ses démons, et sa voix ne portait plus.

— J'aurais risqué de perdre notre enfant. J'aurais essayé de tout faire comme il faut, mais ça n'aurait pas suffi ! J'aurais été responsable de la mort d'un enfant adoré, et aucune expiation n'aurait pu effacer une faute aussi innommable. Je, je… Même si le reste de ma vie, j'avais tout fait bien, même si j'avais été parfaite, même si je n'avais pas recommencé…

Elle ferma les yeux. Cord lui prit le bras et la secoua.

— Tu avais cinq ans, Julia. Cinq ans ! Tu étais un bébé !

Elle releva les paupières et vit ses yeux noirs plantés dans les siens, à quelques centimètres de son visage.

— Je ne comprends pas, murmura-t-elle. De quoi parles-tu ?

— De la mort de Davey, répondit Cord platement. De la mort de ton frère et du fait que tu as survécu. Tu ne te l'es jamais pardonné, ce n'est pas vrai ?

Elle essaya de se dégager, mais il la tenait fermement.

— La seule enfant que tu as trahie, c'est toi. La seule enfant que tu n'as pas sauvée, c'est cette petite fille épouvantée qui hurle en silence son chagrin depuis toutes ces années. La petite fille à laquelle tu ne pardonnes pas. Depuis toujours, tu estimes que c'est elle qui aurait dû mourir. Ce n'est pas vrai ?

— C'est idiot ! protesta-t-elle. Ce n'est pas vrai, tu sais bien que ce n'est pas vrai.

— Si, c'est vrai. Cela fait des années que je le pense, mais je ne savais pas que c'était si profond.

Il prit son ton critique.

— Tu es lucide pour Lopez. Pourquoi ne l'es-tu pas pour toi ?

— Parce que c'est faux ! s'écria-t-elle en dégageant son bras. Et ça n'a rien à voir avec la décision que j'ai prise il y a deux ans. J'étais fatiguée, submergée par mon métier…

— Tu ne veux pas admettre que tu condamnes une petite fille de cinq ans, dit doucement Cord. Parce que, si tu le reconnaissais, tu serais obligée de lui pardonner. Or, tu refuses de lui pardonner.

Elle le regarda, et son cœur se serra. Il n'était pas fâché, il était triste.

Il avança la main et lui ôta une mèche de devant les yeux.

— J'adorais cette petite fille, dit-il. Et j'aimais la femme qu'elle est devenue. Tout ce que je voulais, c'était te rendre heureuse, toi et la petite fille qui sommeillait toujours en toi. Mais j'ai échoué. J'ai seulement réussi à te détruire un peu plus. C'est pour cela que je suis parti.

Elle ouvrit la bouche pour répondre. Parler. Dire quelque chose, n'importe quoi, pour l'arrêter. Mais il reprit :

— Je ne savais pas ce que je faisais de travers. Ce que je sais, c'est que je te détruisais. Je suis donc parti. J'ai cru en mourir de chagrin. La seule chose qui m'a permis de tenir, c'est l'espoir qu'un jour tu me rappellerais. Je savais qu'entre toi et moi, c'était très fort, indestructible, quoi qu'il se passe dans nos vies respectives. Et j'avais raison.

Elle lui prit la main et, tendrement, l'embrassa.

— Oh, Cord ! Moi qui croyais que tu ne voulais plus de moi ! Que tu allais m'annoncer que tu me quittais.

— Je te veux près de moi toute ma vie, mon amour. Ma dernière pensée sur terre sera pour toi, et la dernière image que j'emporterai avant de fermer définitivement les yeux sera ton visage.

Il porta sa main à sa bouche et la caressa de ses lèvres.

— Tu m'aimes, mais tu ne t'aimes pas. Tu refuses de pardonner à la petite fille et de la laisser vivre en paix. Et tu ne changeras pas tant que je serai dans ta vie. J'ai donc décidé que cette fois, quand je repartirai, ce sera pour de bon.

Elle crut qu'elle allait mourir.

« La voile a brusquement empanné et a heurté Davey à la tête, Cord. Il est tombé à l'eau et il n'avait pas de gilet de sauvetage. C'est ma faute. Il est mort à cause de moi. »

Ce scénario-vérité n'avait cessé de la hanter.

Elle ferma les yeux dans l'espoir de fermer la porte à ce souvenir infernal.

— Ton père m'a dit qu'il partait en voyage d'affaires dans quelques jours. Pourquoi ne l'accompagnes-tu pas ? Je me sentirais plus tranquille si je te savais loin de Tascoe et des autres.

La sonnerie du téléphone retentit.

— Il n'en est pas question ! se rebiffa-t-elle. Lisbeth court un danger et je dois veiller sur elle. Tu verras que j'en suis capable. Tu verras.

— J'en suis certain. Tu n'as pas à me convaincre.

— Si ! Tu dis qu'il vaut mieux que tu me quittes parce que tu es persuadé que je vais m'effondrer ou que je suis incapable de…

Le téléphone sonna de nouveau, et Cord décrocha.

— Oui, allô ! Qui est à l'appareil ?

Elle vit sa main se crisper sur le récepteur.

— C'est arrivé comment ?

Sans même attendre la réponse, il aboya dans l'appareil :

— Ça va. Ça va ! Dis-moi quand ils l'ont perdu.

Il jura et se ressaisit.

— OK, Stamp. Merci de m'avoir prévenu. Ouais, j'espère. On se tient au courant.

Il coupa la communication et composa un numéro.

— Ces abrutis ! Ils ont laissé filer Donner. Ça fait une heure. Vaudrait mieux que Frank, Mary et les gosses quittent tout de suite la maison. Frank a un frère en ville, ils pourraient s'y installer. On ne sait jamais.

Elle sortit du lit, passa son jean à Cord et enfila le sien.

L'heure n'était pas aux lamentations, il fallait agir vite. Dès qu'elle saurait Lisbeth en lieu sûr, elle repenserait à sa vie. Pas avant. Elle avait été flic, c'était le moment d'agir en flic.

Elle passa le bras dans son holster et prit le colt 45 que Cord lui avait imposé depuis le meurtre de Redmond.

— Je croyais que tu ne le considérais plus comme un suspect ?

— C'était vrai, mais Stamp vient de me dire qu'il le soupçonne d'avoir fait exprès de les semer. Ça ne me…

Il regarda l'appareil qu'il avait à la main.

— Mary…

Il s'arrêta net et raccrocha rageusement, puis il empoigna son arme.

— On nous lance un avertissement, gronda-t-il en passant son pull.

Il ouvrit le tiroir de la commode et prit ses balles.

— Le téléphone des Whitefield a été coupé.

15

Cord avait arraché les clés des mains de Julia et s'était installé d'office au volant. Ils filaient maintenant sur l'autoroute.

— Regarde s'il y a un tournevis dans la boîte à gants.

Terrorisée, Julia regarda les feux arrière de la voiture qui les précédait se rapprocher dangereusement, passant de deux petits points rouges à deux gros disques écarlates, puis se dissoudre sur le côté droit tandis que Cord doublait.

— Il y en a un, mais il est petit.

— Ça fera l'affaire. Dévisse la lampe du plafonnier. Quand on sortira de l'autoroute, je m'arrêterai et j'écraserai les feux arrière.

— Tu penses qu'il est déjà là ? Pourquoi n'as-tu pas demandé de renfort à Phil ?

— Pour la même raison que j'ai choisi une voiture bleu marine plutôt qu'une blanche. Si Donner est là, inutile de lui signaler à tout prix notre présence. Je ne tiens pas à me voir obligé de battre en retraite.

La bretelle de sortie approchait, il la prit.

— Non, je ne crois pas qu'il soit déjà là. Mais avec lui on n'est jamais sûr de rien. Depuis que Phil Stamp m'a dit qu'il avait réussi à fausser compagnie à deux policiers chevronnés, je me méfie. Pour ce qui est de son alibi, il faudra que je m'assure qu'il était bien là une heure au moins avant qu'on lui remette son prix.

Il freina brusquement, soulevant un nuage de poussière sur le bas-côté.

— Je pense qu'il a eu juste le temps de tuer Paul et Sheila

et de revenir prendre place au banquet de la chambre de commerce. Il sera monté sur l'estrade pour recevoir son prix devant le parterre de notables, et ni vu ni connu. Si ça s'est déroulé de cette façon, je comprends qu'il ne se soit pas attardé pour chercher Lisbeth. Son timing était serré, il était à la seconde près.

Il descendit de voiture, prit un caillou et brisa ses deux phares arrière. Restée à l'intérieur, Julia sursauta.

— Que vas-tu faire maintenant ?

— Je vais rouler encore un peu, et dès que je repérerai l'érable rouge au bord de l'allée, je couperai le moteur. La ligne téléphonique démarre à peu près là. Si quelqu'un l'a sectionnée, ça doit être à cet endroit, et, si c'est le cas, on saura tout de suite où on met les pieds.

Julia fronça les sourcils. Soudain, une idée germait dans son esprit.

— Cord, et King ? Mary le laisse dehors la nuit pour surveiller la maison. S'il ne nous reconnaît pas tout de suite, il risque de donner l'alerte.

Un gros lièvre traversa devant eux que Cord faillit écraser.

— Réfléchis, ma chérie. Si c'est Donner, il aura descendu King avant même de couper le téléphone.

— Evidemment, dit-elle se mordant la lèvre de honte devant l'absurdité de sa question.

C'était évident que Donner tuerait King, se dit-elle. Un caïd qui poursuit une enfant n'épargnerait sûrement pas un berger allemand menaçant.

— Dans le pire des cas, reprit-elle, en admettant que le téléphone ait été coupé, que fait-on ?

— L'important, c'est de mettre la main sur Lisbeth et les jumelles. Donner est un citadin. Si les jumelles réussissent à se cacher dans le bois qui est derrière la maison, on est sauvés. Mary, à condition qu'elle ne soit pas blessée, les aura fait sortir, je pense. Frank a un fusil chez lui, mais Donner doit se douter qu'il y a des armes dans la maison et il s'arrangera pour l'empêcher de s'en servir.

La première fois qu'elle avait rencontré Frank Whitefield, quelques jours plus tôt, Julia avait été frappée par sa ressemblance avec le père de Cord. Même taille, même maigreur. Même humour et même patience envers ses enfants et la fillette que sa femme et lui avaient recueillie. De même que Jackson Hunter avait combattu au Viêt-nam, Frank avait servi dans la guerre du Golfe. Il était expérimenté et avait pu, si nécessaire, retenir Donner le temps que Mary et les enfants puissent s'échapper.

Ils roulèrent encore un peu. De derrière un nuage sortit la lune. Une énorme lune presque ronde.

— On laisse les clés sur le contact. Le premier de nous deux qui retrouve Lisbeth l'embarque dans la voiture et s'enfuit avec elle. Il faut la sortir de là vivante.

— Ce qui veut dire que tu me laisses à la traîne s'il le faut ?

Il fit oui de la tête.

— C'est elle qui est en danger, d'accord ? Ça ne veut pas dire que j'ai l'intention de te laisser tomber.

Ils continuèrent encore un peu et, brusquement, il freina.

A l'époque où son père vivait ici, Julia s'en souvenait, ce petit chemin était une belle allée bordée d'arbustes bien taillés, mais la nature avait tout envahi et les branches des arbres formaient une voûte au-dessus d'eux.

— On est assez loin, dit-il. Je vais grimper au poteau pour vérifier le fil du téléphone.

Sans faire de bruit, il ouvrit la portière. Elle en fit autant et mit pied à terre, mais il avait déjà disparu. Les yeux plissés, elle fouilla la nuit et le vit qui commençait à escalader.

La maison était toujours hors de vue, mais l'air était pur et le son devait porter. Curieusement, malgré la présence d'une famille à quelques enjambées, il n'y avait aucun bruit.

Elle empoigna son Ruder dans son holster et défit le cran de sécurité. Alors qu'elle scrutait les alentours, son pied heurta quelque chose de massif. Instinctivement, elle posa le doigt sur la détente, prête à tirer. A cet instant, le nuage qui occultait la lune roula plus loin dans le ciel, et elle distingua mieux la grosse masse noire gisant à ses pieds.

— King !

Elle remit le cran de sécurité, replaça le Ruder dans son holster et tomba à genoux près du berger allemand qu'elle tâta dans le noir. C'était bien sa fourrure, mais elle était froide et humide de rosée. Elle le palpa encore et, sous ses doigts, sentit quelque chose d'épais et de visqueux. Du sang !

— La ligne a été... Oh, non !

Cord qui venait de la rejoindre s'agenouilla près d'elle.

— Ah, le fumier ! Le fumier ! jura-t-il.

— King ! Mon gentil toutou ! murmura-t-elle.

La main tremblante, elle caressa les poils raides de sang. Des images de King, jeune chiot, lui trottèrent aussitôt dans la tête. King assis près de Lisbeth à ce fameux anniversaire de ses trois ans, sa patience quand elle l'assaillait de ses baisers poisseux ou l'affublait d'un chapeau de clown et de lunettes.

Il avait été fidèle jusqu'au bout, pensa-t-elle. Il avait donné sa vie pour l'enfant qu'il aimait.

Avec tendresse, elle posa la main sur sa truffe veloutée qu'elle avait si souvent caressée.

— Tu es mort en gentleman, murmura-t-elle, la voix étranglée. Tu étais si gentil, si gentil, mon bon chien.

Ses doigts touchèrent soudain quelque chose de bizarre. Essuyant ses larmes avec rage, elle se pencha pour mieux voir. Les crocs puissants, partiellement visibles sous la lèvre supérieure, étincelaient de toute leur blancheur dans le rayon de lune, mais dans leurs interstices étaient coincés des lambeaux d'étoffe. Elle tira dessus.

Du tissu de jean ! Déchiré, mis en pièce. King avait mordu Donner avant qu'il ne l'abatte, conclut-elle, avec, dans sa tristesse, un fond de satisfaction.

— Il a dû tomber sur ce salaud quand il finissait de couper la ligne, dit Cord en prenant le tissu des mains de Julia. On l'enterrera sous le pin où il adorait se prélasser. Il sera bien pour dormir, là.

— Oui, dit-elle retenant mal un sanglot. Oui, il sera bien.

Et elle se releva.

— Il faut continuer.

Il se leva à son tour et se pencha vers elle.

— Ça va ?

Non, ça n'allait pas. Dorénavant, plus rien ne serait comme avant. King était mort. Et en plus de la tristesse de l'avoir perdu, l'incident ne laissait présager rien de bon. Le gros chien représentait la première ligne de défense autour de Lisbeth, une brèche s'était ouverte.

Julia sentit une vague de panique l'envahir.

— Je n'aurais pas dû la confier à qui que ce soit. J'aurais dû la garder avec moi, à portée de vue.

— C'était impossible, en tout cas pendant que nous cherchions l'assassin de ses parents. Tu le sais aussi bien que moi. Maintenant, concentre-toi. On a du travail.

Dans l'ombre, l'un derrière l'autre, ils avancèrent en silence. Cord connaissait les lieux comme sa poche, et elle aussi. Elle avait passé plus de temps ici petite fille que chez elle maintenant. Et le moindre bosquet, le moindre rocher qu'ils doublaient en progressant dans l'obscurité, au lieu de l'inquiéter par leurs formes étranges, lui étaient familiers. C'était comme des alliés, des amis, des repères sur la carte un peu floue mais jamais oubliée de son enfance.

Sur sa gauche, elle remarqua les tiges déchiquetées des marguerites que Jane Hunter faisait sécher avant de les introduire dans la recette de répulsif d'insectes qu'elle avait apprise de sa mère.

A droite, il y avait le buisson de boules de neige. Plus loin, à la faveur d'une éclaircie de la lune, elle crut apercevoir les piquants des aconits que le père de Cord lui recommandait sans cesse de ne jamais toucher. Leurs fleurs ressemblaient à des capuchons, elle s'en souvenait très bien. On appelait aussi cette plante « Mort du loup » parce qu'elle était tellement vénéneuse qu'on extrayait le poison de ses racines pour exterminer les prédateurs. Les Amérindiens en enduisaient la pointe de leurs flèches pour tuer leurs ennemis à coup sûr.

— Regarde là-bas, dit-elle à l'oreille de Cord. Tu vois cette ombre très noire ? Je parierais qu'il y a quelqu'un.

Fouillant des yeux dans la direction qu'elle lui indiquait, il dit oui de la tête, lui faisant signe de ne pas bouger.

Apeurée, elle recula dans l'ombre. Cord se baissa comme pour cueillir une fleur, mais quand il se releva, elle vit une lame nue briller dans sa main.

Cette vision ne lui inspira aucun dégoût. C'était l'arme la plus silencieuse, se dit-elle froidement. Si Donner était là avec un ou plusieurs membres de sa nouvelle « famille », un coup de feu les avertirait tout de suite de leur présence et les inciterait à tirer. Mieux valait donc un couteau…

Ne voyant plus Cord, elle supposa qu'il les avait contournés pour les surprendre par-derrière. A pas de loup, elle avança dans le noir. Juste à temps pour voir la silhouette de Cord surgir d'un buisson et bondir sur l'ombre qu'elle n'avait pas quittée des yeux. Elle entendit un grognement de douleur, puis vit l'éclat d'une lame dans le rayon de lune. Cord avait empoigné l'homme par le cou et tenait le couteau sur sa gorge.

Prenant son courage à deux mains, elle franchit la dernière pelouse qui la séparait des deux formes qui se battaient.

En fait, ils ne se battaient pas. Cord aggripait l'individu par le cou et tirait sur sa tête. L'inconnu savait que sa vie ne tenait qu'à un centimètre de plus vers le haut…

— Tu travailles pour qui ?

Cord contrôlait magnifiquement sa voix.

— Parle, bon Dieu ! Parle ou tu es un homme mort.

De sa cachette, Julia essaya de distinguer les traits de l'homme. Il ne lui était pas inconnu.

Comme Cord desserrait légèrement son étreinte, le visage de l'homme tourna un peu, et Julia le vit mieux.

— Tascoe !

L'ex-flic lui jeta un regard incrédule, mais Cord lui serra le cou de plus belle.

— Regarde s'il est armé !

Se rappelant que Cord portait un holster à la cheville, elle tâta la jambe de Tascoe. Le P.38 était là, bien caché mais prêt à l'emploi ! Elle palpa ses jambes jusqu'en haut des cuisses, ne sentit rien d'autre, puis son coupe-vent et, comme elle s'en doutait, y trouva un colt.

— C'est tout, dit-elle à Cord sans quitter l'homme des yeux.

Cord lâcha Tascoe si brutalement que l'homme vacilla.

— T'as failli m'écraser le larynx, chef.

Il hocha la tête et fusilla Cord du regard.

— Tu peux me dire d'où tu sors ?

— C'est nous qui allons poser les questions, Tascoe…

Cord rangea son couteau dans son fourreau et descendit sa jambe de pantalon par-dessus.

— … au poste, ajouta-t-il négligemment.

Tascoe changea de tête puis ricana.

— Tu te trompes de bonhomme, chef. Je suis de votre bord.

— On ne dirait pas ! Un chien mort au pied d'un poteau téléphonique. Le fil sectionné. Et toi armé jusqu'aux dents, dissimulé dans les buissons. Allez, je t'emmène, tu t'expliqueras avec Lopez.

— Attends, l'arrêta Julia. Son pantalon est en Tergal. C'est de la toile de jean que King avait entre les dents.

Elle soupira, remit son Ruder dans son holster.

— Que fais-tu ici, Tascoe ? gronda-t-elle.

— Je l'ai déjà dit, je suis de votre bord. Rends-moi mes pétards, chef. Je vais en avoir besoin. Gary Donner est dans la maison. Je le sais, je l'ai suivi jusqu'ici.

Julia poussa un petit cri et crut qu'elle allait défaillir. Ses pires craintes se confirmaient.

— Je traque ce salaud de mafioso depuis qu'il est sorti libre du tribunal après son deuxième procès.

Le ton était haineux.

— J'ai découvert qu'il se servait de Jackie pour obtenir des infos le soir où vous êtes venus chez elle. Aussitôt, je me suis précipité dans son appartement, mais elle…

Il se tut, avala sa salive en hoquetant. Il semblait malheureux. Sincèrement malheureux, pensa Julia.

— Il a dû la tuer dès qu'on est tous partis ce soir-là. Je savais que Lopez m'épinglerait encore si…

— A quoi tu joues ? gronda Julia, son visage à quelques centimètres du sien. Il y a une enfant dans cette maison, la fille de Paul et de Sheila. Si tu n'avais pas joué les justiciers en solo, Donner serait peut-être en garde à vue à l'heure qu'il est.

Ecœurée, elle porta la main à sa bouche.

— Tu savais ! Tu savais qu'il avait tué Paul et Sheila. Tu le savais, parce que tu l'as suivi chez eux cette nuit-là.

— C'est vrai, je l'ai suivi. Je pensais que Durant était un ripou et qu'il fricotait avec Donner.

— Tu n'es qu'une ordure, laissa tomber Cord. Sous prétexte que tu étais un pourri, tu croyais que Paul était comme toi. Et pendant que Donner tuait mes meilleurs amis, toi tu l'attendais dehors. Si je n'étais pas arrivé sur ces entrefaites, on aurait dénombré une troisième victime, une gosse. J'aurai dû te régler ton compte à l'instant, Tascoe.

— C'est pas trop tard, chef !

Il haussa les épaules, l'air las.

— Depuis cette nuit-là, je ne peux plus me regarder dans la glace. Mais je ne pouvais pas me douter… Tout ce que je savais, c'est qu'il était dans la maison. Il y est resté une demi-heure environ et il est sorti à toute vitesse. Il s'est engouffré dans sa voiture et il a démarré sur les chapeaux de roue. J'ai même failli le perdre.

— Evidemment, il fallait qu'il se montre au banquet de la chambre de commerce où il allait recevoir un prix. Il n'avait pas une minute à perdre.

— En attendant, c'est nous qui perdons du temps. Rends-lui ses armes, Cord. Il faut enlever Lisbeth de là avant que Donner ne la blesse.

— Je vous dis qu'il ne touchera pas à la petite, dit Tascoe, étonné. Je pensais que vous l'auriez compris. Ce qu'il veut, c'est se venger. Venger les membres de sa « famille » morts dans un affrontement avec la police. Il en tuera autant qu'on lui en a tué. Et de la même façon. Quant à Lisbeth, il a fait un transfert sur elle. Elle est l'équivalent de Steven. Il ne lui fera rien, mais il s'arrangera pour que vous ne la voyiez plus jamais.

« On m'a volé mon fils ! »

Le cri du cœur de Donner lors de la réunion chez son père tintait encore aux oreilles de Julia.

— Il veut l'enlever pour l'élever comme il aurait élevé son fils, persuadé qu'il est qu'on le lui a kidnappé pour le monter contre lui, c'est ça ?

— C'est ça, confirma Tascoe. Je pensais que vous l'aviez compris. Sheila, elle, a été tuée comme la femme Wilcox.

— Isabel Wilcox est sortie du parking où elle était embusquée, et a tiré avec son arme sur deux policiers avant d'être abattue à son tour, rappela Cord. Mais Paul ?

— Rappelez-vous ce cinglé de Wallace, dit Tascoe. Il a cru qu'il pourrait sauter de toit en toit et se sauver. Erreur ! Même pour un type comme lui !

— Tu finiras plus tard, Tascoe. Ce qui m'importe, c'est ce qui se passe là-dedans.

— Le mari est inconscient. Je suis arrivé une dizaine de minutes après Donner, j'ai garé ma voiture dans le bosquet et j'ai continué à pied. La première chose que j'ai vue, c'est le chien. Je me suis approché de la maison, et là, j'ai aperçu Donner qui tirait un corps vers la petite remise qui se trouve sous la maison.

— Donner n'aurait pas pris la peine d'enfermer Frank dans la remise s'il était mort.

— Je pense qu'il essaie de coller au plus près du scénario qu'il a écrit, et il s'en fiche que ça se termine dans un bain de sang. Il veut faire subir à d'autres ce qui est arrivé à sa « famille ». La femme qui est ficelée dans la maison ne le sait pas.

— Mary ! Dans quelle pièce se trouve-t-elle ? s'affola Julia.

— Dans la cuisine. Il a enfermé les deux aînées dans la

réserve. J'ai vu tout ça par la fenêtre, expliqua-t-il. Mais la femme est attachée sur une chaise avec la petite sur les genoux. Elle dort, ou il l'a droguée pour la faire taire. Donner est assis là aussi, et il attend je ne sais quoi. A cause des gosses, je n'ai pas voulu prendre le risque de le descendre tout seul. Je m'apprêtais à retourner à ma voiture pour appeler du renfort. Phil Stamp, par exemple, cette grande asperge et son petit équipier qui pète le feu.

— Surtout pas ! s'exclama Cord. A moins qu'on ne veuille une tuerie générale ! Et puis, qui nous dit qu'il ne va pas sortir d'une minute à l'autre avec Lisbeth ? J'ai une autre idée. Tascoe, reprends tes armes et suis-nous.

Cord exposa son plan : il allait s'introduire dans la maison par une fenêtre du premier étage donnant sur l'arrière. Il y avait un érable près de la maison, il allait l'escalader. Il entrerait par la chambre qu'il occupait quand il était petit.

— Où est la voiture de Donner ? s'inquiéta-t-il. S'il se doute de quelque chose, il est capable de s'enfuir avec Lisbeth. Tascoe et toi, Julia, vous guettez la porte. S'il sort, j'accours et je lui saute dessus par-derrière. Surtout, empêchez-le de monter en voiture.

— Compte sur nous, chef. Mais fais gaffe à toi.

Julia n'en croyait pas ses yeux. Tascoe n'était déjà plus le même. Il devait être comme ça des années plus tôt. Déterminé, implacable, rapide. Sans qu'elle le voie, il avait déjà empoigné son arme. Il était impressionnant d'adresse, de vitesse et de précision.

— C'est moi qui vais escalader, proposa soudain Julia. Je suis plus légère que toi, ce sera plus facile pour moi.

— Pas question ! Si tu savais le nombre de fois où je suis passé par cette fenêtre quand j'étais petit ! En plus, je connais chaque latte du plancher par cœur. Je sais celles qui craquent pour descendre dans la cuisine. C'est moi qui y vais. Point final.

Son ton s'était durci, mais quand il croisa son regard il se radoucit.

— Tu me connais depuis toujours, Julia. Tu pensais vraiment que j'allais accepter ?

— Avec toi, je n'ai jamais gain de cause, murmura-t-elle. Je mets quand même une réserve : si je sens que ça tourne mal, j'irai.

— Accordé.

Il lui prit le menton et lui releva le visage.

— Tu es têtue comme un âne ! chuchota-t-il. Mais c'est aussi pour ça que je t'aime.

Il lui fit son sourire en coin le plus irrésistible et se glissa dans l'ombre en direction de la maison.

— Si c'est pas beau, ça ! soupira Tascoe. Quand on s'aime comme vous deux, je ne comprends pas qu'on ne se marie pas.

— Occupe-toi de toi, Tascoe, rétorqua Julia sèchement. Maintenant, allons prendre position. Tu me suis ?

Contrairement à ce qu'elle supposait, il lui emboîta le pas. Il avait toujours eu des problèmes avec l'autorité, surtout lorsque les ordres venaient d'une femme, mais il avait trop de conscience professionnelle pour ne pas mettre sa susceptibilité de côté.

Ils partirent.

Comme si ses craintes pour Lisbeth, la perte de King et le danger de cette expédition ne suffisaient pas, elle éprouvait une tristesse diffuse. Cord avait pris la décision de la quitter. Cette fois, il ne reviendrait pas, et elle ne pourrait lui en vouloir. Restait un seul espoir : le faire changer d'avis. Mais ce ne serait pas une mince affaire.

— On n'a pas droit à l'erreur, Tascoe. Il faut sortir la gamine de ce guêpier. Et sans bobo. Compris ?

Ils n'étaient plus qu'à quelques mètres de la fenêtre de la cuisine.

— On va faire le maximum, mais à l'impossible nul n'est tenu. Le sans-faute, c'est bon pour le cinéma. Dans la vraie vie, il y a mille et une occasions que ça dérape.

— Non !

Elle empoigna Tascoe par son K-way et le secoua.

— On *doit* réussir. Il faut qu'elle s'en sorte. Il faut que Cord aussi s'en sorte. Si je dois descendre Donner moi-même, je le ferai. Mets-toi ça dans le crâne.

Tascoe opina et la fit lâcher son coupe-vent.

— J'ai compris. Mais je voudrais savoir à qui tu veux prouver quelque chose. A toi ? A lui ? Au monde entier ? Je sais ce que représente un échec et ce qu'on serait capable de faire pour l'effacer de sa vie. T'inquiète pas, elle s'en sortira saine et sauve, la gamine. Hunter, aussi, et on l'aura, Donner.

Il fit une grimace horrible.

— Mort ou vif.

Il y avait une raison pour que des hommes comme Dow ou Hendrix aient mis leur carrière en jeu pour cette tête brûlée, ce policier incontrôlable, pensa Julia. Qu'on l'ait rayé des cadres de la police ou pas, il ne cesserait jamais d'être flic. Il avait ça dans le sang.

— Mort ou vif, Tascoe, répéta-t-elle.

Rassurée, tout bien pesé, qu'il soit là, elle s'approcha avec lui de la fenêtre de la cuisine où, hissé sur la pointe des pieds, il regarda à l'intérieur.

— Il est toujours assis, mais la gosse est sur ses genoux. Hunter ne va pas pouvoir tirer.

— Il a compris qu'il est cerné et il utilise Lisbeth comme bouclier vivant. Si Cord se montre, comme il ne peut pas prendre le risque de tirer, c'est Donner qui le descendra. C'est un chien ! poursuivit Julia. Qu'est-ce qu'on peut faire ?

— On ne va pas rester à attendre que ton copain se fasse descendre, répondit Tascoe. Ça, c'est sûr. On va le faire sortir de son trou, ce salaud. Couvre-moi.

Sa phrase à peine achevée, il s'éloigna. Elle le vit faire le tour de la maison et s'arrêter devant la porte. Là, éclairé par la lune, il se mit à hurler à tue-tête.

— Donner, je sais que tu es là. Sors, si t'es un homme, que je t'envoie en enfer ! Tu n'es qu'un assassin, une ordure.

Presque aussitôt, comme s'il sortait prendre l'air avant d'aller se coucher, Donner apparut sur le perron. Son pantalon était déchiré au genou. Il tenait Lisbeth, endormie ou inconsciente, sur un bras. Son petit minois, pâle sous la lune, était blotti dans le creux de l'épaule du gangster qui tenait une arme dans son autre main.

— Dean Tascoe, dit-il d'une voix sympathique, tu ne penses pas que tu serais mieux à noyer ton chagrin dans un bar ? J'ai su que tu avais eu un deuil cruel, récemment.

— Pourquoi crois-tu que je suis là, Donner ? T'as tué Jackie. Pose la gosse et regarde-moi en face, si t'es un homme.

Discrètement, Julia longea la façade de la maison jusqu'au perron. Donner n'était plus qu'à deux mètres, mais c'était encore trop. Comment grimper les marches et lui arracher Lisbeth des bras sans se faire voir ? Si seulement Cord…

— Ça ne va pas se passer comme tu crois, Tascoe, railla-t-il. A votre place, je serais entré par la fenêtre d'en haut. Je me suis donc dit que Hunter choisirait de pénétrer par là. Alors, j'ai placé un piège à loup sur le rebord de la fenêtre. Il se refermera sur sa jambe s'il s'aventure par là. On m'a dit qu'il faut au moins deux hommes forts et un levier pour l'ouvrir. De toute manière, il aura les os broyés.

Julia s'accroupit dans les buissons pour se cacher. Un goût amer de bile la fit grimacer. L'idée que Cord se fasse coincer dans un piège était insupportable. Elle les connaissait, ces pièges, pour en avoir vu dans l'abri de jardin attenant à la maison du lac. Il y en avait d'accrochés au mur, tout rouillés de n'avoir pas servi depuis des années. Le père de Cord les avait trouvés dans le bois derrière la maison et les avait enlevés, mais même démontés et donc inoffensifs, ils figuraient bien les instruments de torture qu'ils étaient avec leurs cruelles mâchoires d'acier.

Cord était en haut maintenant, la jambe prisonnière de ces griffes carnassières. Il ne pouvait pas se dégager. Et même s'il parvenait à les écarter légèrement, ces dents aiguisées se refermeraient aussitôt sur lui pour lui mordre la jambe une deuxième fois.

Seul, il ne pouvait rien. C'était à eux de jouer. A elle et à Tascoe. Deux ex-flics, deux ex-alcooliques, deux nullités.

— Deux ex-nullités, se dit-elle à mi-voix. Deux ex-nuls qui sont allés jusqu'au bout de l'enfer.

— Non, ça ne va pas se passer comme tu crois, Tascoe, reprit le caïd. T'étais pas prévu au programme, mais je vais improviser. Jette tes armes. Les deux !

Il gloussa.

— Je sais que tu portes toujours un petit canif à la cheville, se moqua-t-il. Je dépouille toujours mes ennemis, tu t'en doutes.

— Ne compte pas là-dessus, Donner. Je ne suis pas assez fou pour venir désarmé.

— Je crois que si.

Donner avança un peu. Julia le vit approcher le canon de son revolver de la petite tête blonde de Lisbeth toujours blottie contre lui.

— C'est toi ou l'enfant, Tascoe. Qu'est-ce que tu préfères ?

Dean Tascoe se pencha vers sa cheville. En grommelant, il se redressa et lança ses armes sur le perron.

— Maintenant, je vais venir devant toi comme un homme, Tascoe. Et dans une minute je vais te regarder crever comme un chien.

Julia se pétrifia. Donner ne plaisantait jamais.

Elle le vit faire un quart de tour et regarder de son côté, mais il ne la vit pas. Il déposa Lisbeth sur une chaise de rotin qui se trouvait sur le perron. La petite fille se roula en boule dans le creux du siège et se rendormit. Il avait dû la droguer.

— Maintenant, Stewart ! Sors-la de là !

Rugissant de rage, Tascoe se rua sur Donner qui descendait les marches.

Avait-il pu empoigner une de ses armes ? se demanda Julia. Mais, très vite, le vide se fit dans sa tête.

Bondissant de l'ombre, elle avala les marches du perron et arracha Lisbeth du fauteuil. Aussi vite qu'elle était montée, elle redescendit. Retentit alors le premier coup de feu, puis un deuxième et un troisième. Devant la maison, sur la pelouse, Dean Tascoe — l'ex-flic, ex-alcoolique, ex-bon à rien — s'écroula, frappé de plein fouet par les balles de Donner.

— Encore deux à descendre, railla Gary Donner à l'adresse de Julia qu'il regardait comme s'il avait toujours su qu'elle était là.

Alors que l'écho des trois premiers coups de feu mourait dans le lointain, une nouvelle détonation ébranla l'air.

Lâchant son arme, Donner porta la main à son épaule.

— Emmène Lisbeth et cours à la voiture.

Cord ! Cord était là, sur le seuil. Agrippé au chambranle. Debout dans une flaque de sang.

— Va-t'en ! Vite ! dit-il.

Affolée, Julia le regarda et courut vers l'auto comme il le lui demandait. Combien de temps allait-il pouvoir tenir ?

A toute allure, elle installa l'enfant à demi inconsciente sur le siège du passager et serra la ceinture de sécurité. Et elle démarra. Au même moment, provenant de la maison, une nouvelle détonation retentit.

Un coup de feu. « Deux possibilités, se dit-elle : soit Donner a réussi à reprendre son arme, soit Cord l'en a empêché et l'a abattu. » Mais l'heure n'était pas aux supputations. Il y avait urgence. Mettre Lisbeth à l'abri et envoyer du renfort à Cord. La ville la plus proche était Mason's Corner. Il fallait faire vite.

— Il le faut, se dit-elle alors que sa Ford sautait sur un dos-d'âne et retombait lourdement. Il le faut.

Dean Tascoe était sûrement mort, pensa-t-elle avec tristesse. Il ne pouvait avoir survécu à la rafale de balles qui lui avaient troué la poitrine.

Sur le chemin, les branches des arbres fouettaient les flancs de sa voiture. L'embranchement qui donnait accès à la route principale arriva trop vite et elle négocia mal le virage. Surprise, elle écrasa les freins. La Ford fit un tête-à-queue, se rétablit dans le bon sens et cala. Julia soupira.

Tascoe était mort en bon policier. Ce qu'il avait toujours voulu être. En mourant en héros, il regagnait son honneur perdu. Sachant pourtant ce qui l'attendait, il s'était avancé en première ligne pour laisser à Julia quelques minutes d'un temps précieux. Il lui appartenait maintenant de faire en sorte qu'il ne soit pas mort pour rien et que Cord n'ait pas souffert pour rien.

Elle remit le contact. Les yeux rivés sur la route, elle accéléra à mort. Mais elle ne voyait que deux yeux noirs noyés de douleur et la mare de sang qui s'étalait sous ses pieds.

Un homme ordinaire n'aurait pas réussi l'exploit de Cord. Mais Cord Hunter n'était pas un homme ordinaire, et cela, Donner ne l'avait pas anticipé. Tout le reste s'était déroulé comme il l'avait prévu. Tascoe avait pensé que le parrain attendait quelque chose. C'était juste. Gary Donner attendait effectivement Cord. Il savait que la police l'aurait prévenu qu'il avait semé les hommes lancés à sa poursuite et qu'il viendrait tout de suite là où était cachée Lisbeth.

Ils avaient été devinés sur toute la ligne, se dit Julia, la chair de poule lui hérissant les bras. Donner avait prévu toutes leurs réactions et dominé la situation de A à Z.

Avait-il aussi imaginé qu'elle s'enfuirait avec Lisbeth ?

Ce n'était pas le moment de se faire peur. L'homme était peut-être l'incarnation du diable, mais il n'avait quand même pas des pouvoirs surnaturels. Il avait fait des suppositions qui s'étaient révélées fondées, et c'est tout. Pur hasard. De plus, elle n'était plus qu'à quelque sept ou huit kilomètres de la civilisation. Encore quelques minutes et elles étaient sauves. D'ailleurs, si elle se rappelait bien, l'embranchement vers la ville n'allait plus tarder.

C'est alors que le volant lui échappa brusquement.

Elle perdit le contrôle de son véhicule. La Ford dérapa d'un bord à l'autre de la route, glissa sur la berme fraîchement gravillonnée.

On l'avait heurtée par l'arrière, se dit-elle en tentant de

rétablir la voiture déséquilibrée. Quelqu'un avait surgi d'un petit chemin à peine visible et l'avait poussée.

Cessant de réfléchir, elle se jeta sur la petite Lisbeth assise à côté d'elle. La Ford, dont les deux pneus arrière venaient d'éclater, commença alors une interminable série de tonneaux.

16

— Elle est consciente. Elle a même avalé un peu de glace pilée tout à l'heure.

Julia ignorait à qui Cord parlait. D'ailleurs, elle s'en moquait. Elle ne voulait pas de lui, mais elle n'avait pas la force de le lui dire. Elle voulait qu'on la laisse tranquille. Si elle se taisait, peut-être qu'ils s'en iraient tous tôt ou tard ?

C'était sans doute ce que Lisbeth avait ressenti, se dit-elle tristement. Peut-être la petite fille voulait-elle simplement qu'on la laisse tranquille ? Mais au lieu de ça, on l'avait plongée dans un monde encore plus dangereux. Donner l'avait enlevée et s'arrangerait pour ne plus jamais se faire prendre.

— Une double fracture de la jambe. Mais avec un plâtre et des béquilles, je peux trotter comme un lapin…

A qui Cord parlait-il donc ? A Lopez ?

— Je m'en veux, disait-il. J'aurais dû me douter qu'il avait tout prévu.

— Tu as été à deux doigts de l'arrêter.

La voix de Willard. C'était si surprenant qu'elle faillit ouvrir les yeux.

Que faisait son père à l'hôpital ? Un peu plus tôt elle avait entendu l'infirmière dire qu'elle n'avait que des ecchymoses et des blessures superficielles et que ses jours n'étaient pas en danger. Quelle idée avait pu germer dans la tête de son père, pour qu'il laisse tout en plan pour venir à son chevet ?

— Mais à deux doigts seulement ! Quand je l'ai vu partir, j'ai tiré, mais ma jambe m'a lâché et…

— Tu as fait ce que tu as pu. L'autre policier aussi.

— Oui, Tascoe est mort en héros. Il avait perdu son badge il y a quelques années, mais il s'est racheté.

— Je loue son courage. Grâce à lui, ma fille est en vie.

Il y avait autant d'émotion dans sa voix que s'il avait lu le bilan annuel de sa société, se dit Julia, amère. Pourquoi restait-il là ? Pourquoi ne partaient-ils pas tous les deux ?

Elle entendit son père toussoter.

— Le policier Lopez m'a expliqué qu'il réédite les circonstances dans lesquelles les membres de sa « famille » ont été tués.

— Dans le cas de Julia, il a apparemment voulu reproduire l'accident dans lequel Diane Travis a trouvé la mort et où on lui a pris son enfant.

— C'est étrange, dit Willard.

Elle l'imagina en train de plisser le front.

— Il est resté aussi près que possible du scénario qu'il avait imaginé... La femme Travis est morte dans l'explosion de sa voiture après l'accident.

— Steven en avait été extrait juste avant. Je doute que Donner chicane, maintenant qu'il a récupéré Lisbeth.

Elle entendit un bruit métallique et supposa qu'il s'agissait des béquilles de Cord.

— Pouvez-vous rester avec elle ? Je voudrais voir avec Lopez et Stamp s'il y a du nouveau.

— Bien sûr. C'est ma fille, Cord. Je resterai tout le temps qu'elle aura besoin de moi.

Elle entendit Cord sortir, la laissant seule avec son père.

Willard Stewart était un homme de devoir. Devoir et obligation. Il resterait à son chevet jusqu'à la tombée de la nuit s'il le fallait. N'était-il pas son père ?

Résignée, elle ouvrit les yeux et croisa son regard.

— Tu te réveilles, dit-il avec calme. Comment te sens-tu ?

Le ton était toujours aussi froid, mais l'homme assis à côté d'elle ne ressemblait pas au père qu'elle connaissait.

Pas rasé — elle ne l'avait jamais vu pas rasé ! —, les cheveux en bataille, la chemise mal boutonnée, attifé d'un pantalon comme il en portait seulement quand il sortait pêcher, Willard était méconnaissable. Il remua sur sa chaise et elle vit — horreur ! — qu'il avait les pieds nus dans des charentaises.

Son père avait osé sortir de chez lui et se monter en public dans cette tenue ?

— Excuse mon accoutrement, lui dit-il. On m'a téléphoné que tu avais eu un accident. Il devait être 3 heures du matin. Je suis arrivé aussitôt.

Comme elle s'agitait dans son lit, il lui tendit une coupelle avec de la glace pilée qu'elle porta à sa bouche.

— Je t'ai entendu parler avec Cord, il y a un instant. Comment… Comment est-il ?

— Comme un homme qui s'est fait prendre la jambe dans un piège. Et toi, comme une femme qui a échappé par miracle à un accident.

Une ombre passa sur le visage de son père.

— La police interroge actuellement tous les amis et connaissances de Donner et surveille les membres de son centre de l'Amitié au cas où il arriverait avec la fillette. On va la retrouver, Julia.

— Je ne crois pas, papa. Je pense qu'on l'a perdue pour toujours.

Elle regardait droit devant elle, évitant les yeux de son père.

— Je pense que *je* l'ai perdue pour de bon.

Elle avait appuyé sur le *je* pour que son père comprenne bien.

— Cord et Dean Tascoe ont fait tout ce qu'ils ont pu. Même King a donné sa vie pour elle. Il n'y a que moi… Je n'aurais jamais dû en prendre la responsabilité.

— Ne dis pas ça, ce n'est pas juste.

— Si, le coupa-t-elle. J'ai vu Donner. Je l'ai vu. Tu ne le savais pas, ça. Je n'ai pas tout de suite perdu connaissance. Je me rappelle m'être cogné la tête contre la boîte à gants, mais j'ai vu que Lisbeth était en vie et c'était tout ce qui comptait.

Elle fixa son père qui l'écoutait avec attention et tendit la main pour reprendre un peu de glace.

— Je me suis demandé comment l'accident avait pu arriver, et puis j'ai vu la porte du passager s'ouvrir et je me suis dit qu'on avait de la chance qu'on vienne nous secourir si vite.

— Inutile de revivre tout cela, Julia. Repose-toi. Tu as besoin de calme.

— Mais c'était Donner.

Elle tordit le drap dans ses mains

— C'était Donner qui me regardait en riant. Il riait comme quelqu'un qui est content de son coup. J'avais mon Ruder sur moi, mais je ne pouvais pas l'attraper.

— Et pour cause, tu t'étais démis l'épaule.

— Et j'avais du sang qui me coulait dans les yeux. Et sur le T-shirt de Lisbeth. J'ai essayé de la retenir, mais il tirait très fort et je n'ai pas pu. Et il l'a kidnappée. Je… je l'ai perdue, papa. Elle n'est plus là et c'est à cause de moi.

« Et la bôme a empanné et l'a cogné, Cord ! »

Julia ferma les yeux et les serra très fort pour tenter de refréner l'accès de panique qui la submergeait.

— J'appelle l'infirmière, dit son père de sa voix cassante. Il faut que tu te calmes, Julia. Tu ne peux pas te reprocher le machiavélisme d'un malade mental.

Son père avait toujours été mal à l'aise pour exprimer ses sentiments. Il n'aimait pas les démonstrations d'affection. Ce n'était pas sa culture, il était trop réservé pour se laisser aller à ces attitudes de faibles, comme il le disait lui-même autrefois. Et là, il était mal à l'aise. Sous son bronzage perçait la pâleur, et dans ses yeux se lisait la gêne.

Soudain, bravant les règles de conduite tacitement instituées entre eux, elle se rebella.

— Je ne suis pas malade, papa. Je n'ai pas besoin d'infirmière. J'étais responsable de la vie de cette enfant et j'ai tout raté. Ça ne sert peut-être à rien de revivre les minutes où Donner l'a kidnappée, mais c'est plus fort que moi… Je les revivrai jusqu'à la fin de mes jours.

Eberlué par son excitation, Willard posa la main sur son bras, mais elle la repoussa.

— J'aurais dû dégainer, j'aurais dû me douter qu'il me guettait et me tendrait un piège. J'aurais dû mourir plutôt que de le laisser l'emmener.

Elle n'était plus qu'un cri silencieux. Qu'une envie de hurler son chagrin, son remords, son échec. Son envie de mourir.

«… et le bout lui a filé entre les doigts et elle s'est mise à crier, à crier… »

— Non !

Son père s'assit sur le lit, tout près d'elle, et la fixa de ses yeux gris.

— Non, Julia ! répéta-t-il.

Elle le regarda, égarée.

— J'aurais dû me rappeler, papa ! Il m'avait dit de mettre les gilets de sauvetage dans le bateau, et j'ai oublié ! Davey s'est noyé par ma faute et… Et tu le sais. Tu le sais et tu ne m'as jamais pardonné. C'est moi qui aurais dû mourir, pas lui !

Leurs regards se soudèrent. Le visage de son père était gris. Il remuait les lèvres mais aucun son n'en sortait, comme si pour une fois la phrase de circonstance lui échappait.

Julia, en plein désarroi, se passa la main sur le front.

— Je suis désolée, papa.

— Mon Dieu ! Qu'ai-je fait ? murmura son père. Mon Dieu ! Tu te reproches la mort de Davey depuis tout ce temps ? Mais c'est moi qui l'ai tué, Julia. J'ai retiré le gilet du bateau ! Ce n'était pas ta faute ! Ça n'a jamais été ta faute.

Dans le couloir de l'hôpital, une voix appelait un médecin d'urgence. A travers son dessus-de-lit en coton léger, la glace qui avait fondu lui mouillait les cuisses. Quelqu'un lui avait déjà apporté des fleurs… Des bleuets et des marguerites, comme ceux qui poussaient autour de la maison au bord du lac. Elle ne les avait pas encore remarqués.

— Tu… C'est toi qui avais enlevé le gilet ?

Ce n'était plus sa voix, c'était celle d'un fantôme.

— Je l'avais enlevé le soir d'avant. Je m'étais souvenu

qu'il y avait un accroc dans l'un d'eux et j'avais l'intention de le réparer.

Son père avait la tête penchée et les mains jointes sur ses genoux.

— Ils étaient tous les deux dans le *Sunfish* quand je suis allé le prendre, tard, ce soir-là.

— Alors, ce n'est pas moi qui…

Elle porta son poing à sa bouche.

— Alors, je n'avais pas oublié ! Je les avais bien mis dans le *Sunfish* comme Davey m'avait dit. Ce n'est pas… Ce n'est pas…

— Non, ce n'est pas ta faute. Mon Dieu ! De toute façon, ce n'était pas ta faute, Julia. Même si je n'avais pas retiré le gilet du bateau, ça n'aurait pas été ta faute. Tu étais une petite fille, Julia. Une toute petite fille ! Mais moi j'étais, je suis le père de Davey, et mon fils s'est noyé à cause de ma négligence.

— Tu ne pouvais pas savoir…

— Je vous ai vus partir tous les deux à bord du *Sunfish*, ce matin-là ! s'écria un Willard Stewart détruit. Je vous ai regardés partir, et j'ai oublié que j'avais enlevé le gilet de sauvetage ! J'étais juste ennuyé que Davey t'emmène avec lui sans la présence d'un adulte à bord. J'étais sur la terrasse et je vous suivais à la jumelle, et je l'ai vu passer par-dessus bord. J'ai vu mon fils mourir, Julia ! Et je vis depuis avec cet horrible sentiment de culpabilité.

— Je croyais que tu m'en voulais.

Pleurant à moitié, elle chercha son regard.

— J'ai essayé de prendre sa place, de faire comme lui, aussi bien que lui pour m'attirer ton amour. Je suis devenue encore meilleure que lui en plongée, j'ai choisi le tir à l'arc parce qu'il excellait dans ce sport…

— J'étais fier de Davey. Quel homme n'est pas fier du fils dans lequel il se reconnaît ? Mais toi, Julia…

Pour la première fois de sa vie, Willard Stewart lui caressa les cheveux.

— Toi, je t'ai adorée dès la seconde où j'ai posé les yeux sur toi.

Sa main tremblait sur ses cheveux et sa voix était basse et suppliante.

— Tu étais ta mère. Mais ta mère avant que son mariage avec moi ne la détruise. Tu étais un trésor pour moi, et je savais que je ne te méritais pas. Je savais que tu ne me pardonnerais jamais si tu découvrais un jour que j'étais responsable de la mort de ton frère. Mais, crois-moi, si je m'étais douté un seul instant que tu portais ce fardeau depuis toutes ces années…

Sa phrase mourut dans le silence. Il laissa sa main retomber.

Julia ne dit rien. Cord lui avait toujours dit qu'elle ressemblait beaucoup plus à son père qu'elle ne l'imaginait. Maintenant, elle s'en rendait compte elle-même. Ce qu'elle avait pris pour de la froideur de sa part n'était, en fait, que de la peur. La peur, s'il avouait ce qui s'était passé, de voir sa fille s'éloigner de lui pour toujours. Il avait donc choisi de la tenir à distance, plutôt que de risquer d'être repoussé s'il s'ouvrait à elle complètement.

— Voilà, tu me l'as dit, maintenant, dit-elle doucement.

— Oui. Et je mesure le mal que je t'ai fait en te cachant la vérité. Tu n'as rien à te reprocher au sujet de Lisbeth, ma Julia.

— Peut-être as-tu raison ? Mais cela ne change rien au problème, papa : elle est entre les mains de Donner et je dois la lui reprendre.

Il la regarda, soudainement affolé.

— Non ! Laisse faire la police. Ce monstre a déjà failli te tuer une fois…

— S'il y a quelqu'un qui devrait comprendre, c'est toi.

Elle lui tendit la main, et il la serra dans la sienne.

— Tu aurais donné ta vie pour sauver Davey, je le sais. Non par sentiment de culpabilité, ni pour tuer ton chagrin, mais parce que tu l'aimais. Eh bien moi, j'aime cette petite fille, papa. Elle compte pour moi. Pour Cord et moi.

— Mais tu ne sais même pas où est Donner ! protesta-t-il. Il a disparu de la circulation, comment veux-tu arriver à le retrouver ?

— Qu'as-tu l'intention de faire pour le retrouver ?

Cord se tenait dans l'embrasure de la porte.

Quand elle le vit, son cœur se serra. Elle avait failli le perdre. Il représentait tout pour elle, son passé, son présent, son futur... Et elle l'avait presque perdu. Il n'était pas question qu'elle prenne de nouveau un tel risque.

— Je ne vais pas le trouver, Cord, répondit-elle. *Nous* allons le trouver tous les deux. Je ne sais pas comment, mais je te jure que nous ramènerons Lisbeth saine et sauve.

Cord chercha son regard et lui sourit.

Bouleversée par la tendresse de ce sourire, elle sentit les larmes lui monter aux yeux.

« Je suis ridicule », se dit-elle sans le quitter des yeux, en écrasant une larme sur sa joue.

— Par où veux-tu commencer ? demanda Cord.

— Lopez a-t-elle parlé à Susan...

A cet instant la sonnerie du téléphone retentit sur sa table de chevet.

— Veux-tu que je réponde ? proposa son père. Ce n'est sûrement pas pour toi, personne ne sait où tu es.

Il allait décrocher, mais Julia l'arrêta.

— Non !

Elle savait qui appelait. Elle le sentait. Cord la regarda et elle comprit que lui aussi avait deviné.

— Salut, Julia. Comment va la tête ?

Le ton sympathique, décontracté... Elle resta un instant sans voix, puis elle ferma les yeux, luttant contre la nausée qui lui soulevait le cœur. Elle entendit son père inspirer très fort et, comme elle relevait les paupières, vit le visage blême de Cord.

— Il y a quelqu'un ici à qui tu aimerais sûrement parler. Hélas, elle est muette. Tu sais, passer son temps avec une gamine de cinq ans qui ne dit pas un mot, ça finit par devenir ennuyeux.

— Que les choses soient claires, Donner.

Julia empoigna le téléphone et le serra si fort que ses jointures devinrent blanches.

— Si vous touchez un seul de ses cheveux, je dis bien un seul, je vous pourchasserai jusqu'à la fin des temps. Et là, je vous laisse imaginer...

Sa voix tremblait de fureur.

— Je ne vous lâcherai pas, Donner. Je serai votre cauchemar vivant

— N'empêche que j'ai l'enfant et que la chance est de mon côté, grinça Donner à l'autre bout du fil.

Elle l'entendit soupirer d'impatience.

— Je pense que tu as fini par comprendre ce que tout ça signifie ?

— Vous avez perdu quatre membres de votre « famille » il y a quelques années, et vous voulez vous venger. Paul est mort, Sheila est morte. Il en reste deux : Cord et moi.

Sa voix se durcit.

— Et Lisbeth est Steven, le fils qui vous a été retiré. Mais je n'accepterai aucun marchandage en ce qui la concerne.

— Je vais revoir mes exigences à la baisse. Une gamine comme ça, c'est trop d'obligations. C'est Hunter que je veux. C'est lui qui est derrière ce qui est arrivé aux miens. Je te la rendrai si tu me donnes Hunter.

Julia réfléchit très vite.

— Vous me le promettez ? Vous en êtes sûr ?

— Absolument, je suis...

Il s'interrompit et elle l'entendit inspirer.

— Il est avec toi en ce moment ?

— Oui.

— Tu vas me proposer de te rendre à sa place, j'imagine.

Le parrain était perspicace !

— Te perdre serait pire pour lui que mourir lui-même. Tu vois, je suis bien informé sur vous deux. Je sais combien il t'aime.

— C'est vrai de mon côté aussi.

— Je comprends. En fait, non, je ne comprends pas, mais j'ai bien entendu ce que tu m'as dit. Tu es prête à te livrer à sa place et à la place de l'enfant. Je suis un grand sentimental et sans doute un fou, aussi j'accepte.

— Où se retrouve-t-on pour l'échange ? demanda-t-elle.

— J'ai une idée. Pour te faire payer le mal que tu m'as donné hier soir, tu vas deviner où on se retrouve. Tu as deux heures. Lisbeth et moi, on t'attend.

Il raccrocha.

— Qu'a-t-il dit ? Il est d'accord pour un échange ? dit Cord en équilibre près d'elle sur ses béquilles.

— Il accepte de nous rendre Lisbeth. Il dit que c'est trop d'obligations. Je suppose que la chasse à l'homme de Lopez a fini par l'inquiéter, déclara Julia.

Elle le regarda, inquiète.

— Il nous donne deux heures pour le rejoindre, mais il a refusé de me dire où il se cache.

17

— Encore un jeu diabolique de Donner, déclara Julia en ouvrant la portière à Cord.

S'installant au volant de la voiture de son père — la sienne avait rendu l'âme à la suite des tonneaux —, elle démarra.

— C'est un manipulateur, répliqua Cord. Comment va-t-on faire, en deux heures, pour mettre la main dessus ?

— A nous de nous montrer aussi intelligents que lui. Je veux dire : de penser comme lui.

— C'est un malade mental.

— Absolument. Il nous teste, pour nous prouver qu'il nous est supérieur.

— Attention ! s'écria soudain Cord. Tourne à gauche.

Ordre superflu. Elle avait déjà obliqué vers la bretelle de sortie de l'autoroute.

— Pourquoi sors-tu là ? dit-il.

— Les débris de coquillages dans le tapis de Jackie.

— On a fait le même raisonnement. Il se terre dans la maison du lac, dit Cord. Je t'interdis de t'approcher de lui.

— Il veut négocier avec moi. On n'a pas beaucoup de marge de manœuvre, Cord. L'important, c'est de récupérer Lisbeth.

— Toi aussi, c'était important de te ramener, et on a réussi.

Elle le fixa droit dans les yeux.

— Oui, et je jure que plus rien ne m'éloignera de toi dorénavant.

— J'aurais aimé que tu voies ton père quand il est arrivé à l'hôpital cette nuit. Il était dans tous ses états. Il t'aime, tu sais.

— Je sais. On a parlé, aujourd'hui. Je crois que c'était la première fois de ma vie qu'on se disait quelque chose. Quand tout sera fini, je te raconterai.

— Ça me fait plaisir de l'entendre.

— Je t'aime, Cord, lui déclara-t-elle brusquement. Peu importe ce qui s'est passé autrefois, je t'ai toujours aimé. Toujours.

— Moi aussi, je t'aime, mon ange.

Sa voix était un nuage. Ses yeux, du velours.

— Dois-je comprendre que tu es venue à bout de tes démons ?

— Disons qu'ils ne me feront plus jamais mal comme avant.

Elle mit son clignotant et prit la direction du lac.

— Je me méfie toujours de Donner, dit Cord. Mais avec ma jambe de bois, je te suis plus un boulet qu'une aide.

Incroyable, il trouvait assez d'humour en lui pour plaisanter !

— Je ne sais pas ce qu'il mijote, bougonna-t-il, mais ça m'étonnerait qu'il nous rende Lisbeth et nous laisse repartir sans contrepartie. Ce n'est pas son style.

— Il ne va pas nous laisser repartir. Il va te laisser repartir avec elle, mais il va me garder.

— C'est hors de question, ma chérie.

Elle le regarda. Il semblait très mécontent.

— On vient d'en parler, Julia. J'avais cru comprendre que tu avais cessé de te culpabiliser…

— Ce n'est pas par sentiment de culpabilité ou pour expier une quelconque faute que j'ai pris cette décision, l'interrompit-elle. Mais pour mettre le maximum de chance de notre côté. Il faut sortir Lisbeth vivante. Mais ne t'en fais pas, je n'ai pas l'intention de me faire tuer.

— Tu te doutes bien qu'il va commencer par s'assurer que nous ne sommes pas armés. Il va faire comme avec Tascoe, hier soir. Tu es folle, Julia. Comment veux-tu gagner contre quelqu'un comme Gary donner ?

— Je ne sais pas ! Ce dont je suis sûre, c'est que j'ai plus de chances de m'en tirer que toi, vu ton état. Tu t'es regardé ?

Ils venaient de dépasser la maison où Cord avait vécu autrefois et n'étaient plus qu'à quelques minutes du lac. Il lui restait peu de temps pour le convaincre.

— De toute façon, j'ai conclu un marché avec Donner, dit-elle. C'est moi qu'il…

— Je ne veux pas le savoir ! C'est moi qu'il veut. Il a toujours voulu me coincer. C'est moi qu'il trouvera.

Son regard se voila de tristesse.

— Comment pourrais-je survivre si je te perdais ? Comment pourrais-je me regarder en face ?

— Et moi, Cord ? Que deviendrais-je sans toi ?

Sa vision se brouilla, et elle faillit rater le dernier embranchement vers la maison du lac.

Ils étaient arrivés en vue de la maison. Elle se gara discrètement sur l'herbe et se tourna vers lui. Furtivement, elle écrasa une larme sur sa joue.

— Tu n'as pas la moindre chance. Il te tuera. Et moi, je ne pourrai pas vivre sans toi.

Lisant le désarroi dans ses yeux, il se pencha vers elle et l'enveloppa de ses bras.

— Si par hasard je ne m'en sortais pas, sache que je serai toujours avec toi. Notre amour, quoi qu'il fasse, Donner ne nous le prendra jamais.

— Mais je ne veux pas de ça ! protesta-t-elle, la voix blanche. Je ne veux pas voir ce maudit aigle sur le rebord de ma fenêtre, la nuit. C'est toi que je veux !

Elle scruta son visage et vit qu'elle ne gagnerait pas. Quand Cord Hunter avait quelque chose en tête, il n'en démordait pas.

— Mais… tu m'as, affirma-t-il. Je suis à toi. Je n'ai jamais été qu'à toi.

Cédant à un élan, il lui prit les lèvres et l'embrassa avec fougue. C'était comme s'il avait voulu emporter avec lui une part d'elle. Comme s'il savait qu'il ne reviendrait pas et, avant de s'enfoncer dans le noir…

De ses doigts fiévreux, elle le caressa, le palpa. Visage, cheveux, poitrine…

Soudain, Cord la repoussa et la regarda avec une immense tristesse, comme s'il lui disait un dernier adieu.

— Allons jusqu'à la maison, dit-il. On laisse ton Ruder sous le siège. Le téléphone des Whitefield a été réparé et Mary et Frank sont là avec les enfants.

Il vit son air surpris.

— Comme toi, Frank n'a été blessé que superficiellement. Mary et lui ont décidé de réintégrer la maison ce matin pour ne pas déstabiliser davantage les enfants. Ils tiennent à ce que leur vie retrouve un cours aussi normal que possible.

— Parfait. Je leur remettrai Lisbeth et j'appellerai Lopez pour qu'elle envoie du renfort, dit Julia. Ensuite…

— Tu attendras le renfort. Le Ruder, c'est seulement si ça tourne mal et qu'il faille te défendre. Tu as compris ? Si Donner nous descend tous les deux, que deviendra Lisbeth ? Elle est déjà orpheline de père et de mère.

Il avait raison, il n'y avait pas à argumenter.

Elle passa une vitesse et redémarra sans bruit pour ne pas attirer l'attention du parrain enfermé dans la maison. Arrivée tout près du perron, mais hors de vue, là où elle avait toujours garé sa Ford, elle coupa le moteur.

— Ton Ruder sous le siège, répéta-t-il en descendant tant bien que mal de voiture. Moi, je prends mon arme, sinon ça lui paraîtrait suspect.

Ils sortirent dans le soleil, et la lumière éclatante du lac leur parut incongrue. L'été avait fini par pointer son nez.

— Eh bien, vous avez trouvé ! lança un Donner guilleret, debout sur le perron. Allons discuter près de la rocaille. Ça a dû être beau ici du temps où ton père l'entretenait. Mais après la mort de Davey, j'imagine qu'il a tout laissé tomber ?

— Sans doute, répondit-elle. Mais c'est le passé, tout ça, Gary. Nous sommes ici pour Lisbeth.

Elle nota qu'il n'avait pas apprécié qu'elle l'appelle par son prénom. Le caïd avait donc lui aussi ses points faibles ?

— On a changé nos plans, dit-elle. On a décidé…

Montrant d'un signe de tête Cord qui avançait péniblement sur ses béquilles, Donner acheva la phrase.

— Que c'est lui qui restera en échange de la gosse. Et pas toi, Julia.

Donner fit une mimique amusée. L'homme avait du charme quand il souriait. Combien de malheureux s'étaient-ils laissé prendre à sa fausse bonhomie ?

— Je me doutais que vous alliez combiner quelque chose comme ça. Pas de problème. C'est toi que je tuerai, Hunter.

Ce n'était pas la réaction à laquelle elle s'attendait. Cord et elle avaient imaginé qu'il faudrait le convaincre. Ce n'était pas le cas.

Elle croisa son regard et nota la couleur de ses yeux, verte comme celle du lac qui s'étendait en contrebas.

— Ne perdons pas de temps, reprit-il. Hunter, jette tes armes.

— Je n'en ai qu'une.

Avec beaucoup de mal, Cord sortit son pistolet automatique de son holster et le tendit à Donner.

— Parfait. Je vais chercher Lisbeth.

Il fit un clin d'œil à Julia.

— Tu croyais que c'était un piège ? Non, je suis un homme de parole. Attendez ici, j'en ai pour une minute.

— Dès qu'il l'aura ramenée, enfermez-vous dans la voiture et filez, dit Cord. C'est un truand, et… Je ne sais pas, mais je le trouve étrange aujourd'hui. Il doit mijoter un sale coup.

Ils se turent. Comme l'absence de Donner s'éternisait, ils commencèrent à s'impatienter.

— Qu'est-ce qu'il fabrique, bon sang ? jura Cord. Si…

— Elle est encore groggy, la pauvre chérie, mais je crois qu'elle sera contente de retrouver les bras de sa taty Julia.

Surprise, Julia releva la tête.

Donner arrivait, l'enfant raide de peur dans les bras.

— Lisbeth ! s'écria Julia en se précipitant sur eux.

Sans attendre davantage, elle arracha la fillette des bras de son ravisseur.

— Lisbeth ! Mon bébé !

Les yeux fermés, elle posa le menton sur la tête de l'enfant et huma ses cheveux en refoulant ses larmes comme si cette odeur était le parfum le plus précieux du monde. Autrefois, elle se disait qu'elle ne voulait pas d'enfants parce qu'elle ne se sentait pas assez forte pour les protéger. Aujourd'hui, elle avait un enfant — le plus merveilleux cadeau que Sheila lui ait offert — et elle savait qu'elle trouverait l'énergie et la force nécessaires pour l'élever.

— N'aie pas peur, mon bébé. Je vais te ramener à la maison, murmura-t-elle dans les cheveux de l'enfant. On va à la maison, Lisbeth.

— Laisse-moi la voir, demanda Cord.

Il sourit.

— Mes deux amours, chuchota-t-il. Mes deux anges.

Un nuage de désespoir passa devant ses yeux et il soupira.

— Installe-la dans la voiture et partez. Je ne serai tranquille que quand je vous saurai loin d'ici.

— Attends ! Je n'aurais pas oublié de vous dire que j'ai changé mes plans ?

Donner hocha la tête, l'air marri.

— Désolé, Hunter. Julia peut partir, mais la petite chérie reste ici avec nous. Pose-la aux pieds de son oncle Cord avant de t'en aller, Julia. Et si par hasard tu avais la mauvaise idée de vouloir l'emmener avec toi comme tu as fait hier soir, rappelle-toi que je suis le seul ici à être armé. Ce n'est pas toi que je viserai la première mais la gosse.

— J'avais raison, c'était faussé dès le départ, lança Julia en serrant le petit corps tiède contre elle.

— Laisse-les partir, Donner, implora Cord, le visage défait. Quelle que soit la mort que tu me réserves, je l'accepte, mais laisse Julia et Lisbeth en liberté.

— Tu mourras comme je l'ai décidé, Hunter, quoi qu'il arrive. Mais je t'aurais cru plus malin que ça ! Je ne pensais pas que tu confierais la vie d'une gamine à un ange gardien déchu.

Gary Donner fit une grimace horrible.

— J'ai eu accès à son dossier récemment, et depuis je n'ai plus la moindre confiance en elle. Soit dit sans t'offenser, Julia ! La preuve, hier soir Lisbeth était avec toi et j'ai réussi à la kidnapper. Sachant cela, j'hésiterais à la laisser sous ta surveillance. D'ailleurs, Cord doit se demander…

— Je n'ai jamais douté d'elle, rétorqua Cord. Aujourd'hui comme hier, elle a toute ma confiance. Il n'y avait qu'une petite fille dont tu n'avais pas pris soin, ma chérie, mais je sais qu'aujourd'hui elle est arrivée à bon port et qu'elle va bien. N'est-ce pas ?

Il soutint le regard de Julia qui ne pouvait pas détacher les yeux des siens. Il y avait dans ses yeux noirs toutes les années qu'ils avaient vécues ensemble et l'éternité qu'ils partageraient par l'esprit si leurs vies devaient s'arrêter là.

Elle sentit se dénouer les derniers liens qui l'attachaient encore à son passé tragique. Cord lui accordait sa confiance pour ramener Lisbeth saine et sauve. Et elle s'en savait capable.

« Bye-bye, Davey, pensa-t-elle dans un élan d'amour. Souhaite bonne chance à ta petite sœur. »

— Oui, Cord, elle est arrivée à bon port et elle va bien. Elle fait partie de moi maintenant, et avec elle je me sens assez forte pour veiller sur Lisbeth.

— Qu'est-ce que vous racontez ? tonna Donner.

— Vous ne comprendriez pas, répliqua-t-elle.

— Pose la gosse, ordonna le parrain en levant son arme, le doigt sur la détente. Tu as déjà tout raté une fois, Stewart, cette fois, tu vas tout perdre pour de bon, tous ceux que tu aimes.

— Maintenant, Julia. Cours !

En même temps qu'il criait à Julia de se sauver, Cord, s'aidant de ses béquilles, se jeta sur le caïd.

Julia eut le temps de voir l'arme de Donner voler en l'air et les deux hommes s'empoigner et tomber à terre. Lisbeth dans les bras, elle dévala le chemin jusqu'à la limousine que lui avait prêtée son père.

Donner était le diable fait homme. Il allait tuer Cord. Sa seule chance de le sauver, c'était de faire vite. D'abord, il fallait mettre Lisbeth à l'abri, puis revenir ici le plus vite possible. Elle allait rompre la promesse faite à Cord, mais tant pis, elle retournerait à la maison du lac sans attendre de renfort.

Tout en courant, elle chercha ses clés dans sa poche. Presque arrivée à la voiture, elle les laissa tomber et posa Lisbeth par terre pour les ramasser.

— Viens, dit-elle à l'enfant en lui prenant la main. Il faut qu'on coure.

Mais l'enfant était lente. Julia se baissa pour la reprendre dans ses bras. Serrée contre elle, la petite fille la regarda fixement. Ses jolis yeux bleus avaient retrouvé leur vivacité et ses cheveux blonds, presque roux, leur soyeux.

— Le méchant monsieur a mis une chose sous l'auto, taty Julia.

Julia se pétrifia.

— Je vais pas dans l'auto. Il voulait te faire mal.

Julia regarda le visage l'enfant, grave, presque buté.

— Il a mis quelque chose sous l'auto, ma bichette ?

— Oui, il est allé dessous. Il était dans l'herbe sur le dos. Ensuite il est ressorti et il a ri. On ne va pas dans cette auto, taty Julia.

— Tu as raison, on ne va pas y aller.

L'enfant, c'était certain, n'avait pas inventé cette histoire. Elle avait vu cela, et grâce à elle, deux nouvelles vies allaient peut-être être épargnées.

— Donne-moi la main, ma puce. On va jouer un tour au méchant monsieur. On va lui faire croire qu'on est parties dans l'auto. D'accord ?

— Alors il laissera oncle Cord partir ?

L'inquiétude de Lisbeth bouleversa Julia.

— Je ne crois pas. Je pense qu'il va falloir que je revienne le chercher, ma chérie. Allez, on court. On va se cacher dans le bois toutes les deux.

Donner devait se demander pourquoi il n'avait pas encore

entendu d'explosion, se dit Julia en se retournant pour regarder la maison des Whitefield.

Accrochée à sa main, Lisbeth multipliait les petites enjambées. Que de fois, enfant, elle avait emprunté ce chemin...

— Voilà, ça suffit comme ça. On s'arrête.

La limousine était toujours en vue. Julia pointa la commande de contact à distance vers la voiture, redoutant cependant que l'éloignement ne permette pas au faisceau d'atteindre l'œil électronique.

— Bouche-toi les oreilles, Lisbeth.

Elle pressa le bouton, et la voiture démarra sur-le-champ dans le ronflement sourd de son moteur huit cylindres tournant avec la régularité d'un coucou suisse.

Soudain retentit un *boum* tonitruant, immédiatement suivi d'une épaisse fumée provenant de la voiture, d'où s'élevait une boule de feu crépitante. Une deuxième puis une troisième explosion déchirèrent l'air.

« Le réservoir d'essence a explosé », se dit Julia, fascinée par les flammèches qui retombaient de la cime des arbres.

Un cri strident comme elle n'en avait jamais entendu retentit alors depuis la maison. Un hurlement sauvage, viscéral, comme si l'on avait arraché ses entrailles à un homme.

Epouvantée, elle serra la main de Lisbeth si fort que la fillette se mit à gémir.

Cord ! Il avait entendu l'explosion et les croyait mortes.

Elle ne pouvait rien faire pour le prévenir. Il fallait d'abord mettre Lisbeth à l'abri. Elle devait les laisser croire encore un peu, lui et Donner, qu'elles étaient mortes.

— C'est comme Noël, dit la petite Lisbeth, émerveillée par les escarbilles scintillantes.

« Grâce au ciel, elle n'a pas entendu Cord crier », se dit Julia, émue par la petite fille si fragile dans son T-shirt déchiré et ses baskets sales. N'empêche, sous l'apparente fragilité se cachait une enfant solide. Bon sang ne saurait mentir !

Pour autant, l'heure n'était pas aux élucubrations. L'assassin risquait de venir vérifier son travail, et elle n'avait pour se défendre qu'un bout de métal qui avait dû fondre dans l'explosion de ce qui avait été la luxueuse Lexus de son père.

Donner n'avait jamais eu l'intention de les laisser partir, ni les uns ni les autres. Son père avait eu raison : Donner collait au plus près du scénario psychotique qu'il avait écrit dans sa tête. Diane Travis n'avait pas été tuée dans l'accident, elle était morte dans l'explosion qui avait suivi. Sheila avait été tuée d'une balle, Paul frappé de plusieurs coups de couteau.

Son destin à elle était de mourir dans une explosion, se dit-elle. Et Cord…

Le quatrième et dernier membre de la « famille » Donner, et selon des témoins le plus aveuglément dévoué à son père, était Rickie Dee Morris. Et Rickie Dee Morris avait choisi pour lui la mort la plus folle.

Il s'était élancé au volant de sa voiture du dernier étage d'un parking.

C'était la mort que Donner avait prévue pour Cord, pensa Julia. Cela lui laissait donc un peu de temps, car il n'y avait pas à cinquante kilomètres à la ronde de garage assez haut pour lui permettre de mettre son forfait à exécution. Le temps qu'il conduise Cord dans le lieu approprié, elle aurait le temps d'alerter Lopez, et celle-ci aurait le temps de faire dresser des barrages.

— Il y a oncle Cord et le méchant monsieur, murmura Lisbeth.

Julia regarda le brasier et vit, derrière la voiture qui se consumait, Cord qui boitait vers le sinistre, suivi de Donner qui le rattrapait sans difficulté. Elle vit celui-ci lancer un objet vers Cord. Heurté à la tête, déséquilibré, il tomba lourdement, entraînant ses béquilles dans sa chute.

— Regarde, taty Julia, regarde l'oiseau, lui dit l'enfant en la tirant par le bras.

— Pas maintenant, ma chérie.

Donner avait ouvert les portières de sa voiture et, penché sur Cord toujours affalé dans l'herbe, il essayait de le relever. Sans doute se préparait-il à l'emmener vers sa funeste destination.

— Il nous regarde, taty Julia. Il veut qu'on le suive, insista Lisbeth.

— Chut, ma chérie. Il ne faut pas faire de bruit. Je veux voir où va l'auto.

S'il tournait à droite, il s'engageait sur l'autoroute. S'il prenait à gauche, il traverserait plusieurs petits hameaux avant de trouver une grande ville.

Les yeux fixés sur le carrefour, Julia attendit, mais rien ne vint. Elle entendait pourtant la voiture…

Méfiante, elle se hissa sur la pointe des pieds pour épier à travers le feuillage. Au bout du chemin, sur la droite, démarrait un sentier à peine carrossable qui traversait la propriété en direction du lac. Il lui sembla qu'au loin brillait une carrosserie. Donner s'était-il trompé de route ? Il n'aurait pas fait une erreur aussi grossière. S'il avait pris ce sentier, c'est qu'il avait une raison. Mais laquelle ? Le sentier devait se terminer en cul-de-sac et…

Elle étouffa un cri. La falaise. Là-bas, il y avait une falaise que les locaux appelaient…

— Mon Dieu ! Il l'emmène au Saut de la Vierge !

Elle crut qu'elle allait s'évanouir.

— Regarde, taty Julia, il essaie de nous dire quelque chose.

Julia suivit le regard de Lisbeth et se pétrifia.

— J'ai jamais vu un oiseau aussi gros. C'est quoi, taty Julia ?

— Un… un aigle doré, dit Julia à mi-voix. Moi non plus, je n'en ai jamais vu d'aussi grand.

L'oiseau était perché sur un arbre tombé à terre, et ses griffes entaillaient l'écorce. Elle le vit se redresser, se déployer comme pour prendre son élan avant l'envol. Penchant la tête vers elles, il découvrit la tache dorée qu'il avait sur le cou et qui lui donnait son nom.

— Cord ? murmura Julia, tellement bas qu'elle se demanda si elle avait vraiment parlé.

L'oiseau tourna sa tête dorée vers elles, et ses yeux noirs pailletés d'or et de vert happèrent son regard.

— Non, ce n'est pas possible, souffla-t-elle, la main sur la gorge.

Les cris des enfants Whitefield résonnaient dans le lointain. Mary appelait Frank. Ils avaient dû entendre l'explosion et voir la fumée. Ils allaient sortir pour regarder. Lisbeth… Avec eux, elle serait en sécurité.

L'oiseau prit son envol et resta à tournoyer au-dessus de leurs têtes avant de piquer à deux mètres à peine de Lisbeth.

— Tu ne crois pas qu'il veut qu'on le suive ? dit la fillette.

L'oiseau fit une boucle dans le ciel, poussa un cri étrange et vint se poser si près de l'enfant qu'elle lui caressa la tête. L'oiseau poussa de nouveau un cri, s'envola, plana quelques secondes, redescendit en piqué pour se poser près de l'enfant. Mi-voletant, mi-sautillant, il restait près d'elle.

— Oui, je crois qu'il veut que tu le suives, ma chérie. Il va t'emmener voir Mary et Frank. Tu ne les entends pas ? L'aigle va t'accompagner. Il ne veut pas que tu aies peur.

— J'ai pas peur, taty Julia.

Lisbeth se leva. L'oiseau fit quelques pas de côté comme s'il attendait l'enfant.

— Mais tu ne viens pas avec nous, taty Julia ?

— Je viendrai plus tard, ma poulette. Raconte à Mary et Frank ce qui est arrivé et dis-leur que je suis partie chercher Cord, d'accord ?

Lisbeth partit en courant vers le gros oiseau. Julia qui les suivait des yeux le vit voleter vers le bois et se poser. Dans un instant, Lisbeth serait en sécurité avec les Whitefield.

Julia hésita un moment puis se tourna vers la maison.

Elle n'avait pas d'arme. Il lui en faudrait une, pourtant. Mais où la trouver ? Son père n'avait jamais été chasseur, et le père de Cord était revenu du Viêt-nam avec une aversion pour les armes. Elle ne l'avait jamais vu tuer, sauf une fois un lièvre qui errait sur la propriété. Il avait alors pris son arbalète dans la remise et…

Se rappelant ce jour-là, elle fila vers la resserre où Jackson Hunter remisait ses outils. Cela faisait des années qu'elle n'y avait pas remis les pieds, mais elle se souvenait de l'endroit où il rangeait son arbalète.

Mais peut-être l'avait-il emportée ou était-elle rouillée depuis tant de temps ? Peut-être aussi ne saurait-elle pas s'en servir ?

Elle cessa de supputer. Mieux valait agir. Elle avait juste le temps d'arriver à la falaise avant que Donner ne mette son funeste plan à exécution, et elle avait une arme à trouver. Compte tenu de l'état du chemin, il fallait dix minutes pour y accéder en voiture. Elle, à travers champs, elle mettrait moitié moins de temps.

La remise était fermée. Qu'à cela ne tienne ! Elle recula de quelques pas, prit son élan et s'élança contre la porte vermoulue qui céda sous la poussée.

Quelques secondes pour accommoder, et elle commença à distinguer les objets stockés dans la pénombre. Au fond, sur l'établi, il y avait un paquet plat enveloppé d'une toile cirée. Pas d'erreur possible, c'était l'arbalète.

Sans perdre une seconde, elle sortit et la déballa dans l'herbe. Elle était complète, avec son arc, son étrier, sa noix et sa flèche. Pour les arbalètes, on ne disait pas flèche, on parlait de carreau, lui avait appris Jackson Hunter.

Elle n'en avait jamais utilisé, mais elle avait vu comment ça fonctionnait. C'était très semblable au tir à l'arc, en demandant beaucoup plus de force. Il fallait exercer près de cent kilos de tension pour l'armer. Heureusement, une paire de vieux gants de cuir était pliée dans la toile cirée. Jugeant que le succès ou l'échec de l'entreprise pourrait en dépendre, elle les prit. L'arbalète arrimée sur l'épaule, le carreau et les gants dans les mains, elle inspira profondément.

Près de l'entrée de la remise poussaient ces jolies fleurs qui ressemblaient aux lupins, que Jackson Hunter appelait aconits.

Il ne lui restait qu'à courir à toutes jambes pour arriver à temps. Pourtant, elle s'arrêta et les regarda, sourcils froncés, un vague plan en tête.

Une minute plus tard, elle s'élançait à travers champs vers la maudite falaise.

Au printemps, après une longue période de paresse pendant laquelle elle n'avait pas fait un pas, elle s'était remise à courir avec King. Bien lui en avait pris !

Il faisait une chaleur accablante en cette fin d'après-midi, et le temps de grimper au sommet de la colline, sa chemise était trempée. Elle s'enfonça dans le bois et trébucha sur un tronc d'arbre gisant au sol.

Elle n'y arriverait pas. Ils devaient déjà y être, se dit-elle, le nez dans l'humus. Elle allait perdre Cord, il allait mourir…

— Puisque Tascoe a tout donné, je dois le faire moi aussi, grommela-t-elle en se relevant avec son équipement.

Elle reprit sa course, l'arbalète lui battant les flancs. La côte était raide maintenant, la falaise ne devait plus être loin. Encore un bois et elle verrait la clairière. La différence entre la vie et la mort commençait là.

Comme apparaissait le Saut de la Vierge, elle se tapit derrière le dernier tronc d'arbre, à bout de souffle.

La voiture de Donner était arrêtée à quelque cinq ou six mètres du bord de la falaise, moteur en marche. La portière du conducteur était ouverte et elle voyait une des béquilles de Cord coincée sous le volant. Sans doute appuyait-elle sur l'accélérateur pour que le moteur tourne à un tel régime ? Cord, qu'elle distinguait mal, était affalé à la place du passager, mais il n'y avait pas de Donner. Où était-il passé ? Et pourquoi la voiture n'avait-elle pas encore basculé dans le lac ?

La réponse s'imposa très vite : de l'autre côté de la voiture, Gary Donner, plié en deux, un pieu à la main en guise de levier, s'escrimait sur le pneu arrière pour déloger ce qui ressemblait à un rocher. Il se servait d'un pieu plutôt que de son pied, car une fois le gros caillou enlevé, plus rien n'arrêterait la voiture qui dévalerait alors inéluctablement vers le précipice.

Autant voir Gary Donner se faire écraser par sa propre voiture ne lui ferait ni chaud ni froid, autant il n'était pas concevable de voir l'homme qu'elle aimait plonger dans le lac vers la mort, des dizaines de mètres plus bas.

— C'est pour ça que je suis ici, Donner, marmonna-t-elle. Pour t'empêcher de faire ça.

Tout en le maudissant, elle enfila les gants et défit la sangle qui maintenait l'arbalète sur son épaule. Du coin de l'œil, elle vit Donner relever brusquement la tête, comme s'il avait entendu quelque chose.

Glacée d'effroi, elle se fit minuscule derrière son arbre. Mais il était impossible, avec la voiture dont le moteur rugissait, qu'il ait pu l'entendre. Retenant son souffle, elle le vit se remettre au travail, apparemment rassuré. De son côté, elle prépara son arme. Hélas, comme elle le redoutait, il lui fallait une force qu'elle n'avait pas.

Refusant de s'avouer vaincue, elle insista, tira, tira, s'acharna encore. Plus qu'un centimètre ! « Encore, s'encouragea-t-elle. Encore. » Elle allait l'avoir ! Plus qu'un millimètre !

Mais plus de force.

A cet instant, Donner, ahanant pour dégager le rocher, tomba à la renverse. Elle remarqua qu'il avait un peu bougé. S'il continuait…

« Il va réussir », se dit-elle. Et elle était là, debout, impuissante, avec cette maudite arbalète qu'elle ne pouvait tendre. Et Cord allait plonger…

« Plus fort, se dit-elle. Allez, encore un effort ! »

Elle entendit quelque chose craquer dans son cou et son bras mais continua, ignorant la douleur, à bander la corde d'acier qui lui mordait les doigts à travers les gants. Elle ne sentait plus la douleur. Elle était la douleur.

— Je dois y arriver ! s'encouragea-t-elle de nouveau.

Un cri de rage étouffé, et victoire !

« Gagné ! » souffla-t-elle entre ses dents.

Il ne lui restait qu'à viser le parrain et à ne pas le rater.

Mais Donner n'était pas qu'un caïd, c'était un monstre infect qui méritait un sort à la hauteur de ses abominables forfaits. La ferme des Bradley, Paul et Sheila, et maintenant l'homme qu'elle aimait. Le cerveau de ces crimes méprisables n'allait pas s'en tirer à si bon compte.

« Des aconits. On les appelle aussi “tue-loup”, Julia. Parce que leur poison est si vénéneux qu'on l'utilise parfois pour tuer les prédateurs. N'y touche jamais, ma mignonne… »

Frappée par l'explication de Jane Hunter, elle n'avait jamais oublié la leçon. Peut-être le message que la mère de Cord lui avait passé des années plus tôt allait-il aujourd'hui sauver la vie de son fils ?

La plante bleu nuit qu'elle avait cueillie près de la remise aux outils gisait à terre devant elle.

Tenant le carreau de l'arbalète par une extrémité, Julia enfonça l'autre bout dans la racine de l'aconit qui éclata, libérant un liquide blanchâtre. En quelques secondes, la pointe du carreau se trouva enrobée du poison mortel.

Il fallait agir vite, maintenant. Etre précise.

Donner lui tournait le dos, arc-bouté sur son pieu.

Elle ôta ses gants, se cala sur ses jambes écartées, plissa les yeux, mit en joue.

Même si c'était une arme, l'arbalète n'était pas un fusil. Pour tuer Donner sur le coup, il fallait le toucher en plein cœur — s'il en avait un.

Elle inspira à fond et elle posa le doigt sur la détente.

— Donner !

Elle n'avait pas fini de dire son nom qu'il lui faisait face.

A cet instant, sans précipitation pour ne pas dévier de la trajectoire qu'elle s'était fixée, elle appuya doucement sur la détente.

Le carreau traversa l'air comme une fusée.

Epouvanté, Donner le regarda arriver sur lui et se loger dans son côté gauche.

Le rocher, libéré, se mit alors à rouler.

18

— Non ! Non-on !

Douloureux, tel le hurlement d'un loup blessé, le cri déchira l'air.

Moteur hurlant, la voiture de Donner dévalait la pente vers la falaise. Et Cord était dedans. Et Cord allait mourir.

Elle se mit à courir derrière la voiture.

Cord allait tomber. Il tombait, la voiture tombait avec lui dedans. Ce n'était pas possible ! Pas maintenant ! Pas déjà ! Pas quand elle était si près de…

Elle trébucha et tomba à quelques centimètres de l'extrémité de la falaise. En rampant, elle avança au bord.

Dans la lumière du soleil, l'auto ressemblait à un jouet qu'un enfant turbulent aurait lancé en l'air. Le nez devant à cause du poids du moteur, elle plongeait vers les eaux bleues du lac qu'elle heurta avant de sombrer.

Il devait y avoir une erreur. Après les difficultés qu'ils avaient traversées, après s'être perdus et s'être retrouvés, après le sacrifice de Tascoe, ses efforts pendant cette dernière demi-heure… C'était sûr, c'était une erreur ! Une mauvaise farce de l'au-delà. Une plaisanterie peut-être amusante, mais qu'elle voulait voir cesser.

— Tu as failli gagner, Julia.

Elle se remit debout et se retourna. Appuyé sur un bras, Donner était étendu par terre à la place de la voiture dont les pneus avaient raviné le sol en dévalant la pente.

— Rendez-le-moi, dit-elle avec le calme glacé de la folie. Rendez-le-moi.

Les yeux gris la fixèrent, amusés.

— Ce n'est pas en mon pouvoir, mais je suis flatté que tu me le demandes.

Comme elle le fixait, elle le vit tenter d'arracher de sa poitrine le carreau qui s'y était fiché.

La petite flèche céda deux ou trois centimètres. Il tira encore, s'arrêta et lui sourit avec effort.

— Tu as cru que tu pourrais me tuer, c'est ça ? Je pensais que tu savais que c'était impossible.

Il hocha la tête. Il était pâle et transpirait.

— Pour qui vous prenez-vous, Donner ? Franchement, pour qui ?

— Pour commencer, ce n'est pas mon nom.

Il tira à deux mains sur le carreau et le sang inonda ses doigts.

— Secundo, il en faut plus pour m'arrêter. Il est encore temps de fuir, Julia.

Ses mains couvertes de sang poisseux dérapèrent sur la flèche.

— Je ne pense pas, répondit-elle.

L'homme finit par extraire la totalité de la flèche de sa poitrine et porta ses doigts à sa bouche, puis il se frotta le front, laissant des traînées sanguinolentes sur son visage.

— Pourquoi tu…

Visiblement affaibli, il reprit au prix d'un gros effort :

— Pourquoi tu ne penses…

Il capitula — c'était trop d'effort — et la regarda, soudain effrayé.

— Aconit, laissa tomber Julia avec calme. aussi connu sous le nom de « tue-loup ». C'est du poison, Donner, et ce poison vous l'avez en vous. On s'en sert pour éliminer les prédateurs.

Elle s'éloigna de lui et s'avança vers la falaise où elle ôta ses tennis.

— Non ! cria Donner derrière elle.

Elle lui jeta un coup d'œil par-dessus son épaule et ôta son T-shirt.

Encore quelques minutes, et le cœur du gangster aurait cessé de battre. De ce côté, elle avait fait ce qu'elle avait à faire. Maintenant, le plus important était ailleurs.

Elle enleva son jean et fit un pas vers le bord du précipice.

Pourquoi la vierge avait-elle sauté, déjà ?

Elle connaissait la réponse. Elle l'avait toujours sue.

— Parce qu'elle l'aimait, dit-elle.

Levant les bras très haut, elle prit son élan et plongea.

C'était une journée d'été superbe, l'air était vif. Pas étonnant que Cord ait voulu être un oiseau, se dit-elle. C'était indescriptible, c'était miraculeux de voler !

Après le ciel, elle piqua dans l'élément liquide, et l'eau se referma sur elle comme une gangue de soie.

C'était profond ici, se dit-elle quand elle rouvrit les yeux, en battant des pieds pour descendre. C'était profond, mais clair. Elle n'avait pas peur. Soudain, elle vit la voiture de Donner. Celle-ci était à quelques mètres d'elle, renversée sur le toit au fond du lac.

Tel un poisson, elle nagea dans sa direction.

Il y avait encore de l'air dans l'habitacle, et par chance la vitre du passager était baissée. La portière ne serait pas trop difficile à ouvrir. Son Cord était là, inconscient, sans doute grièvement blessé, mais il était là. Elle nagea encore. Jusqu'à lui. En fait, il était conscient et ne semblait pas aussi grièvement blessé qu'elle l'avait cru. Elle ouvrit la portière et vit que Donner avait mis toutes les chances de son côté : Cord avait les bras ficelés et attachés à sa ceinture de sécurité. Il essayait désespérément de sortir quelque chose de son plâtre. Il la regarda lui ouvrir sa portière, lui fit signe de s'éloigner et se pencha de nouveau sur sa jambe.

Il était têtu ? Elle l'était plus que lui. Repoussant ses mains, elle chercha entre sa jambe et le plâtre.

Son couteau !

Vite, elle coupa ses liens, l'aida à dégager sa jambe malade et, comme deux poissons, ils remontèrent à la surface dans un tourbillon de bulles.

Cord était épuisé, mais il respirait. Il tendit la main vers elle pour la toucher, incrédule.

— Ma chérie ! C'est vraiment toi ? J'ai cru… J'ai entendu l'explosion et j'ai cru…

— Oui, c'est moi, mon amour. C'est moi, bien vivante. Et Lisbeth est saine et sauve, elle est avec les Whitefield. Et Donner est mort.

Cord but la tasse, toussa et la regarda avec des yeux exorbités.

Côte à côte, ils nagèrent vers le rivage.

— Mon amour, mon ange, dit-il dès qu'ils se furent échoués sur le sable. Comment es-tu arrivée jusqu'à moi ?

Il ne la croirait pas si elle le lui racontait, se dit-elle en regardant la falaise abrupte qui se découpait sur le bleu somptueux du ciel. Maintenant que tout était fini, elle le croyait à peine elle-même. Mais elle était avec Cord, et Cord croyait au surnaturel. Si quelqu'un devait la croire, c'était lui.

Elle lui caressa le visage et lui montra le ciel.

— J'ai volé, dit-elle à mi-voix. J'ai volé pour te retrouver.

Épilogue

Fier comme Artaban au volant de son 4x4 flambant neuf, Cord était descendu en ville acheter une lame pour sa scie. Bien sûr, Lisbeth l'avait accompagné.

Julia, dans la cuisine, mijotait de la gelée de fruits. La recette était simple et embaumait la maison. D'ici quelques mois, quand reviendrait l'hiver et que le lac en contrebas serait gelé, ils seraient heureux d'ouvrir les pots confectionnés avec amour pendant l'été. Ce serait comme s'ils se retrouvaient en juillet.

Entendant le ronflement du V8, elle sécha ses mains dans un torchon et consulta sa montre. Elle avait encore le temps de préparer une tarte. C'était le péché mignon de son père qui venait dîner ce soir. Mais elle allait d'abord sortir embrasser son mari et sa fille qui venaient de rentrer. Elle avait quelque chose à leur dire.

Elle caressa son ventre encore plat et sourit. Elle brûlait d'impatience de partager son secret avec eux.

S'avançant sur le perron, elle plissa le front. Un petit lapin couvert de poils, le jouet préféré de King, traînait sous la véranda. Encore triste de la disparition du chien, elle allait ramasser le joujou quand, alertée par un drôle de bruit, elle s'arrêta. C'était un bruit qu'elle n'avait pas oublié : celui de griffes qui grattent des lames de parquet.

Lisbeth pouffa de rire, tout excitée, puis Cord lui dit quelque chose à l'oreille.

— Je peux, oncle Cord ? Je peux le lâcher maintenant ?

— Lâche-le, ma chérie. Il sait qu'il est chez lui.

Julia se pencha par-dessus la balustrade.

Un gros berger allemand gambadait sur la pelouse, un bandana noué autour du cou. Dès qu'il l'aperçut, il courut vers elle et lui fit des fêtes.

— King ! s'exclama-t-elle.

Répondant à son nom, le chien sauta sur elle et lécha son visage inondé de larmes.

Lisbeth passait d'un pied sur l'autre en sautillant.

— On ne pouvait pas te le dire, taty Julia. Oncle Cord avait dit de rien te dire parce que c'était pas sûr qu'il guérisse. Il était suspendu au bout d'un fil.

Cord éclata de rire, et Lisbeth le regarda sans comprendre.

— Mais maintenant, le vétérinaire l'a dit, il est guéri comme avant, reprit la petite fille. Sauf qu'il n'a pas de fourrure partout. Mais elle va repousser, taty Julia, il l'a promis.

— Je… Je ne comprends pas, bredouilla Julia entre deux sanglots de bonheur.

Cord la serra contre lui.

— Je vais tout t'expliquer, mon amour. La nuit où tu as eu ton accident, un des policiers de l'unité canine l'a ramassé. La balle lui avait touché le crâne, mais il n'était pas mort. Seulement grièvement blessé et choqué. En fait, il était dans le coma quand nous l'avons découvert. Il y avait une petite chance de le sauver, mais il fallait opérer. Je leur ai dit de faire le maximum, même si le pronostic était très réservé.

Une ombre passa sur son visage.

— J'aurais peut-être dû te le dire, mais comme Lisbeth l'a si joliment exprimé, la vie de King était suspendue « au bout d'un fil ». Je ne voulais pas te donner de fausse joie.

Il lui fit une de ces mimiques dont il avait le secret.

— Tu me pardonnes ?

— Te pardonner ? Tu es l'homme le plus cachottier que je connaisse !

Elle caressa la truffe de King qui jappait à leurs pieds et les cheveux de Lisbeth qui sautillait.

— Alors, tu le dis ? dit celle-ci en pouffant de rire dans ses mains. Dis ce que tu dis toujours.

Par-dessus la tête rousse de Lisbeth, Cord chercha le regard de Julia, qui sourit tendrement.

Elle leur confierait son secret ce soir au dîner, se dit-elle.

— Dis ce que tu dis toujours, taty Julia, insista la fillette.

Julia replaça une petite mèche de cheveux roux derrière l'oreille de Lisbeth.

— Et c'est aussi pour cela que je t'aime, ajouta-t-elle, plongeant ses yeux dans les yeux de Cord.

Et dans les yeux noirs se reflétèrent les paillettes vert mousse et or de ce somptueux jour d'été.

JASMINE CRESSWELL

La brûlure du danger

BLACK *ROSE*

éditions HARLEQUIN

Titre original : CHARADES

Traduction française de CAROLE PAUWELS

Ce roman a déjà été publié en juillet 2008

83-85, boulevard Vincent-Auriol, 75646 PARIS CEDEX 13.
Service Lectrices — Tél. : 01 45 82 47 47

www.harlequin.fr

Prologue

Howard Taylor gara sa Buick LeSabre gris clair à très précisément soixante-dix centimètres du mur de droite de son garage, puis il enclencha le levier de la boîte automatique sur la position « Parking » et tira le frein à main.

Son emploi à la First Denver Federal Bank exigeait beaucoup de précision, et la méticulosité quasi obsessionnelle dont il faisait preuve dans son travail s'étendait jusqu'à sa vie privée.

Heureux d'être enfin de retour chez lui, il récupéra son attaché-case sur le siège passager et s'autorisa un soupir de soulagement.

Le discours du maire avait duré presque une heure, et l'interminable dîner à la chambre de commerce avait été un vrai calvaire. Il ne serait pas au lit avant minuit, alors qu'une rude journée l'attendait le lendemain.

Une de plus.

Il se passait en ce moment à la banque quelque chose d'étrange concernant certains comptes dits inactifs, et le rendez-vous qu'Abigail Deane avait exigé toutes affaires cessantes n'avait fait que perturber un peu plus un planning déjà infernal. Il ne pouvait cependant pas se permettre de refuser ce rendez-vous.

De plus, l'intervention de Mlle Deane pourrait lui être fort utile pour faire d'une vague suspicion une affaire méritant d'être signalée à ses supérieurs. En effet, même s'il était parvenu à découvrir de quelle manière les comptes avaient été manipulés, il n'avait pas l'intention de lancer des accusations avant de savoir qui était à l'origine des détournements de fonds.

Il avait de forts soupçons, mais les gens prudents ne se risquaient pas sans preuves incontestables.

Or il était quelqu'un de très prudent.

Songeant à la récente épidémie de cambriolages qui s'était abattue sur le quartier, il remonta les vitres et verrouilla les portières de sa voiture.

Inutile de faciliter la vie aux voleurs et traîne-savates du monde, pensa-t-il, non sans se féliciter mentalement de son discernement.

Il avait récemment fait remarquer à sa femme que les gens qui se faisaient cambrioler l'avaient bien cherché. A dire vrai, il désapprouvait les propriétaires imprudents au moins autant qu'il détestait les fraudeurs, les escrocs et les petits voyous en tout genre.

Selon un cérémonial bien rodé, il actionna la télécommande de la porte du garage, puis il désactiva l'alarme de la maison en composant un code sur le clavier fixé à côté de la porte donnant accès dans la cuisine.

Au moment où il franchissait le seuil, Poppy se jeta dans ses jambes en jappant gaiement.

Avec un sourire, Howard se pencha pour caresser la tête soyeuse de la jeune chienne cocker. Jamais il ne l'aurait avoué à Jill, mais il avait un faible pour Poppy et il adorait s'occuper d'elle quand sa femme, hôtesse de l'air chez Westway, était en déplacement.

— Tu veux aller te promener, Poppy ? Ça fait longtemps que tu es enfermée, hein ?

Le verbe *promener* eut un effet dramatique sur le cocker. Stoppant net ses effusions, Poppy se précipita vers la porte du patio et se mit à gratter frénétiquement le coûteux bois exotique.

— Arrête ça, Poppy. Je te l'ai déjà dit cent fois. Tu abîmes le vernis.

Howard eut un claquement de langue agacé tandis qu'il

décrochait la laisse de la chienne, mais le sourire lui revint quand il défit le système de blocage de la porte-fenêtre et la fit coulisser.

Une brise tiède soufflait dans le jardin, qu'éclairait en partie la lumière de la cuisine, et déplaçait des odeurs de pins. Il inspira à pleins poumons l'air vivifiant de la montagne.

C'était une belle nuit pour se promener. Une belle nuit pour apprécier tout simplement le bonheur d'être vivant.

Fidèle à ses habitudes, Poppy se mit à courir autour de lui en aboyant de façon hystérique dès qu'elle sentit l'air frais, et Howard essaya de la convaincre de s'asseoir pendant qu'il lui mettait son collier et sa laisse.

— Si tu arrêtais de gigoter, ce serait plus facile, dit-il avec agacement. Tu es pire que d'habitude, ce soir. Je te préviens, je t'emmène aux cours de dressage la semaine prochaine. Et cette fois je ne plaisante pas.

Poppy n'eut malheureusement pas le temps de profiter de sa sortie.

Howard venait de mettre un pied dehors quand il entendit un sifflement. Il ressentit une violente douleur et baissa les yeux.

Du sang s'écoulait d'un petit trou bien net au milieu de la poche poitrine de sa veste. Une balle, tirée d'un des buissons qui bordaient le patio, l'avait atteint au thorax.

Il écarquilla les yeux, médusé par la quantité de sang qui s'écoulait entre ses doigts.

— On m'a tiré dessus. Mon Dieu, on a voulu me tuer.

Howard n'était pas sûr d'avoir parlé à voix haute. Son cœur lâcha et il comprit qu'il était en train de mourir. Il tomba à genoux, la bouche tordue en un rictus de douleur.

La dernière chose qu'il vit fut Poppy et ses yeux bruns arrondis de frayeur.

Pauvre Poppy. Il espérait que quelqu'un la trouverait avant qu'elle ne s'enfuie sur la route. C'était une brave bête, mais elle était incapable de faire attention aux voitures.

*
* *

La silhouette sortit des buissons, ombre fugitive dans le clair-obscur de cette nuit d'été. L'arme du crime, un 38 Webley, sentait le nitrate de potassium consumé, et le métal brûlant.

La chienne était assise à côté du cadavre de son maître et hurlait à la mort.

L'ombre prit la laisse et tira le chien récalcitrant à l'intérieur. Une fois dans la maison, l'animal alla se réfugier dans un coin de la cuisine et se mit à gémir.

La mallette en cuir d'Howard se trouvait sur le comptoir central. Il ne restait plus qu'à faire jouer les serrures.

Les papiers — ces fichus listings informatiques — se trouvaient dans une chemise bleue. Avec un ricanement de triomphe, l'ombre récupéra les documents, puis renversa le contenu de la mallette sur le sol.

Journaux, documents et stylos s'éparpillèrent en un désordre convaincant.

Mettre à sac la cuisine et le salon ne prit que quelques minutes.

D'un pas rapide et silencieux, l'ombre se dirigea ensuite vers le bureau et fouilla les armoires de classement, jetant les papiers à terre à mesure qu'ils étaient lus.

Rien de compromettant, Dieu merci.

Peut-être faudrait-il voler une chose ou deux pour faire illusion ?

Revenant vers le salon, l'ombre débrancha le graveur de DVD. Inutile de perdre du temps au deuxième étage. Inutile aussi d'emporter les bijoux de Jill. La scène offrait déjà toutes les apparences d'un cambriolage interrompu.

L'ombre jeta un regard au cadavre d'Howard et ressentit un frisson d'excitation et de triomphe.

Tuer était si facile. C'était même à se demander pourquoi les gens n'y avaient pas davantage recours pour résoudre leurs problèmes.

Se ravisant soudain, l'inconnu se pencha au-dessus d'Howard et fouilla ses poches à la recherche de son portefeuille. Vingt dollars. Cela ne valait même pas la peine de s'être agenouillé.

L'assassin rangea son arme.

Le cas d'Howard venait d'être réglé de façon extrêmement satisfaisante. Il restait maintenant à se préoccuper des lettres et des certificats.

Et d'Abigail Deane.

S'occuper d'elle serait un vrai plaisir.

1

Abigail Deane poussa la lourde porte de la FDFB et demanda au vigile de lui indiquer le bureau d'Howard Taylor.

— C'est tout au fond à gauche. Mais vous ne pouvez pas y aller pour le moment, mademoiselle.

— Ne vous inquiétez pas. J'ai rendez-vous à 16 h 30.

Abby interrompit d'un sourire poli les protestations de l'homme et traversa le hall d'un pas pressé.

La ponctualité était le signe d'un esprit bien organisé, et Abby s'enorgueillissait de n'être jamais en retard. Après tout, il fallait bien que quelqu'un dans cette famille garde les pieds sur terre — surtout maintenant que ses sœurs flottaient sur un nuage de félicité.

En proie à une soudaine mélancolie, elle se ressaisit aussitôt. Son existence était trop bien planifiée pour qu'elle souffre réellement de l'absence de Linsey et Kate. Ou pour qu'elle les envie.

L'amour fou ne cadrerait pas avec son style de vie, songea-t-elle avec un humour un peu désabusé. Elle aimait mener une vie rangée et contrôler ses émotions. Or, l'expérience lui avait appris que l'amour était rarement structuré.

Redressant les épaules, elle frappa un coup ferme sur la porte de verre dépoli, où le nom d'Howard Taylor était inscrit sur une plaque en laiton.

— Oui ? Que puis-je faire pour vous ?

La femme entre deux âges qui lui ouvrit semblait rébarbative, malgré son accent chantant du Sud. Elle posa sur Abby des yeux rougis.

— Si vous cherchez la police, le lieutenant est dans le bureau de M. Bovery.

La police ? Abby refoula sa curiosité. Elle détestait se mêler des affaires d'autrui.

— Je suis Abigail Deane, dit-elle. J'ai rendez-vous à 16 h 30 avec M. Taylor.

La secrétaire eut une mimique embarrassée.

— Mademoiselle Deane ! Oh, je suis désolée, je voulais vous téléphoner juste après le déjeuner, mais j'ai oublié.

Irritée par l'attitude évaporée de la secrétaire, Abby s'efforça néanmoins de rester courtoise.

— Pour quelle raison ne puis-je pas voir M. Taylor ? J'ai découvert un problème sur mon compte qui doit être réglé le plus vite possible.

— M. Taylor est mort, répondit la secrétaire d'un ton larmoyant. Il a été tué hier soir chez lui par un cambrioleur.

Abby frissonna.

— Oh mon Dieu, mais quelle horreur ! C'est affreux ! J'espère que personne d'autre n'a été blessé dans sa famille.

— Non, grâce au ciel. Sa femme est hôtesse de l'air, et elle n'est rentrée que ce matin. C'est elle qui l'a trouvé, la pauvre.

— Je suis terriblement désolée, dit Abby, tout en cherchant vainement quelque chose de plus réconfortant à dire.

Elle n'avait jamais rencontré Howard Taylor, mais ils se parlaient souvent au téléphone, et la façon dont il avait trouvé la mort la choquait.

La secrétaire eut un petit sourire triste.

— Pourquoi ce sont toujours les gens bien comme Howard qui s'en vont les premiers ? Enfin, c'est comme ça. Au fait, je suis Linda Mendoza, la secrétaire de M. Bovery. Si vous voulez vous installer dans le bureau, je vais essayer de trouver quelqu'un pour vous aider. Personnellement, je ne connais rien à la finance, ce qui est plutôt curieux, je l'avoue, puisque je travaille dans une banque.

— Ne vous inquiétez pas. Je suis sûre que tout le monde est très occupé, et je peux revenir la semaine prochaine.

— Vraiment, c'est très gentil à vous de vous montrer aussi compréhensive, mademoiselle Deane. J'ai essayé de faire le point sur les dossiers d'Howard pour les répartir dans les différents services, mais je n'ai pas le cœur à ça. Et puis, il faut dire que le lieutenant Knudsen ne m'a pas aidée avec toutes ses allées et venues et ses questions extravagantes.

Un frisson courut le long de la colonne vertébrale d'Abby.

— Le lieutenant Knudsen, de la brigade criminelle de Denver ? C'est lui qui enquête sur le meurtre ?

— Oui. On dirait que vous le connaissez.

— Malheureusement, oui. Douglas Brady, mon demi-frère, a été assassiné récemment. Le lieutenant Knudsen était en charge de l'affaire.

— Parfois, Denver ressemble à une toute petite ville, n'est-ce pas ? Pour le meilleur et pour le pire. On rencontre les mêmes gens partout.

Linda Mendoza ne posa pas d'autres questions. Peut-être parce qu'elle était déjà au courant — comme un grand nombre de personnes — des circonstances dramatiques entourant la mort de Douglas.

Des bruits de pas dans le couloir attirèrent l'attention de la secrétaire.

— Quand on parle du loup… Voilà le lieutenant.

Knudsen passa la tête dans l'embrasure de la porte.

— Je m'en vais, madame Mendoza. Désolé pour le dérangement.

— J'espère que vous trouverez qui a fait ça.

— Et moi donc.

Abby fit un léger mouvement et le regard du policier se posa sur elle.

— Abigail Deane !

Knudsen laissait rarement transparaître ses émotions, mais cette fois il ne put cacher sa surprise.

— Qu'est-ce qui peut bien vous amener par ici, mademoiselle Deane ?

— Un rendez-vous professionnel. Comment allez-vous, lieutenant ?

— Je suis débordé, mais ravi de vous voir. Pour tout dire, vous m'avez épargné un déplacement à l'autre bout de la ville. J'ai quelques questions à vous poser sur le meurtre d'Howard Taylor.

— Comment cela, des questions ? Je serais ravie de vous aider, lieutenant, mais je ne connaissais pas bien M. Taylor, et je ne vois pas ce que je pourrais vous dire sur sa mort.

— Vous en savez peut-être plus que vous ne le pensez. Quelle était la nature de vos relations ?

Abby dissimula son agacement derrière un sourire poli.

— Je viens de vous dire que je ne le connaissais pas. Ce n'était qu'une voix au téléphone. Nous discutions parfois de mes affaires.

— Et vous ne vous êtes jamais rencontrés en dehors des heures de bureau ?

— Mais comment faut-il vous le dire, lieutenant ? Nous avions peu de contacts sur le plan professionnel, et aucun sur le plan personnel. Je devais rencontrer M. Taylor pour la première fois cet après-midi. Ma présence aujourd'hui à la banque n'est qu'une simple coïncidence.

— Vraiment, mademoiselle Deane ? Vous avouerez que c'est une sacrée coïncidence si on considère que M. Taylor a été tué avec la même arme que votre frère.

Tandis que Linda Mendoza laissait échapper un petit cri de surprise, Abby prit appui contre le bureau pour cacher le flageolement de ses jambes.

— La même arme, répéta-t-elle. Vous voulez dire, le même genre d'arme ?

— Non, mademoiselle Deane. Je veux dire la *même* arme, très précisément. D'après le laboratoire, les deux balles proviennent d'un 38 Webley. Ce n'est pas une arme très courante de nos jours, plutôt un objet de collection je dirais. Elles ont principalement été fabriquées pour l'armée britannique durant la Seconde Guerre mondiale. Les Anglais les ont également utilisées pendant la guerre de Corée.

Abby, que cette explication était loin de passionner, s'impatienta.

— Que suggérez-vous, exactement ?

— Rien pour le moment. Je fais un simple constat. Mais nous n'aimons pas trop les coïncidences dans la police.

Une voix féminine s'éleva depuis le seuil.

— Lieutenant, je suis navrée de vous interrompre, mais j'ai un appel pour vous. C'est urgent, semble-t-il. La standardiste l'a transféré dans mon bureau.

— Merci, madame Johnson, j'arrive immédiatement.

Le lieutenant Knudsen adressa un signe de tête à Linda Mendoza et Abby.

— Au revoir, mesdames. Je vous tiens au courant si j'ai du nouveau.

Il était étrange que cette phrase, qui pouvait se concevoir comme une formule de politesse, recèle également des accents menaçants, songea Abby.

La voix de Linda Mendoza la ramena à la réalité.

— Laissez-moi vous présenter notre responsable des relations clientèle, Gwen Johnson. Peut-être pourra-t-elle vous aider à résoudre votre problème.

— C'est un plaisir de vous rencontrer, mademoiselle Deane.

La poignée de main de Gwen Johnson était ferme, et son attitude guindée contrastait avec l'exubérance sudiste de Linda. Grande et très mince, elle incarnait à merveille la nouvelle quinquagénaire, jeune et séduisante.

Gwen Johnson s'assit avec une élégance quelque peu apprêtée derrière le bureau d'Howard Taylor.

— Je ne comprends pas pourquoi ce policier fait un tel tapage. La mort d'Howard est certes une tragédie, mais ce sont malheureusement des choses qui arrivent avec tous ces voyous qui courent les rues.

— C'est vrai, il ne faut pas vous inquiéter, mademoiselle

Deane, renchérit Linda Mendoza. Je suis sûre qu'il n'y a aucun rapport entre sa mort et celle de votre frère.

— La coïncidence est tout de même troublante.

— Il y a forcément une explication. Peut-être que l'homme qui a tué votre frère a jeté son arme avant d'être arrêté. Quelqu'un l'aura trouvée dans une poubelle ou dans un fossé, et s'en sera servi pour tuer ce pauvre Howard. Il n'y a rien de mystérieux dans tout cela, n'est-ce pas ?

— C'est sans doute plus plausible que d'imaginer un lien secret entre Howard et le frère de Mlle Deane, remarqua Gwen Johnson. Et maintenant, si vous me parliez de votre problème ? Je ne voudrais pas paraître insensible, mais il est bien connu que le travail aide à surmonter les épreuves les plus terribles.

Abby approuva et sortit un dossier de son sac.

— Voici mes derniers relevés de compte. La semaine dernière, j'ai pris le temps de les comparer à mes propres calculs, et j'ai découvert que les numéros de titres répertoriés par la banque ne correspondent pas à ceux qui figurent dans mes dossiers personnels. Ce qui veut dire, pour résumer, qu'il manque dix mille dollars sur le compte. En outre, il me semble que le montant des intérêts versé est trop faible.

L'air soucieux, Gwen Johnson étudia rapidement les documents.

— Merci d'avoir attiré notre attention sur ce point, dit-elle. Si certains titres ont bien été intervertis, cela veut dire qu'un de nos employés a fait preuve d'une désinvolture impardonnable.

Elle releva les yeux.

— Nous aimerions avoir plus de clients comme vous, mademoiselle Deane. La plupart ne vérifient pas leurs relevés, et les erreurs s'accumulent pendant des mois avant que nous les découvrions grâce à nos audits internes. Je suis dans ce métier depuis presque trente ans, et je n'ai pas dû rencontrer plus d'une dizaine de personnes qui tiennent scrupuleusement leurs comptes à jour.

Abby rougit de plaisir. En dépit des moqueries qu'elle endurait de la part de sa famille, elle tirait une grande fierté de la façon méticuleuse dont elle tenait ses dossiers.

— Je suis archiviste, expliqua-t-elle. Cela suppose d'avoir de l'ordre et de la méthode. Une de mes sœurs adore se moquer de moi en affirmant que je suis capable de retrouver n'importe quoi, jusqu'à mon premier devoir de calcul à l'école primaire.

— Et c'est vrai ? demanda Linda.

— Probablement.

Abby esquissa un sourire.

— Mes sœurs prétendent qu'on m'a échangée à la naissance. Personne ne sait pointer un chéquier dans la famille, et moi j'utilise un système de classement à deux entrées et un code couleur pour tout, y compris mes livres et mes vêtements.

— Vos sœurs ont de la chance de vous avoir. Vous n'avez pas idée des histoires que j'entends. Nous avons des clients qui cachent des milliers de dollars dans des enveloppes derrière leur gazinière, ou dans un sachet de farine. Et ce sont pour la plupart des personnes qui ont fait des études supérieures.

Abby éclata de rire.

— Ne me racontez pas des choses pareilles. Vous allez me faire avoir une crise cardiaque.

— Dans ce cas, je ne vous parlerai pas du bambin qui a jeté l'avis d'imposition de ses parents dans les toilettes.

Une lueur amusée passa dans le regard bleu de Gwen Johnson.

— Mais revenons-en à ce problème avec votre compte, Abigail. Vous permettez que je vous appelle Abigail ?

— Bien sûr.

— Eh bien, je vous promets de m'en occuper personnellement dès demain matin. Il va sans dire que si l'erreur vient de la banque nous rectifierons cela à nos frais. Intérêts compris.

Gwen Johnson vantait le sérieux de la banque et son respect des clients lorsqu'un homme aux cheveux blancs et à l'air distingué se profila dans l'embrasure de la porte.

Abby eut la mauvaise surprise de reconnaître Keith Bovery,

directeur de la banque et ami de longe date de son père. C'était une rencontre qu'elle aurait préféré éviter.

Keith Bovery entra sans la voir.

— Linda, j'ai commencé à jeter un œil sur certains des dossiers d'Howard, et j'ai trouvé cette chemise marquée « Investigation — confidentiel ». Mais il n'y a rien dedans. Vous savez sur quoi enquêtait Howard ?

— Non, il ne m'a rien dit.

Linda parut blessée.

— Je ne comprends pas. Howard avait l'habitude de me tenir au courant de tout ce qu'il faisait.

— C'est peut-être parce qu'il s'agissait d'un problème strictement technique, suggéra Gwen. Vous savez bien que vous n'y comprenez rien.

— En tout cas, il aurait dû m'en informer, fit remarquer le directeur d'un ton vexé.

— Si Howard travaillait sur quelque chose de confidentiel, il a peut-être emporté les papiers chez lui, suggéra Gwen. Si vous voulez, je peux appeler Jill demain et lui demander de chercher.

Keith examina cette proposition.

— Attendez plutôt deux ou trois jours. Je ne pense pas qu'Howard travaillait sur quelque chose d'important au point de déranger sa veuve avant l'enterrement.

Il se pinça le menton, l'air absorbé.

— Ou plutôt, non. J'appellerai Jill moi-même la semaine prochaine, si nous n'avons pas retrouvé les documents d'ici là.

Tandis qu'il faisait demi-tour pour quitter le bureau, le banquier découvrit enfin Abby. Son visage s'illumina aussitôt.

— Abby, ma chère enfant ! Quelle bonne surprise ! Cela fait longtemps que je ne t'ai pas vue. Comment vas-tu ?

— Bien, merci.

Keith avait connu son père à l'université, et il croyait fermement que le fait de l'avoir poussée dans son landau lui donnait le droit de se mêler de sa vie privée et de l'abreuver de conseils.

Réprimant un soupir agacé, Abby attendit que le banquier se lance dans son grand numéro d'ami de la famille.

Elle ne fut pas déçue.

Keith passa un bras autour de ses épaules — une vraie publicité télévisée mettant en scène un banquier au grand cœur à l'écoute de ses clients. En réalité, Abby savait que Keith avait le cœur aussi dur que du béton armé, surtout quand il était question de sa chère banque.

— Que fais-tu de beau en ce moment, ma chérie ? Toujours enterrée jusqu'au cou dans les documents poussiéreux de la Société historique ?

— Oui.

Abby lui adressa un sourire doucereux.

— Mais je remonte à la surface de temps en temps pour prendre l'air. Et pour me dépoussiérer.

Insensible au sarcasme, Keith hocha la tête.

— Bien, bien. Mais il serait temps que tu imites tes sœurs et que tu te trouves un mari.

— Vous oubliez que j'ai déjà été mariée, répondit Abby avec un calme qu'elle était loin d'éprouver. J'avais vingt-deux ans, et mon mariage n'a duré que huit mois.

Keith eut la bonne grâce de paraître confus.

— Oh, mais c'est vrai. J'avais complètement oublié Greg. Rassure-toi, tous les hommes ne sont pas aussi irresponsables que lui. Tu as besoin de te trouver quelqu'un de solide, sur qui tu pourras t'appuyer. Et si j'étais toi, je ne perdrais pas trop de temps. Tu ne rajeunis pas, tu sais, ma petite fille.

— C'est vrai. Regardez-moi à vingt-huit ans, seule et désespérée. J'ai intérêt à me jeter sur le premier homme qui passe pendant que j'ai encore toutes mes dents.

Keith esquissa un sourire.

— Je sais que tu me prends pour un vieux casse-pieds, Abby. Mais ton père était mon meilleur ami, et j'aimerais te savoir heureuse. Crois-moi, quand ma chère Helen nous a quittés l'année dernière, j'ai appris ce qu'était vraiment la solitude.

Abby se sentit soudain confuse. Keith Bovery avait les meilleures intentions du monde, et elle n'aurait pas dû se montrer aussi impatiente avec lui pour la simple raison que son attitude envers les femmes datait d'une autre époque. Mais c'était plus fort qu'elle.

— Je vais me mettre à la recherche d'un mari dès ce soir, dit-elle d'un ton moqueur. Ou au moins demain matin.

Elle serra la main des deux femmes et se dirigea rapidement vers la porte.

— Je suis désolée pour Howard Taylor, dit-elle à Keith. J'ai l'impression que c'était pour vous un ami tout autant qu'un employé.

— Malheureusement, tu dis vrai.

Keith grimaça un sourire qui ne semblait pas tout à fait sincère.

— Eh bien, au revoir, Abby. Et ne t'inquiète pas pour cette petite erreur dans tes comptes, ma chérie. La FDFB fait passer l'intérêt de ses clients avant tout, et je suis sûr que nous trouverons une explication. Je vais m'en occuper personnellement. Tout sera rentré dans l'ordre à la fin de la semaine, tu as ma parole.

Abby était presque arrivée à sa voiture quand elle comprit pourquoi les derniers mots de Keith Bovery l'avaient mise aussi mal à l'aise.

Durant leur conversation dans le bureau d'Howard Taylor, Keith lui avait demandé des nouvelles de ses sœurs, de son travail, et donné des conseils sur sa vie amoureuse… Mais pas une seule fois il ne lui avait demandé ce qu'elle faisait à la banque.

Dans ce cas, comment se faisait-il qu'il soit au courant de son problème ?

Etait-il possible que le respectable et pompeux directeur de la FDFB se soit abaissé à écouter aux portes ?

Ou avait-il une autre raison de savoir qu'il manquait de l'argent sur son compte ?

Quelque chose d'étrange se tramait à la banque. Toutefois, elle n'était pas certaine d'avoir envie de savoir de quoi il s'agissait.

2

Les embouteillages sur le trajet de retour jusqu'à son appartement ne firent rien pour améliorer l'humeur d'Abby. Et lorsque l'ascenseur s'ouvrit sur le palier du septième étage elle était passée d'une vague inquiétude à un abattement total. Pour une fois, les murs d'un blanc lumineux, le parquet blond et le mobilier aux lignes sobres de son intérieur ne parvinrent pas à la dérider.

Errant comme une âme en peine du salon à la chambre, et de la chambre à la cuisine, elle finit par se rendre à l'évidence. Ce soir, elle allait avoir besoin d'une bonne dose de son remontant miracle, à savoir Steve Kramer. La plupart du temps, elle trouvait la désinvolture de Steve passablement irritante, mais elle devait reconnaître qu'il n'avait pas son pareil pour lui remonter le moral.

Elle monta en courant les trois étages qui menaient à l'appartement en terrasse de Steve, le cœur déjà plus léger à l'idée de voir son vieil ami.

Ce qui était pratique avec lui, c'est qu'elle n'avait pas à se demander s'il serait rentré du bureau. Steve travaillait pour le cabinet comptable de son oncle et, à sa connaissance, il n'avait jamais fait une minute de plus que ce qu'exigeaient ses horaires. Même lorsqu'elle avait fait sa connaissance à l'université de Columbia, elle ne se souvenait pas de l'avoir jamais vu étudier. Qu'il ait pu dans ces conditions obtenir une maîtrise de finances relevait du mystère le plus total.

Elle appuya sur la sonnette.

— Ouvre, Steve, cria-t-elle. C'est moi. Je viens me jeter à

tes pieds de désespoir. J'ai besoin de manger quelque chose de bon ce soir.

Abby ne se serait jamais invitée à dîner chez quelqu'un sans avoir vérifié que cela ne posait pas de problème. Mais avec Steve c'était différent.

Avec lui, elle se sentait toujours parfaitement détendue et se permettait de prendre quelques libertés avec les convenances. De toute façon, si Steve avait autre chose de prévu, elle savait qu'il n'hésiterait pas à le lui dire.

La porte s'ouvrit, et Steve s'encadra dans l'ouverture, avec son mètre quatre-vingt-deux tout en muscles, affublé d'un jean délavé et déchiré et d'une chemise à laquelle il manquait des boutons. Ses cheveux, striés de mèches blondies par le soleil, étaient en bataille, et sa peau avait pris un hâle superbe après son week-end passé à faire de l'escalade dans les Rocheuses.

Pendant une brève seconde, l'estomac d'Abby se contracta. Puis Steve lui sourit, et le moment de tension s'évanouit.

— J'espérais précisément qu'une femme superbe débarquerait chez moi pour m'offrir son corps, dit-il. Et te voilà, juste à l'heure.

Abby lui rendit son sourire.

— Tu rêves, mon vieux.

Elle le suivit dans l'appartement et huma le délicieux fumet qui s'échappait de la cuisine.

— Si tu cuisinais moins bien, j'arrêterais de monter te voir à tout bout de champ.

— Ah, la cruauté des femmes, gémit-il. Tu ne sais pas ce que tu rates.

Malgré la plaisanterie, Abby détecta une note de frustration inhabituelle dans la voix de Steve.

— Quelque chose ne va pas ? demanda-t-elle, soudain inquiète. Tu ne t'es pas fait renvoyer, ou quelque chose ?

— Je travaille dans l'entreprise familiale. Comment pourrait-on me renvoyer ?

Il lui tendit une cuillère remplie d'une sauce aromatique.

— Tiens, goûte-moi ça. C'est du bœuf bourguignon. Faut-il que je rajoute du sel ?

Elle y trempa les lèvres et ferma les yeux en une mimique d'extase outrancière.

— Divin ! Je viens de prendre conscience que j'ai une faim de loup. C'est prêt dans combien de temps ?

— Dix minutes.

Il l'observa avec gravité et lui ébouriffa les cheveux en un geste amical dont il était coutumier.

— Tu veux me parler de ce qui te préoccupe ?

— Ça se voit tant que ça ?

— Moi, en tout cas, je le vois.

Elle soupira.

— J'avais rendez-vous à la FDFB avec mon chargé de compte, Howard Taylor Quand je suis arrivée, j'ai appris qu'il était mort. Il a été tué hier soir chez lui par un cambrioleur.

Les yeux verts de Steve s'assombrirent.

— Je l'ai appris ce matin. Je ne savais pas que tu devais le voir, sinon je t'aurais prévenue.

— Mais… tu connaissais Howard ? C'était un de tes amis ?

Steve hésita.

— Notre cabinet fait parfois du conseil auprès de la banque. Je l'avais rencontré à plusieurs reprises, mais je connaissais mieux sa femme. Jill est hôtesse chez Westway. Nous sommes sortis ensemble avant son mariage.

Elle n'aurait pas dû être surprise, songea Abby, non sans une certaine amertume.

Toutes les hôtesses de l'air basées à Denver connaissaient Steve Kramer, et celui-ci avait le don unique de rester ami avec ses ex. C'était toutefois curieux que Steve connaisse Howard Taylor…

Linda Mendoza avait raison : Denver était parfois une toute petite ville.

— Mais dis-moi, reprit Steve, pourquoi la mort d'Howard te perturbe-t-elle tellement, alors que tu ne le connaissais pas ?

— Ce n'est pas seulement le fait qu'il ait été tué…

Elle prit appui contre l'îlot central, en essayant de paraître plus désinvolte qu'elle ne l'était en réalité.

— Le lieutenant Knudsen se trouvait à la banque, cet après-midi. Je ne sais pas si tu t'en souviens, c'est le policier qui a enquêté sur la mort de mon frère.

— Je m'en souviens. Le fait de le revoir a dû raviver des souvenirs désagréables.

Elle grimaça.

— « Désagréable » est loin d'être le mot qui convient. Devine quoi ? Il paraît qu'Howard Taylor a été tué avec la même arme que celle qui a servi pour Douglas.

Etrangement, Steve garda le silence. Elle avait espéré qu'il dissipe ses craintes par une plaisanterie, mais il paraissait sous le choc.

— Qu'a pensé Knudsen de cette coïncidence ?

— Que ça n'en est pas une. Il a semblé trouver ma présence dans le bureau d'Howard hautement suspicieuse.

Elle ricana.

— C'est tout juste s'il ne m'a pas passé les menottes. Dieu sait ce qu'il a dans la tête. Si ça se trouve, il me soupçonne d'être le chef de la bande qui terrorise le quartier où vivait Howard Taylor.

Steve la prit par les épaules et la fit se tourner vers lui. Pour une fois, son regard ne recelait pas la moindre lueur d'amusement.

— Abby, dis-moi exactement de quoi tu voulais discuter avec Howard.

Elle le dévisagea avec surprise.

— Il semblerait que certains des titres du portefeuille d'actions de ma famille aient fait l'objet d'une erreur de saisie informatique. Je voulais mettre les choses au clair avant que ça ne devienne tout à fait irréparable.

— Vous avez perdu de l'argent à cause de cette erreur ?

L'inflexion de Steve était si tendue que la question la mit mal à l'aise.

— Oui, un peu.

Elle s'éclaircit la gorge.

— Beaucoup, en fait. Presque dix mille dollars. La banque va réparer cela, évidemment.

— Merde ! Je ne m'attendais pas à ce rebondissement.

Il la relâcha, l'air ailleurs.

— Va t'asseoir, Abby. J'apporte le plat.

— Oh non !

Elle s'intercala entre Steve et la gazinière, les bras croisés dans une attitude agressive.

— Pourquoi cet intérêt subit pour l'état de mes finances ? Et qu'est-ce que tu entends par « ce rebondissement » ? Que se passe-t-il à la banque ?

Un instant, elle crut que Steve n'allait pas répondre. Puis il soupira.

— Je vais être obligé de rompre l'accord de confidentialité que j'ai signé avec mon client, mais le fait est que je mène une enquête interne au sein de la FDFB. Près d'un demi-million de dollars a été détourné durant ces six derniers mois, et Howard Taylor était notre principal suspect.

Abby se laissa tomber sur la chaise la plus proche.

— Tu enquêtes sur un détournement de fonds ? murmura-t-elle. Bon sang, je n'arrive pas à t'imaginer en super-détective !

— C'est parce que je n'en suis pas un. Je reste un comptable avant tout. L'essentiel de mon travail consiste à éplucher des documents bancaires et à traquer les failles informatiques. Difficile d'imaginer quelque chose de plus ennuyeux.

Abby le regarda comme si elle le voyait pour la première fois.

— Pourquoi ne m'as-tu jamais dit en quoi consistait ton travail ?

— Tu ne m'as jamais posé la question, répondit-il simplement. Et une société comme la nôtre travaille avec plus d'efficacité si elle évite la publicité.

Il lui fit signe de se pousser et sortit le plat du four.

— La sauce va se dessécher si nous attendons plus

longtemps. Si tu veux bien, nous allons continuer cette conversation en dînant.

Abby le suivit dans la salle à manger et se servit un morceau de bœuf moelleux imbibé de bourgogne. Pour une fois, elle mangea sans prêter attention au goût, ni féliciter le cuisinier.

— Tu dis qu'Howard Taylor aurait détourné de l'argent ? demanda-t-elle. Je ne l'imagine même pas dérobant un trombone. Alors un demi-million de dollars…

— J'ai seulement dit que les indices incriminaient Howard. Personnellement, je n'ai jamais été convaincu de sa culpabilité. J'ai encore un certain nombre de vérifications à faire avant de clore le dossier.

— Tu penses qu'il pourrait y avoir un rapport avec les erreurs que j'ai relevées sur mon compte ?

— C'est une possibilité, bien que les détournements que nous avons constatés jusqu'à présent n'aient porté que sur les comptes inactifs.

— Je ne sais pas ce que c'est, reconnut Abby.

— Toutes les banques ont des dizaines de comptes, voire des centaines, où il n'y a aucune activité pendant des années. Par exemple, une femme ouvre un compte sans le dire à son mari. Elle y fait des dépôts pendant des années, puis elle meurt. Le mari ne connaît pas l'existence de ce pactole, et la banque n'a aucun moyen de savoir que sa cliente est morte. Les années passent, et les intérêts s'additionnent. C'est ainsi que les banques se retrouvent avec des milliers de dollars qui dorment sur des comptes, et que personne ne réclame jamais.

— Et quelqu'un à la FDFB a décidé de se servir dans ce joli petit magot ?

— Exactement. Un intérimaire particulièrement attentif a remarqué une activité inhabituelle sur ces comptes et a directement prévenu Keith Bovery. Heureusement pour moi, cela veut dire que le coupable ignore que ses agissements ont été découverts.

— Sauf si Keith est l'auteur de ces détournements.

Steve esquissa un sourire.

— Je sais que tu ne lui pardonneras jamais d'être un incorrigible misogyne, ni le fait qu'il ait changé tes couches, mais c'est un exemple d'intégrité. De plus, il dispose d'une fortune personnelle considérable.

— Et depuis quand le fait d'être riche interdit-il aux gens de vouloir être encore plus riches ? Il a peut-être un vice secret qui lui coûte cher. Il a fait porter le chapeau à ce pauvre Howard Taylor, puis il l'a tué pour ne pas que ses manigances soit découvertes…

Steve parut choqué.

— Tu vas un peu loin, là. Keith est peut-être un vieil enquiquineur, mais je ne le vois pas en meurtrier. Pour moi, la mort d'Howard n'est qu'un malheureux accident lors d'un cambriolage qui a mal tourné, et ça n'a aucun rapport avec ce qui se passe à la banque.

Abby aurait aimé posséder la calme logique de son ami.

— Mais tu ne trouves pas bizarre que ce soit la même arme qui ait servi pour lui et pour Douglas ?

— Oui, peut-être… Mais tu sais, on voit des choses bizarres tous les jours, et je suis persuadé que cela n'a rien à voir avec ta famille.

— Tu as sans doute raison, mais je ne peux pas m'empêcher d'avoir peur.

Le regard grave, Steve repoussa sa chaise, fit rapidement le tour de la table et la prit dans ses bras.

— Il n'y a aucune raison, voyons, dit-il d'un ton apaisant. Oublie tout ça.

Il lui caressa la joue, et l'enveloppa d'un regard débordant de tendresse.

— Crois-moi, il y a des choses plus intéressantes à faire que de se ronger les sangs.

Soudain consciente de leur proximité, Abby se tortilla nerveusement entre ses bras.

Elle avait l'habitude des contacts physiques avec Steve quand ils faisaient de l'escalade, mais la sensation qu'elle éprouvait ce soir était un peu différente. C'était la première fois qu'elle se retrouvait étroitement plaquée contre lui, le cœur battant au même rythme que le sien.

— Hum, dit-elle d'un ton moqueur. Je sais d'où vient ce conseil, Steve Kramer. Tu préférerais que je consacre tout mon temps à m'occuper de toi.

Pendant quelques secondes, elle perçut la résistance de Steve à son changement d'humeur, puis la tension entre eux s'évanouit.

— C'est la meilleure suggestion que tu aies faite ce soir. Tu sais que j'ai un diplôme de meilleur amant du monde ?

Son sourire se fit exagérément séducteur.

— Il est accroché dans ma chambre. Tu veux venir vérifier ?

— Inutile. Tu sais que je suis archiviste. Je suis capable de repérer un faux diplôme à un mètre.

Il soupira lourdement.

— Zut ! Me voilà démasqué une fois de plus.

Il desserra son étreinte et lui pinça affectueusement le bout du nez.

— Je vais faire du café. Donne-moi un peu des nouvelles de ta famille. Comment vont tes sœurs ?

— J'ai reçu une lettre de Linsey, hier. La lune de miel est visiblement terminée en ce qui la concerne. Elle n'a cité le nom de Darren que vingt-cinq fois.

— La lettre fait combien de pages ?

— Une page et demi.

Steve éclata de rire.

— Et Kate ?

— Elle m'a appelée il y a deux jours pour me dire que RJ était une tête de mule de sudiste, doublé d'un macho, et qu'elle nageait dans la félicité. Si tu y comprends quelque chose, tant mieux pour toi.

— Cela ressemble bien à la Kate que je connais.

— Si on veut. Figure-toi qu'elle a décidé de reprendre ses études.

— Je suis ravi que son mari lui ait donné la confiance pour le faire. Tu vois comme le mariage peut être bénéfique ? Les partenaires compensent leurs défaillances mutuelles. Si tu m'épousais, je pourrais t'apprendre des choses formidables comme…

Abby lui lança un regard d'avertissement.

— Comme faire la cuisine, continua-t-il d'un ton doucereux.

Elle rit.

— Aucun danger. Je suis un cas désespéré.

La soirée se termina sans que ni Steve ni Abby ne fasse de nouveau allusion à la mort d'Howard. En surface, leur relation semblait être exactement comme elle l'avait toujours été, mais lorsqu'elle regagna son appartement Abby ressentit un changement indéfinissable.

Peut-être était-ce dû à sa propre tension. Ou au fait qu'elle n'avait jamais compris à quel point Steve prenait son travail au sérieux, sous ses airs détachés… En tout cas, elle se sentait sur le fil du rasoir, émotionnellement.

Avec un haussement d'épaules impatient, elle déverrouilla sa porte. Elle semblait réagir à tout avec excès aujourd'hui, que ce soit à la mort d'une personne qu'elle connaissait à peine, ou au charme de Steve.

La sonnerie du téléphone retentit alors qu'elle refermait la porte derrière elle. Elle traversa le salon en courant et décrocha le combiné.

23 heures. L'heure préférée de Kate.

— Allô ?

— Abigail Deane ?

La voix était étouffée et revêche.

— Oui, c'est moi.

— Je possède une information capitale au sujet de votre demi-frère, Douglas Brady.

— Pardon ?

Quelque chose déformait la voix de son interlocuteur, et Abby n'était pas sûre d'avoir bien compris.

— Je sais des choses sur votre frère, mademoiselle Deane.

La main d'Abby était moite de transpiration, et elle serra les doigts autour du combiné pour l'empêcher de glisser.

— Mon… mon frère est mort.

— Justement. J'ai des informations au sujet de son assassinat. Et à propos du 38 Webley que la police n'a jamais retrouvé.

Seigneur ! L'arme qui avait tué Howard Taylor.

Abby déglutit avec peine.

— Je vous écoute.

— Pas maintenant. Je ne peux pas en parler au téléphone. Nous devons nous rencontrer.

— Il n'en est pas question ! Vous me prenez pour une idiote ? Qui êtes-vous ?

— C'est sans importance.

— Bien sûr que si. Si vous croyez que je vais prendre le risque de rencontrer une personne que je ne connais pas pour parler de l'assassinat de mon frère, vous vous êtes trompé de victime.

— Nous pouvons nous voir dans un endroit public, mademoiselle Deane. Vous ne risquez absolument rien, je vous le garantis. Aéroport de Stapleton, comptoir de la compagnie Westway Airlines. Midi pile. Ne soyez pas en retard.

3

Abby n'était pas du genre à se laisser impressionner par un appel anonyme.

Et elle n'avait pas l'intention de perdre l'heure du déjeuner à faire l'aller-retour jusqu'à l'aéroport.

Elle se répéta cet excellent conseil plusieurs fois avant d'aller se coucher. Puis elle se fit la leçon au petit déjeuner, et à intervalles réguliers durant la matinée.

Et pourtant, à 12 heures très précises, elle se retrouva à faire les cent pas devant le comptoir de la Westway Airlines.

Qu'est-ce que tu fiches ici, ma pauvre fille ? se demanda-t-elle avec irritation tandis qu'elle observait la foule à la recherche de…

En fait, elle ne savait même pas ce qu'elle devait chercher. Un affreux petit bonhomme dans un imperméable sale ? Un élégant et mystérieux étranger avec des lunettes de soleil ? L'aéroport grouillait d'hommes d'affaires, de mères épuisées et de bébés qui hurlaient.

Elle regarda le tableau d'affichage au-dessus de sa tête. La pendule passa à 12 h 07.

— Encore cinq minutes, marmonna-t-elle entre ses dents.

Son heure de pause déjeuner était déjà fichue, alors autant accorder un petit délai à son mystérieux interlocuteur.

Au même moment, elle repéra une silhouette familière qui avançait à grandes enjambées dans le hall. Avec un grognement agacé, elle essaya de se cacher derrière un pilier. Mais il était déjà trop tard. Keith Bovery arrivait vers elle en agitant la main.

Elle aurait dû se douter que ce serait la journée des catastrophes en série.

— Abby, chère enfant, mais quelle heureuse surprise ! Je t'aurais donc vue deux fois en deux jours !

Keith Bovery croyait fermement à la nécessité de souligner l'évidence.

— Bonjour, Keith. Vous prenez l'avion ?

— Pas aujourd'hui. Non, je viens chercher un consultant qui nous arrive de Berkeley.

Abby lui adressa un sourire angélique.

— Doux Jésus, je ne savais pas que les directeurs de banque s'acoquinaient avec ces dangereux libres-penseurs de Berkeley.

Comme toujours, Keith ne comprit pas la plaisanterie et hocha la tête d'un air crispé.

— Je pense la même chose que toi, mais on m'a assuré que ce jeune homme était un expert — le plus qualifié pour le travail, et il est incontestable que la banque a besoin de son expertise.

Il s'interrompit et se racla la gorge, gêné.

— Eh bien, je dois te laisser. L'avion atterrit dans cinq minutes. Dis bonjour de ma part à tes charmantes sœurs.

— Quel vieux raseur, non ? dit une voix à l'oreille d'Abby.

Elle fit brusquement volte-face, en proie à une nervosité extrême.

— Peter Graymont ! s'exclama-t-elle en reconnaissant l'ancien avocat reconverti dans le commerce d'antiquités. Vous avez failli me faire avoir une crise cardiaque. Où avez-vous appris à rôder autour des gens comme ça ?

— Cet été, en courant les ventes aux enchères avec votre sœur.

— Sur quoi êtes-vous en ce moment, Peter ? Quelque chose d'excitant, j'en suis sûre.

— Eh bien, vous ne croyez pas si bien dire ! Je dois rencontrer un négociant en art de Chicago. Il m'apporte une dizaine de vases anciens dont le gouvernement chinois vient d'autoriser la vente à l'étranger. Je vous avoue que je suis comme un enfant qui attend le Père Noël.

Du coin de l'œil, Abby aperçut Steve qui courait vers les Escalator.

Il était sans doute en retard à un rendez-vous torride avec une hôtesse de l'air, songea-t-elle, surprise par le soudain pincement de jalousie que cette pensée lui inspirait. Elle savait bien que Steve n'était pas du genre à dépenser autant d'énergie pour une rencontre professionnelle.

— C'est fou, dit-elle à Peter. J'ai l'impression que toutes les personnes que je connais ont choisi de transiter par ici aujourd'hui. A croire que c'est un lieu de rendez-vous secret.

— On éprouve la même chose Via Veneto, à Rome. C'est d'ailleurs un de mes endroits préférés au monde. Mais excusez-moi, je dois filer. A bientôt, j'espère.

Abby jeta un nouveau coup d'œil à la pendule.

12 h 20. Les cinq minutes étaient largement écoulées et elle ferait mieux de s'en aller.

D'un autre côté, si son mystérieux interlocuteur voulait lui parler seul à seule, ses échanges avec Keith et Peter l'avaient peut-être empêché de s'approcher. Sans doute devrait-elle lui accorder quelques minutes de plus… Après tout, si quelqu'un avait des choses importantes à révéler au sujet de Douglas, elle se devait de découvrir de quoi il s'agissait. Elle regrettait de ne pas avoir eu le temps de bien connaître son demi-frère avant qu'il ne soit assassiné, et si cette personne pouvait lui en apprendre un peu plus sur Douglas, cela valait la peine de patienter encore un peu.

Lorsque l'écran digital indiqua 12 h 30, Abby cessa de faire les cent pas et décida que la comédie avait assez duré.

Furieuse d'avoir perdu bêtement son temps, elle marcha à grands pas vers la sortie principale.

Outre sa colère, elle se sentait vaguement honteuse. Si Kate avait répondu à un appel anonyme de ce genre, Abby savait qu'elle aurait longuement reproché à sa sœur son manque total de bon sens.

Elle se trouvait à quelques mètres de la sortie quand elle fut bloquée par un attroupement qui attendait le passage d'un chariot électrique tractant un long convoi de bagages.

La dernière plate-forme venait de passer à sa hauteur quand elle sentit un coup violent dans son dos. Il fut suivi par une poussée qui l'envoya dans la rangée de personnes qui se trouvaient devant elle.

Elle se mit à hurler, et finit par comprendre qu'elle était sur les nerfs depuis la veille. Se rendant compte qu'elle frisait l'hystérie, elle essaya de se calmer.

Bon sang, mais pourquoi perdait-elle le contrôle d'elle-même comme cela ? Cela ne lui ressemblait vraiment pas.

Les gens s'écartèrent, la prenant visiblement pour une folle, et elle sentit ses joues s'enflammer d'humiliation.

— Quelqu'un m'a poussée, dit-elle en guise d'explication.

Levant la main pour la passer dans ses cheveux, elle se rendit compte que son sac avait disparu.

— Mon sac ! hurla-t-elle.

Puis, voyant qu'elle cédait de nouveau à la panique, elle s'efforça de reprendre d'une voix posée :

— On m'a volé mon sac. Quelqu'un m'a poussée et m'a arraché mon sac.

— Vous avez vu qui a fait ça ? demanda une jeune femme.

— Vous devriez alerter la sécurité, suggéra une femme plus âgée.

— Attendez une minute, jeune demoiselle. Ceci est-il à vous ?

Un homme âgé, qui s'exprimait avec un léger accent allemand, lui tendit un sac en cuir noir. Le rabat était soulevé, mais la bandoulière n'avait pas été coupée.

— Oh oui, merci, c'est bien à moi.

Abby prit le sac, à la fois soulagée et gênée.

— Je vous suis tellement reconnaissante, dit-elle. Où l'avez-vous trouvé ?

— Il était là, à quelques pas. Il a dû tomber à terre quand

on vous a poussée. Vous devriez vérifier s'il ne vous manque rien.

La foule se dissipa rapidement, jugeant qu'il n'y avait rien d'intéressant à voir.

— Mon portefeuille est toujours là, dit-elle après une rapide vérification. Mes clés… tout y est.

Elle se tourna vers le vieil homme avec une gratitude renouvelée.

— Merci encore. Je n'ose pas imaginer le temps que j'aurais perdu pour faire opposition sur mes cartes. Sans compter que je n'aurais pas pu reprendre ma voiture pour rentrer chez moi. Il aurait aussi fallu que je fasse refaire mes clés…

Eprouvant le besoin de justifier ses hurlements, elle ajouta :

— On m'a vraiment poussée fort, vous savez.

— Je vous crois, jeune demoiselle.

Le vieil homme sourit gentiment.

— Il y a toujours des bousculades dans les aéroports. Vous savez ce que c'est, les gens sont pressés… On vit de plus en plus comme des fous, ne trouvez-vous pas ? D'ailleurs, moi-même…

Il consulta sa montre et grimaça.

— Je vais malheureusement devoir vous quitter. Vous êtes sûre que ça va aller ?

— Oui, merci.

— Dans ce cas, je vous salue, jeune demoiselle.

Tandis qu'elle se dirigeait lentement vers la porte, Abby, encore sous le choc, sentit un picotement désagréable courir le long de sa colonne vertébrale.

Persuadée qu'on l'observait, elle se retourna et regarda avec attention autour d'elle.

Elle ne vit rien qui sortait de l'ordinaire. Rien qui justifie son brusque élan de paranoïa.

Mais tandis qu'elle se faisait la leçon elle ne put se défaire totalement de l'impression d'avoir été piégée.

Quelqu'un l'avait attirée à l'aéroport pour une raison bien

précise. Mais laquelle ? Ce n'était pas pour lui voler son sac en tout cas.

Tandis qu'elle était perdue dans ses pensées, deux bras s'enroulèrent autour de sa taille.

— C'est mon jour de chance, murmura une voix familière à son oreille. Tu m'as suivi à l'aéroport pour me dire que tu ne pouvais plus te passer de moi ?

Bien qu'elle ait immédiatement reconnu la voix de Steve, Abby ne put s'empêcher de se débattre pour échapper à son étreinte.

— Hé, qu'est-ce qui t'arrive ? demanda-t-il gentiment. D'habitude, tu ne remarques pas quand je te touche. Et là, tu t'agites comme un chat prêt à griffer.

— Ça doit être toutes ces années de désir refoulé qui s'expriment enfin, dit-elle d'un ton sarcastique. Ou alors, c'est seulement parce que tu m'as fait une peur bleue.

— Non, dit-il après avoir fait mine de considérer la question. C'est définitivement parce que tu es folle de moi. Abby, ma douce, si seulement tu te décoinçais un peu, tu découvrirais que tu es follement amoureuse de moi depuis des années.

— C'est ça ! Depuis la fac, en fait.

— Au moins. Tu m'aimais peut-être déjà dans une de nos vies antérieures.

— Toi Antoine, moi Cléopâtre ? Bizarre, mais ça ne m'évoque rien.

— C'est parce que tu es sexiste, ma belle. C'était probablement le contraire. Tu étais Antoine, et j'étais Cléopâtre, me languissant désespérément dans ma nef dorée, tandis que tu partais à la conquête du monde.

Elle rit.

— J'ai du mal à t'imaginer avec les cheveux noirs coupés au carré.

— Et avec un serpent pressé sur mon royal buste ?

Steve prit le bras d'Abby et le passa sous le sien, puis il l'entraîna vers la galerie marchande.

— Pour te faire pardonner tes quelque deux mille ans de

négligence, veux-tu me tenir compagnie pendant que je noie mon chagrin dans une bière ?

— Marché conclu si tu m'offres un thé. Quel chagrin dois-tu noyer aujourd'hui ? L'hôtesse de tes rêves a raté son transfert à Chicago ?

Steve ne dit rien pendant quelques instants, puis il s'exprima avec un sérieux inhabituel.

— Tu te fais une fausse idée de ma vie sentimentale, Abby.

— Je sais. En réalité, tu es un moine en mission secrète pour la CIA. Les femmes que tu escortes à travers toute la ville sont des brebis égarées à qui tu apportes un soutien spirituel.

— Les femmes que j'escorte à travers toute la ville sont des amies ou des relations professionnelles. Je ne suis sorti avec personne depuis six mois. Pas depuis que j'ai emménagé au-dessus de chez toi, en fait.

Ayant laissé tomber sa bombe, Steve s'arrêta devant une croissanterie.

— Ça te tente ? Ces viennoiseries ont l'air bien appétissantes pour une boutique d'aéroport.

Abby s'éclaircit la gorge.

— Pourquoi pas ? dit-elle, alors qu'en réalité elle brûlait d'envie de savoir pourquoi il n'était sorti avec personne depuis six mois.

Steve Kramer en pleine crise de chasteté ? C'était aussi crédible que de l'imaginer en bourreau de travail.

— Alors que fais-tu ici au beau milieu de la journée ? demanda-t-il tandis qu'ils s'asseyaient près d'une fenêtre donnant sur les pistes.

Abby sirota son thé en évitant le regard vert pâle de Steve.

— Je crois que j'ai trop honte pour te le dire.

— Nous sommes amis depuis longtemps, Abby. Tu devrais savoir que tu peux tout dire à ce vieil oncle Steve.

Abby releva les yeux, surprise de constater tout à coup qu'elle ne savait pas grand-chose de Steve, bien qu'ils se connaissent depuis plus de dix ans.

Leur relation, comprit-elle avec une douloureuse lucidité, était à sens unique. Avec la plupart des gens, elle était une meneuse, une décideuse. Avec Steve, elle était toujours celle qui recevait.

— La situation doit être pire que je le pensais, dit Steve avec un ton exagérément solennel. Tu ne parles pas et tu n'as rien mangé. Tu ne couverais pas quelque chose ? La fièvre, peut-être ? Ou la peste bubonique ?

— J'ai reçu un appel anonyme hier soir, annonça-t-elle de but en blanc. Après t'avoir quitté. Quand je suis rentrée chez moi, le téléphone sonnait. J'ai décroché, et une voix m'a dit qu'elle avait quelque chose d'important à me communiquer au sujet de mon frère.

— Douglas ?

— Oui. Cette personne disait avoir des informations au sujet de l'arme qui l'a tué.

— Et donc, tu as appelé la police.

Abby se sentit rougir.

— Non. On m'a demandé de venir à l'aéroport aujourd'hui à midi. Alors, je suis venue.

— Sans en parler à personne ? Tu as envie de te faire tuer, c'est ça ?

La voix de Steve frémissait de colère.

— Que t'arrive-t-il, Abby ? Tu es une femme intelligente. Tu sais bien qu'il ne faut jamais donner suite à ce genre d'appel.

— Ce n'est pas la peine de crier, dit-elle, surprise par la réaction véhémente de son ami.

Jamais auparavant elle ne l'avait vu gâcher de l'énergie à se mettre en colère.

— Il ne s'est rien passé. Personne n'est venu.

— Qu'est-ce que tu en sais ? Tout ce que tu peux dire, c'est que personne ne t'a approchée. Mais peux-tu affirmer qu'il n'y avait pas quelqu'un en train de t'observer derrière un pilier, et de se réjouir de voir que tu avais obéi à sa demande ?

Ce que suggérait Steve était affreux, mais elle s'obligea

à ne pas réagir avec excès. Elle avait eu son compte pour la journée.

— Même si un cinglé m'observait, cela ne lui aura servi à rien.

— Peut-être que si. Imagine qu'il voulait t'identifier. Il ne savait peut-être pas à quoi tu ressemblais. Maintenant, il le sait.

— Mais s'il connaissait mon nom, il devait savoir de quoi j'avais l'air…

— Admettons. Mais tu vas me promettre quelque chose.

Il tendit le bras et posa la main sur la sienne.

— La prochaine fois qu'un inconnu te propose de parler de ton frère, décline l'invitation et appelle la police. Et si tu veux faire quelque chose de vraiment excitant, monte chez moi et nous ferons l'amour comme des fous.

— Marché conclu, dit-elle tranquillement.

Elle termina rapidement son thé et se leva.

— En attendant, je vais retourner travailler. Le musée d'Art populaire prépare une exposition sur Gardner Alleyn, et le conservateur va s'arracher les cheveux si je ne lui envoie pas un minimum d'éléments cet après-midi.

— Dieu nous en préserve ! Le conservateur ne peut pas se permettre de perdre un seul cheveu. Il ne lui en reste plus que douze.

— Il faut toujours que tu exagères, Steve. Le pauvre homme en possède encore vingt-quatre.

Tout en continuant à plaisanter, ils se dirigèrent vers le parking et se séparèrent sur la promesse de se revoir prochainement.

Il était presque 14 heures quand Abby s'installa à son bureau. Mettant de côté le désagréable intermède du déjeuner, elle se plongea dans les archives concernant Gardner Alleyn. Artiste rural, ce dernier avait pour sujet de prédilection les cow-boys et les chevaux, mais sa correspondance révélait un goût immodéré des femmes et un style alerte.

Elle lisait une lettre passionnée écrite à la femme d'un fermier voisin quand le téléphone sonna.

— Abigail Deane, dit-elle d'un ton guilleret, l'esprit encore imprégné des déclarations d'amour impétueuses du peintre.

Une voix étouffée lui répondit.

— Bonjour, Abigail. Vous permettez que je vous appelle ainsi, n'est-ce pas ? J'ai l'impression que nous commençons à devenir amis. Ça me fait plaisir de vous parler de nouveau. J'ai attendu ce moment toute la journée.

L'estomac d'Abby se contracta.

— Qui êtes-vous ?

— Je vous l'ai dit, Abigail. Je suis un ami. Un vieil ami de votre père.

— Quel est votre nom ?

— Cela vous intéresse, n'est-ce pas ? Mais il est trop tôt pour vous le dire. En tout cas, c'est une rencontre tout à fait intéressante que nous avons eue aujourd'hui à l'aéroport. J'apprécie grandement votre coopération.

— Que voulez-vous dire ? Je n'ai pas coopéré avec vous. Et je n'ai rencontré personne à l'aéroport. Qui êtes-vous ?

Un rire métallique éclata à l'autre bout de la ligne.

— Etes-vous sûre que nous ne nous sommes pas rencontrés ? Etes-vous absolument certaine que je ne suis pas une des personnes avec qui vous avez parlé ?

— Evidemment que j'en suis sûre !

— J'étais peut-être dans la foule quand vous avez fait tomber votre sac.

Il eut de nouveau ce rire inquiétant.

— Réfléchissez-y, *jeune demoiselle*. Posez-vous des questions, et inquiétez-vous. J'aime quand vous vous inquiétez.

Et sur cette phrase alarmante on raccrocha.

La tonalité résonna longuement dans le vide avant qu'Abby récupère la ligne, et compose d'une main tremblante le numéro du lieutenant Knudsen.

4

Abby faisait du café en essayant de ne pas penser aux appels qu'elle avait reçus lorsque Steve sonna à sa porte en début de soirée.

— Tu veux venir faire de l'escalade avec moi ce week-end ? demanda-t-il en la suivant dans la cuisine.

— Cela aurait été avec plaisir, mais j'ai promis à mes sœurs que j'irais faire du tri dans notre vieille maison de famille à Boulder. Le sous-sol regorge de vieilleries entassées depuis trois générations. D'ailleurs, j'aurais besoin d'aide.

Steve leva les yeux au ciel.

— Je me demande comment je fais pour avoir autant de chance. Passer le week-end à chasser les araignées et à porter des cartons, ça ne se refuse pas. Quand partons-nous ?

— Demain matin, ce serait bien. Keith doit me faire signer des papiers. Sa secrétaire a appelé cet après-midi et m'a demandé de passer à la banque. Cela ne devrait pas prendre plus de quinze minutes.

— D'accord, dit-il en se perchant sur un tabouret. Et à part ça, quoi de neuf depuis ce midi ?

— J'ai reçu un autre appel anonyme. Il est arrivé cet après-midi au bureau. J'ai eu peur… plus que la première fois, à dire vrai. Il avait l'air… je ne sais pas…

— Fou ?

— Oui. Mais même plus que ça. Vindicatif. On aurait dit qu'il me haïssait.

Steve jura entre ses dents.

— C'était la même personne que la première fois ?

— La voix était déguisée les deux fois, mais je le crois.

— Qu'a-t-il dit ?

— Qu'il aimait me savoir inquiète. Et aussi qu'il avait été heureux de me rencontrer à l'aéroport.

— Tu vois qu'il y avait bien quelqu'un là-bas.

— Ecoute, je ne vois pas comment ça peut être possible. Je n'ai rencontré que Keith Bovery, de la banque, Peter Graymont et toi.

Un lourd silence s'abattit soudain sur la cuisine.

— Si c'est une question, je ne sais pas comment y répondre. Et si je dois te donner ma parole que je ne suis pas l'auteur de ces appels anonymes, alors ça veut dire que quelque chose ne tourne pas rond dans notre relation. Je croyais que nous étions amis.

Elle perçut sa peine et tendit la main vers lui. Son bras était solide et rassurant sous ses doigts, et elle sentit une étrange chaleur courir dans ses veines.

— Ce n'était pas une question, dit-elle posément.

Steve l'observa longuement et parut rassuré par ce qu'il lisait dans ses yeux.

Il lui prit la main, la leva vers lui et l'effleura de ses lèvres.

— Tu es sûre que tu n'as pas parlé à quelqu'un d'autre ? Un employé de la compagnie ? Un bagagiste ? Un agent de sécurité ?

— Seulement à un vieil homme qui a ramassé mon sac quand je l'ai fait tomber près de la sortie. A ce moment-là, il m'a semblé gentil, mais…

— Quoi ?

— Il m'a appelée plusieurs fois *jeune demoiselle*. Il m'a semblé étranger, allemand peut-être, et la façon dont il le disait ne m'a pas paru insultante, mais plutôt amicale. Mais la personne qui m'a téléphoné cet après-midi me l'a redit délibérément, en scandant les syllabes. Et tout à coup cette expression a pris un sens assez effrayant.

— J'espère que tu as prévenu la police comme tu me l'avais promis.

— Oui, je l'ai fait.

Abby frissonna malgré le soleil tardif qui brillait encore à travers la fenêtre de la cuisine.

— J'ai réussi à joindre Knudsen, et pour une fois il s'est montré à peu près aimable. Mais apparemment il n'y a pas grand-chose à faire.

— Il a proposé de mettre ton téléphone sur écoute ?

— Oui, et ça devrait être opérationnel dès demain matin. Toutefois, pour des raisons techniques que je n'ai pas bien comprises, ils ne peuvent surveiller que ma ligne privée, et l'appel de cet après-midi est arrivé à mon bureau.

— Que pense Knudsen de cette histoire ?

Abby repoussa son café à l'autre bout du comptoir, soudain incommodée par l'odeur.

— Il trouve bizarre que je commence à recevoir des appels anonymes juste après la mort d'Howard Taylor. D'autant que l'inconnu a mentionné Douglas pour m'attirer à l'aéroport. En tout cas, il m'a promis de vérifier s'il y avait un lien entre les deux.

— Tu ne sembles pas trop inquiète.

— Pas trop, non. D'après Knudsen, les appels anonymes sont généralement l'œuvre de collègues jaloux ou d'ex-époux, plutôt que de criminels. Il y a de grandes chances que ça s'arrête, maintenant. Ce type m'a fait marcher, il s'est bien amusé, et ça s'arrête là.

— Tu crois que tu aurais reconnu sa voix s'il s'était agi de Greg ?

Abby grimaça.

— Probablement pas. Je n'ai pas eu de nouvelles de lui depuis notre divorce, il y a six ans. Et celui qui appelait avait déguisé sa voix avec un mouchoir, ou quelque chose. De toute façon, Greg n'a aucune raison de me harceler. Il était encore plus soulagé que moi lorsque notre mariage a pris fin. D'après ce que je sais, il aurait refait sa vie au Mexique avec une riche héritière.

— Si ce n'est pas Greg, est-ce que l'un de tes collègues

aurait des raisons de t'en vouloir ? En dehors du conservateur du musée d'Art populaire, naturellement.

Abby esquissa un sourire en imaginant le doux vieil homme en train de proférer des menaces au téléphone.

— Je ne vois pas. Les archivistes sont de nature plutôt tranquille, et à la Société historique nous sommes particulièrement inoffensifs. De toute façon, ce sont tous des amis. Personne ne me ferait ça.

Steve porta sa tasse jusqu'à l'évier sans faire de commentaires.

— J'ai du travail à finir ce soir, dit-il. Quelques dossiers à vérifier. Mais je peux les apporter ici si tu as envie de compagnie. Il me suffit de prendre un sac de couchage pour dormir sur le canapé, et je répondrai au téléphone s'il sonne.

Abby scruta longuement Steve, de nouveau submergée par l'impression qu'elle l'avait vu avec des œillères depuis ces six derniers mois. Ce matin, il lui avait dit qu'il n'était sorti avec personne depuis qu'il avait emménagé dans l'immeuble. A présent, il parlait de travailler chez elle.

Tard le soir ! Un vendredi !

L'ancienne image du Steve désinvolte et hédoniste se distordait dans une sorte de brume, mais la nouvelle image ne se dessinait pas encore nettement.

— Tu peux me répéter ça ? demanda-t-elle.

— Je vais aller chercher mon sac de couchage…

— Non. L'autre partie. Celle qui concerne les dossiers à étudier. Qu'est devenu l'ancien Steve Kramer, celui qui ne travaillait que trois heures par jour ?

— Il a disparu une semaine après la fin de ses études. Et d'ailleurs, je ne sais pas s'il a vraiment existé. En ce moment, je travaille facilement dix heures par jour.

— Mais tu es toujours rentré à 16 heures !

Il haussa les épaules.

— Je travaille mieux la nuit, alors je fais une pause dans l'après-midi.

Abby secoua la tête.

— Mes illusions viennent de voler en éclats. Je croyais que tu étais le dernier Américain à ne pas vouloir te transformer en bourreau de travail.

— Non, dit-il tranquillement. Tu n'as jamais pensé ça. Tu as simplement supposé, étant donné que Greg et moi étions colocataires, que j'étais fait de la même étoffe.

Il planta un regard glacial dans celui d'Abby.

— Je ne suis pas Greg. Un jour, il faudra bien que tu t'en rendes compte.

La triste vérité était qu'elle avait toujours su — ô combien — que Greg et Steve étaient différents. Son mariage avec Greg avait été une expérience terriblement douloureuse, mais c'était une période de sa vie sur laquelle elle n'avait pas envie de revenir.

— Tu es toujours d'accord pour venir à Boulder ? demanda-t-elle d'une voix mal assurée.

— Comment pourrais-je rater ça ? Et tu n'as pas répondu à ma question. Tu veux que je dorme ici, ce soir ?

Elle avait envie d'accepter, mais quelque chose la poussa à dire non.

— Ça va aller, Steve. Vraiment, je t'assure. Merci quand même.

— C'est toi qui vois. A demain, alors. Bonne nuit, Abby.

— Bonne nuit.

Elle ferma la porte derrière lui, se laissa tomber sur son canapé et observa son tapis d'un blanc immaculé.

Même en essayant de rester positive, cela avait été une fichue journée.

Le meurtrier d'Howard Taylor se faufila dans l'ascenseur et appuya sur le bouton du septième étage.

Abigail Deane était en route pour Boulder et la voie était libre. Et, ce qui ne gâtait rien, il faisait un temps radieux.

Le soleil à lui seul aurait suffi à mettre n'importe qui de bonne humeur, mais la visite d'Abigail ce matin à la banque avait été la cerise sur le gâteau.

Cette idiote avait signé une série de formulaires sans se rendre compte que cela ne servait à rien. Ce n'était qu'une simple ruse pour l'obliger à se déplacer. En fait, cela avait même été plus facile que de la faire venir à l'aéroport.

Et elle avait si aimablement parlé de ses projets pour le week-end…

L'assassin sortit de sa poche une clé flambant neuve et la laissa pendre au bout de sa chaînette en plastique rouge.

Se procurer la clé avait été tellement facile !

Un appel au sujet de Douglas, le rendez-vous à l'aéroport, puis le vol rapide du sac. Dix secondes pour prendre une empreinte de la clé de l'appartement, et puis la disparition silencieuse dans la foule. Cela aidait d'avoir l'air ordinaire. Les gens ne jugeaient que sur les apparences. Un regard obligeant et des vêtements classiques pouvaient dissimuler les plus noirs péchés.

C'était un bel immeuble, cher, luxueux. Mais pourquoi ne l'aurait-il pas été ? Ronald Deane avait laissé à ses filles plus d'argent qu'elles n'en auraient jamais besoin.

Mais il était temps que quelqu'un fasse comprendre aux Deane que certaines personnes n'avaient pas la même chance.

Appartement 704. La clé tourna dans la serrure et la poignée pivota sans effort.

Avec une petite moue triomphante, l'intrus pénétra dans le couloir dallé d'ardoise noire. Très joli. Très classe. Très Deane.

Ce fut une ombre silencieuse qui se déplaça dans le bel appartement. Des mains gantées ouvrirent les tiroirs, les placards, fouillant tranquillement.

Ce n'était pas la peine de se presser. La petite idiote était en train de mettre de l'ordre dans le sous-sol de l'ancienne maison de Ronald Deane, attendant sans le savoir que son meurtrier la rejoigne.

Tout fut passé au peigne fin, et en particulier le bureau. Trois armoires de classement, peintes en gris clair pour les assortir à la moquette, se détachaient sur le mur blanc. Elles comptaient chacune quatre tiroirs, et la recherche aurait été fastidieuse si Abigail n'avait pas été aussi bien organisée. Son système de classement était simple, logique et complet. Elle était sans doute une excellente archiviste à en juger par sa méthode.

Il ne fallut pas plus de cinq minutes à l'intrus pour trouver les lettres dans une série de chemises marquées Ronald Deane, Correspondance personnelle, 1975-1980.

Elles n'auraient jamais dû être écrites, naturellement, mais par chance leur signification n'était pas perceptible à première vue. Même en ce temps-là, il n'était pas question de faire chanter Ronald en termes trop explicites. En fait, à la relecture de ces lettres, il était impressionnant de constater combien la menace était présente derrière les mots apparemment innocents. De toute façon, il n'y avait pas à s'inquiéter. Avec tout ce qu'Abigail avait eu à régler après la mort de son père, il était raisonnable de croire qu'elle ne se rappelait pas le détail de ces lettres.

Cependant, c'était un risque qu'il valait mieux ne pas courir, surtout maintenant qu'Abigail était partie fouiner dans la vieille maison.

C'était vraiment dommage pour elle qu'elle soit aussi maniaque dans la tenue de ses dossiers personnels. Il y avait d'ailleurs quelque chose de glaçant dans la façon dont elle tenait à jour la composition de son portefeuille d'actions.

Si seulement cette écervelée de Kate s'était chargée de vider la maison, ou même Linsey, il n'y aurait eu aucun problème, aucune obligation de tuer encore.

C'était vraiment trop injuste. Certaines personnes devaient échafauder des plans, se battre, faire des prouesses pour le moindre centime, la moindre marque d'affection, tandis que d'autres — comme les sœurs Deane — naissaient avec une cuillère en argent dans la bouche.

Mais ce n'était pas le moment de s'en prendre au destin. C'était le moment d'agir, de passer à la partie la plus importante du plan.

Où étaient ces fichus certificats ?

Quelque part dans l'une de ces armoires devaient se trouver les copies des certificats de naissance et de décès de Christopher. Ces deux documents risquaient de révéler un subterfuge qui avait duré trente ans.

Une fouille patiente de l'armoire centrale révéla les documents tant désirés.

Faisant soudain un bond dans le passé, le visiteur examina le certificat de naissance d'un garçon né le 15 mai 1979 à Arapahoe County, dans l'Etat du Colorado. Venait ensuite un certificat de décès rédigé six semaines plus tard pour le même enfant.

Avec une énergie furieuse, le visiteur déchira les documents encore et encore, et mit les morceaux dans sa poche. Trente ans après les événements, il était trop tard pour pleurer.

Avec un sourire de satisfaction, le visiteur remit tout en place. Dans dix minutes, il n'y aurait plus aucun signe de son passage. Personne ne soupçonnerait que des documents avaient disparu.

Quittant le bureau, l'inconnu ne put résister à la tentation de jeter un coup d'œil dans la chambre. Aussitôt, son regard fut attiré par une photographie encadrée qui trônait à la place d'honneur sur la commode. Le cliché montrait un étudiant en toge noire, le jour de la remise des diplômes.

Attiré par une force irrésistible, le visiteur traversa la pièce et souleva la photo. Longuement, il observa les traits séduisants et rieurs, puis il reposa le cadre avec une telle violence qu'un flacon de parfum se renversa.

Le bouchon ne devait pas être bien fixé et le parfum se mit à couler sur le plateau. Laissant échapper un juron, le visiteur prit un mouchoir en papier dans sa poche, mais il devint rapidement évident que cela ne suffirait pas. Il courut jusqu'à la cuisine, prit quelques feuilles de papier absorbant et revint éponger. Pour couronner le tout, un petit éclat de verre s'était détaché du bouchon.

Que faire ? Mieux valait peut-être emporter le flacon. Il

y avait un autre problème : les feuilles d'essuie-tout. Il ne se voyait pas sortir en les tenant à la main, au risque de croiser un voisin à qui cette scène insolite risquerait de mettre la puce à l'oreille.

Retournant dans le bureau, il prit une grande enveloppe et y jeta l'absorbant détrempé et le flacon. Puis il s'autorisa un soupir de soulagement.

Tout était rentré dans l'ordre.

Hormis le fait que la fragrance orientale du parfum, lourde et épicée, flottait dans tout l'appartement. Mais l'odeur se dissiperait rapidement. Et de toute façon Abigail Deane n'aurait pas l'occasion de revenir chez elle et de découvrir qu'un de ses flacons de parfum avait disparu.

Le visiteur relâcha son souffle avec satisfaction.

Oui, vraiment, tout était pour le mieux.

A présent, plus rien ne pouvait trahir la vérité à propos de Douglas, ou du petit Christopher.

Le moment était enfin venu de mettre un terme à une histoire qui avait commencé trente ans plus tôt.

5

— Et voilà ! s'exclama Steve d'un ton exagérément triomphant. Je viens de déposer le dernier sac-poubelle dans l'allée. Tu peux déboucher le champagne.

Abby lui jeta un coup d'œil à travers une mèche de cheveux poussiéreuse qui lui pendait devant le visage.

— Quoi ? Tu as dit quelque chose ?

— Rien qui risque de bouleverser le monde. J'ai fini de sortir les détritus, c'est tout.

Il se rapprocha et se pencha au-dessus d'elle.

— Qu'est-ce que tu as trouvé dans cette boîte ? Ça doit être fascinant. Il y a bien une heure que tu as le nez dedans.

— Ce sont des vieilles photos et quelques lettres. Si j'avais su qu'elles étaient là, je les aurais classées depuis longtemps. C'est une mine d'anecdotes sur l'histoire familiale.

Elle lui tendit un cliché.

— Tiens, regarde cette photo. C'est ma grand-mère le jour de son mariage. Tu ne trouves pas que Linsey lui ressemble ? Les mêmes yeux, le même nez…

Steve observa l'image en noir et blanc.

— Mais oui, tu as raison. Tu sais quoi ? Tu devrais en faire une copie et l'envoyer à Darren et Linsey. Je suis sûr que cela leur fera plaisir.

— Bonne idée, répondit Abby d'un air absent.

Son attention s'était déjà reportée sur la précieuse boîte en carton.

Elle sortit une fine enveloppe contenant une lettre jaunie et une photo d'une jeune femme tenant un tout petit bébé.

— Qui est-ce ? demanda Steve.

— Je ne sais pas. D'après le style des vêtements, ça doit dater de la fin des années soixante-dix.

Abby cala son dos contre un pouf et commença à lire.

Steve baissa les yeux vers elle, son expression oscillant entre l'affection et l'exaspération.

Estimant à une bonne centaine les photos qui gisaient encore au fond du carton, il soupira — lourdement.

Abby ne réagit pas.

Après cinq minutes de patience, il se risqua à parler.

— Abby, ma douce, je sais que tout ça est très passionnant, mais au cas où tu ne l'aurais pas remarqué il est presque 17 heures et nous n'avons pas déjeuné.

— Hein ? Tu m'as parlé ?

Abby repoussa une mèche de cheveux derrière son oreille, laissant une trace de poussière sur sa joue, puis elle se remit à lire.

— Steaks cuits à point, murmura Steve en se penchant. Pommes de terre en papillote. Epis de maïs dégoulinant de beurre. Un verre de bon bourgogne…

En entendant ces mots magiques, Abby cilla et revint à la réalité.

— Il est déjà l'heure de dîner ? Je viens de me rendre compte que je meurs de faim.

Les yeux de Steve pétillèrent de malice.

— Quand tout a échoué, j'ai mon arme fatale : la nourriture. Dans ce corps de sylphide se cache l'âme d'un sumo de cent cinquante kilos. Oui, ma chère, il est l'heure de dîner.

— Cent cinquante kilos, hein ?

Abby se leva et virevolta souplement.

— Admire ce corps parfait, et pleure des larmes de sang, Steve Kramer.

— Ma belle, quand je regarde ton corps, ce n'est pas de pleurer que j'ai envie.

Elle rougit et il éclata de rire.

— Allez, donne-moi ces lettres avant de replonger. Tu as déjà pensé à consulter pour ton addiction aux vieux papiers ?

— Ce n'est pas qu'un vieux papier, dit-elle en redevenant sérieuse. C'est une lettre écrite à mon père par une femme du nom de Lynn, qui lui envoie la photo de son fils nouveau-né. Je me rappelle avoir vu d'autres lettres d'elle, mais je n'avais pas compris de qui il s'agissait.

Elle secoua la tête, pensive.

— Je me demande pourquoi cette lettre a été séparée des autres. C'est peut-être parce qu'il y avait une photo.

Steve observa le visage solennel de la jeune femme et le bébé enveloppé dans un châle.

— Pour une jeune maman, la pauvre Lynn n'a pas l'air très heureuse. Qui est-ce ?

Abby grimaça.

— Je crois que c'était la petite amie de mon père. Tu sais, cette jeune fille avec qui il est sorti avant d'épouser maman.

— En d'autres termes, la vraie mère de Douglas Brady.

— Oui. Ce qui veut dire qu'il s'agit sans doute de la dernière photo de Douglas avec sa mère avant qu'il n'ait été adopté.

— Quel est son nom de famille ?

Abby retourna l'enveloppe et essaya de déchiffrer l'adresse de l'expéditeur.

— Je ne peux rien lire, à part « Alabama ». L'encre a été diluée par de l'eau, ou quelque chose.

Elle marqua une pause.

— Peut-être des larmes.

Steve lui pressa gentiment l'épaule.

— Si tu ne peux pas l'identifier, c'est peut-être aussi bien comme ça. Parfois, il vaut beaucoup mieux ne pas déterrer le passé.

— C'est sans doute un bon conseil, mais tu oublies que le passé nous a explosé à la figure lorsque Douglas nous a retrouvées, mes sœurs et moi.

— Mais Douglas est mort, maintenant, et il est temps de

tourner la page. Et puis, si tu y réfléchis bien, Lynn et lui faisaient partie de la vie de ton père, pas de la tienne.

Abby observa le regard triste de Lynn, et son cœur se gonfla de sympathie pour elle.

— Je n'arrive pas à comprendre comment mon père a pu se conduire aussi mal. Quand il a rencontré maman, ça a été le coup de foudre, et il a aussitôt quitté Lynn, sans savoir que cette dernière était enceinte. Elle-même ne l'a découvert que peu après. Elle a demandé de l'aide à mon père, mais il a refusé d'assumer ses responsabilités, et n'a jamais voulu reconnaître l'existence de son fils.

Elle soupira.

— Il a d'ailleurs si bien tenu Lynn et son bébé à l'écart de sa vie que personne dans la famille n'était au courant, jusqu'à ce que Douglas vienne un jour sonner à la porte.

— Essaie de ne pas le juger, Abby. Dieu sait que nous faisons tous des erreurs quand nous sommes jeunes. Regarde nous deux, nous en sommes de parfaits exemples avec nos mariages ratés. Si tu entendais la version de mon ex-femme, je doute que tu accepterais encore de me parler.

— Oui, mais heureusement nous n'avons pas eu d'enfants qui auraient pu souffrir de nos erreurs.

— Bien sûr. Mais nous ne savons pas ce qui s'est passé entre ton père et Lynn. Il avait peut-être ses raisons.

— S'il s'agissait du père de quelqu'un d'autre, je crois que j'arriverais à l'admettre, reconnut Abby. Mais c'est de mon père dont on parle. C'est dur pour moi d'accepter que l'homme que j'idolâtrais était en réalité comme les autres, avec les mêmes défauts que n'importe qui.

— Et les mêmes qualités aussi, lui rappela Steve. Il n'est plus là pour nous donner sa version, alors ne le déloge pas si vite de son piédestal.

— Tu as raison.

Abby esquissa un sourire, même si au fond d'elle-même elle n'était guère convaincue.

— Concentrons-nous sur des questions vraiment cruciales. Qui fait la cuisine, ce soir ?

— Ça dépend. Tu veux manger des morceaux de charbon, ou tu préfères des pommes de terre dorées à point, du maïs tendre et des steaks fondants ?

— Mince, c'est un choix cornélien ! Mais puisque j'ai acheté la nourriture je devrais te laisser cuisiner, pour ne pas que tu te sentes entretenu, ou quoi que ce soit.

— Quelle générosité !

Il vit le regard d'Abby s'attarder sur le carton de photos et la prit par la main.

— Allez, viens, il est l'heure de la douche. Si on ne se dépêche pas, il fera trop froid pour dîner dehors.

— Je peux peut-être le monter dans ma chambre ?

— Oh non !

Steve s'empressa d'attraper le carton.

— Je vais le cacher, sinon dans une heure je te trouverai assise sur le sol en train de lire, les cheveux pleins de toiles d'araignée.

— Je n'ai pas de toiles d'araignée dans les cheveux, protesta Abby. Je suis connue pour être toujours tirée à quatre épingles.

Steve éclata de rire.

— Jette un œil dans le miroir, ma belle. Non seulement tu as des toiles d'araignée dans les cheveux, mais tu as de la graisse sur le nez, de la poussière sur les joues, et une petite tache d'encre sur le front.

— C'est à se demander comment tu fais pour ne pas te jeter sur moi, sexy comme je suis.

Il haussa les épaules.

— Je ne sais pas. Je dois avoir une capacité de contrôle hors du commun.

Malgré son ton railleur, les yeux de Steve la fixaient avec une intensité inhabituelle, et Abby sentit ses joues s'enflammer.

Soudain, son apparence négligée n'avait plus rien d'un

sujet de plaisanterie. Elle avait envie d'être sophistiquée, ensorcelante, glamour…

Et tout cela pour Steve Kramer !

De trop nombreuses heures passées dans l'atmosphère confinée du sous-sol lui avaient visiblement causé quelques troubles cérébraux.

— Bon, j'y vais, dit-elle sur le ton le plus détaché possible.

— J'allume le barbecue.

Steve attrapa une boîte d'allumettes et la fit sauter d'une main à l'autre.

— Ce sera prêt dans une heure. Ne sois pas en retard, fillette.

La conversation qu'elle venait d'avoir avec Steve n'aurait pas pu être plus anodine, et pourtant Abby découvrit qu'elle tremblait tandis qu'elle ôtait ses vêtements et entrait dans la douche.

Pour la première fois depuis qu'elle avait quitté l'université, elle se demanda quel effet cela ferait de faire l'amour avec Steve.

Dévastateur et merveilleux, à n'en pas douter.

Lorsque Abby entra dans le patio, quarante minutes plus tard, Steve faisait griller des épis de maïs. Il releva brièvement la tête et lui adressa un clin d'œil.

— Je vois que tu as repris figure humaine, fillette.

Il retourna à ses occupations, et Abby grommela dans son dos.

C'était pour ce genre de remarque qu'elle avait mis son jean neuf et avait passé un quart d'heure à se maquiller ?

Nerveuse, elle fit quelques pas dans le patio, avant de prendre place sur une chaise longue et de contempler le ciel.

L'automne s'installait peu à peu et la nuit était fraîche, mais l'altitude donnait à l'atmosphère une limpidité de cristal, et le spectacle des étoiles méritait amplement l'addition d'un pull à sa tenue pour dîner dehors.

Steve lui tendit un verre de vin et tira une chaise près de la sienne.

— Un de mes amis m'a recommandé une nouvelle voie à escalader. Elle est assez ardue, mais j'ai pensé que ça pourrait te tenter. On se programme ça pour la semaine prochaine ?

— Et comment ! J'ai bien l'intention d'arriver au sommet avant toi.

— Tu paries combien ?

— Cinq dollars.

— Minable !

— Un dîner, alors ?

— Du moment que ce n'est pas toi qui cuisines, ça marche.

Elle lui lança un regard faussement vexé.

— Un de ces jours, je vais apprendre à cuisiner rien que pour te tourmenter.

— Tu me tourmentes déjà, inutile d'en rajouter.

Il se leva soudain et alla surveiller le barbecue. Abby le suivit.

— Hé, qu'est-ce que ça veut dire ? Je te trouve bizarre depuis quelques jours.

Il eut un rire forcé.

— Pour une femme intelligente, tu es parfois carrément stupide.

— Quoi ? Comment ça, je suis stupide ?

Comme il l'ignorait, elle lui secoua le bras.

— Tu vas arrêter de retourner ces steaks et me regarder !

Les muscles de Steve se crispèrent sous ses doigts.

— Mais avec plaisir, marmonna-t-il en posant les pinces sur le grill. Voilà, je te regarde.

Il l'enveloppa d'un regard appréciateur.

— Joli sweater, fillette. Trois centimètres plus ajusté, et tu te ferais arrêter pour attentat à la pudeur.

Les mains sur les hanches et les yeux étincelants de rage, elle lui tint tête.

— Arrête de m'appeler fillette ! J'ai vingt-huit ans. Et tu ne m'as toujours pas expliqué pourquoi j'étais stupide.

— Parce que n'importe quelle femme, même avec une cervelle de moustique, aurait compris combien j'ai envie de faire ça, dit-il en l'attirant dans ses bras et en plaquant sa bouche sur la sienne.

Son baiser était passionné, exigeant, et pourtant incroyablement tendre.

Les yeux clos, incapable de résister, Abby noua les bras autour de la nuque de Steve et répondit à son baiser avec une ardeur qu'elle ne se connaissait pas.

Le sombre manteau de la nuit l'enveloppait, la laissant sourde et aveugle au monde. Seul Steve existait, Steve et les sentiments qu'il avait miraculeusement fait naître au plus profond de son âme.

Elle aurait voulu que leur baiser dure éternellement. Mais elle aurait aussi voulu y mettre fin dans la seconde, avant que leur belle amitié ne soit définitivement détruite.

— Steve, s'il te plaît, non, murmura-t-elle.

A l'instant où leurs lèvres se séparèrent, elle comprit qu'elle n'avait pas vraiment voulu que ce baiser prenne fin. Elle se sentait soudain abandonnée et misérable sans les bras de Steve autour d'elle. Sans ses lèvres sur les siennes, elle avait l'impression de ne plus être tout à fait en vie.

— Je vais chercher du vin, dit-il en évitant son regard. Les assiettes sont sur la table à côté du grill. Tu peux commencer à servir, si tu veux.

Abby hocha la tête et avança vers la table dans un état second. Elle prit une assiette, et son regard se perdit au loin. Elle était supposée faire quelque chose, mais elle ne se rappelait plus quoi. Elle était incapable de penser à autre chose qu'à Steve.

Sa rêverie dura à peine quinze secondes, avant d'être interrompue par un hurlement.

— Abby, couche-toi !

Avant qu'elle ait eu le temps de réagir, une balle siffla non loin d'elle.

Steve plongea en avant et la fit tomber à terre. Ils atterrirent lourdement sur la terrasse en briques, et Abby eut l'impression que tout l'air se retirait de ses poumons tandis que Steve s'affalait sur elle.

Elle entendit des bruits de pas, des branches cassées et voulut se redresser pour regarder.

— Ne bouge pas, lui ordonna Steve.

— Mais il s'enfuit !

— Et toi tu es encore en vie. Ne tente pas le diable.

Il roula sur le côté et s'accroupit derrière la table.

— Tu as eu le temps de le voir ?

— Oui. Je m'apprêtais à sortir quand je l'ai vu prendre position. C'est pour ça que j'ai crié. Il était de taille et de poids moyens, et portait une cagoule et des gants de ski.

— Fichtre ! Avec une description aussi précise, la police va le retrouver immédiatement.

Steve perçut la panique sous son sarcasme, et il la prit dans ses bras pour la réconforter.

— Rentrons, dit-il. Nous serons plus en sécurité à l'intérieur.

Elle ne protesta pas, en partie parce qu'elle claquait des dents et ne pouvait pas articuler un mot cohérent. Steve la guida jusqu'au salon, et ils s'assirent sur le canapé.

— Le dîner est fichu, dit-elle.

— Et j'ai fait tomber la bouteille de vin. Mais je peux te faire réchauffer une soupe en boîte, si tu veux.

— Je n'ai pas très faim pour le moment.

Steve se leva et revint presque aussitôt avec un verre.

— Essaye ça.

— Qu'est-ce que c'est ?

— Du cognac. J'en ai trouvé une bouteille tout à l'heure en fouillant dans les placards. Bois-en une gorgée pendant que j'appelle la police.

— Le numéro du shérif est inscrit sur le tableau à côté du téléphone de la cuisine.

Restée seule, Abby serra les bras autour d'elle pour réprimer ses tremblements. Elle venait seulement de prendre pleinement conscience qu'on lui avait tiré dessus.

Quelqu'un avait essayé de la tuer. C'était inimaginable, mais c'était pourtant la vérité.

— Ils envoient une voiture de patrouille, dit Steve en revenant.

Il s'assit à côté d'elle, une main posée sur son genou.

— Tu sais, ce n'était peut-être qu'un touriste venu chasser. Les débutants ont tendance à faire n'importe quoi, et il y a souvent des accidents.

Abby se redressa contre les coussins.

— N'essaie pas de me ménager, Steve. Je ne suis pas fragile ou effrayée à ce point. Nous savons très bien que les chasseurs n'entrent pas dans les jardins de ville, et qui plus est avec une cagoule. Quelqu'un m'a tiré dessus avec l'intention de me tuer.

Elle posa la main sur la sienne et lui pressa les doigts.

— Heureusement que tu étais là. Je ne sais pas comment te remercier.

— Oh, ce n'est pas grave. Je marque ça sur ton compte, et le moment venu j'exigerai un dédommagement exorbitant.

Cette plaisanterie parvint à arracher un sourire à Abby.

— Je paierai volontiers. J'ai vraiment une dette envers toi.

Il hésita un court instant, puis il passa un bras autour de ses épaules et l'attira contre lui. Elle s'abandonna sans résistance, et il caressa doucement ses cheveux emmêlés.

— Pourquoi a-t-on voulu me tuer, Steve ? Qui peut me haïr à ce point ?

— Je ne sais pas. Pas encore. Mais je te promets que nous le trouverons.

L'adjoint du shérif fouilla les buissons avec une puissante lampe torche, récupéra la balle qui avait failli toucher Abby, et posa des quantités de questions. Il se montra poli, concerné… et pessimiste quant aux chances de capturer le tireur.

— Etes-vous absolument sûre de ne pas avoir d'ennemis ? demanda-t-il. Un ex-mari jaloux, ou des collègues envieux ?

Cette question lui avait déjà été posée quelques jours plus tôt par le lieutenant Knudsen, et Abby dut faire un effort pour ne pas laisser paraître son agacement.

— Mon mari et moi avons divorcé d'un commun accord, et je m'entends très bien avec mes collègues.

— Réfléchissez bien.

— Mais enfin, personne n'a de raisons de vouloir me tuer ! Bon sang, je suis une personne sans histoire, tranquille, organisée... pour tout dire assez ennuyeuse. Je n'ai pas le profil pour attirer les meurtriers.

— A votre place, je ne serais pas aussi catégorique. Les mobiles de meurtre sont beaucoup plus limités qu'on ne le croit : sexe, argent, revanche, peur qu'un secret soit découvert ou un crime ancien révélé... Si j'étais vous, je ferais une liste des hommes que vous avez éconduits récemment, et une autre des personnes qui hériteront de votre fortune. Et si vous possédez des informations importantes sur un scandale il faut nous en parler.

— Je ne connais aucun secret, dit Abby d'un ton désespéré. Tout au moins, aucun qui soit récent. Ceux sur lesquels j'ai été amenée à travailler à la Société historique remontent à plus de cinquante ans. Personne ne voudrait me tuer parce que j'ai découvert que le directeur de l'urbanisme en place en 1930 avait accepté des pots-de-vin.

— Vous seriez surprise, dit le policier. Parfois, les vieux secrets ont encore un fort pouvoir de nuisance. Pensez-y, mademoiselle Deane. Et faites une liste.

Sur ces mots, il leur serra la main.

— Fermez bien tous les accès, cette nuit. Et ne restez pas derrière les fenêtres. Je vous appellerai à Denver si j'ai d'autres questions ou des informations. Le labo pourra peut-être nous fournir une piste grâce à la balle que j'ai trouvée.

Mais tout en disant cela il semblait pour le moins sceptique.

— Bonne nuit, ajouta-t-il.

*
* *

Le salon sembla étrangement calme après le départ du policier. Steve se mit à faire les cent pas pendant quelques secondes, puis il se tourna vers Abby.

— Il a raison. Tu sais quelque chose, et quelqu'un est prêt à te tuer pour t'empêcher de le dire.

— Steve, le travail que je fais à la Société historique est de notoriété publique, ça ne menace personne. Et si on me tuait, mon remplaçant…

— Je ne pensais pas à ton travail, mais à ta vie personnelle, ta famille.

— Tu veux dire Douglas, dit-elle avec un soupir de résignation. Tu veux absolument qu'il y ait un lien entre mon demi-frère et Howard Taylor, mais il n'y en a pas.

Steve parut songeur, puis soudain son visage s'illumina.

— Bien sûr que si ! Bon sang, Abby, mais nous savons quel est ce lien. C'est l'arme du crime.

Abby ne fit aucun effort pour cacher son exaspération.

— Enfin, Steve, en quoi cette information représenterait-elle un danger pour qui que ce soit ? Personne ne voudrait me tuer pour un fait déjà connu de la police.

— Ils savent que la même arme a été utilisée. Ils ne savent pas qui a appuyé sur la détente.

— Moi non plus !

Elle secoua la tête.

— Vous me faites rire, tous autant que vous êtes ! Je ne peux pas révéler un secret que je ne connais pas.

— Tu le connais forcément. Il suffit de faire travailler ta mémoire. Pour l'amour du ciel, Abby, fais un effort. Ta vie en dépend.

6

Abby se laissa tomber lourdement sur le canapé.

— Etant donné l'histoire insensée que nous avons découverte après la mort de papa, il serait irrationnel d'affirmer qu'il ne reste aucun autre secret à découvrir.

— Et tu n'as jamais été irrationnelle, dit Steve avec un petit sourire. Je ne compte plus le nombre de fois où tu m'as expliqué combien tu étais logique et ordonnée. Contrairement à moi, bien entendu.

Abby lui fit une grimace.

— Absolument, mon cher. Le problème est de savoir où je dois commencer à chercher.

— Comment procéderais-tu si tu faisais une recherche pour la Société historique ?

Abby ne répondit pas, et se mit à réfléchir.

Un début d'idée lui vint, puis une étincelle d'excitation explosa en elle.

— Attends, laisse-moi procéder par étapes. Premièrement, quelqu'un à la banque détourne de l'argent. Deuxièmement, tu crois qu'Howard Taylor a été assassiné parce qu'il s'apprêtait à démasquer le coupable. Troisièmement, l'arme qui a servi à le tuer est liée à la mort de Douglas, et donc à ma famille. Quatrièmement, quelqu'un a essayé de me tuer ce soir parce que je représente un danger pour lui. Cinquièmement, nous avons affaire à la même personne.

Elle leva un sourcil interrogateur à l'adresse de Steve.

— Comment je m'en sors ?

— Très bien. Il ne nous reste plus qu'à identifier l'escroc, et nous aurons notre meurtrier.

— Le problème, c'est que l'escroc est forcément un employé de la banque, et je ne connais personne à la banque. A part Keith Bovery.

Les mots n'avaient pas plus tôt quitté ses lèvres qu'elle bondit hors du canapé, comme traversée par une décharge électrique.

Steve et elle se dévisagèrent avec effarement.

— Mon Dieu ! s'exclama Steve. Keith Bovery !

— Keith Bovery, répéta Abby à mi-voix. C'est tout à fait plausible. Il est lié à ma famille depuis des années. Mon père aurait pu connaître des dizaines de secrets à son sujet.

— Et il est la seule personne à la banque qui soit au courant du détournement de fonds.

— Ce qui veut dire qu'il est la seule personne avec un mobile solide pour tuer Howard Taylor.

Abby saisit le bras de Steve.

— Le sous-sol. Les archives de mon père. Je suis prête à parier que nous y trouverons des indices.

Soudain, elle écarquilla les yeux.

— Mais j'y pense, j'ai même dit à Keith ce matin que je viendrais ici pour trier les papiers de papa. Je lui ai donné le mobile pour me tuer. Et sur un plateau d'argent, en plus.

— D'accord, mais je ne vois pas pourquoi il aurait tué Douglas.

— Peut-être que Douglas le faisait chanter. Steve, tout prend enfin sens ! Keith est la seule personne à la banque pour qui je pourrais représenter une menace. Il doit avoir terriblement peur de ce que je pourrais révéler.

Steve grimaça.

— Tu sais, j'ai passé des heures à travailler avec lui pendant ces dernières semaines, et il ne m'a pas fait l'impression d'un homme acculé et désespéré. Ennuyé par l'escroquerie, peut-être, mais pas effrayé.

Abby ne voulut rien savoir. La tête lui tournait à force de

réfléchir, et elle avait l'impression qu'elle était sur le point de faire une découverte majeure.

— Viens, allons voir au sous-sol. Il y a des tonnes de photos et de lettres à éplucher.

— Je suis prêt à y passer la nuit s'il le faut. Mais avant cela je vais nous faire chauffer une soupe.

— Je n'ai pas faim.

— Cinq minutes, Abby. Sois raisonnable, tu peux quand même attendre cinq minutes. Nous n'avons rien mangé de la journée, et ces cartons ne vont pas se sauver.

Dans l'état d'esprit où Abby se trouvait, cinq minutes lui paraissaient une éternité. L'adrénaline bouillonnait dans ses veines, ne laissant aucune place à la faim.

— Je ne vais pas rester à te regarder sans rien faire. Descends-moi ma soupe quand elle sera prête, d'accord ?

Elle se dirigea vers le couloir sans attendre la réponse de Steve et ouvrit la porte du sous-sol. L'odeur de fumée qui se répandit alors fut suffisamment forte pour la faire tousser.

Jetant un coup d'œil par-dessus son épaule, elle interpella Steve.

— Tu es sûr que tu as éteint le barbecue ? Ça empeste le brûlé.

Il se trouvait dans le cellier, et sa réponse lui parvint assourdie.

— Oui, j'ai éteint. Ça doit être les relents de maïs calciné. Dis, tu la veux à quoi, ta soupe ? Champignons ou tomate ?

— Champignons.

Abby referma la porte derrière elle, actionna l'interrupteur et descendit rapidement les marches.

Contournant un pilier de soutènement, elle s'arrêta net, tétanisée par l'horreur.

Une fumée âcre s'élevait du coin où étaient rangés les souvenirs de son père. Telles des langues avides, des flammes orange commençaient à lécher le bord des cartons empilés sur les étagères de bois.

— Steve ! hurla-t-elle, en maudissant la lourde porte qui retenait si efficacement les bruits entre les étages.

Recouvrant l'usage de ses jambes, elle courut vers le vieil évier en porcelaine blanche, installé près de la machine à laver et du sèche-linge.

La fumée commençait à s'infiltrer dans ses poumons. Les larmes aux yeux, et secouée de quintes de toux, elle se pencha pour prendre le seau en plastique sous l'évier.

Dansant impatiemment d'un pied sur l'autre, elle pesta contre le mince filet d'eau qui s'écoulait du robinet. A ce rythme-là, elle ne parviendrait jamais à éteindre le feu.

Et pourtant il fallait qu'elle sauve ces documents.

Elle mit la bonde de caoutchouc dans l'évier et le laissa se remplir tandis qu'elle transportait le seau vers l'autre bout du sous-sol. La fumée s'était affaiblie, mais les flammes s'élevaient de plus en plus haut. Elle jeta l'eau au milieu du brasier, et une partie des flammes mourut dans un chuintement.

La bataille n'était pas terminée pour autant, et Abby le savait.

Tandis qu'elle retournait vers l'évier, elle vit scintiller une nouvelle flamme qui montait à l'assaut de la bibliothèque.

Combien de temps fallait-il pour réchauffer une soupe ?

Steve, pria-t-elle silencieusement, pour une fois, ne joue pas les fins gourmets. Dépêche-toi, bon sang !

Ses gestes devinrent automatiques. Récupérer l'eau dans l'évier plein. Courir vers les cartons en feu. Jeter l'eau sur les flammes. Retourner à l'évier…

Le sol couvert de linoléum était de plus en plus glissant, encombré de papiers détrempés, mais au moins ses efforts portaient leurs fruits. Le feu était presque dompté, et la panique d'Abby commençait à refluer.

La lumière clignota quelques secondes avant qu'elle ne retourne à l'évier pour la sixième fois, et s'éteignit.

L'obscurité, aggravée par la fumée, était presque totale. La chaleur avait dû faire fondre un fil électrique quelque part, et le circuit avait disjoncté. Le bruit d'un carton qui s'effondrait lui sembla assourdissant, presque effrayant, dans le noir.

Elle frissonna. Le sous-sol, essaya-t-elle de se rappeler, n'avait pas changé à cause de l'obscurité. C'était toujours la même pièce familière emplie de joyeux souvenirs d'enfance.

Un dernier seau, décida-t-elle en serrant les dents.

Elle ne pouvait pas remonter avant que le feu soit complètement éteint. Par chance, elle était descendue à temps ; toute la maison aurait pu brûler. Malheureusement, les archives de son père étaient fichues. Les quelques documents qui avaient échappé aux flammes étaient gorgés d'eau et probablement illisibles.

Se déplaçant avec prudence sur le sol glissant, elle jeta l'eau sur les dernières flammèches qui s'éteignirent dans un petit souffle de fumée.

L'obscurité était à présent totale.

Le vacarme des livres qui dégringolaient de l'étagère résonna soudain dans le sous-sol comme une explosion. Une douleur aiguë se répandit dans la tête d'Abby, et elle comprit vaguement qu'elle avait été touchée par un bibelot. Elle trébucha, essayant de contrôler la nausée qui lui révulsait l'estomac.

Un rai de lumière perça soudain l'obscurité.

— Abby ? Mais qu'est-ce qui se passe en bas ?

— Steve.

Elle n'était pas sûre d'avoir parlé à voix haute. Ses jambes ne la portaient plus, et elle sentit qu'elle était en train de glisser lentement à terre.

Elle tomba à genoux, son visage s'enfonça dans un amas de carton détrempé et elle perdit contact avec la réalité.

La nuit n'avait pas tenu les promesses de la matinée. Loin de là.

L'assassin roulait sagement à soixante-dix kilomètres à l'heure sur la rocade qui contournait Boulder, et restait sur la file de droite. Inutile d'attirer l'attention d'un flic trop zélé, même si la carabine avait été jetée dans une benne à ordures, avec la cagoule et les gants.

Aucun risque que l'arme soit identifiée. De ce côté-là, rien à craindre.

Le problème, c'était qu'Abigail Deane était toujours en vie.

D'un autre côté, tout n'était pas perdu. Les reliques de Ronald Deane avaient toutes été détruites. A présent, ce n'était plus la peine de craindre qu'une lettre ou une photo oubliée réapparaisse subitement.

Il n'empêche qu'Abigail devait mourir.

L'assassin se mit à tambouriner nerveusement sur le volant. Si cet imbécile de Steve Kramer n'était pas intervenu…

Il fallait qu'il meure, lui aussi. Pas à cause de son enquête à la banque. Non, tout avait été parfaitement sécurisé. C'était le mot de passe et les différents codes d'accès confidentiels d'Howard qui avaient servi pour toutes les transactions délicates. Et ce cher vieux Howard n'était plus là pour protester de son innocence.

L'assassin esquissa un sourire.

Oui, l'opération Howard Taylor avait été un succès total. Et, pour le reste, ça n'allait pas tarder à s'arranger.

Jetant un coup d'œil dans son rétroviseur, l'assassin changea de file et prit de la vitesse. Il n'y avait pas un flic en vue. L'excitation eut raison de la prudence. Une pression sur l'accélérateur, et la voiture bondit.

Quatre-vingt-dix, cent dix, cent trente… La sensation de vitesse était formidable. Grisante. Ce serait la même sensation quand Abigail et Steve mourraient. Une explosion d'adrénaline. L'impression de toucher les étoiles.

Cent cinquante. L'impression d'enivrement était incroyable. Mais folle. Trop folle pour continuer. Les gens ne s'en sortaient pas dans la vie en adoptant des comportements irresponsables.

L'assassin leva le pied et réduisit prudemment sa vitesse à la morose et lénifiante limitation à soixante-dix.

Toujours pas de flics. Les voitures de patrouille n'étaient décidément jamais à l'endroit où elles auraient dû se trouver.

Finalement, c'était facile de transgresser la loi. L'assassin le faisait depuis des années.

Tuer aussi était facile quand on avait un esprit brillant capable d'élaborer des plans sans faille. Le petit contretemps de ce soir n'avait aucune importance. Ce n'était qu'un faux pas sur la route de la victoire.

Abby sut qu'elle était en vie parce qu'elle se sentait affreusement mal en point.

Elle avait froid, elle était trempée, et elle avait un goût écœurant de fumée dans la bouche. Ses tempes battaient avec une régularité mécanique, ses yeux la brûlaient, sa gorge était comme du papier de verre, et son estomac se révulsait.

La seule bonne chose dans cette situation, c'était le large torse masculin contre lequel elle s'appuyait. Celui de Steve ?

Elle enfouit le nez dans son cou et reconnut son odeur. Oui, c'était incontestablement Steve.

Lorsque son malaise se dissipa, la mémoire lui revint. Quelque chose était tombé sur sa tête. A moins qu'on l'ait frappée ? Si c'était le cas, elle avait envie de tordre le cou à la personne qui l'avait mise dans cet état.

Elle fit un effort pour redresser la tête.

— Les papiers, murmura-t-elle. Les papiers de mon père.

— N'essaie pas de parler, ma douce, dit gentiment Steve. Repose-toi encore un peu. Tu as fait du bon travail avec le feu. Félicitations. Tu n'as rien de cassé, mais tu as une grosse bosse derrière la tête. Quelque chose a dû te tomber dessus quand les bibliothèques se sont effondrées.

— Non.

Elle secoua la tête, ce qui était une mauvaise idée, et dut attendre que les battements dans son crâne s'affaiblissent avant de poursuivre :

— Quelqu'un m'a frappée.

— Quoi ? Tu veux dire que tu as été attaquée ? Ce n'était pas un accident ?

Le volume de la voix de Steve la fit grimacer.

— Tu n'as vu personne ? demanda-t-elle.

— Non. Je n'ai jamais pensé qu'il pouvait y avoir quelqu'un avec toi. La fenêtre était ouverte, le vent soufflait dans la bonne direction, et je me suis dit que des morceaux de charbon de bois du barbecue avaient volé jusque-là.

Il lui prit les mains.

— Abby, tu es vraiment sûre que quelqu'un t'a frappée ?

Elle réfléchit longuement.

— Non.

Steve se leva.

— Je rappelle le shérif.

— Il vaudrait mieux d'abord appeler Bovery, suggéra Abby. Pour vérifier s'il est chez lui.

— Pour quelqu'un qui a une bosse à la tête, c'est une rudement bonne idée.

Steve drapa le plaid sur les genoux d'Abby.

— Ne bouge pas de là.

Il devait plaisanter ! Bouger simplement son petit doigt lui demandait plus de force qu'elle n'en possédait.

Elle le regarda se diriger vers le téléphone et, à travers les coups de marteaux de la centaine d'hommes qui plantaient des clous dans son crâne, elle l'écouta composer le numéro.

Lorsqu'elle l'entendit dire : « Oh, bonsoir, Keith. Je n'étais pas sûr de vous trouver chez vous », elle ferma les yeux et cessa de tendre l'oreille.

— Bovery dit qu'il n'a pas bougé de chez lui de la journée, dit Steve en revenant vers le salon. Je n'ai pas eu trop de mal à lui tirer les vers du nez, mais il a eu l'air de trouver bizarre que je l'appelle aussi tard pour fixer un rendez-vous lundi matin.

— Tu crois qu'il aurait pu retourner aussi vite à Denver si…

Elle ne se résolut pas à dire « s'il m'avait attaquée dans le sous-sol ».

Steve consulta sa montre.

— 23 heures. S'il n'y avait pas de circulation et s'il n'a pas respecté les limitations, je pense que c'est possible.

— Donc nous ne sommes pas plus avancés. Qu'est-ce qu'on fait maintenant ?

Steve eut une moue perplexe.

— J'ai appelé Knudsen. Bien sûr, il n'était pas joignable, mais la standardiste m'a dit qu'il aurait le message ce soir.

— Les flics ne sont jamais là quand on a besoin d'eux. Dis, tu ne voudrais pas me faire une tasse de thé ? Je crois que ça me requinquerait.

Abby ferma les yeux et laissa son esprit vagabonder jusqu'à ce que Steve revienne avec une tasse fumante. Elle grimaça en goûtant le breuvage trop sucré, mais le but quand même. Tandis que la douleur s'estompait, ses pensées devinrent plus cohérentes.

— Ce qu'il y a de plus frustrant, dit-elle, c'est que les archives de papa sont complètement détruites.

Elle regarda le fond de sa tasse vide d'un air inconsolable.

— Nous ne connaîtrons jamais les secrets de Keith.

— J'ai une bonne nouvelle pour toi.

Elle leva les yeux et Steve lui sourit.

— Ce carton qui te passionnait tant tout à l'heure, celui avec les photos et les lettres, il n'a pas brûlé avec les autres parce qu'il n'était pas au sous-sol.

— Où était-il ?

— Je l'ai monté dans ma chambre avant le dîner.

Le soulagement acheva de la réveiller.

— Mais c'est formidable ! s'exclama-t-elle. Extraordinaire. Quelle chance nous avons !

Elle plissa le front.

— Pourquoi t'es-tu donné la peine de le monter ?

— Parce que je m'attendais à ce que tu files le récupérer au sous-sol dès que j'aurais eu le dos tourné. Or j'avais d'autres projets pour la soirée.

Il eut un sourire moqueur.

— Je ne l'aurais jamais avoué si tu n'avais pas été trop faible pour te venger.

— Méfie-toi, je reprends des forces à chaque minute qui passe.

— Tu te sens assez forte pour prendre une douche ?

— J'en rêve.

Il la souleva dans ses bras avant même qu'elle ait eu le temps de se redresser.

— Steve, tu ne peux pas, protesta-t-elle. Je suis trop lourde.

— Laisse ma fierté masculine s'exprimer au moins une fois ce soir. Quand je pense que je traînais dans la cuisine à faire des toasts pendant que tu venais toute seule à bout d'un incendie…

Il monta rapidement les marches et arriva à l'étage sans même être essoufflé, puis il la déposa dans la salle de bains.

— Je suis rassuré, dit-il. J'ai encore des muscles et du souffle.

— Tu es censé dire : « Abby, ma chère, vous êtes aussi légère qu'une plume. »

Steve tira le rideau de la douche et tourna le robinet, ajustant la température.

— Et que dirais-tu de : « Abby, ma chère, voulez-vous que je vous aide à vous dévêtir ? »

Les joues d'Abby s'empourprèrent subitement.

— Non, ça va. Je crois que je peux me débrouiller toute seule.

— Tant pis pour moi.

Il se dirigea vers la porte.

— Laisse-la ouverte, dit-il. Et crie si tu as besoin de moi. Je suis dans ma chambre.

Abby se déshabilla et se glissa sous la douche.

Si elle avait besoin de lui ?

Oh oui, elle avait besoin de lui. Mais était-elle prête à sacrifier leur amitié pour une histoire d'amour qui ne durerait pas ?

Après tout ce qu'elle avait vécu ce soir, ce n'était peut-être pas le meilleur moment pour répondre à une question aussi importante.

Steve, murmura-t-elle, tandis qu'elle s'attardait sous la caresse ferme du jet, laissant l'eau chaude soulager la tension de ses épaules, Steve, j'ai envie que tu me prennes dans tes bras, que tu me serres fort. Que tu me prouves que faire l'amour n'est pas forcément le désastre que ça a toujours été avec Greg.

J'ai besoin de toi.

Heureusement, ou peut-être malheureusement, Steve ne l'entendit pas.

7

A 9 heures le lendemain matin, Abby et Steve avaient examiné soigneusement chaque photo et lu chaque lettre que contenait la boîte rescapée du sous-sol.

— Il n'y a rien, dit Abby d'un ton dépité. Pas de lettre accusatrice, pas de carte postale tendancieuse, aucune coupure de journal révélatrice. Il n'y a que quelques photos datant de l'époque où mon père était à l'université.

Elle étala les clichés en demi-cercle devant elle et les étudia attentivement.

— Je ne vois pas ce qu'il peut y avoir de gênant là-dedans. Ce n'est qu'un groupe de jeunes gens souriants.

— Attends !

Steve souleva une photo.

— Ce n'est pas Keith Bovery, là ? Il a le bras passé autour de la taille d'une jeune femme, mais ses traits sont trop flous pour l'identifier.

Il retourna le cliché.

— Malheureusement, il n'y a aucune indication, à part la date, 1978. Même pas de mois.

Abby alla chercher une loupe, et l'excitation qu'elle avait ressentie au début s'évanouit en un long soupir.

— C'est bien Keith, mais la femme qui est avec lui ne nous apprendra rien de nouveau. Regarde, c'est Lynn. La petite amie de mon père. Compare-la avec la photo que nous avons trouvée hier.

Steve examina les deux clichés.

— Tu as raison.

Il se leva et épousseta son jean.

— Je ne sais pas pour toi, fillette, mais j'en ai plus qu'assez. Tu ne voudrais pas rentrer à Denver ? J'aimerais rassembler mon équipe et voir ce qu'ils ont trouvé sur Bovery.

— Et il faudrait rappeler Knudsen.

— Je ne pense pas qu'il y ait urgence. Je doute que notre cher lieutenant s'attaque au directeur d'une des banques les plus importantes de la ville simplement parce que celui-ci a fait ses études avec ton père. Et il faut bien voir que nous n'avons absolument rien contre Bovery pour le moment.

— Je suppose que tu as raison.

Elle eut un sourire narquois.

— Il me reste la solution de lui faire une visite de politesse et de lui demander si c'est lui qui essaie de me tuer.

— Je sais que tu as toujours été diplomate. Mais là, ce serait aller un peu loin.

Ils passèrent le trajet de retour jusqu'à Denver à ressasser les mêmes faits désespérants et arrivèrent fatigués et démoralisés.

— Nous aurions dû aller faire de l'escalade comme tu me l'avais proposé, dit Abby en prenant son sac de voyage sur la banquette arrière. Cela aurait été plus intéressant que de perdre notre temps à trier des vieilles paperasses.

Steve feignit la consternation.

— Qu'est-il arrivé à l'Abigail que je connais ? Tu es malade ? C'est la première fois que je t'entends qualifier de vieille paperasse une précieuse collection d'archives familiales.

Abby ne parvint même pas à esquisser un sourire, et ils n'échangèrent pas un mot dans l'ascenseur.

Les portes s'ouvrirent au septième étage, et ils gagnèrent rapidement l'appartement.

Elle inséra la clé dans la serrure. Le battant pivota sur ses charnières bien huilées, et le décor de son salon parfaitement rangé l'accueillit.

Abby se sentit heureuse d'être chez elle, et cette impression fut encore renforcée par la présence de Steve. Il y avait quelque chose de sécurisant et de réconfortant dans cet environnement familier, et elle se rendit compte avec une pointe de regret que la maison de son enfance à Boulder ne représentait plus un refuge contre les aléas de la vie. Il lui faudrait du temps pour se sentir de nouveau à l'aise dans la vieille maison de famille. Les coups de feu et l'incendie avaient détruit quelque chose en elle.

La voix de Steve interrompit ses tristes pensées.

— Hé, fillette, ce carton pèse une tonne. Où veux-tu que je le pose ?

— Dans mon bureau.

Elle se dirigea vers sa chambre et s'arrêta sur le seuil, en proie à un étrange pressentiment.

Le cœur battant à se rompre, elle avança vers la commode et vérifia rapidement ses flacons de parfum.

Son préféré, un cadeau de Kate, avait disparu.

Pendant un bref instant, la terreur dessécha sa bouche. Elle se rendit compte, avec un étonnement presque détaché, qu'elle était plus effrayée que la veille quand les balles avaient sifflé autour d'elle.

— Steve.

Sa gorge était si serrée que seul un murmure s'en échappa, mais il entendit quand même et se précipita vers elle.

— Qu'y a-t-il ? Tu es blanche comme un linge. Que s'est-il passé ?

Elle ne parvint pas à cacher sa panique.

— Mon parfum préféré a disparu. J'ai senti son odeur dans l'air dès que je suis entrée dans la chambre. Je me suis approchée pour vérifier. Le flacon n'est plus là.

Steve ne se moqua pas d'elle, Dieu merci.

— Tu es sûre que tu ne l'as pas mis ailleurs avant de partir ? Dans la salle de bains, peut-être ?

Elle secoua la tête.

— Je ne le porte que le soir. C'est un parfum trop lourd pour la journée. Et je n'ai pas touché au flacon depuis deux semaines, sauf pour faire les poussières. Il a disparu, j'en suis sûre. Quelqu'un est entré ici et a pris mon parfum. Mais qui ferait une chose aussi folle, et pourquoi ?

Steve passa un bras autour de sa taille. Son corps était chaud et solide contre elle et lui redonnait l'équilibre qui lui faisait défaut. Il parla d'une voix douce, rassurante.

— Le voleur a dû prendre quelque chose qui avait plus de sens. Faisons le tour de l'appartement ensemble, et voyons s'il manque des affaires.

Elle hocha la tête et glissa sa main dans la sienne. Réconfortée par la chaleur de sa paume, elle prit conscience qu'elle frissonnait.

— Je suis désolée, Steve. Je sais que je réagis avec excès, mais j'ai l'impression de me trouver au centre de quelque chose de fou.

— Ta réaction est normale, Abby. Tu viens de vivre des expériences terrifiantes, et imaginer qu'un inconnu est entré chez toi, a fouillé tes affaires, c'est le coup de grâce.

Ils fouillèrent l'appartement avec soin, mais Abby ne détecta rien de spécial dans la petite cuisine ou le coin repas. Dans le salon, elle eut l'impression que les magazines avaient été légèrement déplacés sur la table basse, mais elle n'aurait pas pu le jurer.

A part ça, tout était en place. Le voleur n'était visiblement pas intéressé par les objets de valeur. Deux statuettes précolombiennes, valant chacune plusieurs centaines de dollars, n'avaient pas bougé de leur étagère à côté de la cheminée. Sa chaîne hi-fi dernier cri et sa collection de CD n'avaient pas été touchées, et pas une cuillère à thé ne manquait dans le service en argent hérité de sa grand-mère.

— Et les bijoux ? demanda Steve tandis qu'ils retournaient dans la chambre.

— Je n'ai pas grand-chose. Les perles de ma mère, un bracelet en or que mon père m'a offert pour mes dix-huit ans, et c'est à peu près tout.

Elle ouvrit le tiroir de sa table de chevet et en sortit un coffret plat en cuir.

— Tout est là, dit-elle.

Elle remit le coffret en place et s'assit sur le lit. A son grand embarras, des larmes se mirent à rouler sur ses joues.

— Steve, je ne suis pas folle. Je te jure que mon flacon de parfum se trouvait sur la commode quand nous sommes partis pour la banque samedi matin.

— Je te crois.

Le front barré d'un pli soucieux, Steve observa la commode.

— J'ai une idée, dit-il. Le voleur a peut-être renversé le flacon, puis il l'a emporté pour que personne ne se doute de son passage.

Les larmes d'Abby cessèrent et un mince espoir surgit au milieu de ce magma de folie et d'irréalité, tel un rai de lumière dans la nuit.

— Oh oui, tu as peut-être raison ! S'il a renversé le parfum, cela explique que ça sente aussi fort. Son sillage dure une éternité.

Elle se leva d'un bond, l'esprit en ébullition.

— Il a dû prendre quelque chose de petit pour que je n'aie pas remarqué son absence.

Elle observa le plateau de la commode, en essayant de le voir avec les yeux d'un voleur.

— Qu'est-ce qui a pu l'intéresser ? Il y a une lettre de mon club de gym, un petit plateau d'argent qui appartenait à ma mère… Tous mes autres flacons de parfum sont alignés sur le côté gauche. Et juste derrière, il y a la photo de mon père le jour où il a reçu son diplôme de…

Elle ne finit pas sa phrase et tourna les yeux vers Steve, lui posant une question silencieuse.

— C'est sûrement ça, dit-il. Quiconque aurait voulu soulever la photo pour l'examiner aurait pu faire tomber un flacon.

Les lèvres d'Abby se crispèrent en une ligne morose.

— Chaque fois que nous tombons sur un élément significatif, ça nous ramène à la même époque. Celle de l'université.

Quelque chose s'est passé quand mon père et Keith étaient étudiants. Je ne sais pas si je te l'ai dit, mais ils étaient camarades de chambre.

Elle prit un mouchoir sur la table de chevet, se tamponna les yeux et se moucha. L'université était la clé de tout, elle en était sûre. La prochaine fois qu'elle aurait l'occasion de parler au lieutenant Knudsen, elle lui ferait part de ses soupçons. D'un autre côté, si elle était tout à fait honnête avec elle-même, elle ne pouvait pas imaginer l'élégant et cérémonieux Keith Bovery en train de tirer à la carabine dans son jardin, avant de se glisser dans le sous-sol pour y mettre le feu, et de rentrer à tombeau ouvert à Denver.

Et tout ça pour quoi ? Pour regarder une vieille photo de son père ?

C'était totalement stupide, si on y réfléchissait.

Oh, Seigneur, plus rien n'avait de sens.

De son côté, Steve était parvenu aux mêmes conclusions.

— Ecoute, je ne sais pas si ton cambrioleur est bien Bovery, mais ça m'étonnerait qu'il ait pris le risque de forcer ta porte pour une photo tout à fait anodine. Quelque chose d'autre doit avoir disparu. Peut-être un document dans ton bureau ?

— Attends une minute ! s'écria-t-elle. Oh, mon Dieu, Steve ! Nous sommes vraiment stupides. Personne n'a forcé la porte. Tu m'as vu l'ouvrir normalement. Les fenêtres ne sont pas brisées… de toute façon nous sommes au septième étage et mon balcon ne communique avec rien d'autre. La personne qui est entrée avait une clé.

Elle éclata de rire et, de soulagement, s'agrippa au bras de Steve.

— Dis donc, monsieur le grand détective, comment as-tu fait pour ne pas remarquer ça ?

Elle n'avait pas pris conscience que Steve était aussi crispé qu'elle, jusqu'à ce qu'elle le voie se détendre et sourire.

— D'accord, je ne suis pas un superhéros. A ton avis, qui a pu venir ? Une de tes sœurs ?

Le sourire d'Abby se ternit.

— Non, elles auraient laissé un mot. De toute façon, Kate n'a jamais pu venir ici sans oublier un foulard ou un livre. Quant à Linsey, elle me dépose toujours des tonnes de gâteaux faits maison, et en plus elle est au Canada en ce moment.

— Qui d'autre a la clé ?

— Le gardien, en cas d'urgence. Personne d'autre.

Son visage s'éclaira.

— Il est peut-être venu réparer quelque chose. Lourdaud comme il est, c'est bien le genre à renverser ou à casser quelque chose.

Rassérénée à l'idée que son visiteur avait une raison tout à fait légitime d'être passé, elle composa le numéro du gardien.

Bill était chez lui et protesta haut et fort. Jamais il ne se serait permis d'entrer chez elle sans lui demander la permission, ou sans laisser un mot pour signaler son passage.

Abby se confondit en excuses et raccrocha.

— Toujours aussi susceptible, celui-là, marmonna-t-elle.

— Ce n'est pas lui ? demanda Steve.

— Non, mais je viens d'avoir une idée. Je crois que je sais pourquoi on m'a donné rendez-vous à l'aéroport de Stapleton.

— Je t'écoute.

— Puisqu'il n'y a pas eu d'effraction, quelqu'un a dû faire un double de ma clé. Et quand aurait-il pu le faire ? Réfléchis un peu.

Steve laissa échapper un petit sifflement.

— Il y a deux jours, quand tu as cru qu'on t'avait volé ton sac.

— Ça paraît logique, non ? Avec la foule qu'il y a à l'aéroport, c'est un jeu d'enfant.

— Il n'a eu besoin de la clé que pendant quelques secondes, renchérit Steve. N'importe quel amateur de roman policier sait comment prendre une empreinte.

— Je vais chercher mon sac dans le salon. Nous trouverons peut-être des traces de cire sur la clé.

Ils l'examinèrent à la loupe sous une forte lumière et y découvrirent en effet d'infimes traces.

Abby frissonna.

— Je vais faire changer la serrure demain matin. Il fallait qu'il soit vraiment désespéré pour prendre un tel risque.

— Je ne suis pas sûr que c'était si risqué que ça. Je dirais que la seule chose que notre homme avait à craindre, c'était que tu changes les serrures immédiatement.

— J'ai perdu mon sac de vue pendant quelques minutes, ça ne m'est pas venu à l'esprit.

Soudain, elle blêmit.

— Keith était à l'aéroport.

— Je sais. Mais je ne vois pas comment il aurait fait. Il était avec moi et le consultant de Berkeley jusqu'à ce que je te rejoigne.

— Il ne lui a pas fallu plus de cinq minutes.

— Tu as raison. C'est comme le trajet de Boulder à Denver. C'était juste, mais il pouvait être rentré depuis quelques minutes quand j'ai appelé.

Abby retourna vers la commode et observa la photo de son père.

— Qu'est-ce qu'il est venu chercher ici ?

— Tes relevés bancaires, peut-être.

Les joues d'Abby s'empourprèrent d'excitation.

— Mais oui ! Nous aurions dû y penser plus tôt.

Elle courut vers son bureau et ouvrit les tiroirs contenant les dossiers suspendus.

A première vue, tout semblait normal.

Il lui fallut moins de dix minutes pour consulter la dizaine de chemises contenant des documents financiers.

Rien ne manquait.

Elle examina ensuite les titres de propriété de la mine d'or qui avait assuré la fortune familiale avant que le filon ne soit tari. Tout était tel qu'elle l'avait organisé, des cartes dessinées par son grand-père aux dernières études géologiques.

Tandis qu'elle remettait tout en place, elle fit un effort pour ne pas éclater en sanglots.

Une fois de plus, ils étaient revenus au point de départ. C'était vraiment frustrant.

— Ce n'est pas possible ! s'exclama Steve. Chaque fois qu'il nous vient une idée, on finit par se rendre compte que ça ne mène nulle part. Merde ! J'étais persuadé d'avoir démasqué notre escroc.

— J'en ai plus qu'assez, marmonna Abby en refermant le tiroir d'un coup sec.

Voyant que plusieurs dossiers étaient restés coincés, empêchant la fermeture du tiroir, elle soupira et les sortit pour les réaligner un par un pour, en songeant qu'on ne gagnait rien à se mettre en colère, à part perdre du temps. Ce faisant, un morceau de papier tomba au sol. Abby le ramassa et l'examina, en espérant qu'elle n'avait pas endommagé un document important.

Cela ressemblait au coin déchiré d'une page. Quelques lettres s'alignaient, qu'elle parvint à déchiffrer… *Renquist.*

Le papier était apparemment coincé entre deux chemises, l'une contenant des documents officiels, comme le certificat de mariage de ses parents, et l'autre de la correspondance. Elle les ouvrit et les passa en revue.

— Tu as trouvé quelque chose ? demanda Steve.

Elle lui montra le bout de papier.

— J'essaie de trouver d'où ça vient, mais il n'y a pas de documents déchirés dans ces dossiers.

— Tu peux dire s'il manque quelque chose ?

— Pas à première vue. Mais j'ai évidemment un autre système de référencement, avec un index alphabétique.

— Evidemment !

Malgré la tension du moment, le ton de Steve était gentiment moqueur.

— Je me demande pourquoi ça ne me surprend pas.

— Tout archiviste conserve un index séparé des documents classés, dit Abby d'un ton sentencieux. Sinon, comment une personne pourrait-elle savoir ce qu'il y a dans ses dossiers ?

— Je suppose que la plupart d'entre nous espèrent s'en souvenir.

— Totalement inefficace.

Sa maîtrise professionnelle prenant le dessus sur son émotion, Abby attrapa un gros classeur à deux anneaux et tourna les pages avec une autorité presque intimidante.

— Voici le contenu du dossier qui nous intéresse.

Son regard passa à plusieurs reprises du classeur au dossier, puis elle tourna la tête vers Steve, en fronçant les sourcils.

— Il manque deux documents. Un certificat de naissance et de décès pour un petit garçon du nom de Christopher Renquist, émis à Arapahoe County en 1979. Ce sont les seules informations que j'ai notées. Ce bout de papier provient visiblement d'un des certificats.

Elle referma le classeur d'un coup sec.

— Nous ne sommes pas plus avancés.

— Tu ne veux pas vérifier l'autre dossier ?

Avec un soupir, Abby rouvrit le classeur et tourna les pages.

— Correspondance familiale, murmura-t-elle. Il y a pas mal d'éléments…

Son œil d'expert parcourut la liste en diagonale et s'arrêta sur un nom.

— Lynn Renquist. Il y a eu plusieurs lettres entre septembre 1978 et juin 1979.

Le cœur battant, elle se tourna vers Steve.

— Lynn Renquist, répéta-t-elle. Le nom de famille de la petite amie de papa est Renquist.

— Christopher Renquist, souffla Steve entre ses dents. Tu penses que ça peut être le fils de Lynn ?

Un silence lourd de signification s'abattit sur la pièce.

— Mais ce bébé est mort quelques semaines après sa naissance, remarqua finalement Abby.

— Dans ce cas, comment a-t-il pu être adopté et devenir Douglas Brady, ton demi-frère ?

— Mon demi-frère, qui étrangement n'a réapparu qu'après la mort de papa.

— Juste à temps pour toucher sa part d'héritage.

— Oui, sauf qu'il est mort avant. Et dans des circonstances étranges.

— En tout cas, maintenant on sait pourquoi quelqu'un s'est donné tant de mal pour entrer chez toi.

— Oui, il voulait récupérer les documents prouvant que Douglas Brady était un imposteur.

La sonnerie du téléphone interrompit leur conversation.

— Espérons qu'il s'agit de Knudsen, dit Abby en allant décrocher.

— La partie est terminée, Abigail, dit la voix rauque et étouffée qu'elle commençait à bien connaître. Tu as eu de la chance, la nuit dernière, mais la chance ne dure pas. Ta famille a toujours eu beaucoup de chance, mais maintenant c'est mon tour. Ton père va payer sa dette. Et c'est toi qui constitueras le premier versement. Ensuite, ce sera le tour de tes sœurs. Oui, j'ai décidé que je vous voulais toutes les trois. Les ravissantes et talentueuses sœurs Deane.

Un rire monstrueux éclata à l'autre bout de la ligne.

— Tu entends, Ronald ? Je vais te faire ce que tu m'as fait. Je vais t'enlever ce que tu as de plus cher.

8

Après une demi-heure de discussion houleuse avec Steve, Abby appela ses sœurs et les mit au courant des appels anonymes qu'elle avait reçus ainsi que des événements récents.

Elle passa presque une heure au téléphone avec chacune d'elles, essayant de trouver le dosage exact entre la mise en garde et l'assurance qu'il n'était pas nécessaire qu'elles prennent le premier avion pour Denver afin d'empêcher qu'Abby soit assassinée.

Ni Kate ni Linsey ne voulurent croire que Douglas Brady était un imposteur.

— Tout ce qu'il nous a raconté cadrait avec ce que nous savions de la jeunesse de papa, souligna Linsey. Et il avait une lettre d'introduction de notre père, souviens-toi.

— Qui aurait pu être un faux, contra Abby. Tu sais combien l'écriture de papa était tremblante vers la fin de sa vie.

— Mais Douglas avait la même couleur d'yeux que nous, protesta Kate quelques minutes plus tard. Tu sais que cette teinte bleu Delft est une marque de famille.

— Nous n'en détenons pas la licence exclusive, répliqua sèchement Abby. Il y a des millions d'êtres humains qui ont les yeux bleus.

— Oui, mais les nôtres sont d'une nuance très inhabituelle.

Inhabituelle, mais pas unique, songea Abby. Quelqu'un qui connaissait bien la famille Deane aurait pu choisir Douglas pour jouer le rôle de leur demi-frère, précisément parce qu'il avait les mêmes yeux que les trois sœurs.

Kate, la confiante et naïve Kate, fut également choquée

par la suggestion que Keith Bovery puisse avoir des secrets qui valaient la peine de tuer pour les protéger.

— Keith est un homme adorable, protesta-t-elle. Il nous donnait toujours de grands Pères Noël en chocolat quand nous étions petites, et des œufs à Pâques. S'il nous haïssait à cause d'une stupide vieille querelle avec papa, pourquoi s'est-il toujours montré aussi amical ? Il nous a envoyé en cadeau de mariage, à RJ et à moi, un des tableaux peints par sa femme auquel il tenait beaucoup. Et puis il est si respectable ! Comment peux-tu le soupçonner de cacher d'horribles secrets ?

— Justement parce qu'il est respectable ! s'exclama Abby avec exaspération.

— Toi aussi, tu l'es, et tu n'as pas de secrets. Tu es aussi comme il faut à l'intérieur qu'à l'extérieur.

— Vraiment ? demanda Abby, affreusement ennuyée par cette définition. Si je suis tellement comme il faut, pourquoi suis-je tombée amoureuse de…

Elle s'arrêta juste à temps.

Mais ce n'était pas tombé dans l'oreille d'une sourde.

Kate jubila.

— RJ ! Viens vite et écoute ça. Abby est tombée amoureuse. De qui ? Nous le connaissons ? Vous allez vous marier ?

— Kate, je dois te laisser. A bientôt. Embrasse RJ pour moi.

Elle reposa le combiné comme s'il lui brûlait les doigts. Puis elle retourna dans le salon, où l'attendait Steve.

— Kate pense que Bovery est incapable de tuer qui que ce soit, et surtout pas nous, lui dit-elle.

— Pourquoi ?

— Parce qu'il nous offrait du chocolat à Noël.

— Très concluant. Surtout quand on s'appelle Kate.

Le sourire de Steve se ternit.

— Tu sais, j'ai eu le temps de réfléchir pendant que tu parlais à tes sœurs…

Avait-il entendu quand elle avait reconnu être amoureuse ?

pensa-t-elle aussitôt. Non, impossible. De toute façon, il était absorbé dans ses réflexions.

— … et un problème m'est apparu, continua Steve. Si Douglas était un imposteur, pourquoi ne s'est-il jamais préoccupé de sa prétendue mère biologique ? Pourquoi était-il si sûr que Lynn Renquist ne réapparaîtrait pas pour le dénoncer ?

— Sans doute parce qu'il savait qu'elle était morte ou qu'elle vivait à des milliers de kilomètres.

— Mais dans ce cas d'où aurait-il tenu toutes ses informations ? Et comment le voleur était-il au courant des lettres que Lynn avait écrites à ton père ? Comment savait-il que ton père avait conservé les certificats de naissance et de décès du vrai Christopher ? Pour moi, c'est le genre de choses que seule Lynn Renquist pouvait savoir.

Abby sentit sa bouche devenir sèche comme du carton.

— Serais-tu en train de suggérer que Keith et Lynn sont complices ?

— C'est possible. Souviens-toi de cette photo que nous avons trouvée à Boulder. Elle prouve qu'ils se connaissaient. Peut-être que Keith en voulait à ta famille parce qu'il était secrètement amoureux de Lynn.

Abby se mit à faire les cent pas dans le salon.

— Ça ne me paraît pas vraisemblable. Pourquoi Lynn voudrait-elle faire du mal aux filles de l'homme qu'elle a aimé ?

— Pour l'argent. Tu sembles oublier que ta famille est assez riche pour susciter bien des jalousies.

Il marqua une pause.

— Ou alors par revanche. Parce qu'elle aurait voulu épouser ton père et fonder une famille avec lui.

— On ne se venge pas après si longtemps. Je travaille principalement sur des papiers de famille, et ce qu'il y a de remarquable, c'est que la vie continue. Les vieilles blessures se referment. De nouvelles opportunités se présentent…

Elle secoua la tête, tout en affichant une moue dubitative.

— Non, je ne peux pas croire que Lynn ait ressassé sa

séparation d'avec mon père pendant trente ans. Et je ne vois pas non plus Keith dans le rôle de l'amoureux transi.

Elle marqua une pause et réfléchit.

— De plus, je me souviens qu'il y a quelques jours tu essayais de me convaincre qu'il y avait quelque chose entre lui et Linda Mendoza.

Une lueur de malice pétilla dans les yeux de Steve.

— J'ai pu me tromper. Ça ne m'est jamais arrivé avant, mais il faut toujours une première fois…

Le sourire moqueur de Steve s'évanouit.

— Oh, mon, Dieu ! *Linda.*

— Quoi, Linda ?

Sa question à peine posée, Abby écarquilla les yeux.

— Linda, surnom Lynn. Oh, mince, Steve, tu crois que c'est possible ? Et en plus elle est divorcée, donc elle pouvait très bien s'appeler Linda Renquist avant d'épouser M. Mendoza.

— C'est tout à fait possible. Demain, je consulterai les fichiers informatisés du personnel. Je verrai si le nom de jeune fille de Linda Mendoza y figure. Elle l'a probablement effacé, mais je le retrouverai d'une façon ou d'une autre.

Abby enfonça les mains dans les poches arrière de son jean et secoua la tête.

— Steve, nous sommes en train de bâtir un immeuble de vingt mètres de haut sur des fondations de cinq centimètres. Il y a cinq minutes, Linda Mendoza n'était qu'une inoffensive secrétaire à la banque. Et soudain, c'est à la fois l'ex-petite amie de mon père, un génie de l'informatique et un meurtrier totalement déséquilibré.

Elle se dirigea à grandes enjambées vers la cuisine, et remplit la bouilloire d'eau.

— Je vais faire du thé et essayer de penser à autre chose, dit-elle. J'en ai assez de suspecter la terre entière.

— Tu veux aller au cinéma ?

— Non, merci. Je préfère ne pas bouger d'ici au cas où Knudsen passerait nous voir.

Elle grimaça en voyant que ses bonnes résolutions n'avaient pas tenu plus de dix secondes.

— C'est quand même incroyable ! Il pourrait donner signe de vie. Est-ce que ça intéresse quelqu'un à la brigade criminelle de savoir qu'un fou veut supprimer toute ma famille ?

Comme s'il avait entendu les doléances d'Abby, le lieutenant Knudsen arriva une demi-heure plus tard, pourvu du rapport préliminaire de la police de Boulder qu'il se mit en devoir de leur résumer.

— Un jeune garçon qui travaille dans un fast-food à la sortie de la ville a trouvé une carabine dans la benne à ordures du restaurant, ainsi que des gants et un masque. Malheureusement, l'arme est un modèle très répandu chez les chasseurs de la région. Les gants viennent d'un supermarché du coin. C'est un modèle pour hommes en taille *Small*. Nous pouvons donc en déduire que notre homme n'est pas un géant. Mais cela, nous le savions déjà grâce à la description de M. Kramer. Pas d'empreintes, évidemment.

Le policier considéra les enregistrements des appels anonymes comme une piste plus prometteuse. Il prit également en compte les soupçons d'Abby au sujet de Keith Bovery, et la réticence de Steve à accepter la culpabilité de Howard Taylor dans le détournement de fonds à la banque.

— Les indices sont trop évidents, expliqua Steve. Howard était un pro de l'informatique. Pourquoi se serait-il servi de ses propres codes d'accès ?

Knudsen haussa les épaules.

— Il avait peut-être prévu de filer au soleil, et il s'en fichait. C'est ce que font généralement les escrocs. Ils font un gros coup, et ils mettent les voiles.

— Sauf que personne n'a jamais fait de gros coups à la FDFB. Si Howard avait prévu de s'installer à l'étranger, il aurait dû détourner dix millions de dollars. Mais, de la façon dont ça a été fait — deux cents par-ci, cinq mille par-là —, je dirais que nous avons affaire à quelqu'un qui entretient une passion coûteuse. Le jeu, les femmes, les collections de tableaux ou autre.

— Quoi qu'il en soit, je vais demander à notre labo de comparer l'enregistrement de la voix de Bovery avec celle des appels anonymes. Même si la voix est déguisée, c'est fou ce que la technologie permet aujourd'hui. Normalement, on devrait avoir un premier avis dans trois jours.

— Où allez-vous trouver un enregistrement de la voix de Keith ? demanda Abby.

— Je vais aller chez lui et lui poser quelques questions de routine, expliqua Knudsen. Je lui dirai que j'ai besoin d'enregistrer ses réponses pour le bureau du procureur. Il ne fera pas d'objections. Les gens n'en font jamais.

Il esquissa une grimace qui pouvait passer pour un sourire.

— Surtout les criminels en col blanc qui se croient plus malins que nous.

Le lieutenant se leva.

— Je suis content que vous ayez appelé vos sœurs, mademoiselle Deane. Vous devez prendre ces appels au sérieux. Quatre-vingt-dix pour cent des harcèlements téléphoniques ne vont pas plus loin, mais vous êtes tombée sur les dix pour cent qui restent. Et à votre place je ne compterais pas sur la stabilité psychologique de ce type. La voix sur l'enregistrement me semble celle d'une personne qui est prête à basculer dans la folie.

Il lui tendit une carte.

— Voici les coordonnées d'un serrurier de confiance. Ne dormez pas seule cette nuit, et ne traînez pas dans les ruelles sombres. Pensez aussi à prendre quelques vacances. Il paraît qu'il fait un temps de rêve en ce moment sur la côte Ouest.

— Je n'ai pas l'intention de fuir parce qu'un fou a décidé de s'en prendre à moi. De toute façon, j'ai trop de travail.

— Votre travail sera le dernier de vos soucis quand vous serez morte.

Abby blêmit et Knudsen, visiblement ravi de lui avoir rivé son clou, eut un petit sourire.

— Personnellement, je vous recommande l'Oregon. Les paysages sont magnifiques.

Il se dirigea vers la porte et se retourna au moment de l'ouvrir.

— Une dernière chose, mademoiselle Deane. Keith Bovery est peut-être notre homme. Ou peut-être pas. Restez sur vos gardes, quoi qu'il arrive.

— Charmant personnage, non ? remarqua Steve en rompant le silence qui avait suivi le départ du policier.

Abby s'éclaircit la gorge.

— Mouais.

— En tout cas, il a raison à propos d'une chose. Tu devrais prendre des vacances.

— Et que se passera-t-il à mon retour ? demanda Abby d'un ton las. Le tueur sera toujours là. Même si je pars six mois, ce que je ne peux pas me permettre.

— Dans six mois, il sera sans doute derrière les barreaux.

— Si nous avons de la chance. Et tu oublies qu'il a aussi menacé de s'en prendre à Kate et Linsey. Si je pars, il voudra se venger sur elles. Je ne peux pas laisser faire ça. Linsey est enceinte, et Kate a enfin trouvé le bonheur après bien des épreuves.

— Donc tu as prévu de te dévouer et d'endosser le rôle de l'agneau sacrificiel ?

Abby espéra que son sourire avait l'air plus assuré qu'elle-même ne l'était.

— Je n'aurais pas choisi cette image. Je me verrais plutôt comme un appât. Un gros ver dodu au bout de l'hameçon qui va faire remonter le tueur à la surface.

— C'est très noble de ta part, mais le taux de survie des vers qui servent d'appâts n'est guère rassurant. Et c'est un amateur de pêche qui te parle.

Steve tourna la tête et observa par la fenêtre le parc de la résidence. Il lui parla sans la regarder, d'un ton soigneusement détaché.

— Je suis inquiet à l'idée que tu restes à Denver. Bon sang, qu'est-ce que je dis ? Inquiet ? Je suis terrorisé. Je ne veux pas te perdre, Abby. Tu es beaucoup trop importante pour moi.

L'intensité de cet aveu fit battre plus vite le cœur d'Abby. Une part d'elle voulait répondre en se rapprochant de Steve, reconnaissant dans le même temps qu'elle aussi avait besoin de lui. Mais elle avait surtout envie de fuir. Loin et vite. De se retirer dans le schéma confortable de leur ancienne relation. De se protéger du danger de la trahison et de la douleur de l'intimité.

Elle s'apprêtait à s'en tirer par une pirouette, comme d'habitude, quand elle se rendit soudain compte qu'elle fuyait Steve depuis des mois, rejetant toutes les tentatives qu'il faisait pour changer la nature de leur relation. Il était étrange de constater qu'il avait fallu une discussion à propos de la nécessité de fuir physiquement pour qu'elle comprenne qu'elle faisait la même chose sur le plan émotionnel.

Pourtant, si elle n'avait pas peur de rester à Denver et d'affronter un meurtrier, elle devrait aussi être capable de regarder en face ses sentiments pour Steve.

Elle le désirait physiquement.

Abby laissa cette pensée infiltrer son esprit, et finit par l'accepter.

Elle fit un pas vers lui, puis un autre.

Elle n'en souffrirait pas, se promit-elle. Il suffisait pour cela qu'elle ne rêve pas d'un engagement à long terme.

Elle fit le dernier pas, qui la mena à côté de Steve. Ils restèrent là sans se toucher, sans parler.

— Les arbres sont magnifiques, finit-il par dire. Chaque automne, je suis émerveillé par les couleurs.

Une fois de plus, il lui donnait une occasion de faire machine arrière. Combien de fois lui avait-il ainsi offert des issues de secours ? Et combien de fois s'y était-elle engouffrée sans égard pour les sentiments de Steve ?

Elle posa la main sur son bras.

— C'est vrai que la vue n'est pas mal, dit-elle d'un ton détaché. Mais elle est encore plus belle depuis ma chambre. Tu veux voir ?

Il se tourna vers elle, le regard indécis, presque vulnérable.

Incroyable, pensa-t-elle avec stupéfaction. Il ne sait pas quoi dire.

Sa confiance en elle grimpa d'un cran à la pensée que Steve, le grand séducteur, se trouvait pris au dépourvu. Peut-être avait-il peur de tout gâcher. Peut-être voulait-il, tout comme elle, qu'ils restent amis quand leur liaison serait terminée. Ce qui ne serait facile ni pour l'un ni pour l'autre.

Elle prit son courage à deux mains.

— Tu sais quoi ? murmura-t-elle. La vue est encore meilleure depuis mon lit.

— Ton lit…

Visiblement troublé, Steve s'éclaircit la gorge.

— Ton lit n'est pas orienté vers la fenêtre.

Elle leva vers lui son regard d'un bleu limpide.

— Je sais.

Il encadra le visage d'Abby de ses mains tremblantes.

— Tu te rends compte de ce que tu es en train de me dire ?

Elle se plaqua contre lui, les lèvres à quelques millimètres des siennes.

— Fais-moi l'amour, Steve. S'il te plaît.

Ses yeux étincelèrent de la passion qu'il avait pris soin de cacher depuis tant d'années, puis se fermèrent tandis qu'il cherchait sa bouche à l'aveuglette.

Leurs lèvres se frôlèrent, et Abby sentit son corps frémir, comme sous une invisible bourrasque. Puis le baiser de Steve devint impétueux, exigeant, déchaînant dans ses veines un incendie qui ne tarda pas à l'embraser tout entière.

— Je crois que j'ai attendu toute ma vie cet instant,

murmura-t-il tandis que ses mains la couvraient de caresses fiévreuses. J'ai envie de toi, Abby.

Les yeux rieurs, elle se pressa plus étroitement contre lui.

— Je sais. Et je dirais même que c'est une énorme envie.

— Petite effrontée, dit-il en lui retournant son sourire.

Il déboutonna lentement les premiers boutons de son chemisier et glissa la main dans l'encolure, effleurant la pointe d'un sein.

Son sourire s'évanouit alors, et ses yeux s'assombrirent en une troublante nuance de gris-vert.

— Dis-moi que tu as envie de moi, Abby.

— J'ai envie de toi. J'ai besoin de toi.

Elle pensa *je t'aime*, mais les mots ne franchirent pas ses lèvres.

Steve fit glisser le chemisier le long de ses bras ; il tomba à terre dans un bruissement. Le soutien-gorge suivit quelques secondes après. Les mains de Steve plongèrent dans l'épaisse chevelure blonde d'Abby et il attira son visage à lui.

— Abby, est-ce qu'on t'a déjà embrassée à perdre le souffle ?

— Jamais. C'est ce que tu as prévu de faire ?

Il inclina lentement la tête vers ses lèvres.

— En tout cas, je vais essayer.

Elle rit, heureuse qu'ils puissent garder le sens de l'humour, même dans la passion.

Elle commença à lui dire combien elle l'appréciait, combien elle était heureuse de l'avoir pour ami, mais il trouva la fermeture de son jean, et soudain elle se retrouva nue entre ses bras.

Son rire mourut dans un frisson de désir qui ne ressemblait à rien de ce qu'elle avait éprouvé jusqu'à présent. Son souffle resta prisonnier de sa gorge, butant sur des mots désormais dénués de signification. Les battements de son cœur s'intensifièrent, escamotant tout autre son, anesthésiant ses sens jusqu'à ce que le monde se résume au cercle des bras de Steve.

Elle soupira d'impatience et de joie anticipée tandis que

Steve l'étendait au sol. Pendant un court instant, elle songea combien il était étrange qu'à vingt-huit ans elle n'ait jamais fait l'amour ailleurs que dans un lit. Puis ils furent soudain étroitement enlacés, bouche contre bouche, cœur contre cœur, et toute pensée raisonnable disparut.

Au bureau, le lendemain matin, Abby s'attendit à ce que ses collègues demandent une explication à propos de son incroyable changement d'apparence. Un seul regard à son miroir avait suffi à lui montrer qu'une femme qui passait une folle nuit d'amour avec Steve Kramer se réveillait complètement métamorphosée. Jamais le manque de sommeil n'avait été aussi flatteur.

Mais ses collègues — cette bande d'insensibles plus intéressés par les étoiles montantes du championnat de football du week-end que par celles qui brillaient dans ses yeux — ne remarquèrent rien.

Elle finit par s'absorber dans ses recherches pour l'exposition au musée d'Art populaire, consultant les dossiers en chantonnant.

Sa bonne humeur retomba toutefois quand le téléphone sonna. C'était un appel extérieur, et elle hésita avant de soulever le combiné.

— Abigail Deane, dit-elle d'une voix qui lui sembla moins assurée qu'elle ne l'aurait voulu.

— Bonjour, Abigail. C'est Peter Graymont.

Ses mains cessèrent de trembler, et le brouillard de crainte qui noyait son cerveau se dissipa. Peter l'invitait à une petite réception informelle pour fêter l'arrivée de ses nouveaux vases chinois.

Elle cherchait une excuse polie quand elle se souvint tout à coup que Peter avait été conseiller juridique pour l'Etat du Colorado avant de se reconvertir dans les antiquités. C'était exactement la personne qu'il lui fallait, songea-t-elle avec une pointe d'excitation. La personne idéale pour lui expliquer comment retrouver la trace des certificats de naissance et de décès disparus. Quelque chose au sujet de ces documents la troublait. Si seulement elle pouvait lire les originaux, elle était sûre que la vérité jaillirait soudain !

— Vous pouvez compter sur moi, dit-elle. Merci pour l'invitation, Peter. Pourrions-nous trouver dix minutes pour discuter en privé ? J'ai une faveur à vous demander.

— Mais avec grand plaisir, Abigail. Vous savez que je ne peux rien refuser à une jolie femme.

La boutique de Peter était pleine à craquer, en dépit du fait que le choix du lundi midi semblait étrange pour présenter des porcelaines chinoises de grande valeur à des acheteurs potentiels.

Munie d'une flûte de champagne, Abby se fraya un passage dans la foule et finit par repérer Peter en compagnie de deux femmes. Une étrange impression la saisit quand elle reconnut Linda Mendoza et Gwen Johnson.

Peter tourna la tête et l'aperçut. Aussitôt, un sourire charmeur éclaira son visage perpétuellement hâlé et il vint lui serrer la main.

— Abigail, je suis tellement content que vous soyez venue. Laissez-moi vous présenter ces charmantes personnes. Linda Mendoza et Gwen Johnson. Elles sont de la FDFB et sont venues m'acheter un vase pour le hall de la banque.

— Nous nous connaissons, dirent les trois femmes en même temps.

Un silence étrange s'ensuivit, puis Linda reprit la parole.

— Les circonstances sont sans aucun doute plus plaisantes que la dernière fois.

— C'est vrai. J'espère que Mme Taylor va bien.

— Elle est très courageuse.

Il y eut un autre silence.

— Vous vous intéressez aux antiquités chinoises, Abigail ? demanda Gwen.

— Mon père adorait la poterie amérindienne, et je suis assez fascinée par l'art précolombien, mais je crains hélas de ne pas être une spécialiste de la Chine, ou de l'Asie.

Gwen esquissa un sourire.

— Cela nous fait un point commun. Nous allons refaire la décoration du hall, et Keith Bovery a pensé qu'un thème asiatique serait le bienvenu. Malheureusement, je suis incapable de discerner un objet authentique d'une copie, mais tout ce qui concerne l'image de la banque fait partie de mon travail.

Elle fit un signe de tête vers sa collègue.

— Linda a gentiment proposé de m'accompagner et de me donner son avis.

— Vous êtes donc experte en porcelaine chinoise ? demanda Abby, en essayant de paraître naturelle.

Il lui était incroyablement difficile de se comporter normalement, alors qu'une partie de son esprit était occupée à essayer de visualiser Linda comme l'ancienne petite amie de son père et la complice de Keith.

C'est fou ce que les conventions sociales sont ridicules, remarqua-t-elle pour elle-même. La vérité sur le passé de Linda était pour elle une question de vie ou de mort, et la voilà qui discutait tranquillement antiquités avec celle qui était peut-être son ennemie.

— J'ai une passion pour l'Asie, confessa timidement Linda.

Etait-elle vraiment timide ? Et d'ailleurs, y avait-il une règle établissant que les personnes timides ne pouvaient pas être des assassins ?

— J'ai fait des études d'histoire de l'art et d'architecture d'intérieur, dit Linda, et un jour j'espère pouvoir monter ma propre affaire.

— Et en attendant elle gâche son talent en travaillant à la banque, commenta Gwen.

Elle consulta sa montre et grimaça.

— Peter, j'ai une journée extrêmement chargée. Cela ne vous ennuie pas de nous laisser un moment, Linda et moi, pour que nous discutions en privé de votre proposition ?

— Mais pas du tout, très chère. Toutefois, je vous conseille de ne pas hésiter trop longtemps. Je suis absolument ravi de l'intérêt que suscite mon petit lot de porcelaines, et si vous me permettez cette expression, c'est en train de partir comme des petits pains.

D'humeur plus charmeuse que jamais, et riant de sa plaisanterie, Peter saisit le bras d'Abby.

— Je crois que vous vouliez me parler, chère amie. Si nous allions dans mon bureau ?

Elle le suivit dans la pièce tendue de soie rouge qui lui servait de bureau, en se demandant comment il pouvait travailler dans une atmosphère aussi baroque et encombrée. Partout où ses yeux se posaient, ils ne rencontraient que bibelots, miroirs de bois doré, tableaux et meubles en marqueterie.

Il lui désigna une bergère Louis XV recouverte de damas or.

— Votre verre est vide, ma chère. Laissez-moi vous offrir un merveilleux champagne de ma réserve personnelle.

Il prit une bouteille dans un seau à glace posé sur une desserte à côté de son bureau, et servit Abby. Cette dernière ne but qu'une gorgée et posa sa flûte. Elle avait trop de travail à terminer pour prendre le risque de se sentir somnolente tout le reste de l'après-midi.

— Peter, je vais aller droit au but. Je me trouve dans une situation extrêmement curieuse…

Il leva un sourcil.

— Vous êtes sûre qu'il ne s'agit pas plutôt de Kate ?

Abby esquissa un sourire, puis elle redevint sérieuse tandis qu'elle lui faisait un exposé succinct des événements récents, en omettant d'évoquer ses soupçons à l'égard de Keith Bovery.

— Je ne sais pas pourquoi ces certificats ont été volés, déclata-t-elle.

Au moment où elle disait cela, Abby s'aperçut que la réponse était évidente, et qu'elle aurait dû pressentir la vérité depuis longtemps. Les certificats avaient été volés pour dissimuler le fait que Douglas Brady était un imposteur. Quelqu'un avait énormément à perdre si on découvrait que

Christopher Renquist était mort quelques semaines après sa naissance. Mais qui ?

— En tout cas, il y a bien un mobile, reprit-elle. Personne ne prendrait le risque de s'introduire chez moi si ce n'était pas crucial.

— Vous avez raison. Un cambriolage est une chose sérieuse, Abigail. Très sérieuse. J'espère que vous avez fait changer votre serrure.

— Le serrurier est passé à 7 heures, ce matin.

— Parfait. Je suis affreusement choqué par ce que vous venez de me raconter. Ce doit être un vrai cauchemar pour vous. Mais je ne vois pas très bien comment je pourrais vous aider. Voulez-vous vous installer chez moi le temps que les choses se calment ?

— Merci, mais j'ai déjà pris d'autres dispositions. Non, ce que je voulais vous demander, Peter, c'est de m'aider à accéder aux documents originaux. Comme vous le savez, la loi de cet Etat interdit la consultation par des particuliers.

— Vous pouvez demander à votre avocat de déposer une requête.

— Vous connaissez Me Tubbs. Sa définition d'une action urgente signifie avant la fin de la prochaine décade. De toute façon, il me faut une raison valable pour demander à voir ces documents, et je ne sais même pas qui est Christopher Renquist. De plus, je n'ai pas la date exacte de sa naissance. Ce qui veut dire qu'il faudra faire une recherche sur toute l'année 1979.

Peter poussa un soupir résigné.

— Je crains de deviner ce que vous allez me demander.

— Pouvez-vous me faire accéder à ces documents, Peter ?

— Je vois que Kate vous a transmis ses mauvaises habitudes. Ma chère, il est illégal de consulter ces archives.

— Je vous le demande en tant qu'ami, Peter. Vous devez connaître des gens au bureau de l'état civil. Ne pourriez-vous pas les appeler pour moi ?

— Je suppose que oui. Mais, ma chère Abigail, ne croyez-vous pas qu'il vaudrait mieux laisser la police présenter cette requête par la voie officielle ?

— Le problème avec la voie officielle, c'est que ça va prendre des jours, peut-être des semaines. Vous connaissez les lenteurs de l'administration aussi bien que moi, Peter. D'ici là, je serai peut-être morte.

L'expression de Peter se radoucit.

— Ma chère, je suis sûr que nous pouvons compter sur le lieutenant Knudsen pour qu'une telle chose ne se produise pas. Mais, pour ce qui est de retrouver ces documents, eh bien… Je suppose qu'il est parfois excusable de contourner la loi si c'est pour une bonne cause. J'ai en effet une amie au bureau de l'état civil. Je vais l'appeler.

— Merci, Peter. Merci beaucoup.

Abby se surprit elle-même en bondissant sur ses pieds et en plantant un baiser sur la joue de Peter.

Seigneur, songea-t-elle avec amusement, Peter devait avoir raison. Kate avait déteint sur elle.

Peter se leva lentement.

— Vous partez déjà ? Vous n'avez pas fini votre champagne. Où courez-vous comme cela ?

— Au bureau, évidemment. Appelez-moi dès que vous aurez arrangé un rendez-vous avec votre amie. Excusez-moi d'être aussi insistante, mais c'est très important.

Peter ouvrit la porte de son bureau et jeta un coup d'œil circonspect du côté de Linda et Gwen, qui se tenaient à quelques pas de là et semblaient plongées dans une discussion animée.

— Abigail, murmura-t-il pour la prévenir.

Puis, élevant la voix, il ajouta :

— Eh bien, ma chère, je vous appelle dès que j'ai trouvé ce que vous cherchez. Merci d'être passée.

— Merci à vous. Je vous suis vraiment très reconnaissante, Peter.

— Eh bien, on dirait que ce cher Peter a promis de

vous décrocher la lune, remarqua Gwen en interrompant sa conversation.

Abby eut un sourire paisible.

— C'est presque ça. Je suis en tout cas ravie de cette journée. Le champagne était divin, les vases magnifiques, et il fait un soleil radieux. Que demander de plus ?

— Vous semblez bien joyeuse, remarqua Linda. Et un lundi, en plus.

Etait-ce un reproche ? Lui en voulait-elle d'être heureuse ?

— Je crois que cette semaine va m'apporter la réponse à un problème de longue date, dit Abby d'un ton flegmatique.

Elle croisa le regard de Linda et le soutint avec défiance, lui faisant passer un message muet.

Eh oui, madame Mendoza, je ne vous lâche plus d'une semelle. Et si vous êtes mon ennemie, je suis prête à me battre.

— C'est une bonne raison pour avoir le moral au beau fixe, répondit Linda avec un gentil sourire.

Soudain, elle n'aurait pas pu sembler plus innocente.

— La banque a-t-elle résolu le problème sur le compte d'Abigail ? demanda-t-elle en se tournant vers Gwen.

— Il y a longtemps que tout cela est réglé, voyons, répondit l'intéressée avec un soupçon d'agacement. C'est pour cette raison que nous l'avons reçue samedi. Vous devriez vous en souvenir puisque vous étiez là. Mais il est vrai que les artistes ont toujours la tête dans les nuages.

Gwen se tourna vers Abby en lui adressant un regard entendu.

— Quand je vous disais qu'elle gâchait ses talents à la banque.

Abby prit congé des deux femmes, et Peter l'escorta jusqu'à la porte de la boutique.

— Je vais essayer d'arranger quelque chose en fin d'après-midi. Mais, je vous en prie, faites preuve de discrétion. Nous commettons un délit, vous le savez, et je vous rappelle que vous êtes employée par l'Etat. Pour l'amour du ciel, ne dites à personne où nous allons, ni ce que nous avons prévu de faire.

— Soyez rassuré, Peter, je n'en parlerai pas. Ce sera notre secret.

9

Abby fut heureusement surprise lorsque Peter appela moins d'une heure après son retour à la Société historique.

Visiblement nerveux, et évitant de citer des noms, il lui dit que « la personne » était d'accord pour lui fournir le « matériel » en question, à condition qu'elle soit sur place à 16 h 30 précises.

— Vous n'aurez droit qu'à une demi-heure, précisa-t-il. Et j'ai dû promettre que je resterais dans la pièce avec vous. Elle prend un risque énorme, vous savez. S'il arrivait quoi que ce soit, elle pourrait se retrouver en prison.

— Je ne sais pas comment vous remercier, dit Abby, en dissimulant sa déception.

Elle comprenait que l'employée ait imposé une limite de temps, mais elle aurait préféré que ce ne soit pas aussi court. Pour découvrir quelque chose d'utile en une demi-heure, il allait lui falloir une bonne dose de chance.

— Peter, si je peux vous renvoyer l'ascenseur, n'hésitez pas.

— Il suffit que vous m'assuriez de votre discrétion. Rappelez-vous que mon amie risque sa place.

— Vous pouvez compter sur moi. Je ne dirai rien à personne. Retrouvons-nous devant la mairie.

— Attendez ! Ce n'est pas la peine de prendre deux voitures. Si vous passiez me prendre à la boutique ?

— Il me paraît plus logique que ce soit vous qui veniez me chercher, si cela ne vous ennuie pas. Je suis sur le chemin, et vous non. Disons 15 h 40 ?

— Parfait. Il ne faut pas que nous soyons en retard car les bureaux ferment à 17 heures.

Abby lui dit qu'elle l'attendrait au pied de l'immeuble de la Société historique, puis elle se remit au travail, bien décidée à en finir avant de quitter le bureau.

Mais en faisant à Peter la promesse de ne parler à personne de leur petite escapade illégale, elle n'avait pas pensé que Steve l'appellerait à peine deux minutes après qu'elle eut raccroché.

— Ça te dirait de dîner chez Giovanni ? On pourrait y aller directement en sortant du travail et comparer nos informations à la lueur des bougies.

Une heure plus tôt, jamais Abby n'aurait cru qu'une invitation de la part de Steve lui aurait fait grincer les dents de désespoir.

— Je ne peux pas. Retrouvons-nous plutôt chez toi dans la soirée. Je ne sais pas à quelle heure je vais terminer ici.

— Abby…

Le ton de Steve était lourd de soupçons.

— Je connais toutes les nuances de ta voix si désirable. Et en ce moment tu sembles coupable et excitée à la fois. C'est une combinaison hautement dangereuse. Qu'est-ce que tu mijotes ?

— Rien, dit-elle dans un souffle.

Puis elle pesta en silence. Même elle se rendait compte que son mensonge n'était pas convaincant.

— Je t'assure, Steve, ce n'est rien du tout. Je dois seulement récupérer une information.

— Où ça ? Et à propos de quoi ? Abby, tu n'as quand même pas l'intention de rencontrer quelqu'un ? Qu'est devenue ta prudence légendaire ?

— Ne t'inquiète pas.

— Abby, dis-moi ce qui se passe, ou je te jure que j'appelle Knudsen pour lui demander d'envoyer immédiatement une voiture de patrouille à la Société historique afin de t'arrêter.

— Pour quel motif ? demanda-t-elle avec indignation. Je ne fais rien d'illég…

Sa protestation se termina de façon abrupte tandis qu'elle prenait conscience que, si, elle s'apprêtait justement à faire quelque chose de tout à fait illégal.

— Abby !

Le ton de Steve s'était fait menaçant.

— J'ai mon portable dans l'autre main, et je suis en train de chercher le numéro de Knudsen dans le répertoire.

— D'accord. Inutile de l'appeler. Puisque tu tiens absolument à le savoir, je vais quelque part avec Peter Graymont, en fin d'après-midi. Et c'est tout ce que je te dirai.

— Où vas-tu ? Que vas-tu faire ? Ce doit être quelque chose de pas très net pour que tu sois aussi tendue.

— Je te le dirai ce soir, répliqua Abby avec toute la dignité dont elle était capable. Et j'aimerais que tu arrêtes de te comporter comme si tu étais ma nounou, ou quelque chose dans le même genre.

Elle raccrocha violemment le téléphone en pensant qu'il n'y avait décidément rien de tel que de se mettre en colère quand on avait tort.

Abby aurait dû se rendre compte que Steve avait capitulé beaucoup trop facilement. Elle dévala les marches du perron à 15 h 40, et le trouva appuyé contre un réverbère, l'air tout à fait content de lui.

— Qu'est-ce que tu fiches ici ? demanda-t-elle, furieuse.

Malgré tout, son cœur bondit de joie en le voyant.

— J'admire le paysage, répondit-il d'un ton moqueur. La vue est superbe de ce côté-ci de la ville.

Il enveloppa d'un regard appréciateur son chemisier de soie.

— Evidemment, la vue depuis ta chambre est encore mieux. Sans parler de celle qu'on a depuis le tapis du salon.

A ces mots, les joues d'Abby s'enflammèrent et son pouls s'accéléra.

— Ne reste pas là, Steve, je t'en prie. Tu ne comprends pas…

— Je comprends parfaitement. Un assassin te poursuit, et tu t'apprêtes à aller je ne sais où sans rien dire à personne.

— Je t'ai dit que je serais avec Peter Graymont.

— Tu parles si c'est rassurant ! Ce bellâtre ridicule se prend pour un grand séducteur, et je n'aime pas du tout l'idée de te savoir seule avec lui.

— Ne dis pas de sottises ! Peter est un ami de Kate, et il ne m'a jamais fait d'avances. De plus, il ne m'a pas attirée dans un guet-apens. C'est moi qui lui ai demandé un service. Un très grand service. Et il s'est montré très coopératif, au contraire de certaines personnes que je connais.

Au même moment, une luxueuse berline noire s'arrêta le long du trottoir. La vitre teintée s'abaissa, et le visage buriné de Peter apparut.

— Abigail, la héla-t-il. Vous êtes prête ?

— Oui.

Elle se dirigea vers la voiture en ignorant Steve.

— J'apprécie vraiment votre aide, dit-elle en se glissant sur le siège passager.

Pendant ce temps, Steve avait fait le tour de la voiture. Il passa la main par la vitre, juste sous le nez de Peter, souriant comme s'il ne doutait absolument pas d'être le bienvenu.

— Bonjour, je suis Steve Kramer, l'amant d'Abby. Nous ne nous connaissons pas, mais j'ai beaucoup entendu parler de vous.

Sans attendre la réaction de Peter, qui pour le moment semblait tétanisé, Steve monta à l'arrière de la voiture et boucla sa ceinture.

— O.K. Je suis paré, Peter. On peut y aller, mon vieux.

Peter tourna vers sa passagère un regard catastrophé.

— Comment avez-vous pu me faire ça ? Après toutes les recommandations que je vous ai faites. A l'évidence, je vais devoir annuler notre… petit voyage. Heureusement que je ne vous ai pas donné le nom de mon amie.

Abby lança un regard mauvais à son « amant », qui lui sourit innocemment en retour.

Son amant, hein ? A cette minute, elle l'aurait volontiers suspendu par les pieds au réverbère qu'il venait de quitter.

— Je n'ai rien dit à Steve, je vous le promets. En réalité, il a peur pour ma sécurité, ce qui est ridicule puisque je ne cours à l'évidence aucun danger avec vous.

L'expression morose de Peter s'éclaira quelque peu.

— Naturellement, je peux comprendre qu'au vu des terribles attaques dont vous avez été victime dernièrement votre fiancé ressente le besoin de vous protéger.

— Me protéger ! Lui ?

Abby retint à temps un ricanement méprisant. Peter avait au moins eu l'élégance de remplacer par le délicat euphémisme de « fiancé » le terme très inconvenant employé par Steve. Elle ne comprenait pas pourquoi Peter ne jetait pas tout simplement Steve hors de la voiture. Quoique, en y regardant à deux fois, il était clair que Peter ne faisait pas le poids face à la stature imposante de Steve.

Elle regarda sa montre. Ils avaient perdu de précieuses minutes à discuter, et s'ils ne se pressaient pas un peu les bureaux seraient fermés quand ils arriveraient.

Maudit soit Steve Kramer. En ce moment, il se comportait — pour parler poliment — comme un sacré casse-pieds.

Finalement, elle décida de cesser de s'inquiéter de lui et de se concentrer sur un sujet beaucoup plus important. Les certificats.

— Peter, si Steve promet de rester dans la voiture, pourrions-nous quand même y aller ? Après tout, il ne sera pas une menace pour votre amie, puisqu'il ne la verra pas.

— Oui, peut-être, admit Peter à contrecœur.

Il se tourna vers la banquette arrière.

— Je veux votre promesse, Steve, que vous n'allez pas tout à coup sortir de cette voiture quand nous serons arrivés à destination.

— Vous l'avez. Et maintenant, allez-vous me dire où nous allons ?

Abby et Peter échangèrent un regard, puis ce dernier haussa les épaules.

— Je suppose que je peux vous le dire, puisque vous le verrez de toute façon. Nous allons au bureau de l'état civil du comté d'Arapahoe, à Littleton.

Abby était certaine que Steve avait compris ce qu'elle cherchait, mais il ne fit aucun commentaire. Peut-être se rendait-il compte à présent qu'il n'était pas nécessaire de se précipiter à son secours comme il l'avait fait.

Elle essaya d'arrondir les angles en parlant à Peter de sa présentation à la boutique, qui avait eu l'air de se passer exceptionnellement bien. Peter saisit la perche tendue et se mit à pérorer sur l'intérêt grandissant pour l'art extrême-oriental.

Steve ne participa aucunement à la conversation. Rencogné sur la banquette arrière, il semblait absorbé dans la contemplation de la circulation.

Soudain, il se pencha et regarda attentivement dans le rétroviseur extérieur. Puis il défit sa ceinture et se retourna pour regarder par la vitre arrière.

— Nous sommes suivis, dit-il d'un ton tendu. Une Buick beige assez ancienne. Le conducteur porte des vêtements sombres et une casquette.

Il plissa les yeux.

— Le soleil m'empêche de lire la plaque.

— Vous devez vous faire des idées, dit Peter. Pourquoi nous suivrait-on ?

Il jeta un coup d'œil à Abby et eut une petite moue chagrinée.

— C'est une question stupide, je suppose, au vu de tout ce qui vous est arrivé.

Il se mit à tambouriner du bout des doigts sur le volant, tout en jetant régulièrement un coup d'œil dans le rétroviseur.

— Je vois la voiture, mais êtes-vous sûr qu'elle nous suit ? A cette heure-ci, tout le monde se dirige vers le sud.

— Accélérez et changez de voie, suggéra Steve.

Peter obtempéra et la Buick suivit.

— Je crois que nous avons notre réponse, dit Abby.

La sensation d'allégresse qui ne l'avait pas quittée après sa nuit avec Steve se dissipa en un éclair, et elle encaissa la réalité de plein fouet.

Quelqu'un voulait la tuer.

— Comment savait-il où j'allais ? demanda-t-elle.

Une lueur de sympathie vibra dans les yeux sombres de Peter.

— Je suppose qu'on doit épier vos moindres faits et gestes.

— J'en ai tellement assez de tout ça !

Elle frissonna et Steve lui toucha doucement l'épaule.

— Hé, fillette, il ne peut rien nous faire sur une route aussi fréquentée, et en plein jour.

— Il pourrait nous pousser dans le fossé, suggéra Abby d'une petite voix étranglée.

— Il ne prendrait jamais le risque. Il y a trop de témoins et trop de circulation.

— Ne vous inquiétez pas, dit Peter. Je vais sortir à Evans et le semer.

Sans attendre que sa suggestion soit approuvée, il se rabattit brusquement à droite et quitta l'I-25 dans un crissement de pneus.

— Ça lui fera les pieds, dit-il avec un gloussement ravi. Je vais tourner un peu dans les rues transversales, puis je filerai sur Evans. C'est un itinéraire tout aussi valable pour aller à Littleton.

Abby avait toujours pensé que Peter s'effaroucherait au moindre signe de danger, mais il semblait au contraire revigoré par cette brève course-poursuite en voiture. En tout cas, il conduisait mieux qu'elle ne l'aurait cru.

Peter navigua un moment à travers d'étroites rues résidentielles avec toutes les apparences de la bonne humeur, en dépit de la couche de gomme qu'il avait laissée en quittant l'autoroute.

— 16 h 20, dit-il. Nous allons être en retard.

— Est-ce que votre amie attendra ?

— Pas plus de cinq minutes, je le crains. C'est trop risqué pour elle.

Il regarda par la vitre latérale, l'air contrarié.

— Mince, où est-ce que je suis ?

— Vous êtes sur Cedar Avenue, dit Steve. Prenez la première à gauche et vous retomberez sur Evans.

— Cedar ? Ah oui, je me souviens être déjà venu par ici. D'après moi, le mieux serait de rattraper Colorado Boulevard.

Il fit marche arrière dans une allée et changea de nouveau de direction.

Il avait roulé une centaine de mètres jusqu'à un carrefour, et ralentissait pour marquer le stop quand la Buick jaillit de leur gauche et leur fonça dessus.

Peter s'agrippa au volant, essayant hardiment de se dégager, mais sans succès.

Dans un sinistre bruit de métal froissé, la Buick heurta l'avant gauche de la voiture de Peter.

Pendant une seconde qui sembla durer une éternité, Abby attendit la déflagration d'une arme, la douleur d'une balle dans sa chair, mais rien ne vint. La Buick disparut aussi rapidement qu'elle était arrivée, laissant la belle voiture de Peter dans un triste état au milieu du carrefour.

— Eteignez le moteur, dit Steve, et sortez immédiatement de la voiture.

Peter regarda avec hébétude autour de lui.

— Ma voiture toute neuve, murmura-t-il. Elle est complètement fichue.

— Eteignez le moteur, répéta Steve en élevant la voix. Ça pourrait prendre feu.

Tandis que Peter obtempérait enfin, Steve se précipita pour ouvrir la portière d'Abby. Elle sortit lentement de la voiture, encore sous le choc, et l'accompagna tandis qu'il faisait le tour pour constater les dégâts.

— C'est moins grave que je ne le pensais, dit-il. L'avant

est pas mal enfoncé, mais on dirait que le moteur n'a pas été touché.

Peter les rejoignit, le visage pâle et tordu d'anxiété.

— Oh, non, ce n'est pas vrai ! Ça va me coûter une fortune en réparation.

— Je paierai la franchise de l'assurance, proposa immédiatement Abby.

— Il n'y a aucune raison, dit Peter, sans toutefois protester avec trop de force.

— J'insiste. Rien ne serait arrivé si je ne vous avais pas demandé ce service.

Pendant ce temps, Steve avait soulevé le capot.

— Le radiateur n'a rien, la batterie ne fuit pas, et tous les câbles ont l'air en place. Je pense qu'elle peut rouler.

— Quand même, marmonna Peter. Quel désastre ! Quand je pense que je ne l'avais que depuis trois semaines.

La culpabilité qui montait par vagues submergea Abby, et elle eut soudain les larmes aux yeux.

— Je suis vraiment désolée, Peter. Jamais je ne vous aurais demandé votre aide si j'avais pu savoir que quelque chose de ce genre se produirait.

Peter fit un effort visible pour faire bonne figure.

— Au moins, personne n'est blessé. Mais quelqu'un de terriblement dangereux est après vous, Abigail, c'est évident. Je pense qu'il est temps que vous preniez ces attaques un peu plus au sérieux, et que vous prévoyiez quelques précautions concernant votre sécurité. Steve avait tout à fait raison de s'inquiéter pour vous. Nous allons nous arrêter au commissariat en rentrant, j'insiste.

Un pick-up rouge vif où s'entassaient des adolescents qui écoutaient de la musique à tue-tête apparut tout à coup dans le carrefour.

Bras à la portière, le conducteur se pencha par la vitre.

— Besoin d'aide ? cria-t-il. Voulez qu'on vous remorque ?

— Non, elle roule encore, merci, répondit Peter. Mais,

dites-moi, vous n'auriez pas vu une Buick beige ? Le conducteur nous a percutés de plein fouet et ne s'est pas arrêté.

— Désolé, on n'a rien vu. Mais il vous a pas raté, m'sieur.

Le jeune homme siffla pour donner plus de poids à sa remarque.

— A votre place, j'aurais la haine. Bon, ben si vous avez besoin de rien, on s'casse.

— Même s'ils avaient vu la Buick, ils n'auraient pas relevé le numéro, dit Abby, tandis que le pick-up prenait la direction de l'autoroute.

— J'ai vu le numéro, dit Steve. PBB 709.

— Mais c'est formidable !

Le visage de Peter s'éclaira.

— On va pouvoir coincer ce salaud, dit-il en abandonnant l'espace d'un instant et ses bonnes manières et son accent snob.

— J'en doute, dit Steve. S'il n'a pas pris la peine de masquer le numéro, c'est que les plaques sont fausses ou qu'il s'agit d'une voiture volée.

Peter se rembrunit.

— Vous croyez ?

— Ce type a très bien pu faire une erreur, dit Abby. Tous les criminels finissent par en faire.

— Les criminels qui se font arrêter, corrigea Steve. Mais pour le moment notre homme court toujours.

Il consulta sa montre.

— Il est presque 16 h 45. Je suppose que ce n'est plus la peine d'aller à l'état civil maintenant.

— Non, admit Peter. Mon amie sera partie depuis longtemps quand nous arriverons.

— Je ne comprends pas pourquoi il a fait ça, remarqua Abby. Si encore il nous avait tiré dessus. Mais là, ça ne lui a servi à rien.

— Et s'il avait quand même réussi son coup ? murmura Steve.

Peter le dévisagea avec étonnement.

— Que voulez-vous dire ?

— S'il voulait nous empêcher d'aller consulter les archives à Littleton, il a parfaitement réussi, non ?

— Mais il ne pouvait pas savoir où nous allions, protesta Abby. Peter et moi étions les seuls à le savoir.

— C'est exact, approuva ce dernier.

Steve marqua une pause.

— Mais ce n'était peut-être pas si difficile à deviner que ça, dit-il d'un ton songeur.

— C'est de la folie, dit Peter. Regardez les risques qu'il a pris pour un si piètre résultat. Rien ne nous empêche d'y retourner un autre jour.

Steve contempla le soleil qui entamait sa chute derrière les montagnes, zébrant le ciel de longues traînées pourpres.

— Je pense que ce type adore prendre des risques. C'est ce qui lui donne des frissons d'excitation.

Abby glissa ses mains gelées sous les manches de sa veste en lin. La fatigue semblait tout à coup s'être insinuée dans toutes les fibres de son corps.

— Steve, j'aimerais rentrer.

Elle n'attendit pas de réponse et alla s'asseoir dans la voiture, luttant un moment avec sa ceinture de sécurité avant de pouvoir l'attacher.

Peter l'observa avec sympathie, puis s'adressa à Steve à voix basse.

— Je ne voudrais pas vous donner de conseils, Steve, et vous pouvez bien sûr me répondre que cela ne me regarde pas, mais si c'était ma fiancée, je la mettrais de force dans le prochain avion en partance pour l'autre bout du pays.

Steve esquissa un sourire triste.

— Mon cher Peter, vous avez peut-être remarqué qu'Abby n'est du genre très conciliant. Mais je vais la ramener chez moi, et l'enfermer dans mon appartement jusqu'à ce qu'elle entende raison.

— Cela me semble une sage décision.

Peter eut un dernier regard pour sa voiture.

— Une très sage décision. Abigail a visiblement affaire à une personne très violente.

— Je dirais plutôt déséquilibrée.

— Quand il s'agit de criminels, la violence et la folie sont liées, n'est-ce pas ?

— Je ne sais pas. Mais ce que je sais en revanche, c'est qu'Abby ne restera pas assez longtemps à Denver pour le découvrir.

10

Lorsque le lieutenant Knudsen arriva au commissariat du deuxième district, à la demande d'Abby, l'officier qui avait reçu la plainte de Peter commença à prendre celui-ci au sérieux.

Knudsen s'isola avec Abby et Steve pour les questionner, laissant Peter devant une quantité invraisemblable de documents à remplir.

Au bout de trente minutes, le policier cessa enfin ses questions. Ni Abby ni Steve ne pouvaient expliquer comment la Buick les avait retrouvés malgré leurs manœuvres de diversion, et après qu'ils eurent répété trois fois leur histoire il devint évident que cela ne mènerait à rien.

Knudsen se cala contre le dossier inconfortable de sa chaise et se pinça l'arête du nez.

— Parlons d'autre chose, dit-il. Le labo m'a promis un rapport préliminaire sur les enregistrements pour demain matin. J'ai aussi eu une petite conversation avec Linda Mendoza. Steve m'avait signalé qu'elle figurait dans le registre du personnel de la banque sous le nom de Linda R. Mendoza. C'était malheureusement une fausse piste. Le R. correspond à Rainey, son nom de jeune fille. Elle m'a montré son certificat de naissance pour le prouver.

— Donc je suppose qu'elle ne peut pas être Lynn Renquist, dit Abby. C'était une théorie un peu nébuleuse, de toute façon.

La nouvelle ne lui causait ni réelle surprise ni déception. Steve et elle n'avaient rien fait d'autre depuis trois jours que d'échafauder des scénarios qui finalement ne menaient nulle part.

Elle était d'ailleurs prête à parier que l'expertise des cassettes n'apporterait aucun élément nouveau.

Si elle n'avait pas été aussi fatiguée, elle aurait peut-être ri de ce fiasco.

— Je ne suis pas totalement convaincu que Linda Mendoza n'ait rien à se reprocher, dit le policier. Son passé n'est pas très clair. Elle a grandi en Alabama, mais elle a fait des études d'infirmière à Denver. Elle m'a juré n'avoir jamais exercé, mais elle m'a semblé très embarrassée quand je lui ai demandé pourquoi elle s'était reconvertie dans le secrétariat.

— C'est curieux, remarqua Abby. Je croyais qu'elle avait étudié l'histoire de l'art et la décoration.

— Elle a peut-être menti, suggéra Steve. Mais pourquoi est-ce important ?

Le lieutenant Knudsen se massa le menton.

— Eh bien, elle aurait pu être présente lors de l'accouchement de Lynn Renquist. Elles ont presque le même âge et auraient pu devenir amies... Peut-être Linda lui a-t-elle promis de la venger.

— Vous n'avez toujours rien trouvé sur Lynn ? demanda Steve.

Le policier grimaça.

— Hélas, non. Pour le moment, l'enquête piétine.

— Vous avez remarqué comment ça se passe avec cette affaire ? demanda Abby à Knudsen. C'est comme un jeu de charades jamais résolu. Rien ne permet d'incriminer les personnes que nous soupçonnons, mais rien non plus ne nous autorise à les disculper totalement.

Elle se leva et tira sa veste froissée d'une main tremblante.

— Je crois que l'incident d'aujourd'hui aura quand même servi à quelque chose. Steve et vous aviez raison, lieutenant. J'en ai assez de suspecter tout le monde, et de bondir chaque fois que le téléphone sonne. Savoir que quelqu'un me surveille en permanence et suit tous mes déplacements est la goutte d'eau qui fait déborder le vase. Je renonce. Je quitte la ville demain.

Steve la serra brièvement dans ses bras.

— Tu as pris la bonne décision, Abby.

— Je suis d'accord, dit le lieutenant.

Knudsen était si enchanté qu'il parvint à esquisser un sourire.

— Vous savez, Abigail, dans la police nous sommes des êtres humains comme les autres. Et croyez-le ou non, nous n'aimons pas être appelés pour ramasser des cadavres. Surtout quand la victime aurait pu rester en vie en faisant preuve d'un minimum de bon sens.

Un coup frappé à la porte annonça l'arrivée de Peter et d'un sergent de police.

— M. Graymont voudrait savoir combien de temps vous allez garder ses amis, lieutenant. Il aimerait rentrer chez lui. Il a un rendez-vous important.

— Keith Bovery doit passer à la boutique vers 18 h 30, expliqua Peter. Il veut discuter le prix d'un lot de cinq vases pour le hall de la banque.

Il eut une petite moue embarrassée.

— Je ne me sens guère d'humeur à négocier, mais c'est un achat trop important pour laisser une employée s'en occuper.

La pendule digitale indiquait 17 h 57. C'était un peu juste pour que Peter soit à l'heure à son rendez-vous, même s'il quittait immédiatement le commissariat.

— Je vais raccompagner Mlle Deane et M. Kramer, proposa le lieutenant. Ainsi, vous serez rentré plus vite, monsieur Graymont. Sans compter que vous aurez moins de risques de vous faire attaquer en route s'ils sont avec moi.

Peter ne prit pas la peine de masquer son soulagement.

— C'est très aimable à vous, lieutenant, merci. Faites attention à vous, Abigail.

Il lui prit la main.

— J'espère que vous n'allez pas passer la nuit seule.

— Ne vous inquiétez pas, dit Steve en lui passant un bras autour de la taille d'un geste possessif. Je ne vais pas la quitter d'une semelle. Et vous serez sans doute ravi d'apprendre qu'elle a accepté de quitter la ville demain. Nous allons donc tous pouvoir dormir sur nos deux oreilles.

L'hostilité de Steve à l'égard de Peter étonnait Abby. Il se montrait toujours extrêmement cordial avec tout le monde, et faisait preuve d'une certaine tolérance pour les défauts d'autrui. Pourquoi se tenait-il sur la défensive ? Il n'avait pourtant aucune raison d'en vouloir à Peter.

— Formidable, s'exclama Peter, qui semblait n'avoir rien remarqué. Bon travail, Steve. Et vous, chère Abigail, vous avez pris la bonne décision.

Il lui pressa une dernière fois la main et s'en alla réclamer sa voiture.

Tout le monde semblait croire qu'elle agissait intelligemment, songea Abby. Dans ce cas, pourquoi se sentait-elle aussi déchirée à l'idée de partir ? Etait-elle la seule à penser qu'elle mettait ses sœurs en danger en choisissant de quitter la ville ?

Knudsen, dont le comportement s'était singulièrement adouci à présent qu'Abby lui avait part de sa décision de s'en aller, bavarda aimablement tandis qu'il les conduisait jusqu'au parking de la Société historique, où Steve et elle avaient laissé leurs voitures respectives. Il les escorta ensuite jusqu'à Larimer Square, dans le soir tombant, puis il insista pour prendre l'ascenseur avec eux.

— L'Oregon, dit-il à Abby, en prenant congé. Le Pinewood Logde à Bretton. Vous ne trouverez pas de meilleur endroit pour vous reposer. J'ai enfin réussi à lire *Guerre et Paix*, la dernière fois que j'y suis allé. J'en rêvais depuis l'adolescence. C'est très paisible, et le paysage ne ressemble pas du tout à nos montagnes. J'appellerai M. Kramer pour lui dire quand vous pourrez revenir à Denver. En attendant, profitez bien de vos vacances.

Abby n'avait pas assez d'énergie pour demander pourquoi il fallait en passer par Steve, comme si elle était incapable de se prendre en charge. Pour le moment, elle se moquait d'être entourée de machos déterminés à protéger une faible femme. Elle reconnaissait sa défaite. La vérité était qu'elle n'avait plus envie de rester à Denver.

Elle avait peur. Une peur si intense qu'elle en était paralysée. Une profonde lassitude imprégnait chaque parcelle de son cœur, anéantissant sa curiosité.

Etait-ce Keith Bovery qui avait essayé de la tuer ? Linda Mendoza était-elle sa complice ? Elle n'avait même plus envie de le savoir.

Elle dit au revoir à Knudsen, puis suivit Steve dans son appartement, heureuse de n'avoir aucune décision à prendre. Steve s'occuperait de tout cette nuit. Knudsen lui avait dit d'aller en Oregon, et elle allait le faire. Elle voulait arrêter de penser et d'échafauder des plans. Penser et planifier ne l'avait menée nulle part.

Une fois dans l'appartement, elle resta figée au milieu du salon, attendant des instructions.

Steve lui apporta un soda, puis la guida gentiment vers le canapé. Elle s'enfonça dans les coussins moelleux, et sirota obligeamment sa boisson.

— Tu veux dîner avant que nous descendions chez toi pour faire tes valises ?

— D'accord.

Steve la regarda une longue minute. Il s'assit près d'elle et passa un bras autour de ses épaules.

— Je suis sûr que nous allons découvrir de qui il s'agit dans les prochains jours. C'est tout ce que ça demandera, fillette. Trois ou quatre jours. Kate et Linsey ne risqueront rien, je te le promets.

Le doute avait dû transparaître dans son expression car il lui prit le menton et l'obligea à le regarder.

— Abby, tes sœurs ne seront pas blessées parce que tu quittes Denver.

— Tu es sûr ?

Steve lui prit son verre des mains et le posa sur la table basse, puis il la serra contre lui.

— Abby, écoute-moi. La police travaille activement sur

cette affaire, et l'assassin est trop occupé à protéger ses arrières pour s'en prendre à Kate et Linsey. De plus, il ne s'agit que de quelques jours. J'ai fait appel à une équipe expérimentée pour m'aider dans mon investigation à la banque. Ils arrivent de New York demain après-midi. Abby, le coupable est arrivé à la fin de sa route.

— Mais comment peux-tu faire venir une équipe ? Tu ne devais pas garder le secret sur le détournement de fonds ?

— Il est trop tard pour ça, maintenant. Il faut aller vite. Et puis je veux que l'assassin se sente en danger. Qu'il sache que nous le traquons sans pitié.

— S'il s'agit de Keith Bovery, il sait déjà qu'il est en danger.

— Si c'est lui, mes petits génies, comme je les appelle, vont le passer sur le gril, et je vais surveiller de près ses réactions. Si ce n'est pas lui, le véritable escroc finira à un moment ou à un autre par sortir de son terrier.

Le téléphone sonna, et Abby se crispa.

— Détends-toi.

Steve garda un bras autour d'elle tandis qu'il se penchait pour prendre le combiné.

— Nous sommes chez moi, tu te souviens ? Personne ne peut savoir que tu es ici.

— Monsieur Kramer ? demanda une agréable voix féminine aux inflexions élégantes. Je suis Gwen Johnson, de la FDFB.

Steve mit l'appareil sur haut-parleur afin qu'Abby puisse constater que l'appel n'avait rien de menaçant.

— Oui, madame Johnson. Que puis-je faire pour vous ?

— Je suis navrée d'interrompre ainsi votre soirée, mais M. Bovery a essayé de vous joindre plusieurs fois cet après-midi.

— Je viens seulement de rentrer. Peter Graymont et moi avons été impliqués dans un accident. Un conducteur fou a embouti la voiture de Peter à un carrefour.

— Seigneur, mais que me dites-vous là ? J'espère que vous allez bien, tous les deux.

— Personne n'a été blessé, mais Peter était très ennuyé pour sa nouvelle voiture.

— Oh, je veux bien vous croire. Enfin, il vaut mieux que ce ne soit que des dégâts matériels.

Gwen marqua une pause.

— C'est vraiment une étrange coïncidence, remarqua-t-elle. Keith m'a demandé de vous appeler parce qu'il était en retard pour son rendez-vous avec Peter…

— Et il ne pouvait pas me joindre, poursuivit Steve, parce que j'étais au commissariat avec Peter pour déposer plainte et remplir un constat d'accident.

— Je ne savais pas que vous vous connaissiez…

Jugeant que l'échange d'amabilités avait assez duré, Gwen adopta soudain un ton plus professionnel.

— Revenons à la raison de mon appel. Keith voulait absolument vous entretenir d'une question urgente. Il m'a dit que ce n'était pas quelque chose dont il pouvait parler au téléphone, et qu'il souhaitait vous rencontrer chez lui vers 20 heures. Il a, et je cite, « une information de la plus extrême importance » à vous révéler.

— Savez-vous à quel sujet ?

— Malheureusement, Keith ne m'a pas mise dans la confidence. Je suppose que cela a quelque chose à voir avec le nouveau système informatique que vous êtes en train d'installer. J'ai cru comprendre que votre travail était hautement confidentiel.

Une note d'amertume transparut dans la voix de Gwen.

— Keith a la détestable habitude de ne pas faire circuler l'information, ce qui met souvent ses collaborateurs dans l'embarras. Communiquer et déléguer sont des mots qui ne font tout simplement pas partie de son vocabulaire.

Le sujet était visiblement source de conflit entre Gwen et Keith, et Steve réorienta la conversation avec tact.

— Il est déjà 19 h 30, mais je vous remercie de m'avoir appelé, madame Johnson. Je vais faire de mon mieux pour être chez Keith à 20 heures.

— Très bien. Connaissez-vous son adresse ?

— Oui, merci. Je suis déjà allé chez lui une fois.

— Eh bien, c'est parfait. Je suis heureuse d'avoir pu vous joindre. Je dois moi-même me rendre à une réception, et j'aurais été ennuyée de ne pas avoir pu vous prévenir avant de partir. Keith avait l'air vraiment anxieux. Bonsoir, monsieur Johnson.

— Bonsoir.

Steve raccrocha et se tourna vers Abby.

— Eh bien, qu'en penses-tu ?

La perspective de glaner suffisamment d'informations pour mettre l'assassin derrière les barreaux redonna de l'élan à Abby.

— Allons-y, dit-elle. Quoi qu'il ait à nous dire, ça semble important.

— C'est peut-être un piège. Tu n'y as pas pensé ?

— Mais pourquoi Keith voudrait-il te piéger ?

— Il a dû penser que j'étais sur le point de démasquer le responsable de l'escroquerie. Et il a raison, d'ailleurs.

— Si Keith avait l'intention de te tuer, aurait-il demandé à Gwen de t'inviter chez lui ? Ça n'a aucun sens.

— Gwen Johnson pourrait faire partie du complot.

Abby eut quelques instants le souffle coupé.

— Non ! s'exclama-t-elle. Nous n'allons pas ajouter un nouveau nom à la liste des suspects. Si ça continue, nous allons finir par accuser de complicité la moitié de Denver. Pourquoi pas le lieutenant Knudsen, pendant que tu y es ? Tu n'as jamais pensé qu'il était le suspect idéal ?

Steve esquissa un sourire.

— Eh bien, si, figure-toi. Mais il n'a pas accès aux ordinateurs de la banque. C'est la même chose pour Peter Graymont, bien qu'il ait pu séduire une employée pour faire le sale boulot. Dieu sait pourquoi, les femmes semblent le trouver irrésistible.

— Jaloux !

Abby se leva en soupirant.

— On devrait peut-être appeler Knudsen pour le prévenir que nous allons chez Keith. Il pourrait vouloir nous accompagner.

Evidemment, le lieutenant n'était pas à son poste, mais la standardiste promit de lui faire passer le message.

— Dites-lui de me rappeler absolument ce soir, insista Steve. C'est très important.

— On a le temps de prendre un sandwich ? demanda Abby dès qu'il eut raccroché.

— Non. Il vaut mieux y aller maintenant. On s'arrêtera au retour chez Giovanni. Nous aurons peut-être quelque chose à célébrer. Comme l'arrestation du meurtrier, par exemple.

Le faisceau lumineux des bornes installées de chaque côté de l'allée trouait l'obscurité à intervalles réguliers.

Steve se gara devant le perron et coupa le moteur. Abby et lui restèrent assis un moment dans l'habitacle, en essayant de détecter quelque chose d'anormal.

Une brise fraîche faisait entrer par la vitre ouverte des odeurs d'automne. Un cheval hennit au loin. Plus près, des feuilles bruissèrent et un oiseau prit son envol en poussant un cri aigu. De temps en temps montait de la route toute proche le murmure d'un moteur, le seul bruit produit par l'homme dans ce lotissement prospère de Cherry Hills. La maison de Keith Bovery n'était qu'à vingt minutes du centre de Denver, mais son environnement aurait pu laisser croire qu'on se trouvait en pleine campagne.

La lumière du porche jetait une lumière crue sur l'épaisse porte en chêne sculptée de style espagnol. Abby connaissait bien la maison pour y être souvent venue dans son enfance, et elle ne lui évoquait que des souvenirs heureux. Soudain, il lui parut totalement absurde de rester dissimulée dans la voiture de Steve, en se demandant si « oncle Keith » n'allait par sortir comme un fou de la maison et leur tirer dessus. Linsey et Kate avaient raison, songea-t-elle. Keith et sa femme Helen avaient toujours fait preuve d'affection et de tendresse envers la famille Deane. Il était impossible de croire que toutes ces visites pour Noël, tous ces pique-niques le week-end et les conseils machistes mais affectueux de Keith dissimulaient une haine féroce à l'égard de Ronald Deane et de ses filles.

— Je me suis trompée, dit-elle en se tournant vers Steve. Keith n'est pas celui que nous recherchons.

— Comment es-tu parvenue à cette étonnante conclusion ?

Les lèvres d'Abby se retroussèrent en un sourire moqueur.

— Parce qu'il nous offrait toujours des Pères Noël en chocolat. Ils étaient énormes. Les plus gros qu'on pouvait trouver.

Steve ricana.

— Abby, c'est très bien que tu te décides à mettre un petit grain de folie dans ta vie, mais ce n'est peut-être pas le moment idéal pour te transformer en clone de Kate.

— Je ne suis pas irrationnelle, insista Abby avec entêtement. Je peux à la limite croire que Keith a détourné des fonds à la banque. Je pense que nous sommes tous capables de voler en fonction des circonstances. Mais il n'a pas essayé de me tuer.

Steve ouvrit sa portière.

— Très bien. Je suis ravi de voir que tu t'es finalement fait ton opinion au sujet de ce bon vieux Keith. Je vais quand même te demander de respecter ma nature suspicieuse et mal intentionnée, et de rester en dehors de la ligne de tir pendant que j'appuierai sur la sonnette.

Les feuilles mortes craquèrent sous leurs pas tandis qu'ils s'avançaient vers le perron. Lorsque Steve sonna, Abby se mit à frissonner, mais c'était de froid et non de peur.

Derrière la porte, elle entendit des bruits de pas résonner sur le parquet du long couloir, et son pouls s'emballa.

Elle avait l'intuition qu'elle obtiendrait ce soir la réponse à toutes ses questions.

*
* *

Il y eut d'abord le claquement d'un verrou, puis le bruit de la clé qui tournait dans la serrure, et la porte s'entrebâilla sur une chaîne.

Le visage de Peter Graymont apparut.

— Ah, c'est vous, chers amis.

— Nous sommes venus voir Keith, dit Steve d'un ton qui parut exagérément agressif à Abby.

— Mais bien sûr, il vous attendait.

Peter défit la chaîne et ouvrit la porte en grand.

— Abigail, quel plaisir de vous revoir. Keith vous attendait-il également ? Il n'avait mentionné que Steve.

— Non, il ne m'attendait pas.

Elle essaya sans grand succès de paraître désinvolte.

— Je suis le cadeau surprise. Mais que faites-vous là, Peter ? Je croyais que vous deviez voir Keith à la boutique.

— C'est exact, mais Keith a insisté pour revenir ici, de peur de rater son rendez-vous avec Steve. Je l'ai donc accompagné pour terminer notre négociation.

Tout en parlant, Peter s'était poliment effacé pour leur permettre de passer.

— Keith est dans son bureau. Vous savez où c'est ? Dernière pièce à droite. Je vais vous accompagner pour lui dire au revoir, et je vous laisse.

— Comment allez-vous rentrer ? demanda Steve. Je n'ai pas vu votre voiture.

— Quoi ? Oh, ma voiture ! Eh bien, elle est tout simplement chez le garagiste. J'ai appelé un taxi. Il devrait être là d'une minute à l'autre. Mais je ne vais pas vous déranger. C'est une belle nuit, pas trop froide, et je vais attendre sur le perron.

La porte du bureau était fermée. Steve frappa un coup discret et l'ouvrit sans attendre la réponse. Il entra, tandis qu'Abby s'attardait quelques pas en arrière.

Le lustre n'était pas allumé, et la seule source de lumière provenait d'une lampe de lecture posée sur le bureau.

Keith était assis dans son fauteuil, mais il ne bougea pas en les voyant entrer.

Sa tête reposait contre le dossier, encadrée par un halo rouge.

L'intuition d'Abby absorba la réalité de la scène quelques secondes avant que son intellect ne la décrypte.

— Steve, n'entre pas !

Son cri avait jailli trop tard. Steve était déjà dans la pièce. Elle le vit s'effondrer mollement dans les bras d'une sinistre silhouette vêtue de noir, qui venait de jaillir de sa cachette derrière la porte.

Epouvantée, Abby tourna la tête vers Peter Graymont et poussa de nouveau un cri en découvrant le sourire mauvais qui tordait son visage, et l'arme qu'il tenait à la main — pointée directement sur son estomac.

— Keith est mort, dit-elle d'un ton hébété.

— Tout ce qu'il y a de plus mort.

— Il ne s'est pas suicidé.

— Mais que dites-vous là, ma chère ?

La voix de Peter était lourde d'ironie.

— Bien sûr que ce pauvre cher Keith s'est suicidé. Approchez-vous du bureau, et vous le constaterez par vous-même.

— Non, je ne veux pas.

Une poigne de fer s'abattit sur sa nuque, et Peter l'entraîna de force vers le bureau.

— Vous voyez, chère Abigail ? Le 38 Webley se trouve dans sa main. Le fameux 38 Webley qui a tué Douglas Brady et Howard Taylor. Le médecin légiste trouvera même des résidus de poudre sur ses doigts pour prouver qu'il a bien appuyé sur la détente.

— Il n'a pas appuyé sur la détente. C'est une mise en scène.

Le regard de Peter se tourna vers la silhouette qui se tenait de l'autre côté de la pièce, comme pour quêter son approbation.

— Voyez-vous cela. Mais c'est très grave, ce que vous dites là. Je pourrais porter plainte pour diffamation.

— Vous ne vous en sortirez pas, vous et votre complice. Steve a appelé le lieutenant Knudsen avant de venir ici. La police sera là d'une minute à l'autre.

— Ma chère amie, accordez-nous un minimum de sens commun. Nous n'avons pas l'intention de vous tuer ici.

La silhouette s'exprima enfin, d'une voix basse et rauque.

— Assez parlé ! Occupe-toi d'elle, Peter.

— Non ! hurla Abby.

Elle essaya de se débattre, mais Peter avait beaucoup plus de force qu'elle ne l'aurait cru.

Elle sentit qu'il soulevait sa jupe, se demanda avec effroi ce qu'il avait en tête, puis quelque chose la piqua à la cuisse. Vint ensuite une sensation de brûlure fulgurante.

La pièce se mit à tourner autour d'elle, et soudain les ténèbres l'ensevelirent.

Le meurtrier claqua la porte arrière de la fourgonnette de livraison sur les deux corps inconscients de Steve et Abby.

Les sombres idiots ! Les gens qui se prenaient pour des génies finissaient toujours par commettre les erreurs les plus stupides. Dommage qu'il faille tuer ces deux-là. Cela aurait été amusant de les garder enfermés sans eau ni nourriture. De leur donner la leçon qu'ils méritaient. De les laisser agoniser pendant des jours.

En tout cas, le plan se déroulait comme prévu. Peter attendait au volant, moteur en marche. Le logo de sa boutique avait été soigneusement masqué. Il ne restait aucune trace de leur présence chez Keith Bovery.

L'affaire avait été menée d'une main de maître, et le bouquet final serait éblouissant.

Une brusque montée d'adrénaline s'empara du meurtrier. L'action. Le danger. Vivre sur le fil du rasoir. C'était comme ça que l'on devait mener son existence.

— On y va ? demanda Peter avec impatience. Ça fait un bout de chemin jusqu'à la mine.

— Oui.

Tandis que la camionnette quittait l'allée et s'engageait sur la route, un rire puissant résonna dans l'air.

— Qu'est-ce qui te prend ? demanda Peter, que son accent mondain avait déserté.

— Rien. Je pensais aux petits génies de Steve Kramer et à leur satisfaction quand ils découvriront le nom du responsable des détournements de fonds.

— Ce sera quand, à ton avis ?

— Si ce n'est pas trop la panique à la banque après la découverte du suicide de l'autre idiot, ça pourrait se passer demain.

Le meurtrier rit encore plus fort.

— Pauvre Keith. Sa réputation va en prendre un sacré coup quand on découvrira qu'il a essayé de faire porter le chapeau à Howard Taylor, avant de le tuer.

— Au moins, il a eu la décence de se suicider par remords, commenta Peter.

Il adressa un clin d'œil au meurtrier, et ils rirent de plus belle.

Leur bonne humeur dura jusqu'à ce qu'ils quittent Hampden et s'engagent sur la C-470 en direction de la montagne.

— Combien de temps reste-t-il avant que nous arrivions ? demanda le meurtrier d'un ton sec.

— Une heure et demie, environ.

Le meurtrier se cala sur son siège et regarda défiler le paysage.

C'était vraiment dommage de ne pas pouvoir abandonner Steve et Abby dans la mine et les laisser crever de faim. Oui, vraiment dommage.

Mais il n'était plus question de prendre des risques.

Abby et Steve devaient mourir. Comme cet égoïste de Ronald Deane. Comme cet incompétent de Douglas Brady. Comme ce fouineur d'Howard Taylor. Comme ce stupide vieux naïf de Keith Bovery.

Ils étaient tous morts, morts, morts. Et les deux autres ne tarderaient pas à les rejoindre.

Une étoile filante illumina brièvement le ciel au-dessus de la chaîne des Rocheuses.

Magnifique. C'était forcément un bon présage.

Parfois, la vie était vraiment belle.

11

Il faisait froid. Un froid glacial. Un froid réfrigérant qui lui provoquait des convulsions.

Et il faisait nuit.

Abby bougea lentement ses mains. Elle était couchée sur le ventre, sur un sol métallique.

Elle avait mal.

Elle redressa la tête, et l'obscurité se dissocia dans un kaléidoscope de couleurs floues. Elle ferma les yeux et laissa sa tête retomber sur ses mains.

Elle allait être malade.

Soudain, elle entendit un bruit. Avant qu'elle ait eu le temps de s'asseoir, des mains la saisirent par les épaules et la soulevèrent. Elle essaya de résister, mais elle se sentait vidée de toute énergie.

Une bourrasque de vent froid la frappa au visage. Un vent qui charriait des odeurs de pins et de neige. Elle avait dû être enfermée dans une fourgonnette. Et à présent elle se trouvait dehors.

Ses pieds entamèrent une marche hésitante. Elle faillit tomber et deux mains la retinrent.

Elle ouvrit de nouveau les yeux.

Erreur. Terrible erreur. La sensation de vertige s'accrut.

— Va à droite. Suis le chemin.

La voix qui venait de lui donner un ordre était dure, menaçante, teintée de vulgarité.

La voix de Peter.

Les mains la lâchèrent, mais elle ne pouvait pas courir.

Elle ne pouvait même pas marcher. Elle tomba à genoux et se mit à vomir, nauséeuse à un point où elle ne se souciait plus de dignité.

Quand ses spasmes eurent cessé, elle rampa à l'écart et se roula en boule.

Il y avait de l'herbe, constata-t-elle. Une herbe de montagne rugueuse et parsemée de neige. Elle risqua un regard vers l'horizon. Ses vertiges perdaient en intensité, et elle parvint à discerner le contour anguleux d'un pic sur fond de ciel assombri.

Elle devait être quelque part dans les Rocheuses. Peter et son complice l'avaient conduite hors de Denver.

— Il est temps de rejoindre le prince charmant.

C'était de nouveau la voix de Peter. Ironique, chargée de haine. Il l'obligea à se relever, et la poussa vers une petite construction de bois.

Un chalet, comprit Abby. Avec une grange ou un garage accolé. Une habitation rudimentaire construite pour les vacances.

Une main gantée de noir passa devant son visage et poussa la porte.

Ce n'était pas la main de Peter. Il s'agissait de l'autre homme. La silhouette en noir qui avait assommé Steve en le frappant par-derrière. Etait-ce l'homme qui lui avait tiré dessus depuis les buissons, à Boulder ? Ce devait être la même personne.

— Entre là-dedans, dit Peter.

La relative chaleur qui régnait à l'intérieur l'enveloppa comme une bénédiction. Elle se trouvait dans une grande pièce au confort rustique, avec des murs en rondins apparents, et une cuisine sur le côté.

Une cuisine avec un évier.

— De l'eau, murmura-t-elle.

Elle avait la gorge comme du carton, les lèvres terriblement desséchées, et le goût âcre de la nausée encore dans la bouche.

— A boire, s'il vous plaît.

Elle perçut l'hésitation de Peter.

— Non, dit l'homme derrière elle.

La voix était basse, presque étouffée, et pourtant triomphante.

— Pas d'eau.

— O.K., patron.

Peter fit se déplacer Abby sur le côté. Avec une arme, s'aperçut-elle. Comme s'il en avait besoin pour assurer son autorité à ce moment précis.

— A gauche, dit-il.

Il la poussa dans une chambre qui n'était guère plus qu'une alcôve gagnée sur la pièce à vivre. Un vieux lit à barreaux, une seule table de chevet et une petite commode suffisaient à occuper tout l'espace.

Steve était étendu sur le lit, immobile. Son visage était livide, flétri par le début d'un hématome au niveau de la mâchoire. La vision d'Abby était encore brouillée, mais elle ne distinguait aucun signe de respiration.

— Est-ce qu'il est…

Elle déglutit avec peine, luttant contre le désespoir.

— Non, il n'est pas mort, répondit Peter d'un ton moqueur. Pas encore.

Prenant un malin plaisir à enfoncer les doigts dans la mâchoire meurtrie de Steve, il lui secoua le visage.

— Il a son compte pour le moment. Cet imbécile a essayé de se débattre quand on l'a sorti de la camionnette. Je l'ai assommé.

— Espèce de salaud !

Peter reprit brièvement son ton doucereux de séducteur mondain.

— Allons, allons, chère amie, qu'avez-vous fait de vos bonnes manières ? La vulgarité est quelque chose que je ne tolère pas chez les femmes. Surtout celles qui partagent ma vie.

— Heureusement, ça ne fait pas partie de mes ambitions. Je peux donc utiliser le vocabulaire qui me plaît.

La bouche de Peter se tordit de rage. D'un geste brusque, il la poussa sur le lit. Le matelas n'était qu'une mince galette de mousse, et les lattes du sommier s'enfoncèrent dans son corps déjà douloureux.

Peter se coucha sur elle de tout son poids.

— Confortable, n'est-ce pas ? dit-il en ricanant.

L'autre homme revint avec deux longueurs de corde, et Abby se rendit compte qu'il était masqué.

— Attache-la au lit, dit-il à Peter en lui lançant une corde. Je m'occupe de l'autre.

— Vous êtes l'homme qui m'a appelée, s'exclama Abby. Les coups de fil anonymes. Je reconnais votre voix.

La silhouette en noir ne répondit pas, mais Peter sembla trouver cette remarque très amusante.

— Oui, c'est la personne qui t'a appelée. J'ai bien peur qu'elle ait un différend de longue date avec ton cher papa.

— Mais pourquoi me déteste-t-il ? Et pourquoi l'aidez-vous ? Je ne vous ai jamais rien fait.

Cette fois, personne ne prit la peine de répondre.

L'homme en noir attacha les poignets de Steve aux barreaux du lit en quelques mouvements rapides et efficaces. Peter suivit l'exemple de son complice, relevant les mains d'Abby au-dessus de sa tête, et les attacha à l'angle opposé de la tête de lit.

Trop faible, et incapable de coordonner ses mouvements, Abby ne parvint qu'à s'épuiser davantage en essayant de se débattre.

Peter semblait trouver ces contorsions très amusantes, et se contentait de lui donner occasionnellement une petite tape, comme il l'aurait fait pour écraser un moustique. Il semblait persuadé qu'il ne risquait rien, et il avait malheureusement raison. Les effets de la drogue qu'on lui avait injectée étaient loin de s'être dissipés.

L'homme en noir vérifia la solidité des liens, puis se dirigea vers la commode. Il ouvrit le premier tiroir et en sortit deux seringues.

— Occupe-toi d'elle, dit-il à Peter.

Quelque chose dans sa voix sembla étrangement familier à Abby.

Elle fouilla sa mémoire. Si son esprit avait fonctionné normalement, elle aurait reconnu cette voix, elle le savait. Elle avait déjà rencontré cet homme quelque part…

— J'ai augmenté la dose, dit-il. Ça les fera tenir tranquilles jusqu'à demain.

— Tu es sûr que ça ne va pas les tuer ? demanda Peter. Il ne faut pas prendre de risques avec le rapport d'autopsie.

— Il n'y aura pas de rapport d'autopsie. De toute façon, je sais ce que je fais. Le phénobarbital ne tue pas les gens en bonne santé.

— Le petit ami n'a pas l'air très en forme.

— Il a une constitution solide.

Avec un sourire mauvais, Peter se tourna vers Abby.

— Tu as entendu ce qu'a dit le docteur, petite fille ? Il est temps de prendre ton médicament. Fais ce que dit oncle Peter, et tu ne sentiras rien.

La rage explosa en elle. Rage contre sa propre faiblesse. Rage contre son aveuglement passé. Et, plus encore, rage contre le plaisir que prenait Peter à l'humilier.

Son cerveau ne fonctionnait pas avec suffisamment d'efficacité pour élaborer un véritable plan mais, quelque part dans son inconscient, elle sut que le seul moyen pour elle de s'en sortir était d'éviter cette injection.

Elle frémit quand Peter releva sa jupe froissée et déchirée. Ses doigts coururent avec un plaisir lascif sur sa peau glacée. Quelque chose dit à Abby que sa façon de faire n'était pas prévue au programme.

— Quelles jambes vous avez, ma chère. Spectaculaires.

Ses mains explorèrent le haut de ses bas.

— Mmm… Un porte-jarretelles. Je vois que nous avons les mêmes goûts. Je suis sûr que nous pourrions très bien nous entendre.

— Peter !

Jamais Abby n'aurait cru être aussi soulagée d'entendre la voix de l'homme masqué.

Les doigts de Peter cessèrent leur invasion.

— D'accord, d'accord, marmonna-t-il.

D'un geste brusque, il remonta sa jupe jusqu'à la taille.

— Quel dommage que je n'aie pas le temps de profiter de... tes attributs, murmura-t-il. Mais nous avons des choses à acheter et des alibis à bâtir.

Il ricana.

— Malheureusement, de bons citoyens comme mon associé et moi ne gardent pas de la dynamite dans leur garage.

De la dynamite ? Le pouls d'Abby s'emballa. Allaient-ils faire sauter le chalet ?

— Je reconnais que tu es une petite maligne, continua à pérorer stupidement Peter. Avec mon associé, on n'y croyait pas jusqu'à ce que tu découvres l'histoire de Christopher. Tu sais que Douglas Brady était un imposteur, n'est-ce pas ?

Abby ne répondit pas, mais son expression devait l'avoir trahie.

Peter soupira.

— Mouais, je savais que notre ingénieuse petite mise en scène avec Douglas allait être découverte. Nous pensions pourtant avoir soigneusement verrouillé le dossier.

Il rit.

— Enfin, tout est bien qui finit bien, malgré tout. Grâce au ciel, tu es venue me demander de l'aide pour retrouver les originaux des certificats dérobés. C'était vraiment très aimable de ta part. Et ça valait que je sacrifie ma voiture pour t'empêcher d'accéder aux archives de l'état civil. Car, vois-tu, il se trouve que le certificat du petit Christopher est la clé de tout.

La main de Peter caressa lentement le ventre d'Abby, en un geste de regret, puis il prit la seringue sur la table de chevet, là où son complice l'avait posée.

Abby ne pouvait pas articuler un mot. Elle ferma les

yeux, et son corps se tendit dans l'attente du picotement de l'aiguille. Dans l'attente du moment idéal pour faire un écart.

Le bout de l'aiguille jetable griffa sa peau. Elle serra les dents. Elle avait toujours détesté les piqûres. L'aiguille s'enfonça plus profondément dans le tissu sous-cutané. Elle attendit la sensation de brûlure indiquant que Peter avait commencé à pousser sur le piston et que le produit commençait à couler.

Maintenant !

Dans un geste rapide comme l'éclair, elle pivota les hanches et plaqua contre le fin matelas la cuisse qu'il était en train de piquer. La main de Peter se retrouva coincée entre sa jambe et le lit. Elle se redressa brusquement, et son cœur bondit de joie quand elle entendit le craquement sec de l'aiguille qui se cassait. La pointe était toujours enfoncée dans sa peau, mais à en juger par l'humidité qu'elle sentait sur sa cuisse une partie du produit s'était répandue sur le couvre-lit.

— Merde !

Peter fit suivre cette exclamation d'un chapelet d'insanités.

— Elle a cassé la foutue seringue, cria-t-il à son complice.

— Laisse-moi regarder.

L'homme en noir s'approcha du lit et examina sa jambe, ses yeux luisant de rage sous la cagoule de ski.

— Je n'ai pas d'autre dose sur moi. Combien tu lui en as injecté ?

— Plus de la moitié, je pense. Regarde, elle commence à fermer les yeux. C'est bon signe, non ?

— Ouais.

L'homme masqué prit le poignet d'Abby, cherchant son pouls. Cette dernière, sentant qu'on l'observait, essaya de se détendre le plus possible et de ralentir sa respiration.

Il lui sembla qu'une éternité s'était écoulée quand l'homme reprit la parole.

— Son pouls ralentit, elle est en train de s'endormir. Elle en a au moins pour six ou sept heures. Le petit ami ne va pas refaire surface avant dix bonnes heures. De toute façon, ils sont aussi ficelés qu'un rôti et toutes les issues sont bloquées. Allons-y.

— Dommage qu'il faille retourner à Denver avant l'aube, protesta Peter entre ses dents.

Il se pencha sur Abby et lui caressa les seins. Elle était supposée être inconsciente, et elle fit un effort surhumain pour ne pas tressaillir.

— Salut, Abby, murmura-t-il. Fais de beaux rêves. On se voit demain soir, ma belle.

— Bon sang, Peter ! Dépêche-toi un peu. Il faut y aller.

L'ordre rageur venait du seuil. L'homme masqué semblait impatient, agacé. Sa voix avait changé. Elle était moins rauque, moins étouffée, sans doute plus proche de son inflexion naturelle.

Abby entendit leurs pas se diriger vers la porte. Un interrupteur cliqueta. La porte claqua, et quelques instants plus tard un moteur démarra. Le gravier du chemin crissa sous les pneus, puis ce fut le silence.

Abby relâcha son souffle et ouvrit les yeux. Steve et elle étaient seuls.

A présent, il ne lui restait plus qu'à lutter contre les effets du phénobarbital, se libérer de ses liens, trouver un moyen de sortir du chalet, et marcher des heures pour trouver un téléphone et appeler Knudsen.

Rien de bien compliqué.

Ecoute, fillette s'encouragea-t-elle, c'est vraiment du gâteau. Tu vas y arriver.

Mais, si elle échouait, Steve et elle mourraient.

12

Abby se débattit pendant près d'un quart d'heure avant que le produit — et l'épuisement — n'ait raison de son désespoir.

Lorsqu'elle rouvrit les yeux, le soleil s'infiltrait par les interstices du volet avec une brillance qui suggérait que le jour était déjà bien avancé. Malgré tous ses efforts, il semblait qu'elle avait déjà gâché sept ou huit heures à dormir.

Sa première pensée cohérente fut qu'elle allait mourir de soif. La seconde, que Steve était déjà mort. Son corps gelé était inerte, son visage livide et ses lèvres bleues.

Observant son torse, elle détecta finalement le léger mouvement de sa respiration.

Un soulagement immense l'envahit, mais elle ne pouvait s'offrir le luxe de se réjouir longtemps. Habituée à la montagne, elle savait que Steve finirait par mourir d'hypothermie si elle ne trouvait pas un moyen de le réchauffer.

Le faible rai de soleil procurait de la lumière, mais aucune chaleur. Le froid glacial de la montagne avait pris possession du chalet isolé, faisant descendre leur température, en dépit du fait qu'elle avait emmêlé ses jambes à celles de Steve en dormant, dans une recherche inconsciente de chaleur.

Comment le réchauffer ? Peter lui avait lié les mains de sorte qu'elle pouvait bouger le haut de son corps, mais les mouvements latéraux étaient presque impossibles.

Utilisant ses pieds, et au prix de douloureuses contorsions, elle parvint à faire glisser la partie du couvre-lit sur laquelle elle était couchée, et à en recouvrir partiellement

Steve. Ce n'était pas grand-chose, mais l'étoffe — un piqué de coton — était neuve et épaisse.

Longuement, elle frotta ses pieds sur les jambes de Steve pour réactiver sa circulation sanguine, et fut finalement récompensée par un gémissement et un faible mouvement. Le beau visage de l'homme qu'elle aimait restait pâle et crispé, mais ses lèvres commençaient heureusement à perdre leur terrifiante couleur bleue.

Epuisée, elle se laissa retomber sur l'oreiller, en essayant d'ignorer la terrible morsure de la corde sur ses poignets.

Ses pensées se mirent à vagabonder. Si seulement elle était dans la cuisine… Dans une cuisine, il y avait des couteaux et des ciseaux.

Et de l'eau.

De l'eau fraîche et délicieuse. Sa gorge était en feu, son cerveau ne pensait qu'à une seule chose : boire. A cet instant, elle aurait donné tout ce qu'elle possédait pour un verre d'eau.

S'obligeant à penser à autre chose, elle tira sur les cordes et se mit à secouer la tête de lit dans l'espoir d'en déboîter les montants. Hélas, les barreaux de laiton étaient solides, et elle comprit rapidement qu'elle ne parviendrait à rien de cette façon.

Elle n'avait pas le choix. Il lui fallait trouver un moyen de couper ses liens. Et, pour cela, elle avait besoin d'un outil. Seulement, comme elle ne pouvait pas bouger du lit, sa gamme de possibilités était plutôt limitée.

Elle examina la pièce faiblement éclairée avec plus d'attention qu'elle n'en avait été capable la veille. Son regard se posa sur la table de chevet, qui devait probablement renfermer des trésors en ciseaux, limes et autres rasoirs.

Malheureusement, elle ne pouvait pas l'atteindre sans s'être détachée. Auquel cas, bien sûr, cela ne lui serait plus vraiment utile.

Il devait pourtant bien exister un moyen d'ouvrir ce satané tiroir.

Elle passa près d'une heure à se contorsionner de façon

à essayer d'attraper la poignée avec ses orteils. Finalement, elle fut obligée de reconnaître sa défaite. L'angle entre le lit et la table de chevet rendait la manœuvre tout simplement impossible.

Et si elle essayait de se retourner sur le ventre et de se laisser glisser sur le côté du lit ? Dans ce cas, elle pourrait utiliser sa bouche pour ouvrir le tiroir. Le problème, c'était que ses mains étaient attachées au-dessus de sa tête, de telle sorte qu'elle était obligée de rester sur le dos.

Epuisée, elle observa le plafond, en essayant de se voir du point de vue d'une mouche qui la contemplerait d'en haut.

Elle finit par comprendre qu'en tournant graduellement ses poignets à l'intérieur de la corde elle serait capable de pivoter sur le ventre, et de se glisser à genoux sur le sol. Ensuite, il lui suffirait de rejeter la tête par-dessus son épaule gauche pour parvenir à ouvrir le tiroir avec les dents.

La hauteur de la table de chevet était parfaite pour accomplir cette manœuvre.

Il n'y avait qu'un petit détail. Oh, trois fois rien : elle allait devoir frotter sans relâche ses poignets déjà douloureux contre la corde râpeuse.

Après deux secondes d'hésitation, sa décision fut prise. Entailler douloureusement sa peau, ou perdre la vie ? Le choix n'était pas difficile.

Elle serra les poings, prit une profonde inspiration, et commença à tourner. Elle marqua une pause, reprit son souffle, et recommença, faisant pivoter son corps au moment du dernier quart de tour.

La douleur était pire que ce à quoi elle s'attendait, mais au moins elle se trouvait à présent avec le visage dans l'oreiller. Haletante, elle s'accorda quelques minutes de répit, puis elle glissa à genoux sur le sol.

Sa tête se mit à tourner, mais l'excitation d'avoir réussi prit finalement le dessus. Sans perdre de temps, elle prit la poignée de porcelaine entre ses dents et tira.

Victoire, le tiroir s'ouvrit sans opposer de résistance.

Il était rempli de babioles, de mouchoirs et de morceaux de papier. Devant ce maigre butin, Abby se rembrunit, mais elle refusa de renoncer à son espoir. La plupart des gens gardaient des ciseaux ou des limes à ongles dans leur table de chevet. Il pouvait très bien y avoir quelque chose d'intéressant sous tout ce fatras.

Plongeant la tête dans le tiroir, elle souleva un carnet entre ses dents et le fit tomber à terre. Une photographie s'en échappa et atterrit à l'envers. Trop occupée pour y prêter attention, elle se remit à l'œuvre, remuant les papiers avec son nez.

Un rouleau de pastilles de menthe, une lime émeri, un flacon de vernis rouge vif… mais pas de ciseaux.

Tous ces efforts pour rien, songea-t-elle avec désespoir.

Puis elle le vit.

Caché tout au fond du tiroir se trouvait un coupe-papier muni d'une lame longue et acérée.

Elle le regarda comme si elle venait d'entrapercevoir le paradis. La lame scintillante était sans doute la plus belle chose qu'elle ait jamais vue en vingt-huit ans d'existence.

Elle tendit son buste au-dessus du tiroir, et tenta de déloger le coupe-papier avec son nez. Il glissa d'un côté, puis de l'autre, lui échappant chaque fois qu'elle croyait l'atteindre. Finalement, elle parvint à saisir le manche entre ses dents.

C'était incroyable ! Elle avait réussi.

Tournant la tête, elle laissa tomber le coupe-papier sur le lit. Un rayon de soleil le fit luire, et elle le contempla avec bonheur tandis qu'elle reprenait son souffle.

Reprenant le coupe-papier entre ses dents, elle se hissa sur le lit, jusqu'à ce qu'elle puisse faire passer la lame dans sa main droite.

Bouillant d'impatience, elle dirigea la lame vers la corde qui enserrait son poignet gauche. Mais la façon dont elle était attachée ne facilitait pas les choses, et Abby se rendit vite compte qu'elle n'arriverait à rien de cette façon, à part à s'entailler la peau ou à faire tomber la lame entre les barreaux du lit.

Ne s'avouant pas vaincue, elle reprit le manche métallique entre ses dents et, dans un patient mouvement de va-et-vient, entreprit de couper la corde.

Le coupe-papier était aussi acéré qu'elle l'avait espéré, et le premier tour de corde céda rapidement. Encore quelques minutes, et elle fêterait sa libération avec un verre d'eau.

De l'eau ! Cette pensée suffit à lui redonner de l'énergie.

Une fois sa main droite libérée, cela aurait dû être un jeu d'enfant de s'attaquer à la corde qui enserrait sa main gauche. Mais ses doigts étaient trop gourds pour tenir le coupe-papier, et elle dut les agiter et les masser longuement pour que sa circulation se rétablisse.

Enfin, elle put saisir le coupe-papier et trancher les derniers tours de corde.

Je l'ai fait ! pensa-t-elle avec un mélange de joie et d'incrédulité. Mais elle n'avait pas le temps de se féliciter. Se ruant vers la cuisine, elle mit sa tête sous le robinet et but longuement.

Jamais le goût de l'eau ne lui avait semblé aussi divin.

Espérant contre toute logique qu'il y aurait de l'eau chaude, elle tourna le robinet. La vue de ses poignets tuméfiés et sanguinolents lui souleva le cœur.

Elle n'avait pas le temps d'être malade, se morigéna-t-elle. Elle devait s'occuper de Steve avant que Peter et son complice ne reviennent.

L'eau qui coulait était désespérément glacée, mais il y avait un réchaud à gaz. Elle remplit une bouilloire, et retourna vers la chambre.

Sans perdre une minute, elle coupa les liens de Steve et contrôla sa respiration. Il avait repris des couleurs, mais ses efforts pour le réveiller ne furent pas couronnés de succès.

Elle ne savait pas quand leurs ravisseurs reviendraient, mais Peter avait dit « à demain soir ». Le soleil brillait à l'extérieur et sa montre, à présent que sa vision s'était éclaircie, indiquait 13 h 40. Cela lui laissait encore un peu de temps pour réveiller Steve.

Ensuite, il ne leur resterait plus qu'à s'enfuir.

Elle ne voulait pas céder à un optimisme exagéré, mais en comparaison de ce qu'elle avait déjà accompli trouver un moyen de quitter le chalet ne lui semblait pas irréalisable. L'un des volets se briserait sûrement si on frappait suffisamment fort dessus… Inutile de perdre davantage de temps à s'en inquiéter.

Elle prépara deux tasses de café lyophilisé, trouvé dans l'un des placards, et fit réchauffer une boîte de soupe au bain-marie.

Retournant dans la chambre, elle posa le café sur la table de nuit, s'assit sur le lit et prit Steve dans ses bras. Non sans difficulté, elle parvint à le redresser contre elle, et le fit patiemment boire à la cuillère.

Lors de ses premières tentatives, le café coula le long du menton de Steve, et elle prit le paquet de mouchoirs dans le tiroir de la table de chevet pour l'éponger. Il réussit à peine à avaler les cuillerées suivantes, et Abby commença à paniquer.

Qu'allait-elle faire si Steve ne se réveillait pas ?

Elle ne voulait même pas évoquer la seule réponse possible à sa question. Il n'était pas question qu'elle s'échappe en laissant Steve derrière elle.

Soudain, elle perdit tout sang-froid.

— Réveille-toi, espèce de paresseux ! cria-t-elle en secouant Steve de toutes ses forces. Debout, bon à rien. Qu'est-ce que tu fiches à traîner au lit pendant que je m'épuise à essayer de nous sortir d'ici ? Tu vas avaler ce café, maintenant, c'est moi qui te le dis !

Lui desserrant les dents de force, elle glissa la cuillère dans sa bouche et le fit boire.

Les paupières de Steve tressaillirent.

— Abby, murmura-t-il. J'entends ta voix. Tu as la voix la plus douce du monde.

— Je ne suis pas douce ! Je suis furieuse ! hurla-t-elle.

Puis elle éclata en sanglots.

Steve parvint enfin à ouvrir les yeux.

— Pourquoi pleures-tu ? Ne pleure pas, je t'en prie.

— Je ne pleure pas, dit-elle en reniflant. Tiens, bois ce fichu café. Il faut que nous sortions d'ici.

L'air médusé, Steve prit la tasse à moitié vide, en la tenant à deux mains. Il but lentement, en observant la pièce. Puis il essaya de se redresser, et grimaça de douleur.

— Où sommes-nous ? La dernière chose dont je me souvienne, c'est de Keith mort dans son bureau.

— Nous avons été enlevés. Par Peter Graymont et son complice.

— Je suis entré dans le bureau, et quelqu'un m'a saisi à la gorge. Il a appuyé sur la carotide. Il savait exactement ce qu'il fallait faire, ou je ne me serais pas évanoui aussi vite.

— Ils nous ont aussi drogués. Phénobarbital. Maintenant, nous sommes dans un chalet perdu au milieu des Rocheuses. Peter et son complice vont revenir cette nuit.

— Comment sais-tu tout cela ?

Abby expliqua succinctement tout ce qui s'était passé pendant qu'il était inconscient, en minimisant ses efforts pour éviter l'injection et se libérer de ses liens.

Steve lui prit les mains et contempla ses poignets avec horreur.

— Tu dois désinfecter ça. Tu as regardé s'il y avait quelque chose dans la salle de bains ?

— Je m'en occuperai plus tard.

— Mais ça peut être dangereux. Tu risques une infection.

— Steve, tu n'as pas l'air de comprendre. Ils vont revenir pour faire exploser le chalet.

— En nous laissant à l'intérieur, je suppose ?

— Evidemment.

— Dans ce cas, qu'attendons-nous ? Fichons le camp d'ici.

Steve bascula ses pieds par-dessus le matelas, se leva… et tomba immédiatement à genoux. Il observa le sol, puis laissa échapper une série de jurons remarquables par leur inventivité.

Soudain, il se tut.

— D'où ça vient ? demanda-t-il en ramassant une photo au sol.

— Quoi ?

Abby s'accroupit à côté de lui.

— Oh, j'avais oublié. C'est tombé du tiroir de la table de chevet.

— Tu as vu qui est dessus ?

— Steve, tu crois que c'est le moment ?

Elle se pencha pourtant par-dessus son épaule et écarquilla les yeux.

— C'est mon père, dit-elle. Mon père avec Keith Bovery et Lynn Renquist. C'est incroyable, chaque fois que nous faisons une nouvelle découverte, elle est liée à cette femme. Viens, allons-nous-en.

Elle passa un bras autour de sa taille.

— Tu as besoin d'aide pour te lever ?

— Non, j'y arriverai.

Steve se redressa et se laissa aussitôt tomber sur le lit.

— Donne-moi quelques minutes, fillette, et je serai prêt à marcher sur les mains, ou quoi que ce soit d'autre si ça peut nous permettre de sortir d'ici.

Abby s'assit à côté de lui et ils regardèrent ensemble la photo. Steve suivit du doigt le visage de la jeune femme qui posait en souriant entre les deux hommes.

— Tu sais quoi, Abby, je commence à croire que nous avons fait preuve d'un incroyable aveuglement. A part ton père, qui est la personne la plus susceptible de connaître l'existence des certificats de naissance et de décès du petit Christopher ?

Elle réfléchit.

— Eh bien, sa mère, je suppose.

— En d'autres termes, Lynn Renquist. Et qui est au courant pour les lettres que Lynn a écrites ?

— Lynn elle-même.

— Qui connaît assez bien ta famille pour créer le personnage de ton prétendu demi-frère ?

— Lynn, s'écria Abby. Elle est la seule personne à pouvoir être sûre à cent pour cent que l'ex-petite amie de mon père n'allait pas réapparaître et dénoncer l'imposture de Douglas Brady.

Elle se mordilla la lèvre, pensive.

— Il y a autre chose. Lynn est certainement la seule personne qui voudrait garder une photo comme celle-ci dans sa table de nuit. Je ne sais pas quel est son lien avec Peter Graymont, mais je suis prête à parier que ce chalet lui appartient.

— Je suis d'accord.

L'expression de Steve s'était assombrie.

— Et j'irai même plus loin que toi. Je pense que nous avons enfin découvert le nom de la personne qui se cache derrière les tentatives d'assassinat dont tu as été la cible.

Abby observa les trois visages qui souriaient à l'objectif, et se demanda ce qui avait pu venir briser cette belle amitié.

— Lynn Renquist, murmura-t-elle. C'est Lynn qui a voulu me tuer. Reste à savoir pour quelle raison.

— Pour la raison que nous avons suspectée depuis le début, je pense. C'est toi qui conserves tous les documents officiels de la famille. Après la tentative ratée de Douglas pour récupérer une part d'héritage, elle devait se débarrasser de toi.

— Parce que j'étais la seule à pouvoir apporter la preuve que Douglas était un imposteur.

— Exactement. Elle savait que tu étais en possession de documents compromettants pour elle. Et tant que tu avais la possibilité de fouiller dans le passé de ton père Lynn Renquist était assise sur une poudrière.

Abby étudia longuement le visage de la jeune femme sur la photo.

— Ce doit être quelqu'un que nous côtoyons sans le savoir, mais je ne la reconnais pas. Et toi ?

— Non. Mais je vais la retrouver et je vais m'assurer qu'elle se tienne loin de toi pour une bonne centaine d'années.

Il bascula les pieds sur le sol et se leva, serrant triomphalement les poings lorsqu'il vit qu'il ne vacillait pas.

— Le retour de Superman, dit-il d'un ton fanfaron.

Il se dirigea vers le salon, mais dut s'arrêter et se retenir à une chaise.

— Le demi-retour, corrigea-t-il en adressant un clin d'œil à Abby. Viens, mon amour, arrête de regarder cette photo et trouvons le moyen de sortir d'ici.

— Tu ne crois pas que nous devrions prendre quelques minutes pour fouiller le chalet ? suggéra Abby en le suivant pas à pas. Nous pourrions peut-être découvrir comment Lynn se fait appeler aujourd'hui. Ça peut être n'importe qui. Et j'aimerais bien savoir comment elle a réussi à persuader Peter et son acolyte de faire tout le sale travail pour elle.

— Elle doit les payer une petite fortune. Le type en noir pourrait être un tueur à gages. Cela expliquerait pourquoi il reste masqué. Il ne veut pas être identifié, même pas par Peter.

Tout en parlant, Steve avait ouvert un par un les tiroirs de la cuisine. Il brandit triomphalement un tournevis, et se dirigea vers l'une des fenêtres du salon.

— Où Lynn aurait-elle trouvé autant d'argent pour soudoyer Peter et un tueur professionnel ? demanda Abby.

— Probablement en détournant des fonds à la banque. Cela expliquerait son lien avec Howard Taylor, et pourquoi elle a dû faire éliminer Keith Bovery.

— Donc, Lynn Renquist travaille à la FDFB. Tu crois que ça pourrait être Linda Mendoza ? Nous aurions vu juste depuis le début ? Mais si c'est elle elle a beaucoup changé.

Steve ôta l'une des vis du système qui bloquait l'ouverture de la fenêtre à guillotine.

— Chérie, dans la mesure où Peter et son ami masqué risquent de débarquer d'une minute à l'autre avec de la dynamite, je ne suis pas sûr que ce soit le moment de jouer aux devinettes.

Un bouillonnement rappela soudain à Abby qu'elle avait

laissé de la soupe à réchauffer. Elle se rua vers le coin cuisine et éteignit la flamme.

Soudain, un détail surgit du fond de sa mémoire.

— Steve ! cria-t-elle. Je viens de me rendre compte de quelque chose.

— Quoi ?

Il était trop occupé avec la fermeture de la fenêtre pour tourner la tête.

— Peter et son associé pensaient que j'étais inconsciente quand ils ont quitté la chambre. Mais je ne l'étais pas. J'étais vaseuse, mais j'entendais encore. Le personnage masqué a interpellé Peter depuis le seuil. Quelque chose dans sa voix m'a paru bizarre, mais je viens seulement de comprendre ce que c'était. Ce n'était pas la voix d'un homme.

— Quoi ? demanda Steve, sans vraiment prêter attention à ce que disait Abby.

— Le complice de Peter n'est pas un homme, articula-t-elle avec soin. C'est une femme.

Steve en laissa tomber son tournevis de surprise.

— Hein ?

— Pourquoi avons-nous supposé que Lynn Renquist avait engagé quelqu'un pour faire le sale travail ? Pourquoi ne serait-ce pas elle qui aurait essayé de me tuer ?

Steve haussa les épaules.

— Parce que la personne qui t'a harcelée est un homme. Tu l'as entendu au téléphone, et je l'ai vu à Boulder.

— Non. J'ai entendu une voix déguisée, et tu as vu une silhouette avec une cagoule de ski. Nous avons pensé que c'était un homme, mais je ne crois pas que ce soit le cas. Je suis presque certaine que c'est une femme.

Elle avait finalement réussi à capter l'attention pleine et entière de Steve.

— Je crois que tu as raison, dit-il après quelques minutes de réflexion. La personne qui se cache derrière la cagoule ne peut être que Lynn Renquist.

Abby observa de nouveau la photo, à la recherche d'un détail qui aurait pu lui échapper.

— Si seulement nous savions comment elle se fait appeler aujourd'hui, murmura-t-elle.

13

Une fouille rapide du chalet ne révéla aucune trace de papiers personnels qui auraient pu leur donner des indices à propos de l'identité actuelle de Lynn.

Les ombres s'allongeaient dans la pièce, leur rappelant que Peter et son associé n'allaient pas tarder à revenir, et Steve se remit à la tâche. Abby quant à elle retourna surveiller la soupe, ou ce qu'il en restait.

Observant les restes grumelés de ce qui aurait dû être leur repas, elle soupira.

— Je vais refaire du café, dit-elle en remplissant la bouilloire d'eau. Cuisiner est trop compliqué.

— Bien sûr ! approuva Steve. Ouvrir une boîte de conserve et la faire réchauffer n'est pas donné à tout le monde. Il faut des années de pratique avant de maîtriser l'opération.

Abby pivota sur ses talons pour lui lancer un regard outré, mais dès qu'elle vit son expression dépitée elle oublia le problème mineur de la soupe brûlée.

— Que se passe-t-il ? La fenêtre ne s'ouvre pas ?

— Mauvaise nouvelle, fillette. Le système de fermeture a été assez facile à démonter, mais les fenêtres sont sécurisées de l'extérieur par des barres d'acier rivetées dans l'encadrement. Il faudrait un chalumeau pour les découper.

— Toutes les fenêtres ?

— Celle de la chambre est pourvue d'un volet intérieur solidement cadenassé. Quant à celle de la salle de bains, ce n'est guère plus qu'un hublot, et nous n'avons aucune chance de pouvoir passer par là.

Abby versa l'eau bouillante dans les tasses et en tendit une à Steve.

— On dirait qu'ils ont prévu notre enlèvement depuis longtemps.

— Je ne crois pas qu'ils aient installé les barres pour nous. Elles ont l'air usées par les intempéries. Je pense que le chalet a été protégé contre les voleurs et les vandales quand il a été construit. Beaucoup d'habitations de montagne sont protégées par des grilles ou des barreaux sur les fenêtres et les portes. Particulièrement celles qui sont isolées comme ce chalet.

Il sembla à Abby que la cuisine s'obscurcissait de minute en minute. Elle avala une gorgée de café, mais ne parvint pas à se réchauffer.

L'après-midi touchait à sa fin, emportant dans sa chute leurs derniers espoirs d'évasion. Peter et son associé — Peter et Lynn ? — ne tarderaient probablement pas à arriver. Bien sûr, il leur restait la possibilité de se battre avec leurs ravisseurs et de prendre le dessus. Ce qui était peu probable, s'ils entraient armés. Dans les films, cela avait l'air simple, les bons gagnaient toujours. Mais dans la vraie vie Abby soupçonnait que les bons qui s'attaquaient sans arme aux méchants avaient toutes les chances d'être tués.

— Est-ce que nous avons le temps de creuser un tunnel ? demanda-t-elle, en essayant de plaisanter pour ne pas pleurer.

— Je crains que non. De toute façon, nous n'avons pas de pelle.

— On pourrait essayer la porte. Ça ne devrait pas être trop long de dévisser les charnières. Tout à l'heure, j'ai vu qu'il y avait plein d'outils dans le cellier. Des tournevis, une scie, un marteau…

Steve secoua la tête.

— Je suis désolé, mon cœur. La porte est équipée d'une serrure multipoints et de gonds renforcés. Même en y passant des heures nous ne la ferons pas bouger d'un millimètre.

L'estomac d'Abby se noua de peur et de frustration.

— Ce n'est pas possible ! Nous ne sommes ni drogués ni

blessés. Nous sommes libres de nos mouvements. Nous avons des outils et de la lumière. Bon sang, il doit bien y avoir un moyen de sortir d'ici.

— Par la cheminée, peut-être, si tu parviens à te réduire à la taille d'un enfant de cinq ans.

Il prit ses mains dans les siennes.

— Ecoute, Abby, je ne crois pas que nous ayons d'autre choix. Nous allons devoir les attaquer. La situation n'est pas totalement en leur faveur. Ils nous croient attachés et pas très en forme.

— Attends une minute ! Je viens de me rappeler quelque chose.

Elle se mit à sautiller d'excitation.

— Il y a une grange ou un garage sur le côté du chalet. Je suis prête à parier qu'il n'est pas aussi bien protégé. D'après ce que j'ai vu, il n'y a pas de grille. C'est une simple porte de bois. Il est peut-être possible d'y accéder par le mur de la cuisine.

Le visage de Steve s'éclaira.

— Je crois que ce serait encore mieux de percer le mur du cellier. Je doute qu'il soit doublé.

— C'est par ici.

Abby courut ouvrir une porte qui donnait sur un réduit abritant la chaudière, le chauffe-eau et le disjoncteur.

— Sauvés ! s'écria-t-elle. Regarde, Steve, le mur n'est même pas fini.

Steve regarda la mince cloison de briques creuse qui séparait le cellier du garage, et serra Abby dans ses bras.

— Abby, ma chérie, tu es un vrai génie. Ce n'est pas étonnant que je sois aussi fou amoureux de toi.

Surpris par ses propres mots, il s'interrompit et grimaça un sourire gêné.

— Eh bien, je crois que l'heure de vérité est arrivée, fillette. Je ne peux pas le cacher plus longtemps. Je suis sous le charme de ton délicieux esprit féminin.

Le pouls d'Abby s'emballa, et cela n'avait rien à voir avec

leur projet d'évasion. Steve avait parlé sur le ton de la plaisanterie, comme il le faisait toujours, mais elle commençait à comprendre que sa désinvolture ne signifiait pas nécessairement que ses sentiments étaient aussi superficiels que son intonation.

Elle ne se faisait cependant pas trop d'illusions. Steve Kramer, célibataire par excellence, n'était pas prêt à prendre le genre d'engagement éternel auquel elle aspirait secrètement. Au cours de leur bref mariage, Greg lui avait montré combien il était périlleux de remettre son bonheur entre les mains de quelqu'un d'autre. Durant ces six dernières années, après la douleur causée par les multiples infidélités de Greg, elle avait pris grand soin de ne jamais engager ses sentiments.

Elle pouvait continuer à se protéger en répondant à Steve sur le même ton que lui.

Ou alors, elle pouvait prendre le risque de révéler sa vulnérabilité et de découvrir la vérité sur ce qu'elle ressentait vraiment.

Elle scruta le visage de Steve, cherchant à déchiffrer son expression, à deviner ses attentes et ses désirs. Il lui semblait intolérable d'être sur le point d'affronter la mort sans avoir le courage de lui poser une simple question.

— Tu pensais vraiment ce que tu as dit ? Es-tu follement amoureux de moi ?

Occupé à trier les outils, il se crispa. Un silence gêné s'installa, puis il haussa les épaules et rit de lui-même.

— Tu as vraiment besoin de le demander ? Ça fait des années que je suis amoureux de toi, Abby. Il y a six mois, j'ai décidé que mon cas était désespéré.

— Quand tu es venu t'installer dans mon immeuble.

— C'est exact. Je m'étais bêtement mis en tête que ça pourrait nous rapprocher.

— Ce n'était pas une mauvaise idée, dit-elle doucement.

Elle s'avança et appuya sa tête contre le torse de Steve.

— Je crois que je t'aime depuis toujours. Depuis le moment

où je t'ai vu traverser le campus et venir dans ma direction. Il m'a seulement fallu un peu de temps pour m'en rendre compte.

Steve recouvra soudain sa bonne humeur.

— Ne te mets pas martel en tête pour si peu, fillette. Que représentent quelques années ?

— Une perte de temps.

Nouant les bras autour de son cou, elle se hissa sur la pointe des pieds et lui tendit ses lèvres.

Il inclina lentement la tête vers elle.

— Je t'aime, dit-il.

Puis sa bouche s'écrasa sur celle d'Abby, en un baiser qui échauffa son sang et réchauffa son âme.

Je t'aime aussi, pensa-t-elle, mais sa réponse se perdit dans la passion de leur étreinte.

La réalité reprit trop vite ses droits, et ils se séparèrent.

Steve repoussa une mèche de cheveux derrière l'oreille d'Abby.

— Abby, ma douce, je ne rêve que de t'emmener dans la chambre et de passer les prochaines heures à te faire l'amour, mais nous n'avons vraiment pas le temps.

Elle lui prit la main et la porta à sa joue, en une caresse douloureusement tendre.

— Sors-nous d'ici, Steve, murmura-t-elle.

Il prit une brève inspiration.

— J'en ai bien l'intention, fillette.

— Parfait.

D'un geste décidé, elle lui tendit un marteau et un burin.

— Creuse-nous un beau trou, d'accord ? Ce n'est vraiment pas l'endroit idéal pour mettre un terme à notre histoire d'amour.

— Qui a dit qu'on allait y mettre un terme ? répondit Steve d'un ton détaché.

Puis, avant que l'émotion ne s'installe, il lui donna une petite tape affectueuse sur le bras.

— Ne reste pas plantée là à ne rien faire. Essaie de nous trouver des pulls. Nous allons en avoir besoin.

Steve se glissa entre la chaudière et le chauffe-eau, et commença à attaquer la cloison.

Abby remarqua que ni l'un ni l'autre n'avait évoqué la possibilité que le garage leur réserve de mauvaises surprises. Certaines choses avaient tout à gagner à être gardées pour soi.

— Je n'ai trouvé qu'un pull dans toute la maison, dit-elle en revenant dix minutes plus tard. Mais au moins il y avait des chaussures de randonnée à ma taille et des chaussettes de laine.

La nuit était tombée si vite qu'on n'y voyait presque plus rien, et Abby alluma le plafonnier de la cuisine sans réfléchir.

— Non ! cria Steve. Eteins. Souviens-toi qu'ils s'attendent à nous trouver ligotés dans le noir.

Abby ne put s'empêcher de penser que, si Peter et l'inconnu revenaient avant qu'ils aient réussi à s'échapper, la lumière de la cuisine ne serait plus leur principal problème. Mais elle actionna obligeamment l'interrupteur, et fouilla dans le tiroir où elle avait remarqué un peu plus tôt une lampe torche. Elle finit par la trouver, et orienta le faisceau lumineux vers le cellier. La lumière révéla le sourire exubérant de Steve, et ses cheveux couverts de poussière rouge.

— Votre issue de secours vous attend, madame.

Il fit un grand geste pour désigner l'ouverture dans le mur.

— Un pas à faire, et vous serez dans le garage.

Abby gloussa de plaisir. Accéder au garage allait être un jeu d'enfant. Ce serait du gâteau. N'était-ce pas ce qu'elle s'était promis ?

— Je vais tenir la lampe pendant que tu enfiles le pull, dit Steve.

Lorsqu'elle fit mine de protester, il passa d'autorité le vêtement au-dessus de sa tête.

— Nous n'avons pas le temps de nous disputer, mon cœur. C'est toi qui en as fait le plus, jusqu'à présent. Pense à ma fierté de mâle et laisse-moi me geler, d'accord ?

*
* *

Le garage n'avait pas de fenêtre, et il y faisait si sombre que la cuisine paraissait presque claire en comparaison. Un ronronnement dans le fond soulignait la présence d'un générateur, mais à part cela l'endroit était vide.

Grâce à la lampe torche, il leur fallut à peine quelques secondes pour trouver la porte. Une barre d'acier était glissée en travers, mais elle était destinée à empêcher les voleurs d'entrer et non à garder des prisonniers à l'intérieur. Il leur suffisait tout simplement de la soulever au-dessus des butées métalliques vissées dans la porte.

Légèrement haletants, ils échangèrent un regard, les yeux brillants d'anticipation.

— On y est, dit Abby.

— On va s'en sortir.

Steve lui donna le signal en levant les pouces, et elle courut à l'extrémité opposée du garage.

— Prêt, partez ! cria-t-il pour couvrir le bruit du générateur.

Ils soulevèrent la barre et la firent tomber à terre. Steve tourna les deux verrous, et la porte s'ouvrit en grinçant sur ses gonds.

— Nous avons réussi ! exulta Abby. Nous sommes dehors.

C'était une belle nuit fraîche, baignée par les odeurs de la montagne. Jamais l'air pur ne lui avait semblé être un tel luxe.

Derrière eux, la porte se referma dans un grincement sinistre et ils éclatèrent d'un rire nerveux.

Contre toute attente, ils avaient réussi.

Abby prit la main de Steve. L'attirant contre lui, il l'étreignit un bref instant.

— On fait la course jusqu'au premier téléphone, dit-il sur le ton de la plaisanterie. Je parie que je te bats.

Ils se mirent à courir vers la route. Vers la sécurité et la liberté. Vers les possibilités infinies que leur offrait l'avenir.

Steve et Abby avaient à peine fait vingt pas sur le chemin, quand cette dernière comprit que le ronronnement qu'elle entendait toujours n'était pas celui du générateur, mais d'un moteur qui peinait dans une côte.

Steve devait être arrivé à la même conclusion au même instant, car ils s'arrêtèrent dans leur élan, cherchant désespérément un abri.

Seigneur, pensa Abby en tournant la tête dans tous les sens, tel un animal affolé. Ils étaient coincés entre le chalet et la route. La maison avait été bâtie au milieu d'une clairière naturelle. Mis à part quelques buissons qui encadraient l'entrée, il n'y avait pas un endroit où se cacher. Et les rochers disposés de façon décorative le long de l'allée n'étaient pas assez gros pour offrir une cachette.

Leur observation frénétique du terrain ne devait pas avoir duré plus de dix secondes. Pour Abby, ces secondes ressemblaient à une éternité. Pire, elle semblait paralysée par le brusque retournement de son état d'esprit, passé de l'espoir à la terreur.

— Cours vers la gauche, lui ordonna Steve d'une voix calme et assurée. Va te cacher dans le bosquet derrière le chalet. Vite !

La camionnette aborda le dernier virage, et ils furent balayés par le faisceau puissant des phares.

— Vas-y !

Steve la fit pivoter et la poussa en avant. Elle se mit à courir. L'air glacé lui déchirait les poumons, tandis que s'éteignaient en elle les derniers vestiges d'espoir.

Où était Steve ? Elle ne l'entendait pas derrière elle.

Un funeste pressentiment la submergea. Il avait dû courir dans la direction opposée, en essayant d'attirer l'attention de leurs ravisseurs. Il ne pouvait pas éviter d'être vu. Sa capture était certaine.

S'il se sacrifiait ainsi, elle devait faire tout son possible pour que cela ne serve pas à rien. Accélérant le rythme de sa course dans un dernier effort, elle atteignit l'arrière du chalet. Les phares de la camionnette ne portaient pas aussi loin, et un léger espoir lui revint.

Elle se glissa silencieusement au cœur du bosquet. Devait-elle essayer de grimper dans un arbre ? Non, cela ne ferait qu'attirer l'attention sur sa position. Pour le moment, sa meilleure chance de ne pas être découverte était de rester immobile.

Les pieds gelés dans ses bottines d'emprunt, elle glissa les mains sous son pull et attendit.

Elle entendit claquer les portières de la camionnette, des bruits de pas sur le gravillon de l'allée…

Et puis une explosion facilement reconnaissable.

Un coup de feu.

Les larmes gelèrent sur ses joues. Par-dessus le battement frénétique de son cœur, elle entendit la voix de Peter.

— C'était un avertissement amical, Kramer. Arrête-toi et mets tes mains sur la tête. Sauf si tu veux que je te tire dans le dos.

Abby se plaqua contre le tronc d'arbre qui l'abritait, en essayant de se dissimuler le plus possible.

Tout dépendait d'elle, maintenant. Steve s'était délibérément sacrifié en se mettant à découvert, et elle ne pouvait pas tout gâcher.

Le désespoir l'envahit, lui glaçant le sang avec plus d'efficacité que le vent froid de la nuit. Même si elle réussissait par miracle à s'échapper, comment parviendrait-elle à sauver Steve ? A présent, sa vie se comptait probablement en minutes.

Elle tendit l'oreille pour identifier le mélange de sons. La voix de Peter qui donnait des ordres, et la réponse de Steve. Elle reconnut le défi qui faisait vibrer la voix de celui-ci, mais ne comprit pas les mots. Au moins, il n'était pas blessé au point d'être inconscient. Le coup de feu avait peut-être vraiment été tiré en guise d'avertissement. Steve n'était peut-être pas touché.

Abby entendit une branche craquer une seconde avant qu'une main gantée ne s'abatte sur sa bouche.

Quelque chose de froid et de dur était pressé dans son dos. Quelque chose de facilement identifiable.

Un revolver.

Son assaillant était collé si fort à elle qu'elle pouvait sentir le lainage de la cagoule de ski frotter contre sa joue.

La nausée la submergea. Le contact du corps plaqué contre le sien et le souffle de l'inconnu sur sa peau semblaient une menace plus effrayante encore que l'arme pointée sur elle.

— Tu sais que tu commences à m'ennuyer, dit une voix familière. Je me serais bien passé de cette petite balade en pleine nuit, dans le froid.

L'inconnu parlait dans un demi-chuchotement, bas et rauque, qui aurait pu être masculin. Le bras passé autour de son cou était puissant et musclé, assez solide pour être celui d'un homme. Mais le parfum qui emplissait les narines d'Abby était incontestablement féminin. Un délicat parfum de roses qui évoquait de façon incongrue un art de vivre à l'anglaise.

— Pourquoi faites-vous ça, Lynn ? demanda-t-elle. Qu'ai-je fait pour vous donner envie de me tuer ?

Il y eut un long silence, puis de nouveau ce murmure rauque.

— Ainsi, tu as deviné qui je suis. C'est peut-être mieux comme ça. Au moins, tu mourras en sachant la vérité.

— Quelle vérité ?

— Que vous êtes en vie, toi et tes sœurs. Vous êtes en vie toutes les trois, mais mon pauvre petit bébé est mort.

— Christopher était votre fils. Et celui de mon père.

— Oui. Notre fils, et ton demi-frère. Quand j'ai dit à ton père que j'étais enceinte, il a d'abord essayé de prétendre que le bébé n'était pas de lui. Mais à la fin il a fini par admettre que Christopher était son fils. Son seul fils. Pauvre bébé qui n'a jamais eu le temps de connaître son père.

— Il n'a pas… Mon père ne vous a jamais aidée, envoyé de l'argent ?

Le rire de Lynn laissa transparaître des années d'amertume.

— Oh si, il a fini par envoyer de l'argent. Pas assez, mais cela lui semblait suffisant pour racheter sa conscience. De toute façon qu'est-ce que ça pouvait me faire à moi d'avoir de l'argent ? Je voulais le mariage. Un mari. La respectabilité.

— Mais quand vous avez découvert que vous étiez enceinte, il était déjà fiancé à ma mère. Il l'aimait. Il ne pouvait pas lui faire ça.

— Mais à moi si ? Parce que je n'étais pas assez bien pour lui ? Parce que je n'étais pas une gosse de riches comme lui ? Il aurait dû y réfléchir avant. Mais il ne pensait qu'à s'amuser avec sa bande de copains. Le pire de tous, c'était Keith Bovery. On ne l'aurait pas cru à le voir si respectable en directeur de banque, mais il a bien profité de moi, lui aussi.

Lynn ricana méchamment.

— Il m'a fallu du temps, mais j'ai finalement réussi à me venger. Et cet imbécile n'y a vu que du feu.

Abby écarquilla les yeux.

— Vous avez eu une relation avec Keith alors que vous sortiez avec mon père ?

Lynn ne répondit pas.

— J'osais à peine manger, afin de rester aussi mince que possible pour qu'on ne remarque pas ma grossesse. Mon père m'aurait jetée dehors. J'aurais été montrée du doigt par tout le monde.

— Je comprends. Ça a dû être difficile.

— Mon petit garçon n'était pas en bonne santé, dit Lynn d'une voix lourde de chagrin. J'ai supplié Ronald de venir le voir. Il m'a envoyé de l'argent, comme d'habitude. L'état de Christopher a très vite empiré. Les médecins n'ont rien pu faire. Ton père ne s'est même pas déplacé. Il n'a jamais vu son fils.

— Je suis… désolée.

Aussi étonnant que ça puisse paraître, c'était la vérité. Abby allait mourir, et elle se sentait désolée pour la femme qui avait essayé à plusieurs reprises de la tuer.

— Je ne veux pas de ta pitié. Je n'en ai pas besoin.

Lynn resserra son bras autour du cou d'Abby.

— Je pourrais te tuer maintenant, mais je veux que tu aies les yeux grands ouverts pour voir ta mort arriver. Je veux que tu sois terrifiée.

— Je le suis déjà.

— Tant mieux. Maintenant, tu sais ce que j'ai ressenti pendant neuf mois. J'ai dû me cacher. J'ai eu peur. J'ai souffert. Et après la mort de mon bébé j'ai vécu des années d'enfer.

Abby sentit le canon de l'arme s'enfoncer brutalement dans sa colonne vertébrale.

— Allez, en avant, Abigail. Tu m'as déjà fait perdre assez de temps comme ça.

Lynn avait pris soin de maintenir sa voix au niveau d'un murmure, et avec la cagoule de laine qui déformait les sons il était impossible à Abby de l'identifier.

— Qui êtes-vous ? demanda-t-elle.

— Lynn Renquist. La petite amie délaissée de ton cher papa. L'instrument de ta mort.

14

L'arme dans son dos et les vibrations haineuses qui émanaient de Lynn ne faisaient qu'accentuer le malaise d'Abby, et elle trébucha à plusieurs reprises. A son grand étonnement, Lynn ne la conduisait pas vers le chalet, mais vers la camionnette dont les phares étaient restés allumés.

Peter était appuyé contre le capot, faisant tourner son revolver autour de son index. Sa respiration dessinait des petits nuages de buée dans l'air froid, et lorsqu'elle s'approcha Abby vit que son visage d'ordinaire séduisant était déformé par un rictus cruel. Lorsqu'il prit la parole, pourtant, il redevint le gentleman qu'elle avait toujours connu.

— Ma chère Abigail, je suis heureux que mon associée vous ait trouvée. C'est fou ce que vous avez comme ressources. Nous pensions vous avoir laissés joliment ligotés, mais il est évident que nous nous sommes trompés. Cependant, tout est bien qui finit bien. Je crois que je suis obligé de le répéter un peu trop ces jours-ci. Ma partenaire m'oblige sans arrêt à réparer ses erreurs.

Soudain, il mima la confusion.

— J'ai dit « ma » partenaire ? Oh, quelle gaffe ! Aurais-je trahi un secret ?

— Ils savent que je suis Lynn Renquist, dit la voix rauque dans le dos d'Abby.

— Voyez-vous cela. Mais c'est que nous sommes de bons petits détectives.

Peter souriait, mais son intonation s'était faite plus menaçante.

Abby redressa le menton d'un air de défi.

— Où est Steve ? Que lui avez-vous fait ?

— Mais rien du tout, chère amie. Steve s'est jeté tout seul dans la gueule du loup. Comme c'est noble de sa part de se sacrifier. Stupide, mais admirable.

— Vous êtes une ordure, vous savez cela ?

Une lueur mauvaise passa dans le regard de Peter. Il l'attira contre lui, frottant le canon de son arme sur sa hanche, en un geste écœurant de sous-entendus.

— Je t'ai déjà dit que je n'aimais pas la vulgarité chez les femmes.

Abby jeta un regard par-dessus son épaule, espérant inutilement un soutien de la part de Lynn.

— Je veux voir Steve.

Elle n'obtint pas de réponse.

Peter promena lentement son arme sur elle, et l'enfouit au creux de ses seins.

— Qu'est-ce que tu es belle, murmura-t-il. Quand je te vois comme ça, je serais presque tenté de te laisser partir. Mais pour cela il faudrait que tu te montres très persuasive.

— Vous pouvez crever !

Il lui tordit le bras dans le dos, et se plaqua étroitement contre elle. Heureusement, son épais pardessus rendit le contact un peu moins répugnant.

— Non, ma chère, je ne crois pas que je vais mourir. La vie est trop belle pour moi en ce moment.

Il glissa un genou entre les jambes d'Abby et, de sa main libre, lui malaxa durement un sein, tout en observant Lynn d'un air narquois.

Soudain, Abby comprit que son révoltant comportement était davantage dirigé contre Lynn que contre elle. Peter se servait d'elle comme d'une arme dans une bataille privée. Elle ne doutait pas qu'il soit capable d'abuser d'elle uniquement par jeu, et sans éprouver la moindre émotion, mais le fait qu'il n'ait aucun désir pour elle rendait sa brutalité un peu moins insupportable.

Lorsque Peter lui prit le menton et tourna son visage vers la lumière des phares, elle s'obligea à n'avoir aucune réaction.

— Tss, Tss, Abigail. Vous êtes toute sale. Et regardez-moi vos pauvres poignets ! Chère, chère petite, comme ça doit faire mal. Vous voyez, si vous aviez fait ce que nous vous avions demandé, vous ne seriez pas dans cet état.

— Vous avez raison. Nous serions probablement morts d'hypothermie. Où est Steve ?

Lynn se manifesta enfin.

— Il est dans la camionnette, et tu vas aller le rejoindre. Fais-la monter, Peter. Et arrête ton cinéma.

— Comme vous voulez, patron, répondit l'intéressé d'un ton ironique.

Puis il fit un signe de tête à Abby.

— Bouge tes jolies petites fesses. On n'a pas toute la nuit pour vous emmener à la mine.

— La mine ? Quelle mine ? Vous n'allez pas nous tuer ici ?

Abby se rendit compte un peu tard qu'elle aurait mieux fait de se taire. Ce n'était pas la peine de leur donner des idées.

— Tu nous prends pour des imbéciles ? demanda Peter. Pourquoi voudrais-tu que nous attirions l'attention sur le chalet de mon amie ? Ce serait le meilleur moyen de nous faire arrêter. Non, on vous emmène à la mine de ton cher papa.

Seigneur, ils allaient faire exploser la mine !

Leur plan était beaucoup plus élaboré que ce qu'Abby avait pensé. Faire exploser la mine entraînerait inévitablement un éboulis qui masquerait l'entrée et ensevelirait à jamais leurs corps. Les contours du paysage seraient radicalement différents après l'explosion, et il deviendrait impossible de localiser l'ancien site.

A supposer que quelqu'un ait l'idée de les chercher dans cet endroit.

Au comble de l'horreur, Abby comprit que leurs ravisseurs avaient toutes les chances de s'en sortir sans être jamais inquiétés.

— Pourquoi voulez-vous nous emmener là-bas ?

demanda-t-elle, en essayant de gagner du temps. Il n'y a plus d'or depuis longtemps.

— Ce n'est pas ça qui nous intéresse, dit Lynn.

— Vous devriez être flattée, ma chère, dit Peter d'un ton enjoué. Nous allons vous offrir une sortie en beauté. Le feu d'artifice du siècle. Dommage qu'il y ait aussi peu de public.

— Vous êtes fou, dit-elle à voix basse.

— Pas le moins du monde.

Les paupières de Peter s'étrécirent dangereusement.

— Il n'y a pas une once de folie en moi. Je suis tout bonnement vénal.

Il ricana.

— Vous voyez, je suis lucide avec moi-même. Un homme qui décide de se placer du mauvais côté de la loi a intérêt à bien se connaître, non ?

— Comment le saurais-je ?

— Croyez-en un expert. Je peux vous assurer qu'un bon criminel doit savoir d'où il vient et où il va. Je suis né pauvre, voyez-vous, ma chère Abigail. Et ce n'est pas quelque chose de très amusant, bien que je doute que vous soyez à même de le comprendre. J'aime l'argent. Ce n'est pas uniquement pour le plaisir que je couche avec des femmes de cinquante ans, vous savez.

— Salaud !

L'exclamation douloureuse avait jailli des lèvres de Lynn Renquist, qui pour l'occasion s'était exprimée sans masquer sa voix.

Peter lui adressa un sourire cruel.

— Ne le prends pas au pied de la lettre, mon sucre d'orge. Tu fais partie des exceptions.

Il tendit la main et saisit Abby à la gorge.

— En route, ma chère. Cette conversation commence à m'agacer au plus haut point.

Peter l'entraîna vers l'arrière de la camionnette, dont Lynn avait ouvert les portes.

Steve était assis sur le sol et menotté à une ridelle de fer qui courait le long de la carrosserie. Du ruban adhésif était collé sur sa bouche, formant un bâillon des plus efficaces. Au-dessus du bâillon, ses yeux verts étincelaient de rage impuissante.

Il tourna la tête quand Abby fut poussée à l'intérieur et menottée sur le côté opposé de la camionnette. Elle comprit sa réaction. Il ne voulait pas donner à leurs ravisseurs la satisfaction de voir sa colère. Ou son désespoir.

Tandis que Peter pointait l'arme sur la tête d'Abby, Lynn passa à l'avant de la camionnette et prit place au volant. Puis elle se tourna, maintenant son arme sur la tempe d'Abby, tandis que Peter allait fermer la porte arrière, avant de se glisser sur le siège passager.

Lynn et Peter avaient l'air de prendre leur rôle au sérieux, bien qu'Abby ne vît pas comment ils auraient pu s'échapper, menottés comme Steve et elle l'étaient.

Ils roulèrent longtemps sans parler. Le bruit du moteur et le souffle du vent résonnaient douloureusement aux oreilles d'Abby. De là où elle se trouvait, elle ne pouvait pas voir à travers le pare-brise, et il n'y avait pas de vitres sur les panneaux latéraux. Elle supposa toutefois qu'ils ne devaient plus être très loin de la mine.

Cherchant désespérément une solution pour parvenir à leur échapper, elle essaya de se mettre à leur place.

Steve et elle allaient être enfermés dans la mine, cela ne faisait aucun doute. Mais seraient-ils abattus immédiatement, ou bien y avait-il une chance que les deux criminels les abandonnent vivants ?

Un faible espoir commença à prendre forme dans l'esprit de la jeune femme.

Si leurs ravisseurs n'avaient pas encore installé la dynamite, il leur faudrait au moins une demi-heure pour tout préparer. Mais ce ne serait sans doute pas suffisant pour que Steve et elle parviennent à s'enfuir. D'autant que Peter semblait être d'humeur à leur tirer dans les genoux rien que pour s'amuser.

Et puis, il leur faudrait de la lumière. Steve n'était peut-être plus en possession de la torche. Et, même si c'était le cas, les piles pouvaient rendre l'âme à tout instant…

Elle retint un soupir. Il y avait tellement de paramètres à prendre en compte. Beaucoup trop.

La camionnette tressauta sur un nid-de-poule, et les menottes métalliques s'enfoncèrent avec rudesse dans les poignets déjà meurtris d'Abby. Incapable de se contenir, elle hurla, et la douleur l'ensevelit quelques minutes sous un voile opaque.

Quand elle reprit ses esprits, elle se souvint qu'elle avait pensé à quelque chose d'important. Quelque chose qui avait un rapport avec leur évasion. Mais elle était incapable de retrouver le fil de ses pensées.

Espérant minimiser les prochains soubresauts, elle se plaqua contre la paroi de la camionnette et tourna les yeux vers Steve, cherchant son soutien.

Il n'avait pas cessé de la regarder, comprit-elle en croisant son regard empli d'amour.

Indifférente à la présence de Peter et de Lynn, se moquant qu'ils voient ce qu'elle faisait, elle articula lentement : je t'aime.

— Comme c'est touchant ! s'exclama Peter en riant méchamment. Ah, c'est beau, l'amour. Surtout au début.

Ignorant le grommellement de Steve sous son bâillon, et le fait qu'Abby lui tournait le dos, il continua son monologue.

— Finalement, ma chère Abigail, c'est grâce à nous si vous avez découvert vos tendres sentiments. Lorsque ma belle amie ici présente vous a tiré dessus, vous êtes allée trouver du réconfort sur l'épaule de notre valeureux Steve. Vous devriez me remercier.

— Vous ne vous en sortirez pas comme ça, riposta Abby avec rage. Je suis sûre que le lieutenant Knudsen aura remarqué notre absence. D'ailleurs, Steve lui avait laissé un message.

— Eh bien, figurez-vous que « Steve » l'a rappelé pour le prévenir qu'il avait changé d'avis et qu'il partait finalement en vacances avec vous. Le pauvre s'inquiétait de votre état mental gravement perturbé.

— Le lieutenant connaît la voix de Steve. Il a dû se rendre compte de la mystification.

— Décidément, ma chère, vous me prenez pour un idiot. J'ai appelé quand j'étais certain que le lieutenant ne se trouvait pas à son bureau. En l'occurrence, un appel anonyme l'avait envoyé chez ce malheureux Keith Bovery.

— Et ce qu'il y a de formidable, intervint Lynn, c'est que nous n'aurons même pas à fournir un alibi précis pour l'heure de votre meurtre, puisque « Steve » a tenu à préciser à la standardiste que vous aviez décidé de passer deux semaines à Acapulco.

— C'est vraiment intelligent, non ? demanda Peter avec un grand sourire. Le temps que les gens commencent à se demander sérieusement où vous êtes, vous serez morts depuis des semaines. Puis ils commenceront à vous chercher aux mauvais endroits. La voiture d'Abigail a été laissée sur le parking de l'aéroport, naturellement, et personne n'aura de raisons de penser que vous n'avez pas quitté la ville. Ils vont perdre des jours à vous chercher dans tous les hôtels d'Acapulco. Puis ils se demanderont si la standardiste a bien compris et si vous n'êtes pas dans une autre ville du Mexique.

— C'est vraiment un plan d'une rare intelligence, renchérit Lynn.

Abby se demanda pourquoi l'idée de mourir était cent fois pire quand on savait que ses meurtriers ne seraient pas punis. Malheureusement, elle était bien obligée d'admettre que Peter et Lynn avaient raison. Si Steve et elle mouraient dans la mine, il faudrait probablement une bonne centaine d'années avant que leurs corps ne soient découverts.

Elle se tourna pour observer le crâne de Lynn, qui portait toujours sa cagoule.

— Qui êtes-vous ? Pourquoi est-ce si important que vous gardiez votre identité secrète alors que Steve et moi allons mourir ? Laissez-nous voir votre visage. Nous ne pourrons révéler à personne qui vous êtes.

Lynn continua à regarder droit devant elle. Seule la crispation de ses doigts sur le volant trahissait le fait qu'elle avait entendu la question.

— Ronald Deane n'a jamais reconnu mon existence, dit-elle enfin. Même après la mort de sa femme, il n'a pas essayé de faire amende honorable. Il a toujours fait mine de ne pas me connaître quand nous nous croisions dans les dîners en ville. Il ne m'a jamais présenté sa précieuse famille. Aujourd'hui, ses filles adorées vont mourir sans savoir qui je suis. C'est une question de justice, mademoiselle Deane. La justice pour moi et mon bébé.

Les mots de Lynn se mirent à peser comme des pierres sur le cœur d'Abby.

Ses filles. Au pluriel.

D'une certaine façon, elle avait toujours su que la folie meurtrière de cette femme ne s'arrêterait pas à elle. Elle était la plus menaçante des sœurs Deane parce que c'était elle qui conservait les archives familiales. Mais les motivations de Lynn étaient bien plus complexes. Depuis trente ans, elle ressassait sa haine, et son désir de vengeance s'apparentait probablement à une forme de folie.

L'estomac serré, Abby comprit qu'au-delà de sa propre survie Kate et Linsey couraient un grave danger si Steve et elle ne parvenaient pas à s'échapper.

Elle avait envie de hurler de frustration. La rage bouillonnait en elle, étrangement mêlée à un vague sentiment de pitié pour Lynn. Elle avait toujours considéré son père comme un homme bon et honorable, mais la façon dont il s'était comporté avec cette pauvre femme la choquait. Bien sûr, elle continuerait à chérir sa mémoire, et à se rappeler avec émotion l'enfance heureuse et sans souci qu'il lui avait donnée. Mais, d'un point de vue de femme adulte, elle ne pouvait s'empêcher de penser que sa merveilleuse enfance avait été bâtie sur un grand malheur.

La camionnette s'arrêta brutalement.

— Tout le monde descend, annonça Peter. Mais pas d'entourloupes. Je suis sûr qu'aucun de vous deux ne voudrait prendre une balle dans la colonne vertébrale histoire de gâcher vos dernières minutes sur terre.

Lynn descendit et fit le tour de la camionnette pour ouvrir les portes arrière. Son arme dans la main gauche, elle se pencha pour détacher les menottes d'Abby.

— J'ai d'excellents réflexes, la prévint-elle, et je ne rate jamais ma cible.

Elle se redressa et donna l'ordre à Abby de descendre. Dès que cette dernière eut posé le pied à terre, elle lui passa un bras autour du cou et pointa le canon de son revolver sur sa tempe.

— Tu peux détacher le prince charmant, dit-elle à Peter. Je ne pense pas qu'il fera quelque chose qui pourrait mettre en danger sa dulcinée.

Lorsque Steve eut à son tour quitté la camionnette, on leur ordonna de marcher jusqu'à l'entrée de la mine.

— Je ne vous conseille pas de résister, dit Peter. Ou vous pourriez le regretter.

Abby reprit espoir. Lynn et Peter avaient l'air de croire que la grille fermée par une chaîne était la seule issue possible, et elle se garderait bien de les détromper. Sa plus grande inquiétude pour le moment concernait Steve. Il ne fallait surtout pas qu'il tente quoi que ce soit.

Mais comment le prévenir ? Les amoureux se comprenaient-ils vraiment d'un seul regard ?

Elle tourna la tête vers lui, essayant de lui lancer un avertissement muet. Puis elle feignit d'être terrifiée.

— Ne nous faites pas de mal, dit-elle. Nous ne résisterons pas. Mais dites-nous seulement ce qui va nous arriver.

Elle parvint à produire un sanglot très réaliste.

— Vous n'allez pas nous laisser mourir de faim, quand même ?

— Ce n'est pas l'envie qui m'en manque, répondit Lynn, avant de la pousser brutalement en avant.

Du coin de l'œil, Abby vit que Steve suivait sans broncher. Apparemment, il avait compris le message.

— S'il vous plaît, ne faites pas ça, dit-elle en pleurnichant. Ne me laissez pas dans le noir. Je suis terrifiée dans le noir.

Normalement, Steve devrait se souvenir, pour avoir fait de nombreuses expéditions en montagne avec elle, qu'elle n'avait absolument pas peur du noir.

— Nous n'allons pas vous laisser mourir à petit feu, dit Lynn, avec un regret évident. Nous devons absolument vous tuer ce soir.

— Explique-leur ce que nous allons faire, dit Peter d'un ton surexcité. Allez, Lynn, j'ai envie qu'ils le sachent.

Voyant que son associée ne semblait pas enthousiasmée par sa proposition, il prit un ton boudeur d'enfant gâté.

— C'est moi qui me suis procuré la dynamite. J'ai le droit de leur dire.

— Si tu y tiens.

— On va tout faire sauter !

Il semblait aussi énervé qu'un garnement en train de jouer avec des pétards.

— Nous avons découvert une faille dans la roche, et nous allons provoquer un glissement de terrain. Boum ! La mine disparaîtra pour toujours. La structure est tellement vieille qu'elle ne résistera jamais à la force de l'explosion. Ça devrait prendre à peine trente secondes pour s'effondrer.

Boum était un terme qui résumait assez précisément la situation. Steve et elle seraient ensevelis, mais pas forcément morts.

Ce n'était pas beaucoup plus réjouissant que de mourir de faim.

Lorsqu'ils arrivèrent devant l'entrée de la mine, Abby n'était plus tout à fait aussi sûre d'elle. Et si le souvenir qu'elle gardait de la carte était erroné ?

— Comment allez-vous nous faire entrer ? demanda-t-elle d'une voix tremblante. C'est cadenassé.

Plus le temps passait, moins elle était sûre que son plan allait marcher et, cette fois, son tremblement n'était pas feint.

— Rien de plus simple !

Lynn pointa son arme et tira deux fois. Le cadenas se brisa net, balançant inutilement au bout de sa chaîne.

— Au cas où vous vous feriez des idées, j'ai son remplaçant dans ma poche, précisa Peter.

Lynn ouvrit la grille pendant que Peter tenait Steve et Abby en joue, et entra la première.

— Tu peux me les envoyer, dit-elle à son acolyte.

— Vous avez entendu.

Peter agita son arme pour leur faire signe d'avancer. Abby échangea un nouveau regard avec Steve, et celui-ci partit en avant.

Au bout de quelques pas, il trébucha. Elle se précipita vers lui, prétendant l'aider.

— Ne résiste pas, murmura-t-elle. J'ai un plan.

Elle n'avait pas le temps d'en dire plus.

Peter remit brutalement Steve sur pied et le fit avancer.

L'intérieur de la mine était plongé dans une obscurité totale. Lynn et Peter allumèrent les lampes qu'ils portaient à la ceinture et firent avancer leurs otages jusqu'à l'entrée du tunnel principal.

— Et voilà, mes petits ! s'exclama gaiement Peter. Je vous souhaite une belle mort.

Il recula vers la grille, et la maintint entrouverte pour laisser le passage à Lynn. Cette dernière adressa un dernier regard haineux à Steve et Abby qui se tenaient enlacés au milieu de la cavité qui formait l'entrée de la mine.

— N'essayez pas de me suivre, dit-elle froidement. Je me ferais un plaisir de vous tirer dans les jambes. D'ailleurs, je me demande…

Abby retint son souffle.

— Non, je ne peux pas prendre ce risque, reprit Lynn. Il ne faut pas exclure la possibilité que quelqu'un retrouve vos cadavres. Je ne peux laisser aucun indice.

Au moment de franchir la grille, Lynn ne résista pas à leur adresser un dernier message.

— Adieu, Abigail Deane. Puisses-tu brûler en enfer avec ton père. Je t'envoie tes sœurs aussi vite que possible.

La grille claqua, et les ténèbres les entourèrent.

Sans perdre un instant, Steve arracha l'adhésif sur sa bouche.

— J'espère que ton plan est vraiment bon, fillette.

Abby découvrit qu'elle tremblait.

Elle entrelaça ses doigts à ceux de Steve, cherchant du réconfort.

— Je viens de reconnaître la voix de Lynn, dit-elle.

Sa voix était atone. De peur ? A cause de l'acoustique de la cave ? Elle n'en savait rien.

— Qui est-ce ? demanda Steve. Ça ne peut pas être Linda Mendoza, la silhouette ne correspond pas.

— Non, ce n'est pas Linda. C'est Gwen Johnson.

15

— Gwen Johnson, répéta lentement Steve. Comment n'y avons-nous pas pensé plus tôt ? Prénom complet, Gwendolynn. Surnom, Lynn.

Il laissa cette idée faire son chemin dans son esprit.

— Elle ne ressemble pas aux photos que nous avons vues, remarqua-t-il.

— Elle a changé de couleur de cheveux, et l'âge a marqué ses traits, expliqua Abby. Mais elle a toujours la même silhouette mince et sportive. Elle est très grande pour une femme. Souviens-toi qu'elle était aussi grande que Keith sur les photos.

— Pauvre Keith. Naturellement, ce n'est pas lui qui avait détourné les fonds.

— Tu veux dire que ce serait aussi l'œuvre de Lynn ?

Abby réfléchit à cette hypothèse.

— Mais oui, bien sûr. Elle m'a laissée entendre qu'elle avait eu une histoire avec lui. Je ne sais pas si elle sortait avec Keith en même temps qu'avec mon père, ou si elle a cherché du réconfort auprès de lui par la suite. Elle espérait sans doute qu'il l'épouse et lui offre la respectabilité qu'elle recherchait.

— J'aurais dû la soupçonner, dit Steve. Bon sang, c'est la responsable du service clientèle. Personne n'était mieux placé qu'elle pour savoir quels étaient les comptes qui pouvaient être manipulés sans risques.

— Et si quelqu'un avait découvert qu'il manquait de l'argent sur son compte, il serait allé se plaindre à Gwen. Elle se serait confondue en excuses et tout serait rentré dans l'ordre.

— L'aimable et efficace Mme Johnson était notre escroc.

Abby frissonna dans le noir.

— Pourquoi a-t-elle fait ça ? Au bout de trente ans, et après une vie réussie, pourquoi a-t-elle laissé de vieilles blessures se rouvrir ? Pourquoi s'est-elle mis en tête de me tuer maintenant, alors que l'idée ne lui est apparemment jamais venue en trente ans ?

— Ecoute, mon cœur, tu ne crois pas que nous avons mieux à faire que nous interroger sur la santé mentale de Gwen ? Tu as peut-être oublié qu'elle est dehors avec son acolyte, en train de planter des bâtons de dynamite dans tous les coins. On ne pourrait pas sortir d'ici d'abord, et jouer les psychologues après ?

Il effleura ses lèvres d'un baiser.

— Longtemps après, précisa-t-il. Une fois que nous aurons eu le temps de fêter dignement notre évasion.

— Tu as l'air bien sûr que j'ai un plan pour sortir d'ici.

— Dès que tu m'as prévenu, j'ai compris que la Abby que je connais et que j'aime ne peut pas être propriétaire d'une ancienne mine d'or sans posséder une bonne dizaine de plans des galeries, soigneusement répertoriés. Tu vas me dire que nous n'avons qu'à tourner trois fois à gauche pour nous retrouver dehors.

Abby rit doucement, même si la situation n'était pas aussi simple que semblait le croire Steve. Mais, dans le cercle de ses bras, la vie semblait très précieuse, et l'idée de la mort complètement incongrue.

— Ça risque d'être un peu plus compliqué que ça, dit-elle.

Il soupira.

— Je me demande pourquoi ça ne m'étonne pas vraiment. Vas-y, dis-moi tout.

— Il n'y a pas de sortie directe. Tous les tunnels qui partent de cette chambre d'entrée s'enfoncent directement sous terre. Mais il existe des puits d'aération, et l'un d'eux se trouve tout près. Il faut prendre le premier tunnel à droite et faire vingt pas, si ma mémoire est bonne.

Steve s'éclaircit la gorge.

— Abby, ma douce, ce n'est pas que je veuille jouer les pessimistes, et je suis certain que ta mémoire ne te trahit pas. Mais est-ce qu'il t'est venu à l'idée que les puits d'aération étaient verticaux ? Du genre droits et abrupts. Sans aucune prise.

— Nous sommes des experts de l'escalade.

— Il y a expert et expert. Escalader un puits d'aération est ce qu'on peut appeler un *challenge* quand on aime les euphémismes. Traduction : c'est terriblement périlleux, même avec de la lumière et un équipement de premier plan. Et nous n'avons même pas une corde.

— J'ai pensé que tu aurais gardé la torche sur toi, risqua Abby d'une voix mal assurée.

— Oui, je l'ai. Peter n'a même pas pris la peine de me fouiller. Il était bien trop content de lui.

Steve plongea la main sous son sweat-shirt et en sortit la torche miniature. Le faisceau lumineux qui avait semblé si puissant dans l'espace confiné du cellier dessina un faible halo grisâtre.

Sans faire de commentaire, Steve éteignit la lampe pour en économiser les piles.

— Je n'ai jamais dit que ce serait facile, remarqua Abby, mais nous ne sommes pas des débutants.

Une déflagration étouffée fit vibrer la chambre, délogeant des morceaux de paroi qui s'écrasèrent au sol dans un tourbillon de poussière.

— Je crois qu'ils viennent de faire leur test de mise à feu, dit Abby.

— Oui.

Steve lui prit les mains et les embrassa.

— Tu sais quoi, fillette, je trouve la solution du puits de plus en plus intéressante. Après tout, qui a besoin de corde et de pitons ?

Abby aurait bien voulu surenchérir dans la rodomontade, mais elle ne se sentait pas particulièrement à l'aise.

— L'entrée de la chambre fait face à l'ouest, dit-elle en constatant avec soulagement que sa voix ne tremblait pas. Cela devrait nous aider à nous repérer.

Ils essayèrent de distinguer quelque chose dans l'obscurité environnante, et finirent par apercevoir le scintillement de la chaîne qui verrouillait la grille d'accès.

— Bon, ce n'est pas trop difficile, dit Steve. Il suffit de marcher tout droit en suivant la paroi depuis l'entrée, et de tourner dans le premier tunnel. Tu as dit à droite, c'est bien ça ?

— Oui.

Steve lui prit la main et ils commencèrent à avancer.

Les murs suintaient d'humidité, et même si Abby n'avait pas peur du noir elle n'était pas trop rassurée à l'idée qu'il puisse y avoir des rats, des chauves-souris. Ou, pire, des serpents.

Elle s'humecta les lèvres.

— Tu crois qu'il peut y avoir des serpents ? demanda-t-elle, en essayant de paraître détachée.

— Non. Il fait trop sombre et trop froid.

— Tu es sûr ?

Elle poussa soudain un cri et retira sa main du mur.

— Qu'est-ce que c'est ? J'ai été mordue.

Steve alluma aussitôt la torche et Abby contempla avec embarras le squelette d'une chauve-souris qui, de toute évidence, n'avait mordu personne depuis longtemps.

— Tout le monde peut se tromper, murmura-t-elle, vexée.

Steve lui pressa gentiment la main et ils continuèrent leur lente progression.

Dès qu'ils eurent tourné dans le tunnel, Steve alluma la torche, et ils ne tardèrent pas à localiser le puits.

— Bravo, fillette, dit Steve. Tu avais raison. Plus jamais je ne critiquerai tes talents d'archiviste.

Il dirigea le faisceau lumineux vers le haut.

— Nous avons de la chance, ajouta-t-il, d'un ton dont le

calme contrastait avec les mots. Regarde, le haut est ouvert. On peut voir le ciel.

— C'est inespéré, acquiesça Abby.

Souvent, la nature reprenait ses droits, et une épaisse couche de lichen et d'herbe finissait par refermer l'accès. Sans couteau, il leur aurait été très difficile de percer ce « couvercle » naturel.

Le visage levé, elle observa attentivement la configuration du puits.

— Je pense qu'il ne fait pas plus de quatre mètres de haut. C'est beaucoup moins que ce que je pensais.

— Oui.

Steve balaya du faisceau lumineux la paroi interne, révélant des roches à peine saillantes et ruisselantes d'humidité.

Il échangea un regard avec Abby, et elle devina à quoi il pensait.

Avec un bon équipement, l'ascension était faisable, et même relativement facile. Avec une bonne lumière et suffisamment de temps pour chercher les appuis, c'était même réalisable sans équipement.

Malheureusement, la situation ne jouait pas en leur faveur.

Abby fit appel au peu d'humour qu'il lui restait pour dédramatiser la situation.

— Tu auras une médaille en chocolat si tu arrives au sommet, Kramer.

Steve se tourna et cala la torche dans sa ceinture. Puis il prit le visage d'Abby dans ses mains et plongea son regard dans le sien.

— Je préférerais t'avoir toi.

Le message qui passa alors dans ses yeux contenait tant d'amour qu'elle sentit son cœur se gonfler d'allégresse.

Elle lui tendit ses lèvres, et dans leur trop court baiser passa toute la passion qu'ils éprouvaient l'un pour l'autre.

Ils se séparèrent sans rien dire.

Il n'y avait rien à ajouter. Ils étaient tous les deux des ascensionnistes expérimentés. Ils avaient vu au premier coup d'œil que les parois du puits n'offraient guère de points d'appui.

S'ils parvenaient au sommet, ce serait l'escalade de leur vie.

Steve repéra un morceau de poutre tombé à terre et le déplaça jusqu'à l'entrée du puits. Puis il le cala contre la paroi, les dotant d'une sorte de marchepied de soixante centimètres de haut.

Ce n'était peut-être pas grand-chose, mais dans ce type d'ascension chaque centimètre gagné était précieux.

Abby se demanda si elle devait ôter son étroite jupe en lin. Finalement, elle décida que le peu de chaleur qu'elle lui procurerait une fois arrivée au sommet valait bien le désagrément de la remonter autour de la taille. Steve avait bien plus de chance qu'elle puisqu'il portait un jean et un confortable sweat-shirt, alors qu'elle était toujours affublée du tailleur qu'elle portait au bureau deux jours plus tôt. Heureusement qu'elle avait trouvé des bottillons de randonnée au chalet. Avec ses escarpins, l'escalade aurait été impossible.

Steve monta sur la marche improvisée puis, s'accrochant à la paroi d'une main, il se tourna à demi pour lui tendre la lampe.

— Prends-la. Je vais explorer quelques mètres et voir quelle est la meilleure route.

Au moment où elle s'avançait pour prendre la lampe, l'écho d'une explosion massive se réverbéra dans le tunnel. Le sol bougea sous ses pieds, et la sensation parut encore plus terrifiante dans l'obscurité.

Le fracas qui suivit dans les profondeurs de la mine les prévint que les étais de bois étaient devenus trop fragiles avec le temps pour soutenir le toit du tunnel.

L'explosion, tel un orage fugitif, décrut progressivement et le silence revint.

— Steve, ça va ? appela-t-elle.

— Oui.

— Tu n'es pas blessé ?

— Je ne crois pas. De toute façon, je n'ai pas le temps de m'en occuper maintenant.

Il orienta la torche vers le passage par lequel ils avaient accédé au puits, et ils purent constater qu'un amas de gravats bloquait le tunnel. Puis il leva le faisceau lumineux vers le sombre boyau qu'ils devaient escalader.

— Ici, rien n'a bougé, dit-il. J'avais peur qu'un rocher ne bloque l'ouverture dans sa chute. Mais cette explosion ne sera sûrement pas la dernière. Il faut faire vite, maintenant.

Il coinça de nouveau la torche dans sa ceinture.

— Aide-moi à transporter cette poutre. Nous allons la poser sur la première, ce qui nous fera gagner un bon mètre.

Abby souleva un côté de la poutre et ils la transportèrent jusqu'à la base du puits.

Alors qu'ils la mettaient en place, Steve trébucha.

— Désolé, grommela-t-il. Il y avait un caillou. Je n'ai pas fait attention.

Etait-ce son imagination ? Le visage de Steve lui semblait étrangement pâle dans la lumière vacillante.

Elle s'approcha de lui.

— Steve…

— Monte, dit-il. Nous n'avons pas le temps de traîner.

— Je croyais que tu voulais passer le premier.

— Je… J'ai changé d'avis. Il vaut mieux que je reste derrière pour t'éclairer. Et puis, si tu glisses, je pourrai te rattraper.

— D'accord, monsieur le macho. Tu as intérêt à arriver en haut, parce que j'ai l'intention de t'épouser dès que nous serons de retour à Denver.

— Bon sang, quel dilemme ! Passer toute ma vie avec Abigail Deane, ou mourir au fond d'une mine. Je ne suis pas sûr de savoir quoi choisir.

Abby souriait quand elle se tourna pour commencer son ascension.

Ils allaient s'en sortir. Il le fallait.

Les premiers pas furent les plus difficiles, mais à mi-chemin la surface rocheuse devint plus solide, avec des saillies et des anfractuosités qui lui facilitèrent la tâche.

Finalement, ce qui allait s'avérer le plus pénible était le froid. Plus elle s'approchait de la sortie, plus l'air était glacé. Ses mains et ses pieds s'ankylosaient, accroissant le risque de glisser.

Epuisée, elle ralentit le rythme et constata que Steve avait fait moins de la moitié du chemin. La lumière qu'elle percevait provenait de la lune, et non de la torche.

Prudemment, elle pivota le buste et regarda en bas.

— Steve ? appela-t-elle.

— Continue à monter, dit-il, en articulant d'une voix étrangement pâteuse.

— Tu es blessé. Oh, mon Dieu, tu as été touché dans l'explosion tout à l'heure.

— Continue à monter.

La peur lui donna des ailes tandis qu'elle escaladait le dernier mètre.

Notant à peine les flocons de neige qui parsemaient l'herbe, elle se coucha à plat ventre, et scruta les ténèbres dont elle venait d'émerger.

Avec un frisson d'horreur, elle vit que Steve n'utilisait qu'un seul bras pour grimper. L'autre pendait le long de son corps, étrangement flasque.

Ce n'était pas comme ça qu'il aurait pu la rattraper !

Cet idiot avait décidé de la laisser passer devant de peur de glisser et de l'entraîner dans sa chute.

— Tu m'entends, Steve Kramer ? Tu as intérêt à arriver jusqu'en haut, ou bien je vais…

Mourir de chagrin, pensa-t-elle en ravalant un sanglot.

— … te faire un procès pour rupture de promesse.

Il n'y eut pas de réponse, à part le faible écho d'une respiration pantelante, et le son mat de ses pieds qui s'ancraient sur un nouvel appui.

— Il te reste à peine un mètre cinquante. Tu peux y arriver.

Elle espérait être dans le vrai.

Calant ses chevilles derrière une grosse pierre, elle se pencha dans l'ouverture, les bras tendus au maximum, et saisit la main valide de Steve.

— Accroche-toi, dit-elle. Je vais te remonter.

Au prix d'un effort surhumain, elle le tira lentement sur la terre ferme.

Livide, Steve parvint à esquisser un sourire.

— Eh bien toi, quand tu veux un homme, tu ne le lâches pas.

Et sur ces mots il s'effondra à côté d'elle.

16

Tout le côté gauche de Steve était gonflé et tuméfié. D'effrayantes marques bleuâtres couraient le long de ses veines et s'obscurcissaient déjà en un hématome d'une taille impressionnante.

Quelque chose avait dû le frapper à l'épaule lors de l'explosion — un débris de rocher, ou un morceau d'étai — et l'effort demandé par l'escalade n'avait fait qu'empirer son état.

Cédant au désespoir, Abby se demanda combien d'épreuves il leur faudrait encore affronter avant d'être définitivement tirés d'affaire.

Contre toute attente, ils étaient parvenus à sortir de la mine. Mais comment réussiraient-ils à marcher vingt kilomètres à travers la montagne pour atteindre Crystal Lake, la ville la plus proche ?

En tenant compte de la température et de leur fatigue, la route aurait déjà été difficile, mais avec la blessure de Steve ce serait un calvaire.

Elle essaya de visualiser chaque carte qu'elle avait consultée avant de la classer.

Mentalement, elle emprunta la route gravillonnée qui partait de la mine en direction de Cottonwood Pass, puis elle suivit les méandres du chemin de terre qui descendait jusqu'au lac. Malheureusement, elle n'avait pas souvenir du moindre habitat humain dans les parages. Et la compagnie du téléphone, par un déplorable manque d'imagination, n'avait pas jugé utile d'installer des cabines téléphoniques dans ce coin de terre sauvage !

Mais il y avait un poste de secours au pied de la passe de Cottonwood, se souvint-elle tout à coup. Et, grâce à la lune qui rendait les contours du paysage presque aussi nets qu'en plein jour, Steve et elle pouvaient espérer trouver facilement leur chemin et atteindre la cabine dans une heure.

A condition bien sûr que Steve reste conscient suffisamment longtemps pour accomplir cette marche.

Il pouvait le faire, voulut se convaincre Abby.

Un homme qui était assez fort mentalement et physiquement pour grimper dans un conduit vertical avec une épaule cassée devait être capable de marcher pendant quelques kilomètres.

Tout ce qu'il lui fallait à présent, c'était trouver un abri pour veiller Steve jusqu'à ce qu'il reprenne conscience. Et d'ailleurs cela ne devrait pas poser problème. En déclenchant l'avalanche, Gwen et Peter lui avaient opportunément fourni toutes les pierres dont elle avait besoin pour monter rapidement un talus coupe-vent.

Avant qu'elle ait eu le temps de se mettre à la tâche, Steve battit des paupières. Le visage tordu par la douleur, il se hissa aussitôt sur un coude.

— Ne bouge pas, dit Abby en s'accroupissant près de lui. Il faut que tu te reposes un peu.

C'était un soulagement pour elle de voir que Steve était revenu à lui aussi rapidement, mais elle ne pouvait s'empêcher d'être horrifiée par sa pâleur et la sueur qui perlait à son front.

Steve fit pivoter le bas de son corps et se mit à genoux.

— Je ne crois pas que rester couché dans la neige m'aidera à me sentir mieux. Aide-moi. Il faut que nous trouvions un téléphone.

Il mit sa main dans celle d'Abby, et se remit sur pied en étouffant un gémissement.

— Par où allons-nous passer ? demanda-t-il quand il eut repris son souffle. Cottonwood ?

Abby hocha la tête.

— Je pense que c'est ce qu'il y a de mieux. Normalement,

le terrain est facilement praticable, mais l'avalanche doit en avoir modifié le tracé. Tu crois que tu vas pouvoir y arriver ?

— Il le faudra bien.

Un regard sur la ligne obstinée de sa mâchoire suffit à faire comprendre à Abby qu'il était inutile de discuter davantage.

Steve ne voudrait jamais admettre que chaque pas serait pour lui une torture. Il continuerait à aller de l'avant en serrant les dents. En outre, elle savait qu'il avait raison de vouloir se lever pendant qu'il en avait encore la force. Plus ils attendraient, plus il risquait de s'ankyloser.

La sortie du puits se trouvait à une centaine de mètres de l'entrée de la mine, mais l'explosion avait considérablement modifié l'inclinaison du terrain, et il fallut à Steve et à Abby beaucoup plus de temps qu'ils ne l'avaient pensé pour se frayer un chemin jusqu'à la route.

Ils contournaient un dernier obstacle lorsqu'ils aperçurent la camionnette. Le moteur et les phares étaient éteints, mais une lampe-tempête était posée sur le capot, illuminant la zone.

Abby retint un cri et recula derrière un rocher.

— Bon sang, ils sont toujours là.

Steve s'accroupit près d'elle.

— J'aperçois Gwen, dit-il en désignant un promontoire situé directement en face de l'entrée.

Abby regarda dans la direction qu'il lui indiquait et aperçut une silhouette qui semblait occupée à creuser.

Au beau milieu du chemin qu'ils devaient emprunter pour rejoindre Cottonwood !

Pourquoi Peter et Gwen n'étaient-ils pas retournés à Denver ?

Abby regarda sur sa gauche. Un affaissement indiquait que la chambre principale s'était partiellement effondrée, mais l'entrée proprement dite de la mine n'était pas complètement ensevelie. En fait, une partie de la grille métallique était encore visible.

Soit ils n'avaient pas allumé une charge suffisante, soit ils avaient mal calculé l'angle du glissement de terrain. En tout cas, c'était grâce à leur négligence que Steve et elle avaient eu la vie sauve.

— Où est Peter ? demanda-t-elle après avoir balayé la zone du regard.

— Je ne le vois pas. Il est peut-être dans la camionnette.

Abby sentit son pouls s'accélérer. Si Peter se trouvait en effet dans la camionnette, il risquait de les apercevoir. D'un autre côté, s'ils parvenaient à le neutraliser, ils pourraient voler la camionnette et s'éviter une longue et pénible marche.

— Tu crois que nous pourrions l'attaquer par surprise ? Le frapper sur la tête, ou quelque chose ?

Steve soupira.

— Désolé, fillette, mais j'ai oublié ma cape de Superman dans la mine. Etant donné que Peter et Gwen sont tous les deux armés, sans compter qu'ils ont de la dynamite et des épaules en état de marche, je vote contre cette proposition.

— Mais on va geler sur place s'il faut attendre qu'ils se décident à partir, dit-elle d'un ton plaintif.

— Il vaut mieux avoir froid que de se faire tirer dessus.

Il commença à reculer en silence.

— Viens, murmura-t-il. Tu joueras les héroïnes une autre fois.

Abby jeta un dernier regard de regret à la camionnette et se tourna pour suivre Steve.

Au même moment, elle entendit les portes arrière s'ouvrir et quelqu'un qui sautait à terre. Plissant les paupières, elle vit Peter, les bras chargés de bâtons de dynamite, se diriger vers la colline pour rejoindre Gwen.

Après quelques secondes, il disparut de son champ de vision, mais elle resta absolument immobile, jusqu'à ce que le bruit de ses pas se soit totalement évanoui.

— Steve ! appela-t-elle à mi-voix.

Il était déjà trop loin pour l'entendre, et elle n'osa pas élever la voix. En montagne, les sons portaient loin, et elle ne voulait pas risquer de tout compromettre.

Elle attendit quelques secondes puis, ne voyant pas revenir Steve, elle comprit qu'elle avait vu juste : marcher représentait un tel effort pour lui qu'il n'avait pas assez d'énergie pour se préoccuper de ce qu'elle faisait de son côté.

— Steve ! répéta-t-elle, en prenant cette fois le risque de monter sa voix d'un ton.

Elle n'eut toujours pas de réponse.

Tournant de nouveau les yeux vers la camionnette, elle essaya d'évaluer le risque qu'il y avait à se glisser au volant.

Si elle pouvait avoir la certitude que les clés se trouvaient sur le contact, le danger serait minime. A la seconde où elle serait à l'intérieur, elle pourrait rouler, en ayant un avantage certain sur Peter et Gwen qui n'auraient pas le temps de redescendre de la colline pour l'intercepter.

Mais comme le moteur ne tournait pas c'était un pari risqué. Il y avait de grandes chances que l'un des deux ait mis la clé dans sa poche.

Avec un soupir, elle reconnut que Steve avait raison.

C'était de la folie de rester là à bâtir des plans impossibles. Si elle n'avait pas été aussi inquiète pour la condition physique de l'homme qu'elle aimait, jamais elle n'aurait perdu autant de temps à estimer un projet qui avait si peu de chances d'aboutir.

Soudain, elle entendit une voix derrière elle.

Elle pivota, et écarquilla les yeux d'horreur.

Gwen se tenait à deux pas et pointait son arme sur elle.

Abby eut l'impression que toutes ses fonctions vitales s'arrêtaient.

Seigneur ! Comment Gwen avait-elle fait pour redescendre de la colline sans qu'elle la voie ?

Et elle, comment avait-elle pu être aussi négligente ?

Gwen semblait presque aussi choquée qu'Abby.

— Tu es morte ! Morte comme ton père. Pourquoi reviens-tu me hanter ?

Abby était si furieuse contre elle-même — et si

effrayée — qu'elle faillit ne pas remarquer la note de panique dans la voix de Gwen.

— On ne se débarrasse pas de moi comme ça, dit-elle en comprenant qu'elle devait jouer sur l'affolement de Gwen si elle voulait s'en sortir.

L'arme vacilla dans la main de Gwen.

— Où est le prince charmant ? Le noble et courageux Steve Kramer ?

— Dans la mine. Vous l'avez tué. Vous avez tué l'homme que j'aime et que je voulais épouser.

— Tu devrais me remercier. Il t'aurait laissée tomber de toute façon, répliqua Gwen, le regard halluciné. J'aurais dû faire la même chose avec ton père. Ça m'aurait évité de souffrir pendant toutes ces années.

Elle porta la main libre à son front, et se mit à gémir, visiblement désorientée.

— Qu'est-ce que je vais faire de toi ? Comment faire pour que tu retournes dans la mine ? Je ne peux pas utiliser mon arme. Non ! Les balles sont trop faciles à identifier.

— Vous ne vous en êtes pas inquiétée quand vous avez tué Howard Taylor et Keith Bovery.

Gwen la regarda sans comprendre. Puis elle se mit à ricaner.

— Oh, ça ! J'ai volé l'arme dont Keith avait hérité de son père. Le fameux 38 Webley. C'était une arme militaire des années cinquante, et je savais qu'il était presque impossible de la tracer. Dans le pire des cas, cela n'aurait fait qu'aggraver les soupçons à son égard. Mais assez discuté.

Elle agita le bras vers la camionnette.

— Monte là-dedans. Il va falloir que je prenne la carabine de Peter.

— Mais, protesta Abby avec calme, même si vous me tuez, vous ne pourrez pas me remettre dans la mine. Qu'allez-vous faire de mon cadavre ?

Steve, pria-t-elle en silence, si la télépathie existe, ce serait le moment de le prouver. Je t'en prie, viens me sauver. Et si ça pouvait être dans les secondes qui viennent ce serait encore mieux.

— Si vous me jetez dans un ravin, reprit-elle, vous savez qu'un randonneur finira par me trouver. C'est pour ça que vous vouliez dynamiter la zone, rappelez-vous. Vous ne vouliez pas qu'on retrouve mon corps.

Gwen hésita, puis jeta un coup d'œil derrière elle.

Bien plantée sur ses pieds, Abby était prête à bondir à tout instant, et à s'emparer de l'arme. Mais avant qu'elle ait eu le temps d'esquisser un geste Gwen recouvra toute sa concentration et la mit en joue, les deux mains autour de la crosse du revolver.

— La solution, c'est que je t'abatte devant l'entrée, dit-elle d'un ton affreusement détaché. Peter va faire exploser une dernière charge, et on ne te retrouvera jamais. C'est vrai que ton corps ne sera pas à l'intérieur, mais tu seras ensevelie si profondément que personne ne pourra jamais deviner où tu te trouves. Tu n'as pas besoin de t'inquiéter.

— En fait, ce n'est pas pour moi que je m'inquiète.

Indifférente au sarcasme, Gwen s'avança et la prit brutalement par le bras.

— Finalement, je ne vais pas m'embêter avec la carabine. J'aurai trop de mal à la récupérer sous le siège sans que tu essaies de me sauter dessus.

Abby eut du mal à cacher sa déception.

Gwen ricana.

— Je ne suis pas aussi stupide que tu le crois. Je sais que tu avais l'intention de me prendre mon arme dès que je m'approcherais d'un peu trop près. Mais je suis trop maligne pour ça.

Gwen fit un signe de tête vers la mine.

— Tu vas aller te mettre devant l'entrée. Peter ne va pas tarder à lancer la mise à feu. Il est pressé de rentrer à Denver, et je le comprends. Toute cette activité nocturne est épuisante. Peter et moi avons des emplois très exigeants.

— Surtout vous, n'est-ce pas, madame Johnson ? Et vous

ne voudriez pas être en retard à la banque demain matin, je me trompe ?

Le silence qui suivit fut tel qu'Abby en perçut presque la présence physique.

— Ainsi, tu sais qui je suis, dit enfin Gwen. C'est peut-être mieux ainsi. Tu vas mourir en pensant à moi. C'est bien. Et de toute façon je ne risque rien puisque les morts ne peuvent pas parler. Sauf avec les autres morts, peut-être.

— Vous finirez par vous faire prendre, Gwen. C'est ce qui arrive toujours avec les fous.

Cette remarque mit Gwen de bonne humeur.

— A quoi sert cette provocation, Abigail ? Tu veux que je me mette en colère ?

Elle rit, de ce rire de gorge factice qu'elle employait lorsqu'elle voulait charmer ses clients à la banque.

— Je suis bien trop sensée pour perdre du temps à me disputer avec toi. Et puis, il faut que je réfléchisse à la façon dont je dois procéder. J'ai bien envie de te faire souffrir un peu. Je pourrais commencer par l'estomac. Ou peut-être les rotules. Dans un reportage sur la guerre, dans je ne sais plus quel pays à l'autre bout du monde, j'avais vu que les rebelles visaient en premier les parties génitales. Mais il est vrai que les hommes en font tout un foin. Tu as dû remarquer ça, n'est-ce pas, Abigail.

Abby frissonna, choquée par la haine que trahissait le comportement de Gwen, tout autant que par ses menaces de torture.

— Pourquoi, Gwen ? Pourquoi agissez-vous ainsi ? Je sais que mon père ne vous a pas bien traitée…

— Il ne m'a pas bien traitée ! éructa Gwen, en tremblant de rage. Il n'y a pas de mots pour décrire ce qu'il m'a fait subir. Il m'a embobinée pour m'attirer dans son lit. Et quand je lui ai appris que j'étais enceinte il m'a dit que rien ne m'obligeait à garder l'enfant, que je n'avais qu'à me débrouiller…

Abby fut choquée par l'accent de vérité que contenaient ces paroles. Mais elle devait continuer à poser des questions, à la fois parce qu'elle avait désespérément besoin de connaître la vérité, mais aussi pour gagner du temps.

— Je comprends pourquoi vous êtes aussi amère, dit-elle d'un ton apaisant. Mais je ne comprends pas pourquoi vous avez décidé de vous venger maintenant. Pourquoi ne pas l'avoir fait il y a trente ans, au moment des faits ?

Gwen garda le silence un moment. Puis elle souleva sa cagoule et secoua ses boucles aplaties contre son crâne.

— Il y a trente ans, j'étais jeune et jolie, et j'avais encore de l'espoir, expliqua-t-elle. J'ai fini par rencontrer un homme, Ed Johnson, et par l'épouser. Je pensais que nous serions heureux ensemble.

Elle eut un rire amer.

— Je n'aurais pas pu trouver pire. Ed s'est chargé de m'ôter les dernières illusions que ton père et Keith n'avaient pas détruites. Après ça, j'ai décidé de ne plus m'embarrasser avec l'amour. J'ai commencé à m'acheter les hommes que je voulais. Et tu sais quoi, Abigail, une femme peut se trouver de bien meilleurs amants en les payant plutôt qu'en offrant son cœur.

Si elle n'avait pas été aussi effrayée, Abby savait qu'elle aurait eu pitié de Gwen.

— Vous voulez dire que vous payez Peter pour être avec vous ?

Les lèvres de Gwen se tordirent en un sourire amer.

— Pourquoi pas ? Il est plutôt agréable à regarder, pas empoté au lit, et il aime la belle vie comme moi. Malheureusement, Peter est un luxe qui me coûte cher. J'ai commencé à détourner de l'argent à la banque pour l'entretenir. C'était facile, sans danger… Et un jour j'ai pris conscience que j'avais volé un demi-million de dollars.

— Il me semble que vous devriez être furieuse contre Peter. Pas contre ma famille.

— Tu ne comprends toujours pas, n'est-ce pas ? J'aimais sincèrement ton père. Je l'adorais. Pendant trente ans, je suis restée à Denver en espérant qu'il me reviendrait. J'ai fait pression sur Keith pour qu'il me prenne avec lui à la banque... Quand ta mère est morte, je me suis dit : ça y est, il va enfin pouvoir m'épouser. Et puis, l'année dernière, j'ai appris qu'il prévoyait de se remarier avec une femme plus jeune.

— Gwen, mon père ne pouvait pas savoir que vous teniez toujours à lui.

— Il m'a appelée et m'a demandé de venir le voir, tu sais.

Le regard perdu dans le vague, Gwen ne semblait pas avoir relevé la remarque d'Abby.

— Il était à l'hôpital. Il voulait tout mettre en ordre avant de partir. Régler ses affaires, comme il disait.

Elle eut un rire hystérique.

— C'est tout ce que j'étais pour ton père. Un problème à régler. Moi, et mon petit bébé. Un péché à se faire pardonner avant de retrouver son Créateur. Il m'a parlé de ses filles, ses « petits trésors ». Il m'a demandé de gérer au mieux votre fortune pour que vous ne manquiez jamais de rien.

— C'était maladroit de sa part, je le reconnais, mais je suis sûre qu'il n'avait pas l'intention de vous offenser.

Gwen l'interrompit.

— Tu sais ce que ton père a fait après ma visite à l'hôpital ? Il m'a envoyé une lettre pour me remercier, accompagnée d'un bracelet en or, comme « preuve de son estime ». Un bracelet qui devait valoir à peine cinq cents dollars, alors que ses filles sont à la tête d'un portefeuille d'actions estimé à cinq millions. Comme j'ai pu vous haïr, ton père, toi et tes sœurs, quand j'ai vu ce bracelet !

Gwen tournait le dos à la colline où Peter travaillait. Acculée contre la grille, Abby pouvait le voir en train de se relever et d'épousseter son pantalon. Puis il commença à se déplacer sur le côté de la colline, tout en déroulant des câbles.

Abby reporta son attention sur Gwen, qui semblait totalement ailleurs. Le ressentiment accumulé depuis tant d'années contre les hommes qui l'avaient trahie venait d'éclater comme une bombe, la faisant sombrer dans la folie.

Hagarde, les mains agitées de tremblements, elle marmonnait des paroles incompréhensibles.

Abby commença à se déplacer lentement sur le côté, sans que Gwen ne paraisse rien remarquer.

Elle jeta un coup d'œil vers la colline. La silhouette élancée de Peter se détachait sous le clair de lune ; comme une scène d'un vieux film en noir et blanc.

Dans un film, la cavalerie se profilerait au loin, sur de fières montures lancées au grand galop. Le héros arracherait le détonateur des mains du méchant quelques secondes avant qu'il n'exécute son plan et ne tue la belle et virginale héroïne.

Malheureusement, Abby n'était pas dans un film. Steve s'était probablement évanoui quelque part dans la montagne, et il était en train de mourir à petit feu.

Il avait besoin d'elle pour survivre. Et, aussi faibles que soient ses chances, elle devait tenter le tout pour le tout.

Elle continua à reculer pas à pas.

Gwen ressassait sa haine, accusant Ronald de tous les maux. Son regard était comme voilé, et Abby devina qu'elle avait totalement perdu pied avec la réalité.

Sur la colline, Peter s'était immobilisé. Il envoya une série d'impulsions lumineuses à l'aide d'une puissante lampe. Un code destiné à prévenir Gwen, comprit Abby.

Descendrait-il à la recherche de sa complice si elle ne répondait pas à son signal ? Dans ce cas, elle avait intérêt à récupérer l'arme de Gwen le plus rapidement possible.

Le klaxon de la camionnette se déclencha, et Abby sursauta. A sa grande surprise, Peter agita la main en signe de reconnaissance.

Tout en continuant à marmonner, Gwen regarda mollement autour d'elle, comme si elle n'était pas très sûre de savoir à quoi correspondait ce bruit.

Sans attendre, Abby se rua vers la camionnette, où Steve devait l'attendre. Qui d'autre aurait pu actionner le klaxon ?

Haletante, s'attendant à tout instant à recevoir une balle dans le dos, elle ouvrit la portière et se hissa sur le siège.

Steve était au volant, armé d'une carabine.

— Quel soulagement de te voir, dit Abby, à bout de souffle. Depuis quand es-tu là ?

Il se pencha au-dessus du levier de vitesse, et plaqua un court baiser sur ses lèvres.

— Je suis arrivé un peu avant que Peter n'envoie son signal. J'avais le doigt sur la détente, prêt à faire feu sur Gwen, quand je l'ai vu.

Il l'embrassa de nouveau.

— Content de te retrouver, fillette. Mais il faut déjà que je t'abandonne.

Il descendit maladroitement de la camionnette, son bras blessé pressé le long de son corps.

— Steve, où vas-tu ?

Sa question fut escamotée par un fracas assourdissant, suivi d'un rapide éboulis de pierres.

Gwen parut enfin sortir de sa torpeur. Elle commença à bouger, mais au lieu de se replier vers la camionnette elle tourna les talons et courut vers le tas de décombres laissé par la précédente explosion.

Qu'avait-elle en tête ? se demanda Abby. Voulait-elle escalader l'éboulis ? A ce stade, était-elle encore capable de réfléchir ?

Le déluge de roches, de branches cassées et de terre, relativement lent au début, fonçait vers Gwen à une vitesse effrayante.

Médusée, Abby la regarda gravir péniblement le premier éboulis.

A mi-hauteur, Gwen perdit l'équilibre, tomba à plat ventre et dévala la pente. Pendant quelques secondes, elle resta immobile, puis elle se redressa et essaya de remonter, en avançant sur les genoux et les mains.

Ce fut la dernière vision qu'Abby eut de la femme qui avait si désespérément essayé de la tuer.

Quelques secondes plus tard, la cascade déchaînée qui dévalait depuis le haut de la colline l'engloutit.

*
* *

La nuit semblait étrangement silencieuse après le déchaînement de l'avalanche. Abby découvrit que ses joues étaient humides de larmes — des larmes qui paraissaient ne jamais vouloir s'arrêter.

Elle se frotta les yeux du revers de la main, en se demandant si elle pleurait parce qu'elle était toujours vivante, ou à cause du spectaculaire gâchis qu'avait été la vie de Gwen.

Sans doute un peu pour les deux raisons, décida-t-elle finalement.

Un énorme amas de terre s'écrasa devant la camionnette, projetant des gravillons qui firent exploser le pare-brise en une pluie de verre.

Sans perdre un instant, Abby se glissa au volant. Ce n'était objectivement pas le moment de se lamenter sur son sort.

Dieu merci, les clés étaient sur le contact. Elle démarra et enclencha la marche arrière, puis elle se dirigea vers la colline où Peter se tenait un peu plus tôt.

Consciente du danger que courait Steve en ayant décidé de se lancer à la poursuite de Peter, elle se gara dans le chemin et sortit pour observer la zone.

Rongée d'inquiétude, elle finit par repérer deux silhouettes, semblables à des ombres, qui venaient dans sa direction. Tenu en joue par Steve, Peter ouvrait la marche en boitant.

Abby sentit son cœur se dilater de joie, mais n'osa croire totalement qu'un tel miracle était possible.

Peter, la cuisse en sang, semblait désorienté. Son visage était aussi livide que celui de Steve.

— Attache-le, dit ce dernier. Il y a un rouleau de ruban adhésif sous le siège.

Peter ne broncha pas tandis qu'Abby lui ligotait les bras le long du corps. Au moment de monter à l'arrière de la camionnette, il jeta un regard désolé vers la nouvelle colline que l'explosion avait fait naître. La colline sous laquelle Gwen était ensevelie.

— Je ne voulais pas lui faire de mal, dit-il. Je n'avais pas l'intention de la tuer.

En l'entendant pleurnicher, Abby découvrit qu'elle avait épuisé son capital de pitié.

— Non, dit-elle d'un ton cassant. Je suis sûre que vous ne vouliez pas la tuer. Elle était votre ticket pour une vie meilleure. Mais vous aviez bel et bien l'intention de nous tuer, Steve et moi. Et vous étiez bien content de m'humilier quand vous nous gardiez en otages.

Elle le poussa sans ménagement.

— Montez, Peter. Vous me dégoûtez.

— Vous vous trompez, dit-il. Je ne suis pas un meurtrier. C'est Gwen qui m'a obligé à faire tout ça. Elle me tenait sous sa coupe. Elle a abusé de ma crédulité.

— C'est ça, Peter. Gardez vos jérémiades pour votre procès. On ne sait jamais, vous pourriez émouvoir les jurés. Avec un peu de chance, vous devriez sortir de prison juste à temps pour fêter vos quatre-vingts ans.

Steve claqua les portes arrière, puis il fit le tour de la camionnette et s'effondra sur le siège passager.

— Mon épaule me fait un mal de chien, gémit-il.

Abby se pencha vers lui et l'embrassa.

Il sentait la sueur, la terre et la fumée.

Il sentait *la vie*. Et elle aurait voulu l'embrasser pendant des heures.

Lorsqu'ils s'écartèrent pour reprendre leur souffle, le visage de Steve semblait moins creusé par la douleur.

Tendrement, il repoussa une mèche de cheveux derrière l'oreille d'Abby.

— Encore quelques baisers de ce genre, et tu pourrais découvrir ce qu'un homme peut accomplir avec un seul bras.

— J'ai hâte de le savoir, dit-elle en démarrant.

La civilisation les attendait à quelques kilomètres. Un téléphone, un hôpital, de la nourriture, et un bain chaud…

La vie semblait tout à coup merveilleuse.

Elle tourna la tête vers Steve et lui sourit.

— Dès que tu auras vu un médecin, j'exige une démonstration de tes talents, Steve Kramer.

— Mais tout le plaisir sera pour moi, fillette, répondit-il avec un clin d'œil.

En dépit de son ton désinvolte, il ne fut pas difficile à Abby de déceler dans les profondeurs de son regard vert tout l'amour que Steve lui vouait, et elle en fut bouleversée de bonheur.

Lisez, gagnez,... et fêtez toutes les mamans !

du 6 mai au 6 juin 2014

Tirage au sort*

Inscription et règlement sur

www.harlequin.fr

1 an de fleurs

2 coffrets cadeaux

EBOOK Offert pour tous les participants

HARLEQUIN

* Sans obligation d'achat.

Le 1er juin

Black Rose n°300

Le bébé du secret - Elle James

Cette silhouette athlétique, si imposante. Et ce beau visage, qu'elle n'a jamais pu oublier... En voyant Chuck s'avancer vers elle, PJ manque défaillir. Ainsi, son ex-fiancé est de retour en ville. Elle devrait être folle de joie, elle le sait. D'autant que Chuck vient de la sauver en faisant fuir l'homme qui tentait de l'agresser... Pourtant, elle n'éprouve rien d'autre qu'une oppressante angoisse. *Il va comprendre, pour Charlie...* Oui, c'est évident, d'ici peu, Chuck va immanquablement découvrir qu'elle a un bébé de trois mois dont il ignore tout. Et dont il est le père...

Une inconnue pour alibi - Kara Lennox

Son prénom. C'est la seule information que Hudson possède sur la femme à la beauté stupéfiante qui vient de bouleverser son existence... Qui est la sublime Liz ? Et pourquoi a-t-elle brusquement disparu après la nuit torride qu'ils ont partagée, sans même lui laisser le moyen de la revoir ? Mais peu importent ses raisons : Hudson doit désormais la retrouver à tout prix. Car alors qu'il est accusé d'un meurtre qu'il n'a pas commis, Liz est son seul alibi. La seule à pouvoir confirmer qu'ils étaient ensemble cette nuit-là, et qu'il est innocent...

Black Rose n°301

Au risque de l'aimer - HelenKay Dimon

- Dieu merci, tu es là !

Davis est stupéfait. Lara vient de se jeter dans ses bras, tremblant de la tête aux pieds. Cette même Lara qui lui a dit lors de leur rupture qu'elle ne voulait plus jamais le revoir... Elle est en danger, parvient-elle à murmurer entre deux sanglots : elle a été témoin d'un meurtre, et l'assassin la traque... Au même moment, un homme armé surgit au loin. Davis le comprend immédiatement : il doit fuir avec Lara, pour la mettre en sécurité. Car jamais – *jamais* – il ne permettra à quiconque de faire le moindre mal à la femme que, quelques mois plus tôt, il désirait épouser...

Etrange disparition - Karen Whiddon

Tu me manques, Zoe. J'ai vraiment besoin de toi.

Ces mots – les derniers qu'elle ait échangés au téléphone avec Shayna – tournent en boucle dans l'esprit de Zoé. Depuis, Shayna a disparu sans laisser la moindre trace. Pourquoi Zoe n'a-t-elle pas accordé plus de crédit à la détresse de sa meilleure amie ? Imaginé qu'elle courait peut-être un danger ? Envahie de remords, Zoe décide de se lancer sur sa piste et revient dans leur ville natale. Cette ville qu'elle a quittée cinq ans plus tôt pour fuir Brock McCauley, son fiancé d'alors. L'homme qu'elle n'a jamais cessé d'aimer et qui est aujourd'hui le seul à pouvoir l'aider...

BLACK ROSE

Black Rose n°302

Le venin de la peur - Rachel Lee

Jake Madison. La dernière personne au monde que Nora ait envie de voir. Pourtant, elle ne peut s'empêcher d'éprouver un sentiment de soulagement quand il vient la chercher à l'aéroport. Le garçon qui l'a rejetée dix ans plus tôt et qu'elle a fui, mortifiée, est resté aussi séduisant qu'autrefois mais il est maintenant un homme et, surtout, il est chef de la police locale. Enfin, elle est sauvée ! A l'abri de l'individu qui l'a agressée ! Mais alors qu'elle respire enfin, Jake lui fait une révélation qui bouleverse de nouveau son univers : son agresseur s'est évadé de prison, et il est désormais sur ses traces…

Collaboration sous tension - Delores Fossen

Qui a assassiné la jeune Marcie James ? Le sergent Olivia Hutton, dépêché à Comanche Creek pour mener l'enquête, s'est juré de le découvrir. Car bien qu'un suspect ait déjà été arrêté, son instinct lui souffle qu'il ne s'agit pas du véritable coupable… Voilà pourquoi elle a décidé de reprendre l'affaire de zéro, n'en déplaise à Reed Harding, le shérif de la ville. Un homme aussi austère que séduisant qui l'attire immédiatement, mais qui a vu son arrivée d'un très mauvais œil et s'échine depuis à la faire passer pour une citadine superficielle…

Black Rose n°303

Sous le nom d'une autre - M.J. Rodgers

Alors qu'il vient de sauver une jeune femme de la noyade, sous le Golden Gate Bridge, Noah est stupéfait en écoutant son histoire : elle a été adoptée, porte un nom qui n'est pas le sien, et veut à tout prix retrouver ses parents biologiques. Mais quelqu'un cherche à l'en empêcher, et l'a poussée du haut du pont quelques minutes plus tôt… Bouleversé, Noah ne peut se résoudre à la laisser repartir seule : il doit aider cette mystérieuse jeune femme à découvrir sa véritable identité, le seul moyen pour elle de savoir qui lui veut du mal…

Le vertige du doute - Rita Herron

Certaine que Bruno, son frère adoré, ne s'est pas suicidé comme l'ont conclu les rapports de police, Grace l'a décidé : elle mènera sa propre enquête. Bientôt victime d'agressions, elle comprend non seulement qu'elle a vu juste, mais aussi qu'en tant que simple infirmière, elle ne pourra s'en sortir seule. Aussi tente-t-elle le tout pour le tout en demandant son aide à Parker Kilpatrick, un inspecteur qu'elle a soigné il y a peu et qui a une dette envers elle. Un homme qu'elle s'était pourtant juré de ne plus approcher, tant son charme la désarme…

Best-Sellers n°605 • suspense

La coupable parfaite - Laura Caldwell

A Chicago, une femme est accusée d'avoir empoisonné sa meilleure amie dans le but de lui ravir son mari. Aux yeux de la police, la culpabilité de la prévenue ne fait aucun doute. En revanche, pour l'intrépide et brillante avocate Izzy McNeil, qui se lance alors dans sa première affaire pénale, rien n'est moins sûr. Sa cliente a beau se montrer étrangement secrète, Izzy n'est pas du tout convaincue par la thèse du crime passionnel. A tel point qu'elle décide de mener sa propre enquête pour éclaircir les zones d'ombre et découvrir la vérité. Mais ce qui s'annonce comme l'affaire de sa carrière ne pouvait pas tomber plus mal car la vie personnelle d'Izzy est en plein chambardement : son ex-fiancé fait un retour retentissant alors même qu'elle tente de construire une nouvelle histoire d'amour.
Entre sombres secrets et passions inavouables, Izzy plonge peu à peu dans un monde où les relations aux allures inoffensives peuvent se révéler dangereuses…

Best-Sellers n°606 • suspense

Dangereux faux-semblants - Heather Graham

Pétrifiée, Madison Darvil ne peut détacher son regard de l'épaisse flaque de sang qui macule le sol. Qui rôdait cette nuit dans les sous-sols sinueux des studios de cinéma où elle travaille, et a sauvagement égorgé la belle Jenny Henderson, une jeune actrice dont la carrière était en train de décoller ? La police soupçonne le petit ami de Jenny, mais Madison, elle, refuse de croire à sa culpabilité : jamais celui qu'elle considère comme son petit frère n'aurait pu commettre un crime aussi odieux ! Parce qu'elle veut à tout prix qu'il soit innocenté, mais aussi parce qu'elle veut faire enfermer le criminel qui peut de nouveau – et à tout instant – frapper, Madison accepte d'apporter son aide à Sean Cameron, l'agent du FBI dépêché sur place. Un homme auréolé de mystère qu'elle peine à cerner… et dont la présence la trouble plus encore quand il lui révèle qu'il connaît son secret et que, comme elle, il a le pouvoir de communiquer avec les morts.

Best-Sellers n°607 • roman

L'héritage des Granger - Brenda Jackson

Des années plus tôt, Jace, Caden et Dalton Granger ont laissé derrière eux Charlottesville, la maison de leur enfance, et les terribles souvenirs qui y sont attachés. Mais, aujourd'hui, ils sont de retour pour exaucer le dernier souhait de leur défunt grand-père : sauver l'entreprise dans laquelle des générations de Granger ont mis toute leur énergie et leur passion.
Lorsqu'il découvre que *Granger Aeronotics*, qu'il a toujours connue florissante et à la pointe du progrès, est aujourd'hui au bord de la faillite, Jace n'a qu'une envie : claquer la porte et retourner à la vie qu'il s'est construite loin de Charlottesville. Hélas, comment le pourrait-il alors qu'il a solennellement juré à son grand-père, sur son lit de mort, de reprendre les rênes de l'entreprise familiale ? S'il veut sauver *Granger Aeronotics* et démasquer le traître qui a vendu certains de leurs secrets de fabrication à leur plus grand concurrent, Jace n'a qu'une solution : faire appel à Shana Bradford, la meilleure consultante de la ville.
Mais à peine pose-t-il les yeux sur la jeune femme qu'il pressent que cette collaboration sera bien plus difficile qu'il ne l'avait envisagé. Comment consacrer toute son énergie à sauver *Granger Aeronotics*, comme la situation l'exige, alors que les formes pulpeuses, la voix douce et le regard lumineux de Shana l'obsèdent jour et nuit ?

Best-Sellers n°608 • historique

La scandaleuse - Nicola Cornick

Londres, Régence

Susanna, en chair et en os ? Impossible ! Et pourtant… James Devlin, stupéfait, doit se rendre à l'évidence : c'est bien sa première épouse qui rit et danse avec insouciance au bal le plus prisé de la saison, et qui fait mine de ne pas le reconnaître ! Comment Susanna ose-t-elle réapparaître ainsi comme si de rien n'était, après avoir disparu sans laisser de traces, neuf ans plus tôt, au lendemain de leur nuit de noces ? Et comment peut-elle croire que se présenter sous un faux nom suffirait à le tromper, lui ?
Alors que la colère le submerge avec la même force qu'autrefois, James se jure que Susanna ne quittera pas ces lieux sans lui avoir donné l'explication qu'il attend depuis neuf ans. Ni sans lui avoir avoué ce qu'elle fait aujourd'hui au bras de l'un des célibataires les plus en vue de Londres. Car même s'il refuse de se l'avouer, il ne peut supporter l'idée que Susanna soit à un autre homme que lui…

Composé et édité par les

éditions HARLEQUIN

Achevé d'imprimer en Italie (Milan)
par Rotolito Lombarda
en avril 2014

Dépôt légal en mai 2014